이상
문학상
작품집

2014년도 이상문학상 작품집
제38회 대상 수상작 편혜영 〈몬순〉 외 8편

2014년도 제38회 이상문학상 작품집

몬순 외8편

문학사상

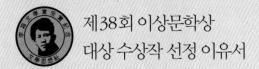

제38회 이상문학상
대상 수상작 선정 이유서

2014년도 이상문학상 대상 수상작으로 편혜영 씨의 소설 〈몬순〉을 선정한다. 편혜영 씨는 등단 이후 십여 년 동안 특유의 건조하고 치밀한 문장과 밀도 높은 서사를 기반으로 21세기 한국소설의 새로운 미학을 확립하는 데에 크게 기여한 중견 작가이다.

단편소설 〈몬순〉은 개인의 삶에 내밀하게 자리 잡고 있는 비밀의 문제를 인간의 존재 자체를 위협하고 있는 불안의 상황과 절묘하게 접합시켜놓고 있다. 이 작품은 일상에서 흔히 접하게 되는 '정전停電'을 소설적 상황으로 설정해놓으면서 그 상황의 극적 긴장을 끝까지 유지하기 위해 이야기 속에서 불필요한 묘사를 극단적으로 절제하고 있다. 독자들을 까닭모를 불안감 속으로 몰아넣은 채 이야기를 풀어가는 가운데 작가는 비밀이라는 것이 겉으로 드러나지 않는 순간에만 긴장을 수반한다는 평범한 원리를 강조하였다. 그러면서도 인간의 삶 자체가 겪지 않을 수 없는 존재론적 불안을 의심의 상황 속에서 놓치지 않고 있다. 이러한 소설적 특징은 삶에 대한 신뢰의 문제를 새롭게 해석하고자 하는 작가 자신의 태도를 암시해주는 동시에 자신이 즐겨 다루어온 주제와 기법의 새로운 변화를 시도하고 있다는 점에서 그 의미를 인정할 만하다.

2014년 1월

이상문학상 심사위원회

김윤식, 서영은, 권영민, 윤대녕, 신경숙

차례

1부
대상 수상작
그리고
작가 편혜영

대상 수상작

편혜영
몬순

1972년 서울에서 태어나 서울예대 문예창작과와 한양대 국문학과 대학원을 졸업했다. 2000년 《서울신문》 신춘문예에 단편 〈이슬털기〉가 당선되어 등단했으며, 소설집 《아오이가든》 《사육장 쪽으로》 《저녁의 구애》 《밤이 지나간다》, 장편소설 《재와 빨강》 《서쪽 숲에 갔다》가 있다. 한국일보문학상, 이효석문학상, 오늘의 젊은 예술가상, 동인문학상 등을 수상했다.

단전은 두 시간 동안이라고 했다. 밤 여덟 시부터 열 시까지. 지난여름 아파트 전기설비에 문제가 드러났다. 태풍이 닥쳤고 불시에 정전이 되었다. 재빨리 복구했지만 다음번 태풍 때 같은 일이 일어났다. 현재의 설비로는 올해도 마찬가지라고 했다. 지난 몇 주에 걸쳐 작업이 이루어졌고 최종 점검만 남았다. 전기 공급과 차단을 반복할 예정이었다. 어두워진 후에야 가능한 일이었다. 관리사무소는 그간 여러 차례 양해를 구했다.

공사 전에 주민 공청회가 열렸다. 공청회에서는 다른 문제가 제기되었다. 정전 때 몇 집의 유리창이 순차적으로 깨진 일에 관해서였다. 정전이 된 틈을 타 누군가 베란다 창에 돌을 던졌다. 어린아이가 저지른 짓이 아니었다. 힘 있는 사람이 던졌을 법한 커다란 돌이 깨진 유리창 부근에서 발견되었다. 모두 세 집이었다. 아파트 관계자들은 범인을 잡지 못한 이유를 추궁받았다. 전기설비나 단전에 대한 질문은 나오지 않았다. 공청회 후에도 공사에 착수하기까지 얼마간 시간이 걸렸다. 가구마다 시설분담금을 납부해야 했다. 주민들을 설득하느라 예정된 공사 개시일이 연기됐다.

곧 단전이 시작될 것이다. 유진은 조금 화가 난 것 같았다. 태오가 이직한 일을 이제야 털어놓아서였다. 어두워진다고 생각하니 그 정도의 용기는 낼 수 있었다. 캐묻거나 화를 낼 틈도 없이 유진은 밖으로 나가버릴 테니까. 이직 전에 상의할 수도 있었다. 유진이 그 기회를 빼앗았다. 태오가 돌아오면 유진은 늘 방에 틀어박혔다. 방문을 잠가놓는 것은 아니었다. 그러나 닫힌 문은 명백히 금지를 나타냈고 매번 태오의 기분을 거슬렀다. 혼자 있고 싶다는 게 아니라 아무도 들어올 수 없다는 뜻이었다. 유진이 알아서 나오기 전에 태오가 문을 연 적은 없었다. 태오가 잠들 즈음에 유진은 슬그머니 방에서 나왔고 그림자처럼 조용히 침대로 들어와 잤다.

"창고에서 무슨 일을 해?"

유진이 화를 억누르고 물었다.

"경매. 임대기간이 끝났는데 물건을 찾아가지 않는 경우가 있어. 그걸 팔아."

유진이 더 할 말 없느냐는 듯 태오를 봤다. 잘못을 계속 털어놓으라는 표정이었다.

"그렇게 어려운 일은 아니야. 빠른 말투로 전문용어를 말할 필요도 없고 제스처를 써가면서 가격을 흥정할 필요도 없어. 그냥 적당한 가격에 팔면 돼. 그렇다고 전당포 같은 건 아니야. 사채업자와 비슷해. 이자가 굉장히 비싸거든. 얼마 전에는 한 달 창고비를 안 냈다고 창고가 통째로 넘어왔어. 가차 없거든. 그 창고에 뭐가 있었는 줄 알아? 자그마치 천만 원짜리 소파."

더 이상 대꾸를 안 하리라 생각했는데 유진이 다시 물었다.

"천만 원짜리 소파인 걸 어떻게 알아?"

태오는 짧게 한숨을 쉬었다. 유진은 쓸데없는 걸 물어 화제를 돌리는 버릇이 있었다. 처음에는 자주 딴생각을 하고 참을성이 적어서라고 생각했다. 얘기 중에 굳이 끼어들어서 가격이나 원산지를 따지며 대화의 방향을 틀곤 했다. 이제는 알았다. 길게 얘기하고 싶지 않을 때 되는 대로 질문을 던졌다. 태오는 실망을 무릅쓰고 웃음을 지었다. 답을 할 필요는 없었다. 어차피 궁금해서 물은 건 아니었다.

"그런데 그 좋은 회사를 왜 그만둔 거야?"

모든 얘기가 끝났다고 생각한 시점에 유진이 불쑥 물었다. 태오는 이번에도 가만히 웃고 말았다. 질문에 대답하는 것은 별일 아니었다. 태오는 가능한 대답을 여럿 가지고 있었다. 틈만 나면 자신을 갈구고 실적을 가로채는 상사가 없는 게 좋다고 말할 수 있었다. 상사는 지역적 편견에 사로잡혀 늘 태오의 고향을 거론하며 괴롭혔다. 곧 지방발령이 날지도 모른다거나 지금 퇴직해야 지원금을 받을 수 있다고 할 수도 있었다. 그러는 대신 간단히 웃고 마는 일이 익숙했다. 얼마 전까지는 그렇지 않았다. 유진과 태오는 말을 돌려 하지 않고 서로를 향해 고함을 질렀다. 일부러 상처 줄 말을 골랐다. 이제 태오는 그러지 않았다. 유진도 마찬가지였다. 그럴 만한 시기가 지났다. 기민하고 명랑하고 낙천적이던 대화가 완전히 사라져버렸지만 서로를 향해 화를 내지는 않았다. 그런데도 종종 혐오감이 태오를 휘감았다. 평화로이 주고받는 짧은 말에 더러 무기력해졌다.

일은 힘들지 않았다. 급여는 좋지 않았지만 이전 회사에 비하면 그렇다는 정도였다. 당분간은 괜찮았다. 목돈이 있었다. 퇴직금도 있고 얼마 전에는 보험금도 받았다. 얼마 안 가 바닥이 나기는 할 것이다. 그러면 경제규모를 줄여야 하는 모든 가정이 그렇듯 유진도 태오에게 막연한 적의를 품게 될지도 모른다. 하지만 그건 나중의 일이었다. 지금은 아니었다. 유진은 무능한 남편과 살아야 하는 침울한 상황을 아직 겪지 않았다.

스피커를 통해 곧 단전이 된다는 공지가 흘러나왔다. 거듭 사과하고 양해를 구했다. 낡은 세 동의 아파트에 사는 입주민을 위로하는 말처럼 들렸다. 태오는 관리사무소에서 이른 대로 아파트 안의 전기 스위치를 모두 올렸다. 반복적으로 불이 켜지고 꺼지는 것을 통해 전원 공급의 착오 여부를 확인할 수 있다고 했다.

"약속이 어디라고 했지?"

밝은 빛 속에서 태오가 물었다. 유진은 며칠 전부터 오늘의 약속을 얘기해왔다. 태오가 나가지 못하게 붙잡을까 봐 걱정된다는 듯이. 오랜만의 외출이었다.

"취소됐어. 집에 있을 거야."

유진이 간단히 대답하고 물끄러미 태오를 보다가 덧붙였다.

"집에 있었으면 좋겠어."

주어를 생략해서 누구를 가리키는지 알 수 없었다. 태오는 되묻지 않았다. 처음 단전 소식을 들었을 때 오랜만에 유진과 밖에서 시간을 보낼 수 있겠다 생각했다. 집에 함께 있어도 나쁘지 않을 터였다. 어둠 깔린 집에서, 이웃들이 모두 빠져나가 그지없이 조용한 아파트에서, 낮은 목소리로, 가끔 부드럽게 웃어가며 긴 얘기를 나눌 수도 있으리라. 테스트를 위해 전기가 들어왔다가 도로 꺼져버리는 걸 재밌게 바라보면서, 기괴한 어둠과 빛이 교차되는 가운데 드러나는 서로의 얼굴을 바라보면서. 혼자서 해본 생각인데도 막상 유진이 약속이 있다고 하자 거절당한 느낌이었다. 터놓고 얘기 나눌 기회를 잃은 것 같았다. 물론 그렇게 만든 건 유진이었다.

"당신은 나가려는 거야?"

옷을 걸쳐입는 태오에게 유진이 물었다. 마지못해 한 결정이었다. 그들은 언젠가부터 집과 방을 교대로 사용해왔다. 유진이 굳은 얼굴로 팔짱을 끼고 문턱에 기대어 섰다. 태오가 집을 나갈 때까지 그러고 있을 작정인 듯했다. 그러자니 잠시에 불과한데 이 집에 다시 돌아오지 못할 것 같은 기분이 들었다.

"안녕하세요, 오랜만이에요."

앞집 여자였다. 여자가 집 안을 슬쩍 들여다보고 혼자 나오는 태오를 흥미롭게 지켜봤다. 유진이 여자에게 인사하지 않고 문을 닫았다. 태오는 계단으로 내려갈 기회를 놓치고 엉거주춤 엘리베이터 앞에 남았다. 유모차를 앞세운 여자는 묵묵히 태오 뒤쪽에서 엘리베이터를 기다렸다. 지난번 정전 때 여자네 유리창이 깨졌다. 그 후 여자는 사람들이 무섭다고 말하고 다녔다.

엘리베이터를 기다리면서 태오는 벽에 붙은 게시물을 읽었다. 설비 전환방식을 설명하는 전단지였다. 여러 번 읽었는데도 내용을 이해하기 힘들었다. 정보 일부가 누락된 것 같았다. 알려줘야 할 필요가 없다고 생각하는지도 몰랐다. 게시물을 들여다보는 태오를 여자가 노골적으로 쳐다보는 게 느껴졌다. 태오는 순식간에 기분이 나빠졌지만 온전한 정신을 유지하려고 애썼다.

유모차에는 두 살 된 남자아이가 잠들어 있었다. 여자는 태오와 유진에게 소아과를 소개해줬다. 의사가 참 괜찮아요. 여자가 말했다.

쉽게 설명을 잘해줘요. 의학용어 같은 거요. 뭔가 묻기도 전에 여자가 덧붙였다. 이미 여러 명에게 같은 얘기를 한 것 같았다. 무엇보다 집에서 가까웠다. 원래 다녔던 병원은 유진이 근무하는 과학관 근처에 있었다. 거기까지 갈 필요가 없었다. 유진은 육아휴직 중이었다. 태오는 종종 유진과 함께 병원에 갔다. 반휴를 내야 했지만 유진은 혼자서 아기 돌보는 일을 두려워했다.

여자의 말대로 의사는 안정감을 줬다. 그런 느낌이 어디서 오는가 생각해봤더니 외모 때문이었다. 잠자코 있을 때는 언뜻 배우를 닮은 듯했다. 진료실 책장에 가족사진이 있었다. 잘생긴 그와 맵시 있고 예쁜 아내, 그들의 인형 같은 아이가 똑같은 색상의 옷을 입고 찍은 사진이었다. 저런 가족에 둘러싸여 환하게 웃고 있는 의사가 아프거나 아플지 모르는 사람을 돌본다는 게 이상했다. 진료실 의자에 앉으면 아기는 울었다. 유진과 태오가 얼러도 말을 듣지 않았다. 의사는 아기 울음을 그치게 하지 못했다. 그래도 부모에게 상태를 설명하는 일에 최선을 다한다는 느낌을 줬다. 의사는 자주 그들에게 말했다. 아기가 크면 참 영리하겠어요. 듣기 좋으라는 소린 줄 아는데도 기분이 좋아졌다. 그것 말고도 많은 얘기를 해줬다. 아이가 자주 깨는 건 감성적으로 예민해서인데 그건 예술적 재능이 있다는 얘기다, 심하게 낯을 가리는 것은 시각 인식력이 발달했다는 뜻이다, 나중에 키도 크고 엄마를 닮아 예쁘게 쌍꺼풀도 생길 것이다, 가느다란 갈색 머리카락을 가질 것이다 등등. 의사의 격려 덕분에 유진과 태오는 자신들이 잃어버린 모든 가능성을 아이가 품었다고 생각했다. 의사는 아기에게 정기적인 예방주사를 놔주었다. 시시콜콜한 감기를 앓을 때면 처방전을 써줬다. 나중에 아기의 차가운 팔다리를 주물러보고 감은 눈을 억지로 뜨게 하고 망막출혈이 있음을 확인한 것도 그 의사였다. 태오는 아이가 죽었다고 말하는 의사의 멱살을 힘껏 잡았다. 화가 나 씩씩거리고 몸을 흔드는 태오에게 의사는 부모 노릇도 못하는 주제에 엉뚱한 데서 화풀이냐고 소리쳤다. 멱살을 잡은 게 먼저였는지 그 얘기를 들은 게 먼저였는지 헷갈렸다. 진료를 기다리고 있던 사람들이 흩어졌고 몇 사람이 달려와 태오를 의사로부터 간신히 떼어놓았다.

"아내분은 휴가가 끝나셨어요? 요새 통 안 보이시네요."

엘리베이터 안에서 여자가 물었다. 육아휴직은 끝났다. 유진은 과학관으로 돌아가지 못했다. 진단서를 제출했고 좀 더 휴가를 받았다. 태오는 제 말차례가 되자 긴장했다. 사람들이 모두 태오를 쳐다봤다. 주민들이 아무렇게나 던지고 슬쩍 떠보는 말이 태오는 말할 수 없이 불편했다. 아닐 수도 있었다. 사람들이 흥미로, 호기심으로, 악의로 자신을 대한다고 여기는 것은 태오의 착각이었다.

"예, 뭐……"

"벌써 그렇게 됐네요."

여자가 태오의 대답을 좋을 대로 해석했다.

엘리베이터가 일 층에 도착하자 여자가 태오에게 앞서 가라며 길을 비켜줬다. 태오는 연장자라도 된 듯 엘리베이터에서 내린 한 무리의 사람들보다 먼저 현관을 빠져나왔다. 단전에 대비해 아파트 밖으로 나온 주민들이 여기저기로 흩어지고 있었다. 태오는 주민들과 거리를 두기 위해 성큼성큼 아파트 단지를 벗어나 역 쪽으로 갔다.

무작정 걷다가 댄스라는 바를 떠올렸다. 역 앞 오피스타운 중 한 곳에 그 바가 있었다. 거기라면 주민이 없을 것 같았다. 두꺼운 나무 문 옆에 검은색으로 댄스라고 쓰인 간판이 있었다. 내성적이어서 눈에 띄길 바라지 않는 계집아이 같은 인상이었다. 방음장치가 된 것인지 두꺼운 나무문을 열자 그제야 음악 소리가 들렸다. 어두워서 낯을 익히자니 시간이 걸렸다. 주인이 서 있는 뒤쪽에 댄스라는 상호가 네온으로 빛났다. 가게 내부는 모노톤의 단조로운 인테리어를 유지하고 있었다. 주인의 취향이나 성격을 드러내지 않으려고 애써 절제된 느낌이었다.

태오는 맥주를 부탁하고 자리에 앉았다. 책을 한 권 가져오기는 했으나 조도가 낮아 읽기 불편했다. 그저 천천히 맥주를 마시는 일에 열중했다.

지금쯤 아파트는 어둠에 파묻혔을 것이다. 예고된 시각에서 이십 분쯤 지나 있었다. 일시에 컴컴해질 아파트를 떠올리니 오래전부터 기다려온 것처럼 마음이 편안해졌다. 그 때문에 태오는 별로 한 것도 없는데 희열에 찬 한 시절이 자신에게서 완전히 지나가버렸음을 깨달았다. 아파트로 이사 올 때만 해도 그렇지 않았다. 태오와 유진은 드물고도 벅찬 기쁨에 사로잡혀 있었다. 유진이 고른 옅은 베이지색의 커튼은 빛을 받으면 물결처럼 반짝거리며 빛났다. 커튼을 젖히면 마루 깊숙이 햇살이 들어오기도 했다. 이제 그런 빛은 없었다.

앞쪽에 등을 보이며 앉아 있던 한 남자가 화장실을 다녀오다가 제자리로 가지 않고 멈춰섰다. 남자는 잠시 머뭇거렸고 마음을 정한 듯 태오 쪽으로 성큼성큼 걸음을 옮겼다. 태오는 그걸 모두 지켜봤다.

"이런, 오랜만입니다."

남자가 태오를 향해 손을 내밀었다. 키가 크고 갸름한 얼굴에 입매가 단단한 남자였다. 오십 대 중반 정도. 태오를 잘 안다는 듯이 웃었다. 친절해 보이는 웃음이었다. 그런 표정으로 자주 웃는 사람 같았다. 그가 누군지 선뜻 떠오르지 않았다. 낯선 얼굴은 태오를 소심하게 만들었다.

"관장입니다. 과학관이요."

"아, 안녕하세요."

관장과 처음 인사를 나눈 것은 오래전이었다. 병원에서였다. 과학관에서 쓰러진 유진을 관장과 유진의 부하직원이 데리고 왔다. 연락을 받고 태오가 병원에 갔을 때 유진은 잠들어 있었다. 그들이 태오를 대신해 입원수속을 했다. 과로였다. 기획 중인 일이 많았고 다음 전시를 유진이 담당하고 있었다. 그 후로 아이가 생기기까지 한참 걸렸다. 건강상의 문제도 있었지만 유진이 몹시 두려워했다. 아이가 생긴 것을 두고 유진은 실수라고 했다. 단 한 번 그렇게 말했지만 태오는 잊지 않았다.

"긴가민가했는데 맞군요. 혼잡니까?"

관장이 물었다. 태오가 고개를 끄덕였다.

"전 약속이 있었는데 깨졌습니다. 갑자기 다른 일이 생겼다더군요. 곤란하지만 어쩌겠습니까. 여긴 혼자 있기에도 꽤 괜찮은 곳이거든요. 어쩐 일입니까?"

태오가 단전 얘기를 했다. 관장이 흥미롭다는 듯 요새도 그런 게 있군요 하고 대꾸했다. 태오는 오래전 있었던 등화관제와는 완전히 다른 식이고 전기 공급방식을 바꾸는 과정에서 생긴 일이라고 설명했다. 태오의 얘기가 끝난 후에도 관장은 자리로 돌아가지 않았다. 이어질 말을 기다리기라도 하듯 태오를 빤히 쳐다보았다. 태오는 얼마간 참았다. 언제까지 참을 수는 없어서 결국 내키지 않는 제안을 먼저 했다.

"괜찮으시면 같이 앉아서 한잔하시죠."

기다렸다는 듯 관장이 성큼 맞은편 자리에 앉았다. 올려다볼 때는 몰랐는데 마주 앉고 나니 그가 퍽 늙어 보였다. 서 있을 때와 달리 조명을 등지고 있어서 그러는지도 몰랐다.

"유진 씨는 어떤가요? 잘 지내나요?"

"빨리 다시 출근하고 싶어합니다. 몸도 좋아졌고요."

태오는 그가 유진의 상사라는 걸 떠올리며 답을 골랐다. 유진이 틈만 나면 방에 틀어박히고 낮에도 영 외출하는 기미가 없으며 사람들의 평판에 억울해하고 곧잘 소리 높여 운다고 얘기할 필요가 없었다. 관장은 유진의 복직 여부를 좌우할 수 있었다. 태오가 실수하면 유진은 망신을 당했다며 무척 화를 낼 것이다. 복직에 불이익을 당하면 태오 핑계를 댈지도 몰랐다. 유진은 과학관 일을 좋아했고 전시를 치러낸 후 관장의 평가와 대중의 반응에 민감했다. 휴직 기간에도 일을 했다. 갓난아기를 눕혀놓고 동료가 보내준 기획서를 검토했다. 태오가 보기에는 간단한 스케치에 지나지 않는 전시물 상상도를 팩스로 보내기 위해 비즈니스센터에 가곤 했다.

"몸은 어떤가요?"

"많이 좋아졌습니다."

"그래야죠. 얼른 다시 출근해서 일하는 걸 보고 싶군요. 일하는 걸 참 좋아했어요."

관장은 그렇게 얘기하고 입을 다물었다. 아직 한 잔도 마시지 않았지만 태오와 합석한 걸 후회하는 눈치였다. 가벼운 인사와 유진의 안부를 묻고 난 후에는 더 할 얘기도 더 할 일도 없다는 사실을 이제야 알게 된 것인지도 몰랐다. 늦은 일이었다.

"지금 하고 있는 전시가, 뭐라더라, 아내 말로는 흥행도 썩 괜찮은 편이라고 하던데요."

유진에게 들은 게 아니었다. 신문에서 봤다. 기자는 규모가 작은 사설 과학관에서 특색 있는 기획을 선보였다고 썼다. 다만 전시물 수가 적고 간혹 개연성이 의심스러운 재현이 눈에 띈다는 고견이 있었다. 관장과 한 시간 이상 함께 보내야 한다면 과학관의 전시에 대해 묻거나 떠드는 것만큼 적당한 화제가 없는 것 같았다. 다른 공통점을 찾기는 힘들었다. 유진에 대해서는 입도 벙긋하기 싫었다.

"흥행은 뭐…… 그런 건 중요한 게 아닙니다."

관장의 단호한 대답을 태오는 속으로 비웃었다. 흥행이 중요하지 않다면 왜 유진이 전시를 준비할 때마다 태오를 붙들고 이해하기 어려운 구석은 없는지, 흥미로운 부분이 뭔지 물어댄단 말인가.

태오는 가깝지 않아 필요한 몇 가지 질문을 의무적으로 던졌다. 관장은 짧게 대답했고 답이 끝나면 술을 한 모금 마시고 내려놓았다. 선뜻 다가와 반갑게 알은체하던 때와 달리 점점 말수가 줄었다. 입을 다물고 있어서인지 술을 마시는 속도가 빨라졌다. 태오가 다음번 전시 계획을 묻자 밖에서까지 일 얘기는 하고 싶지 않다고 딱 잘라 말했다. 그러고는 태오의 질문이 무례해서 화가 난 듯 아예 입을 다물어버렸다. 울적해 보이기도 해서 태오는 자신이 그를 괴롭히고 있다는 착각에 빠졌다.

유진이 관장에 대해 한 말들을 떠올렸다. 딱히 기억나는 게 없는 걸 보니 직장상사에 대해 할 법한 말만 해온 것 같았다. 엄격한 사람 같지만 알고 보면 따뜻한 사람이라는 식의 얘기 말이다. 변덕스럽고 제멋대로라는 말은 하지 않은 것 같았다. 그게 생각났다. 관장의 집이 여기서 멀지 않다는 것. 행정구역은 달랐지만 태오의 집이 있는 동네에서 다리를 하나 건너기만 하면 됐다.

"특별히 좋아하는 술이 있나요? 여긴 작지만 이래 봬도 뭐든 다 있죠."

관장이 한동안의 침묵을 견딘 후 입을 열었다. 관용을 베푸는 재판장 같은 목소리였다.

"맥주면 충분합니다."

"여긴 처음인가요?"

"네."

"난 가끔 와요. 사람들하고 얘기를 나누기도 좋고 조용히 혼자 음악을 듣고 있어도 좋죠."

관장이 술을 비우는 속도가 빨라졌다. 술을 마신 후에 종종 주위를 둘러보거나 휴대전화를 들여다보고 성난 표정을 지었다. 처음의 친절한 미소는 차차 자취를 감추었다. 바에 들어선 한 떼의 손님이 자리에 앉아 시끄럽게 떠들어대자 주인을 불러 조용히 시키라고 말해 태오를 무안하게 했다. 태오로서는 취기가 유머감각을 좀먹는 이유를 이해할 수 없었다. 얼굴이 불콰해지고 목소리가 커지고 바닥에 술을 흘리는 등의 일을 관장과 나눌 생각이 없었다. 태오의 굳은 얼굴을 이제는 관장이 힐끔거렸다.

"아, 미안해요. 나만 마시네요. 술을 안 좋아한다고 했는데⋯⋯"

관장은 제대로 알고 있었다. 태오가 그런 말을 한 적은 없지만.

"과학관 일에 대해 잘 압니까? 유진 씨한테 많이 듣는 편인가요?"

관장이 취기를 이기려는 듯 자세를 똑바로 하고 물었다. 조용하지만 쌀쌀한 목소리였다. 과학관에 대해서는 몰라도 이런 질문의 의도쯤은 알 것 같았다. 기분이 상하지는 않았다. 실제로 아는 게 거의 없었지만 앞으로를 위해 알아두고 싶어졌다.

"뭐, 적당히요. 관장님은 어떤가요? 재밌나요?"

"글쎄요. 나는 전공이 영문학이에요. 삼 년 전부터 근무했고 정년은 십오 년쯤 남았네요."

관장이 태오 눈을 똑바로 보더니 그렇게 말했다. 그것으로 모두 설명된다는 듯 한동안 입을 다물었다. 어리둥절해하는 태오를 보며 관장이 웃었다. 유쾌해 보일 정도였다. 주인이 그들을 돌아봤다. 목소리 높여 떠들던 일행도 그들을 봤다. 관장의 웃음소리는 지나치게 컸다. 소동을 벌이려는 건 아닌 듯했다. 그저 웃기만 했다. 태오는 영문학과 출신의 나이 어린 사람이 과학관 관장이 된다는 것을 잠시 상상했다. 빼어난 노력이나 재능 때문은 아닐 수 있다는 생각이 들었다.

"과학관에서는 누구나 내 회의실에 들어오죠. 하지만 누구도 내 말을 따르지는 않아요. 직원들끼리 있을 때면 '관장은 아는 게 없어'

하고 얘기할지도 모르죠. 내가 뭐라고 지적해도 별로 새겨듣지 않아요. '그런 건 전시물로 재현하기 불가능해요.' 그렇게 말하면 끝이죠. 전시에 있어서만큼은 재현할 수 없는 과학은 과학도 아니니까요. 유진 씨도 그렇게 말하는 쪽이에요. '증명할 수 없는 건 무용합니다.' 단호하죠. 그래도 꼭 덧붙여 말했어요. '그렇지만 세상에는 그런 일 천지예요. 확실한 걸로 증명되는 건 없어요. 그러니 일단 검토는 해보겠습니다.' 고마운 일이죠. 얘기를 들어주려고는 하니까요. 하지만 그걸로 끝이죠. 거기에 불만이 있다는 건 아니에요. 검토고 결정이고 다 직원들이 하는 거니까요. 내 의견이 수락되는 경우는 거의 없죠. 재단이 임명하는 관장이라는 게 그런 겁니다."

"책임지는 게 가장 어려울 때도 많으니까요."

"책임이요? 글쎄요. 과학관에서 내 역할은 회의 때 직원들이 딴생각 못하도록 질문을 던지거나 적자로 운영되다 보니 늘 전시실 폐쇄를 요구하는 이사진을 설득하는 게 다라고 해도 좋을 정도예요."

"따분하시겠습니다."

"그렇긴 하지만 그 말을 듣자고 꺼낸 얘기는 아닙니다. 회사에 다니죠? 전자제품 회사라고 했나요? 거기 일도 꽤나 까다롭겠죠? 어디나 그러니까요."

태오는 웃는 것으로 답을 대신했다.

"과학관에서 하는 일은 참 흥미롭더군요. 전적으로 과학과 관련한 일이 아닌 경우도 많아요. 전시가 특히 그렇죠. 전시에 있어서만큼은 형상화가 불가능한 건 과학이 아니니까요. 형상화된 것도 자세히 보면 상상과 추측인 경우가 많고요. 나야 이제 겨우 배워가는 수준이지만 확실히 재밌는 구석이 있어요."

"과학에 대해선 잘 모릅니다."

"괜찮아요. 몰라도 상관없는 것들이에요. 사실 과학 같은 건 우리랑 별 상관이 없어요. 인생의 현실적인 사건과도 영 다르거든요. 아, 유진 씨 전공은 그렇지 않더군요. 기후학은 아주 실제적이고 은유적인 학문이죠. 그동안 유진 씨 도움을 많이 받았어요. 관련 전시도 꽤 여러 번 기획했고 전시 경험도 가장 많은 편이에요. 전시를 기획하고 상상하는 감각이 탁월해요."

관장은 적절한 예를 찾는 듯 말을 멈췄다. 태오는 이미 관장의 얘기에 흥미를 잃었다. 유진에 대한 평가가 엄청난 의미를 갖는 것으로 생각되어 스스로도 놀랄 지경이었다. 추측에서 비롯된 의심과 그로 인한 절망의 강도가 높아졌다.

아기를 잃고 나서 태오는 회사를 그만두었다. 여전히 기분을 상하게 하는 상사에게 무슨 짓을 할지 두려웠다. 그 무렵 태오는 일부러 상사가 빈정대는 순간을 기다렸다. 그의 몸 전체를 꽉 채워버린 분노와 함께. 틈만 나면 그 밤 무슨 일이 있었는지 상상했다. 그러면 분노와 원망이 서서히 뇌로 차올랐다. 이해하기보다는 화를 내거나 분노하는 게 쉬워서인 것 같았다.

유진 탓이 아니었다. 사고였다. 태오는 그걸 알았다. 하지만 그렇게 생각할 수 없는 때가 있었다. 유진이 아무런 애정이 담기지 않은 표정으로, 당혹스러워 보이는 표정으로 잠든 아이를 바라보는 모습이라거나 아이가 생긴 일을 두고 실수라고 했던 말이 떠오를 때면 그랬다. 갑작스럽고 낯익은 불쾌감이 태오를 감쌌다. 사람들이 아이를 예쁘다고 하거나 쓰다듬어주면 유진의 표정은 잠깐 부드러워졌는데, 아이를 향한 자부는 아니었다. 유진은 아기가 준 피로감에 몹시 화가 나 있었고, 태오가 보기에는 명백히 우울증임에도 부인하며 화를 냈고, 그 화를 태오와 아기에게 풀었다.

의사 역시 태오의 생각을 거들었다. 아내분의 우울한 기분이 심려스럽다고 했다. 태오는 경솔하고 무책임한 의사의 말에 화가 났다. 화가 난 나머지 의사의 멱살을 잡은 채로 앞뒤로 흔들었다. 태오가 한 짓은 금세 아파트 주민에게 퍼졌다. 태오가 소동을 일으키지 않았다면 소문이 돌지 않았을 것이고 흥미로워하는 시선을 의식하지 않아도 되었을 것이고 어두워진 틈을 타 아파트 유리창이 깨지는 일도 없었을 것이다.

그날 무슨 일이 있었는지 태오는 정확히 몰랐다. 모르는 채로 일단 인생을 살았다. 시간이 지났다. 점차 그날의 일을 유진에게 묻지 않게 되었다. 어떤 유의 대답을 바라지 않는다면 질문해서도 안 된다는 걸 깨달았다. 그저 재미로 질문해서는 안 되는 것도 있는 법이었다. 유진에게도 이전과 마찬가지로 행동할 수 있었다. 다른 생각에 마음을 빼앗긴 내색을 보이지 않게 되었다.

그럼에도 유진이 다정하고 편안한 얼굴로 잠이 든 걸 보면 갑자기 두 손으로 얼굴을 감싸고 소리를 내지 않으려고 노력하며 울곤 했다. 그러고 나면 앞으로는 유진의 얼굴을 볼 수 없겠다는 생각이 들었다. 그렇게 생각해서는 안 된다고 여러 번 다짐했지만 어떤 일은 영영 이해할 수 없을 것 같았다. 이를테면 산 사람은 살아야지 하면서 태오에게 식사를 권하던 모습, 멍한 얼굴의 태오를 보면서 언제까지 그럴래 하는 표정을 짓는 일, 아이 때문에 생긴 돈을 찾기 위해 보험증권을 내미는 걸 보고는 확신을 갖기도 했다. 그러나 그 순간만 지나면 아니라는 걸 금세 알았다. 누가 잘못했건 태오와 유진은 함께 고통받았다. 자신과 마찬가지로 유진도 아이를 잃었다는 것은 말할 것도 없었다. 자신이 겪는 불행은 유진에게도 온 것이었다. 그러고 나면 애처로운 생각이 들어 그녀를 사랑한다고 중얼거리고는 잠이 들었다.

관장을 보고 있자니 익숙한 분노가 되살아났다. 불쑥 화가 치밀었다. 그러나 성급한 판단과 충동적인 분노는 경계해야 마땅하므로 다시 관장이 얘기를 시작하도록 두었다.

"기후학에 대해서 내가 아는 건 별로 없어요. 기상학도 마찬가지고요. 고작 날씨에 관한 속담 정도나 알죠. 부끄럽지만 사실이에요. One swallow doesn't make a summer 같이 흔한 거요. 유진 씨한테 유치한 질문을 많이 했어요. 왜 태풍의 진로는 정확한 예측이 불가능하냐, 풍향은 언제 바뀌냐 하는 것들이요. 상식 차원에서 기온차나 자전이 바람을 불게 한다는 건 알았죠. 하지만 몬순 같은 거요. 그렇게 규모가 큰 바람은 언제 방향을 바꾸는지, 그 순간을 미리 알 수는 없는지, 그런 건 이해하기 힘들었어요. 그런 거에 대해 잘 압니까?"

태오는 고개를 저었다. 관장의 이야기를 계속 듣고 싶은지 확신할 수 없는 채로.

"유진 씨한테 물어도 믿을 만한 얘기는 별로 말해주지 않았어요. 바람은 부는 방향이 바뀐 후에야 정확한 풍향을 알 수 있다고만 했어요. 웃기지 않습니까? 내가 다시 물어보니까 등압선을 보면 풍향을 짐작할 수는 있다고 얘기해줬어요. 확신할 수 없지만 짐작할 수는 있다고 말입니다. 그저 최선을 다해 짐작할 뿐이라고요."

"여길 와본 적이 있습니다."

"아, 그래요? 언제요? 맘에 들던가요?"

관장이 뚫어져라 태오를 쳐다보았다. 태오가 얘기에 끼어든 것에, 아까와 다르게 말하는 것에 당황하는 표정이었다. 그 밖에 다른 감정은 느껴지지 않았다. 그게 태오를 괴롭혔다. 관장이 느긋해 보인다는 것. 관장이 의자에 등을 기대고 앉았다. 붉게 상기된 얼굴이 편안해 보였다.

"아내도 여기에 온 적 있어요. 아기 혼자 재워두고요."

태오가 말했다. 그는 조심하지 않았다. 한번 시작하자 멈출 수 없었다. 도가 지나쳤다는 생각도 했다. 억지를 부린다는 걸 알았지만 확신을 버리지 못했다. 술에 취해서는 아니었다. 태오는 더 이상 마시지 않았다. 그런데도 몹시 취한 느낌이 들었다. 하마터면 다 말해버릴 뻔했지만 뒤쪽 테이블에서 시끄러운 소리가 나는 바람에 그 정도로 입을 다물 수 있었다.

그날 유진은 급해 보였다. 아기를 안고 있지는 않았다. 유진은 태오가 부르는 걸 듣지 못했다. 태오는 다시 한 번 유진을 불렀고 유진이 이번에도 듣지 못하자 더는 부르지 않았다. 따라갔다. 어찌나 급한지 뒤도 돌아보지 않았다. 유진은 역 근처 건물로 들어갔고 일순 사라졌다. 태오는 여기저기 둘러보았다. 유진이 자주 가는 비즈니스센터가 있었다. 거기에 없었다. 지하로 내려가는 익숙한 뒷모습이 보였다. 내려가보니 두꺼운 나무문이 있었다. 태오는 망설였다. 그

문을 열지 않았다. 일단 문을 열고 나면 뭔가를 보게 될 텐데, 그게 꺼려졌다.

"그 얘기는 들었어요. 모두 유감스러워했어요."

"모두라니요?"

"직원들이요. 나도 그렇고요."

"그날 여기에 왔었죠? 아기가 죽은 날이요."

그날 태오는 나무문 앞에서 서성이다가 다시 아파트로 갔다. 서둘렀다. 아기는 홀로 있었다. 다행히 푹 잠든 것 같았다. 태오는 옷도 갈아입지 않고 자고 있는 아이 곁에 누웠다. 새근거리는 숨소리가 그를 안도하게 했다. 그러자 궁금해졌다. 잠든 아기를 홀로 두고 어딜 간 걸까. 급한 일이 있을 게 무언가. 누굴 만나러 간 걸까. 그게 누굴까. 두꺼운 나무문이 머릿속에서 안달했다. 태오는 아이가 깨지 않도록 조심하며 일어섰다. 아이가 조금 칭얼거렸다. 몸을 뒤척였다. 태오는 깜짝 놀라 멈춰섰다. 아이가 칭얼대다 몸을 엎드렸다. 다시 잠들었다. 새근거렸다. 태오는 분명 그 소리를 들었다.

아까 그곳에 닿기도 전에 아파트 쪽으로 황급히 걸어오는 유진이 보였다. 태오는 눈에 띄지 않으려고 맞은편 상가로 들어갔다. 유진은 태오를 빠르게 지나쳤다. 태오는 천천히 걸었고 지하 일 층으로 내려가 두꺼운 나무문을 밀었다. 혼자 앉아 있는 사람은 아무도 없었다. 태오는 비어 있는 테이블에 앉았다. 방금 누군가 앉았다 떠난 흔적 같은 것도 없었다. 태오는 맥주를 한 병 시켰고 어리석음을 탓하며 한 모금 마셨고 그것을 다 마시기 전에 다급한 목소리의 전화를 받았다.

관장이 걱정스럽다는 듯이 태오를 보고 천천히 입을 열었다.

"가끔 여기에 오지만 오늘처럼 우연히 누굴 만나는 날은 거의 없어요. 우연이 언제나 쉽게 시간을 내주는 건 아니에요."

관장의 대답은 알고 있었다. 유진도 그렇게 말했다. 누군가를 만난 게 아니라고. 비즈니스센터에서 과학관에 팩스를 보내려 했다고. 종종 있는 일이었다. 아이를 홀로 두고 나온 건 처음이었지만. 사이즈 문제로 팩스는 보내지 못했다고 했다.

그게 이상했다. 누구도 그날 여기에 오지 않았다는 것. 여기에 왔었던 것은 자신뿐이라는 것. 자신만이 분명치 않은 걸음에 홀려 아이를 두고 홀로 이곳에 왔다는 것.

"난 이런저런 일을 겪었어요. 생각해보니 정말 그렇군요. 과학을 전공하지도 않은 사람이 과학관 관장 노릇을 할 때 회의실에 앉아서 고개만 끄덕이고 직원들에게 생물이나 기후학, 멸종동물에 관해 기초적인 걸 물어댄다고 생각하는 건 아니죠? 난 직장이 거기인 탓에 내가 잘 알지도 못하는 논리적이고 실증 가능한 과학에 대해서 사람들과 자주 얘기하지만, 그러다 보니 그게 전부가 아니라는 걸 알게 됐어요. 단정하고 확신하고 이해할 수 있는 게 많지 않다는 거요. 인생이라는 건 과학보다 훨씬 더 복잡하잖아요. 아마 그럴 거라는 생각이 들어요. 인생은 과학 이상이니까요."

태오는 관장이 개인적으로 악의를 품고 있거나 어떤 이유로 자신을 괴롭히는 거라고 생각했다. 하지만 고통은 뜻밖의 것에서 왔다. 처음으로 다른 사람에게 아이가 죽었다고 말한 것에서. 관장이 자리에서 일어섰다. 아무 말도 하지 않고 똑바로 서서 엄중한 얼굴로 태오를 내려다보았다. 잠시 그러고 있다가 그대로 나가버렸다. 두꺼운 문이 천천히 닫혔다.

자신이 극심한 고통에 처해 있는 동안에도 주인이 그릇을 닦는 소리, 뒤늦게 들어온 일행이 떠드는 소리, 낮은 음조의 여자가 흐느끼듯 노래하는 소리가 고스란히 들려온다는 것에 놀랐다. 처음에는 분노라고 생각했다. 아니었다. 유진이 모든 것을 알고 있는 게 아닐까 두려웠다. 알고도 모르는 척하는 것 같았다. 유진은 태오의 추궁과 의심을 홀로 견뎠다.

대신 태오가 자주 물었다. 정말 그게 다야? 유진이 모르는 척 잡아떼다는 듯이. 내 말 안 믿지? 유진이 여러 번 되풀이한 설명을 다시 한 번 침착하게 끝내고 태오에게 물었다. 태오는 침묵함으로써 유진을 실망시켰다. 그다음은 언제나 마찬가지였다. 유진은 울먹였고 태오는 입을 다물었다. 아무것도 해결하지 못하고 더 이상 어떤 얘기도 나누지 못한 채 각자의 방으로 들어갔다. 아마도 함께 사는 동안 성대수술을 한 동물들처럼 묵묵할 것 같았다. 침묵 속에서도 삶은 계속되었다. 간혹 생활의 소리들이 끼어들었다. 화장실 물 내리는 소리가 들렸고 방심한 태오는 방귀를 뀌었다. 재채기와 기침 소리 같은 것이 끼어들었지만 침묵을 깨지는 못했다. 그럼에도 태오와 유진은 책임과 오명을 함께 나눠 갖고 있어서 거기에서 생기는 묘한 동지애를 포기하지 않았다.

그날 이후 벌어진 일은 쉽게 상상할 수 없는 것이었다. 고작 동정을 받으리라 생각했는데, 아니었다. 아마도 우연한 일이기 때문이리라. 인과가 분명치 않은 일은 늘 꺼림칙한 이야기를 만들어내니까.

가장 나쁜 건 유진의 고의로 의심받는 것이었다. 사람들은 우연이 가져온 희박한 가능성을 잘 믿지 않았다. 유진을 탓하는 것은 부당했다. 유진 역시 아이를 잃었고 심지어는 죄책감에 시달렸다. 그러나 태오 역시 점차 그렇게 생각했다. 그게 진실이 아닌 줄 알았지만 되풀이해 생각하다 보니 끝내 그 생각을 믿게 되었다. 실제의 사실보다 믿음직스럽고 흥미로웠다. 스스로를 탓하는 것보다 정당하고 안정적이었다.

시간이 지나면 나아지리라는 것이 유일한 위안이었다. 하지만 시간이 결코 할 수 없는 게 있었다. 팔로 감싸안으면 가슴에 꼭 맞게 들어차던 느낌. 아이를 안고 있지 않는데도 재울 시간이 되면 팔이 저릿하고 가슴이 뜨거워졌다. 몸의 기억은 시간도 감당하지 못했다. 아이가 생각날 때마다 누워서 자는 모습이 떠올랐다. 유진의 품에 안겨 잠들었거나 베개에 얼굴을 파묻고 잠든 아기. 편안히 감긴 두 눈 같은 것. 그것이 태오가 기억하는 모습이었다.

간신히 팔을 들어 시간을 확인했다. 이제 곧 단전의 시간이 지나갈 것이다. 태오는 자리에서 일어났고 천천히 두꺼운 나무문을 지나 지하를 벗어났다.

아파트는 여전히 어두웠다. 이렇게 거대한 어둠은 처음이었다. 태오는 상가에서 내뿜는 불빛 아래에서 검은 아파트를 올려다봤다. 자신은 빛 아래 있고 유진은 어둠 속에 홀로 있는 게 기이하게 느껴졌다. 광량의 차이를 태오는 애써 의식했다. 그 간격은 영 좁혀질 것 같지 않았다. 그래도 아직 어두웠으니 그리로 가보기로 마음먹었다. 어둠 덕분이었다. 마주 보는 가운데 오가는 침묵을 견디지 않아도 되고 유진의 눈에 떠오를 당혹감이나 의구심을 확인하지 않을 수 있을 것이다. 태오가 걸음을 옮기려는데 반짝하며 불이 켜졌다. 시간차를 두고 아파트 세 동이 전부 밝아지니 상가 쪽 불빛은 시시한 것이 되고 말았다. 밝은 빛 속에서는 아무 말도 할 수 없을 것이다. 유진이 자신의 말을 다 듣고 어떤 표정을 지을지 두려웠다. 태오의 말은 유진의 분노를 살 게 분명했다. 유진이 모든 걸 알고 있다면 태오가 참을 수 없을지도 모른다. 불빛이 태오의 무익하고 돌이킬 수 없는 실수를 막아주었다.

태오가 조금 더 시간을 끌어볼 작정으로 물러서는데 아파트가 다시 어두워졌다. 잠시 바라보고 있자니 주저하듯 불이 켜졌다. 다시 불이 꺼지고, 켜졌다. 예고된 시간이 지난 후에도 몇 번인가 그런 일이 더 일어났다.

자선 대표작

편혜영
저녁의 구애

●

　화환을 주문한 사람은 김의 친구였다. 김이 그를 마지막으로 본 것은 벌써 십 년도 더 전의 일이었다. 친구는 목소리만으로 김인 것을 알아차리고는, 그런 것을 확인하지 않을 만큼 부주의한 성격인지도 모르지만, 다짜고짜 병상에 누운 사람의 용태를 설명했다. 안부를 묻거나 의례적인 인사를 건네지도 않았다. 김은 한참 듣고 나서야 전화를 건 사람이 오래전 친구라는 것을, 병상에 누운 사람이 그와 친교가 유지되던 시절 자주 찾아뵙던 어른이라는 것을 알았다. 김은 친구가 얼마 전 인수한 화원의 전화번호를 어떻게 알아냈는지 의아해하느라, 사경을 헤맨다는 어른의 나이를 생각하느라—결국 생각해내지 못했다—쉴 새 없이 떠드는 친구의 말을 귀담아듣지 않았다. 이미 돌아가셨다고 해도 놀랐을 테지만 아직 살아 계시다고 해서 더 놀랐는데 친구에게는 말하지 않았다. 오랜만에 통화가 된 친구에게서 인정머리 없는 놈이라는 핀잔을 듣고 싶지는 않았다. 정확히 기억할 수 없지만 돌아가셨다고 해도 그다지 놀랍지 않은 연세일 게 분명했다. 어른은 혼수상태에 빠진 이가 으레 그렇듯 인공장치의 힘을 빌려 숨을 끌어올린 후 천천히 내뱉는 식으로 숨을 이어가고 있다 했다. 어른이 숨을 뱉어낼 때면, 친구가 말했다. 응원하듯 고개를 끄덕이면서도 시계를 보게 돼. 한탄인지 실망인지 짐작할 수 없는 목소리였다. 의사가 오늘 오후를 넘기기 어렵다고 했어. 친구가 조금 뜸을 들였다. 김이 무슨 말인가 해주기를 기다리는 것 같았다. 문병이나 문상을 위해 병원의 위치를 묻거나 슬픔에 복받친 위로나 회한 어린 공감의 말을 건네주기를. 김이 끝내 아무런 대꾸도 하지 않자 친구가 낮게 한숨을 쉬었다. 네게 화환을 부탁해. 김은 내키지 않지만 어쩔 수 없다는 듯 고개를 끄덕였다. 부탁한다면 역시 비용을 치르지 않겠다는 말일까 생각하면서. 아무리 남이나 다름없어진 사이라고 해도 죽어가는 이와 관련된 비용을 흥정하는 것이 박정하게 여겨졌다.

친구는 대금 결제방식에 대해서는 입을 다물었지만 김의 휴대전화 번호를 묻고 장례식장 이름을 말하는 것은 잊지 않았다. 장례식장은 김이 한 번도 가보지 않은 도시에 있었다. 순전히 대화를 이어가기 위해 빈소가 왜 그 도시에 있는지 물어보려다가 관두었다. 십년도 더 지나 이루어진 통화에서 김이 진심으로 궁금했던 것은 친구가 전화번호를 어떻게 알았을까 하는 것뿐이었다. 그와는 얼마간 같은 회사를 다닌 적이 있지만 그게 다였다. 재직하는 동안 단체사진을 찍었다면 멀찍이 떨어져 찍었을 것이고 인화된 사진에서 서로의 얼굴을 찾는 데도 조금 시간이 걸릴 만한 사이였다. 네가 올 거지? 친구가 물었다. 김이 주저하며 대답을 고르는 사이 그나저나누구한테 연락하지? 친구가 덧붙여 물었다. 딱히 상의하는 것도 아니고 혼잣말도 아닌 소리였다. 그 시절의 지인들과는 이미 모두 연락이 끊겼다고 대답을 하려는데, 친구는 김의 대꾸를 기다리지도 않고 대답에 뜸을 들이는 게 못마땅하다는 듯 갑자기 역정 난 목소리로 내가 알아서 할게, 하고 말했다. 그러고는 화환 발신자의 이름을 불러주었다. 한 번도 들어본 적 없는 단체의 이름이었다. 김은 아무것도 묻지 않는 것이 예의에 어긋나는 것 같아 마지못해 무엇을 하는 단체인지 물으려고 마른입을 떼었으나 친구는 다시 병실로 돌아가봐야 한다며 전화를 끊었다. 처음과 마찬가지로 어떠한 인사도 없었다.

김은 친구의 무례와 냉대가 성격 탓인지 자신의 잘못에서 비롯된 것인지 생각했다. 시간을 들여 오래전 일을 곱씹은 끝에 친구가 보낸 서신이 떠올랐다. 김은 재직 중이던 회사가 무리한 사업 확장으로 자금 압박에 시달리다 법정관리에 들어섰을 때 사직서를 냈다. 직원들이 자발적으로 급여 삭감을 감행하며 회사의 정상화를 다짐하던 때였다. 김은 다른 도시의 사업체에 일자리를 추천받았다. 김을 추천한 이가 병상에 누운 어른이었다. 그 일로 친구는 김을 비난했다. 동료애라고는 눈곱만큼도 없으며 이기적이고 타산적이라는 것이었다. 다른 사람에게 들은 얘기였으나 소문을 전한 이와도 이미 연락이 끊긴 지 오래였다. 김은 누구나 이기적이므로 누구에게든 이기적이라고 비난하는 것은 어떤 경우에도 타당하지 못하다고 생각했다. 만약 어른이 친구를 추천했다면 그 역시 망설이지 않고 이직을 택했을 것이었다. 친구는 김의 아랑곳 않는 태도에 상처를 받았다. 최후의 수단으로 이전 회사에서의 김의 몇몇 과오를 공개하는 서신을 이직할 회사에 보냈다. 그 일은 김이 한동안 구설수에 시달리는 것으로 흐지부지 마무리되었다. 김은 그 일로 우정이라는 것은 애정의 정도와는 아무 관계가 없으며 자신에게 헌신적이거나 유익할 때에만 유효한 감정이라는 것을 깨달았다. 그러나 모든 지나간 일을 되새기는 과정이 그렇듯 과거의 어떤 일이 미친 결과나 상처는 아무런 파동 없이 떠올랐고 그러는 과정에서 어느새 시간이 훌쩍 지나버린 것에 대한 서글픔과 뻔한 회한만 남았다.

　장례식장 이름을 적어둔 메모지 위쪽으로 주문상품과 배달지가 드문드문 적혀 있었다. 딱히 그것을 보고 있어서는 아니었지만 해야 할 여러 가지 일들이 두서없이 떠올랐다. 모든 것을 제쳐두고 당장 해야 할 일은 아니었다. 꼭 해야 할 일임은 분명했다. 게다가 언제든 시급한 일이 생길 수 있었다. 오늘이 아니면 내일, 어쩌면 오 분 후에 라도 당장. 자영업자의 일이란 게 그렇기 마련이었다. 김은 자신을 대신해 화환을 배달하고 부조금을 전해줄 사람을 떠올려보았다. 정확히는 모르겠으나 어른은 당장 상을 치른다 해도 호상이라 여길 만한 연세임이 분명했다. 게다가 친구의 말에 따르면 오랜 혼수상태로 사람을 알아보지 못한다고 했다. 서둘러 출발한다고 해도 병원에 도착할 때쯤에는 이미 돌아가셨을지도 몰랐다. 그 생각을 하자 애틋하고 애잔한 마음이 일었지만 죽어가는 이를 대할 때 누구나 느끼는 정도 이상은 아니었다. 김은 이직 후 사례를 표하고자 실례가 되지 않을 정도의 선물을 사서 어른에게 인사를 드리곤 했다. 어느 해 추석의 사과 한 상자와 설의 말린 표고버섯 한 바구니, 다음 해 설의 특 상품 배 한 상자와 추석의 한라봉 한 상자 같은 것으로. 그리고 비용을 못 받을 게 분명한 근조화환으로. 무엇보다 아무리 크게 신세를

졌다 해도 이미 잊어도 좋을 만큼 충분히 시간이 지났다.

●

　장례식장은 남쪽으로 삼백팔십 킬로미터 떨어진 도시에 있었다.
나 같으면 십 년도 더 연락이 끊긴 사람에게는 부고를 전하지 않을
거예요. 김이 치통을 앓는 것처럼 눈썹을 찌푸리며 말했다. 김이 어
렵게 떠올린 사람들은 모두 바쁜 일과가 있었다. 중요한 약속이 있
었고 미루지 못할 업무가 있었다. 부고는 원래 크게 알려야 해. 죽은
줄도 모르고 안부를 묻는 짓을 못하도록 말이야. 그것처럼 바보 같
은 게 없거든. 옆집 화원 사내가 말했다. 작년에 삼십 년 지기였던 고
등학교 동창이 죽었어. 우리 중에 제일 건강한 친구였는데. 부고를
못 들은 녀석들은 아직도 그 친구 안부를 묻지. 죽었다고 대답할 때
마다 그 녀석이 죽은 게 실감 나. 사내가 죽은 친구를 회상하듯 말을
삼켰다. 그때 입었던 옷이야. 김이 검은 상의를 받아들며 고개를 끄
덕였다. 김이 이해한 것은 사내의 슬픔이 아니라 고등학교 동창과
삼십 년 지기라는 것으로 짐작한 사내의 나이였다. 사내의 머리는
하얗게 세어 있었다. 생각보다 나이가 적은 편이었다. 그나저나 옷
이 너무 크군. 낡기도 했고 말이야. 사내가 말했다. 괜찮아요. 이런
옷이 다 거기서 거기지요. 길게 내려온 소매가 손등을 완전히 덮었
다. 하긴 면접 보러 가는 것도 아닌데. 사내가 고개를 끄덕이며 상의
소매를 두 번 접으라고 일러주었다.
　김은 성인 남성 평균 신장보다 십오 센티미터 정도가 작았다. 김이

기억하기로는 열네 살 이후 키가 자라지 않았다. 그때 아버지가 죽었다. 키가 크지 않은 건 그때의 충격 때문이라고 줄곧 생각해왔지만 나중에서야 그게 아니라는 걸 알았다. 성인이 된 후 어깨 통증을 견디지 못해 한의원에 갔다가 벽에 걸린 '성장 가능 최대 신장 예측법'을 본 적이 있었다. 아버지와 어머니의 신장을 기준으로 몇 단계의 간단한 계산을 거치는 수식이었다. 아버지의 신장은 어머니가 기억하는 추정치를 사용했다. 어머니는 어슴푸레한 눈으로 아버지가 자기보다 한 뼘쯤 더 컸다고 회상했다. 정확한 것은 아니었으나 계산해보니 김의 신장 최대치는 지금보다 고작 사 센티미터가 큰 정도였다. 김은 허탈한 웃음을 터뜨렸다. 그는 소년 시절 갑작스레 아버지가 죽은 것과 그로 인해 어머니가 인근 공장의 삼교대 근로자가 될 수밖에 없었던 일, 부모로부터 방치된 소년이 작은 키 때문에 친구들의 놀림을 받으며 남아도는 시간을 어쩌지 못해 저질렀던 여러 가지 일을 떠올리며 아버지의 죽음이 삶의 연쇄된 고리들을 마음대로 바꿔놓았다고 생각해왔다. 그 때문에 유일한 유산으로 작은 키를 물려준 데다 죽음으로 가족을 방기한 아버지에게 가책 없이 비난을 퍼부어왔는데, 그 모두가 오해라는 걸 깨달아서였다.

출발을 위해 막 시동을 걸고 나서 김은 여자와의 저녁 약속을 떠올렸다. 약속 시간을 한두 시간 뒤로 미룬다고 해도 지킬 수 없을 것 같았다. 이미 두 번이나 여자와의 약속을 지키지 못했다. 김은 자신의 부주의를 사과했지만 여자는 매번 그럴 만한 사정이 있었으니 괜찮다고 했다. 김은 애써 서운함을 감춘 여자의 말투가 오히려 못마땅했다. 여자는 화를 내는 대신 김이 점심으로 뭘 먹었는지 휴일에는 무슨 일을 하며 지냈는지 궁금해했고 자기에게 있었던 일을 얘기하고 싶어했으며 선택이 필요한 일을 상의하고 싶어했으나, 그럴 때마다 김에게 급한 손님이 찾아와 전화를 끊어야 했다. 며칠 뒤 여자는 여러 번 망설였음이 분명한 말투로 전화를 걸어서는 평범하기 짝이 없는 안부를 물었고 김의 무뚝뚝한 응대에 당황하여 할 말을 찾지 못하고 싱겁고 일상적인 말만 내뱉었다. 손님이 왔으니 이만 끊자고 하면 말실수를 더 이상 하지 않아도 된다는 안도감과 매번 김이 먼저 전화를 끊는 데서 오는 서운함이 뒤섞인 말투로 서둘러 인사를 하곤 했다. 그렇게 전화를 끊고 나면 바쁘거나 한가한 와중에 불쑥 여자의 얼굴이 떠올랐다. 여러 사람이 어울린 자리에서 줄곧 입을 다물고 앉아 있는 무표정한 얼굴이었다. 여자는 그렇게 말없이 앉아 있다가 뜬금없이 진지한 말을 내뱉어 비웃음을 사곤 했다. 이미 지나간 말에 대해 아무도 웃지 않는 농담을 했고 사람들이 어리둥절해하면 애당초 농담할 생각 같은 건 없었다는 듯 정색하며 굳은 표정을 지었다. 그런 여자를 볼 때면 김은 처음에는 조마조마하다가 이내 불쾌한 기분에 사로잡히고는 했다. 그것은 그가 작은 키를 의식하여 어색해지거나 자신이 없어질 때 자주 하는 행동이었다.

여자는 김에게 사소하고 값싼 것이어서 부담스럽지는 않지만 시간을 들여 골랐음이 분명한 작은 선물들을 곧잘 주었다. 김이 지나가는 말로 읽고 싶다고 한 책이거나 화원에 두고 쓰면 좋을 사무용품, 소지하고 다니기에 적당한 크기의 지갑 같은 것이었다. 여자의 마음 씀씀이와 달리 상자를 열거나 포장지를 푸는 김의 손은 떨리지 않았다. 김은 점점 여자에게서 풍기는 냄새가 못마땅해졌다. 사용하는 화장품이나 향수, 샴푸나 린스 냄새일 테지만, 여자에게는 화원에서와 같은 뒤엉킨 꽃 냄새가 풍겼다. 김이 좋아하는 냄새는, 딱히 냄새라고 할 수는 없지만, 무취였다. 김은 화원을 인수하고 나서야 아무리 좋은 향기라도 몇 가지 종류가 한데 뒤섞이면 금세 악취가 된다는 걸 실감했다.

●

　출발은 순조로웠으나 남쪽으로 백이십 킬로미터 정도 내려왔을 때 정체구간을 만났다. 마라톤대회로 일정 시간 차량 출입이 통제되고 있다고 했다. 차에서 내려 담배를 피우고 있던 앞차 운전자가 일러주었다. 김은 차량 운전자들이 즐겨 듣는 라디오 교통정보 프로그램을 싫어해서 도로사정에 어두웠고 그 때문에 자주 이런 경우를 만났다. 통제구간은 완벽하게 텅 비어 있었다. 도로를 달리고 있는 사람은 하나도 없었다. 선수들은 이미 구간을 통과했거나 아주 먼 곳으로 낙오된 모양이었다. 김은 누군가는 이미 지나갔고 누군가는 좀 늦게 지나가게 될 도로를 멍하니 바라보다가 언젠가 마라톤 중계방송에서 들었던 아나운서의 말을 떠올렸다. 마라토너들은 보통 한 번에 두 번씩 숨을 들이마시고 두 번씩 내쉰다고 했다. 김은 그 말을 떠올리며 의식적으로 숨을 들이마시고 내쉬어보았다. 공기는 그의 몸속을 타고 흐르다가 다시 공기 중으로 힘없이 사라졌다. 그것은 전적으로 자신에게 일어나는 일이었지만 너무도 일상적이고 순조로워서 자신과는 무관한 것으로 여겨졌다.

통제가 풀려 다시 남쪽으로 얼마간 내려갔을 때 주머니에 넣어둔 휴대전화가 울렸다. 낯선 번호였다. 화환을 주문한 친구의 번호인지도 몰랐다. 어른이 이미 돌아가셨는데도 화환이 도착하지 않아 텅 빈 영안실이 못마땅해진 친구가 독촉전화를 거는 것일 수도 있었다. 김은 전화를 받지 않았다. 상품 독촉은 흔한 일이었다. 고객들은 늘 받아야 할 것이 너무 늦게 도착한다고 투덜거렸다. 의뢰인이 언제쯤 도착하느냐고 물으면 김은 십 분이면 충분하다고 대답했다. 단 십 분이라도 교통사정과 도로사정은 계속 바뀌는 법이었다. 다시 전화가 걸려오면 근처라고 말하며 번지수가 다른 주소를 댔다. 그러면 의뢰인은 허둥지둥 주소를 불러주었다. 송장에 주소가 잘못 기재되는 것은 실제로 자주 발생하는 실수였다. 간혹 배달 지연이 문제되지 않는 행운을 만나기도 했다. 독촉하던 의뢰인이나 수신인에게 뜻밖의 일이 생기는 경우였다. 꽃다발이 도착하기 전에 프러포즈하려던 애인에게 이별을 통보받거나 난데없이 폭력배가 나타나 개업식을 난장판으로 만들어놓는 일, 아이를 사산하는 바람에 산모가 혼절하는 일들이었다. 꽃을 늦게 배달해도 좋은 행운이란 그런 것들이었다.

톨게이트를 지나자 허공 중에 불쑥 장례식장이라고 쓰인 커다란 간판이 나타났다. 간판 아래로 장례식장 개업을 알리는 현수막이 건물 한 벽에 내걸린 채 바람이 부는 대로 몸을 뒤척이고 있었다. 부근은 전부 농지였는데, 수확을 끝낸 황량한 농토 속에 네모반듯한 장례식장 건물이 우두커니 서 있었다. 약속 시간에 늦기는 했으나 다른 도시에서 출발한 것을 감안하면 이해할 만한 시간이었다. 문상객은 밤이 다 되어서야 몰려올 것이고 화환은 도착 순서보다 발송인이 중요한 법이었다.

　장례식장 쪽으로 가는 곡선도로에 막 접어들 무렵 다시 전화가 걸려왔다. 전화를 받으려다 미처 속력을 줄이지 못해 자칫 가드레일을 들이받을 뻔했다. 요란한 소리로 타이어를 끌다가 간신히 갓길에 차를 멈출 수 있었다. 김의 놀란 마음을 부추기듯 전화가 계속 울어댔다. 화환을 주문한 친구였다.

　"어디야?"

　"다 왔어."

　"장례식장이야? 그럼 우선 병원 쪽으로 와."

　"왜?"

　"아직 안 돌아가셨어."

　"……?"

　"아직 살아 계셔."

　"아직 죽지 않았다고?"

　되묻고 나서야 김은 실수했음을 깨달았다. 살아 계셔서 다행이라고 대답했어야 한다는 생각이 들었지만 그 말도 실수가 될 게 분명했다. 죽음에 대해서는 경박하게 입을 놀리느니 그저 입을 다무는 게 상책이었다.

　"참내, 아직 죽지 않았냐고?"

　친구는 한숨을 쉬는 것도 같고 뭔가 대꾸해야 할 말을 찾는 것도 같았다. 진심을 털어놓자니 몰인정해 보여서 말을 삼가고 있는지도 몰랐다. 김의 당혹감과는 상관없이 자신의 물음에 답이라도 된다는 듯 친구가 말을 이었다.

"오래 못 버티실 거야. 병원에서 나랑 같이 임종을 기다리지 뭐."

김은 병원으로 가는 대신 시가지 쪽으로 차를 몰았다. 시장기는 없었지만 시간을 보낼 생각으로 제일 먼저 보이는 우동집으로 갔다. 병원으로는 가지 않을 작정이었다. 누군가 죽어가는 순간을 목격하는 일이 내키지 않았다. 피와 뒤엉킨 출생의 순간을 목격하고 싶지 않은 것과 마찬가지 이유였다. 그에게 탄생은 지나간 일이었고 소멸은 먼 미래의 일이었다. 장례식이 시작되면 배달원처럼 빈소에 화환만 내려두고 다시 도시로 돌아갈 생각이었다. 도시로 돌아가면 체면과 의무감 때문에 잃어버린 시간을 벌충해야만 했다.

식사 시간이 아니어서 식당이 한가했으나 주문을 받으러 오는 것도 주방에 주문을 전달하는 것도 물을 내오는 것도 음식이 나오는 것도 늦었다. 주인을 채근하지는 않았다. 친구에게 전화를 받은 지 겨우 사십여 분이 지나 있었다. 시간은 드문드문 이어지는 어른의 숨처럼 더디게 흘렀다. 김은 난생처음으로 누군가 죽기만을 기다린 사십여 분에 대해 생각했다. 사십여 분간 생이 더 이어지는 게 무슨 의미가 있을까 생각하고 죽음이 지연될수록 희박해지는 슬픔에 대해서도 생각했지만 대부분은 그저 멍하니 식당의 유리문 밖을 보았다. 다른 때처럼 여러 곳을 경유해야 했다면 장례식이 시작되기를 기다리며 다른 곳을 먼저 들러 시간을 보낼 수 있었을 것이다. 장례식 전에 어느 개업식에 들러 꽃이 줄줄이 달린 서양난을 내려놓고 팥떡을 얻어먹을 수도 있었다. 산부인과에 들러 눈도 못 뜬 갓난아기를 안고 있는 산모에게 남편의 직장 동료들이 보낸 꽃바구니를 가져다주거나, 프러포즈를 할 생각인 남자에게 상자에 포장된 붉은 장미 다발을 갖다줄 수도 있었다. 먼저 죽은 누군가의 빈소로 화환을 배달할 수도 있었다. 그런데 이 도시에서는 죽음을 기다리는 것 말고는 어떤 일도 할 게 없었다. 천천히 우동을 먹고 밖으로 나왔을 때는 겨우 오십팔 분이 지나 있었다. 김은 앞으로도 얼마간을 누군가 죽기만을 기다리며 시간을 보내야 할 거였다.

한눈에 다 볼 수 있을 것 같은 작은 시가지를 통과하다 말고 한 슈퍼마켓 앞에 차를 세웠다. 어묵 통조림이 생각나서였다. 언젠가 이 도시를 다녀온 사람에게 어묵 통조림을 선물받은 적이 있었다. 우동과 어묵 통조림이 도시의 특산품 중 하나라고 했다. 선물을 준 이는 재미로 사왔을 게 분명하지만, 통조림은 사실 재난에 대비하기 위한 것이었다.

도시는 두 개의 지질학적 판이 만나는 근처에 있었고 오래전에는 기록에 남을 만한 강진이 있었다. 김이 태어난 직후의 일이었지만 위험을 경고할 때면 항상 언급되는 지진이었다. 보강되지 않은 전력선이나 수도관, 가스관이 끊어졌다. 곳곳에서 화재가 발생했다. 오래된 목조건물이 송두리째 흔들리다 한순간 무너졌다. 땅이 흔들릴 때면 벽이 단단한 건물일수록 버티지 못하는 법이었다. 무너진 벽돌더미에 차와 사람이 깔렸다. 굴뚝과 지붕이 날아가 하늘로 솟아오른 세간이 사람들을 덮쳤다. 도로와 교량이 파손되었다. 지진 이후 엄격한 건축 기준이 적용되었다. 모든 종류의 건축물이 일정 수준의 진동을 견디도록 건설되었다. 내진 설계된 터널은 도시를 관통하는 각종 관管을 보호할 거였다. 지진 발생 후에 전기나 수돗물 공급을 신속하게 재개하고자 고안한 것이었다. 지진 후 학생들은 정기적으로 대피훈련을 하고 있고, 지진 발생 시에 안전한 도로를 표시한 지도가 아직까지도 불티나게 팔리고 있었다. 한 텔레비전 프로그램에 나온 지진 전문가가 말했다. 그런 피해가 있었지만 앞으로 일어날 지진에 비하면 아무것도 아닙니다. 정말 무서운 건 말이죠, 아무도 언제 어느 도시에서 지진이 일어날지 예측할 수 없다는 겁니다. 다소 비관적인 성향의 전문가였다. 대부분의 학자들이 땅의 움직임이 보이는 특정한 양상으로 지진을 예측할 수 있는 것으로 믿고 있는 것과는 다른 생각이었다. 전문가는 화면을 똑바로 쳐다보며 말했다. 이 말은 지금이라도 당장 여러분이 서 있는 땅 밑이 갈라질 수도 있다는 얘깁니다. 전문가의 위협과 달리 김은 조금도 두렵지 않았다. 김에게 지진은 먼 땅 어딘가에서 쉴 새 없이 벌어지는 전쟁 얘기나 다름없었다. 거대한 피해를 안긴 다른 나라의 쓰나미나 온난화로 빙하가 녹고 있다는 얘기와도 같았다. 김에게는 화원의 꽃이 팔리기도 전에 시들어 죽거나, 누군가 돌을 던져 화원의 유리를 깨뜨리고 도망가는 게 전쟁이나 지진보다 더 불운이었다. 지진이나 쓰나미 같은 것은 어쩌지 못하는 사이 모두에게 닥치는 일이었다. 그러니 두려울 게 없었다. 모두 무사한데 자신에게만 불운이 닥치는 것, 김이 생각하는 불행은 그런 것이었다.

선물받은 어묵 통조림은 보존 기한이 팔 년이나 되었다. 재미 삼아 먹어보니 국물은 짰고 어묵은 테니스공처럼 퉁퉁 불어 비상시가 아니고는 먹을 수 없는 맛이었다. 요즘은 어떤 고립 상황에서도 이틀이면 식량 공급이 가능하다고 했다. 겨우 이틀을 부지하기 위해 식감이 가죽 같은 어묵을 씹어야 한다는 얘기였다.

김은 슈퍼마켓 주인에게 어묵이나 우동 통조림 같은 게 있는지 물었다. 주인은 보고 있던 텔레비전 프로그램에서 눈도 떼지 않고 그런 물건은 없다고 잘라 말했다. 언젠가 이 도시를 다녀간 사람이 사다주었다고 하자 주인은 십육 년째 같은 자리에서 슈퍼마켓을 운영하고 있지만 그런 통조림은 본 적이 없다고 단호하게 말했다. 김이 못미더운 표정을 짓자 맨 안쪽 진열대에 몇 가지 종류의 통조림이 있으니 살펴보라고 했다. 김은 어떤 통조림을 팔고 있는지 알아보려고 가게 안으로 들어갔다. 몇 개의 진열대를 지나 통조림 진열대가 나왔다. 종류는 많았으나 이 도시만의 것은 아니었다. 흔히 볼 수 있는 골뱅이 통조림과 참치와 꽁치, 고등어나 번데기 통조림과 몇 종류의 과일 통조림이었다. 진열대까지 따라온 주인이 어묵이나 우동은 통조림으로는 나오지 않지만 즉석조리 식품으로 나온 게 많으니 그것을 사라고 권했다. 김은 대꾸하지 않고 차로 돌아왔다. 장례식장으로 가는 동안 몇 군데 슈퍼마켓에 더 들렀으나 어디에도 재난에 대비하는 통조림은 없었다.

●

김은 장례식장의 어두컴컴한 지하주차장으로 들어갔다. 입관하듯 선에 맞추어 차를 댔다. 운전석에 앉은 채 눈을 붙이려다 짐칸이 텅 비어 있다는 데 생각이 미쳤다. 어두컴컴한 짐칸 안에서 화환이 옅은 국화 냄새를 풍기며 낮달처럼 희미하게 빛나고 있었다. 김은 짐칸으로 들어가 조화 옆에 누웠다. 등을 타고 찬 기운이 전해졌다. 어두운 곳에서 차고 딱딱한 데에 누워 있자니 염을 기다리는 시신이 된 기분이었다.

이대로 어른의 삶이 계속된다면 오늘 밤 약속은 아예 지킬 수 없을 거였다. 김에게 어른의 죽음은 비통하고 엄숙한 세계를 떠나 정체되고 지연되는 시간의 문제로 남았다. 김은 망설이다 여자에게 전화를 걸었다. 여자는 무슨 일이냐고 묻기도 전에 알았다고 했다. 그는 서운한 듯 입을 다문 여자에게 자신은 지금 여자가 있는 곳에서 사백 킬로미터쯤 떨어진 곳에 있는데 이곳에서의 일이 아직 끝나지 않았다고 얘기했다. 여자가 주지하는 목소리로 언제 일이 끝나느냐고 물었다. 내 맘대로 끝낼 수 있으면 좋겠지만 그런 일이 아니에요. 김이 대답했다. 여자는 아무 대꾸도 하지 않았다. 퉁명스러운 대답에 마음이 상했을지도 몰랐다. 김은 매번 그런 사소하고 무의식적인 대답에 주의해야 하는 것에 잠시 짜증이 났으나 일이 아직 끝나지 않았고 언제 끝날지 모른다고 다시 한 번 말했다. 여자가 짐짓 아무렇지도 않은 목소리로 뭔가 얘기하기 시작했다. 김은 여자와 통화하는 사이에 어른이 돌아가셔서 친구가 전화를 걸어오지 않을까 초조해졌다. 듣고 있어요? 여자의 물음에 건성으로 그렇다고 대답했다. 여자가 다시 말을 이었다. 김이 듣기 시작한 부분은 백화점 고객상담실로 찾아온 한 고객의 단정치 않은 차림새에 대한 것이었다. 아마도 계속 그 얘기를 하고 있었던 것 같았다. 여자는 고객이 몇 번이나 입은 속옷을 가져와 환불을 요구한다고 자주 한숨을 섞어 털어놨다. 지치고 피곤해 보였다. 김은 여자의 낮은 한숨 소리를 들으며 여자가 있어서 많은 순간을 견뎌왔지만 문득 앞으로는 여자가 있는 순간을 견딜 수 없을 거라는 생각이 들었다. 물론 김은 지금도 자주 여자에게 위안과 온기를 얻었다. 그러나 어떤 것도 오래 지속되지 않았고 언제나 곧 사라져버렸다. 김은 갑자기 마음속에 내려진 결단을 미루는 게 어리석게 느껴졌다. 이미 충분히 여자와 거리를 두고 있었지만 여자의 한탄을 듣는 동안 더 멀어지고 싶어 조바심이 났다. 여자가 말을 멈췄다. 어쩌면 김이 다른 생각에 빠져 있는 동안 줄곧 입을 다물고 있었는지도 몰랐다. 이번에도 여자는 들었어요? 하고 물었다. 김은 못 들었다고 솔직하게 얘기했다. 여자가 다시 낮게 숨을 내쉬었다. 김은 순전히 통화를 끝내고 싶은 마음에 도시로 돌아가면 여자의 집을 방문하겠다고 약속했다. 김의 약속은 매번 서운해하는 여자를 달래기 위한 것이었다. 이대로 전화를 끊어버리면 여자는 한참 망설이고 갈등하다가 그에게 전화를 걸어올 것이었다. 여자가 반색하는 목소리로 그게 몇 시쯤이냐고 물었다. 그는 누군가 죽고 나서 네 시간 후라고 대답했다. 여자는 김과의 통화에서 처음으로 웃음을 터뜨렸다. 그의 대답을 농담이라고 생각한 게 틀림없었다.

전화를 끊고 김은 장례식장으로 올라갔다. 일 층에 있는 빈소의 대리석 제단에 영정사진이 덩그러니 놓여 있을 뿐, 네 개 층에 있는 열세 곳의 빈소는 모두 텅 비어 있었다. 상주도 조문객도 없고 과일이나 꽃, 향도 없이 제단 위에 놓여 있는 영정사진은 난데없었다. 돌아가시기도 전에 성질 급한 유족들이 빈소에 영정사진을 내려놓은 모양이었다. 사진의 주인은 백발이 섞인 머리를 가지런히 뒤로 넘긴 노인이었다. 시간이 많이 지난 것을 감안하더라도 김이 예전에 알던 어른은 아니었다. 사진 주인은 유쾌하고 장난기 많은 눈매

로 슬쩍 웃고 있었다. 죽지 않은 채로 자신의 죽음을 애도하는 자리
에 먼저 내려와 있는 것이 재미있다는 표정이었다. 김은 텅 빈 영안
실에서 그 사진을 보며 자신은 살아 있다는 걸 실감했다. 이미 죽었
거나 곧 죽게 될 것은 영정의 주인이었지 그가 아니었다. 김은 한
번도 죽음을 진지하게 생각해보지 않았음을 깨달았지만 그것이 다
였다. 그는 살아 있었고 죽음에 대해서라면 그것이 목전으로 다가
올 때까지—그것은 멀고도 먼 훗날의 일이 될 거였다—생각하고
싶지 않았다.

어둠이 어른의 숨처럼 천천히 내려앉고 있었다. 김은 장례식장
입구에 서서 어둠의 음영 속으로 황량함을 감추고 있는 농토를 바
라보았다. 누군가 그에게 다가와 불을 빌려달라고 했다. 검은 양복
을 입은 사내였다. 장례식장이 텅 비어 있었으므로 김은 그 사내 역
시 순전히 의무감만으로 누군가 죽기만을 기다리며 시간을 보내고
있는 사람이 아닐까 하고 생각했다. 역시 그런 눈빛으로 김을 바라
보는 사내의 양복은 잔뜩 구겨져 있었다. 검은 넥타이를 맨 와이셔
츠에는 몇 군데 붉은 국물 자국이 남아 있었다. 이거 원, 유니폼이
또 더러워졌네요. 낮에도 일을 하고 오느라고요. 싫다는데도 억지
로 줘서 육개장을 먹었거든요. 육개장 먹는 것도 하루 이틀이지 말
이에요. 김이 셔츠에 묻은 얼룩을 빤히 쳐다보는 걸 의식했는지 사
내가 말했다. 유니폼이라는 말에 김이 살짝 웃었다. 그러고 보니 주
차장에 세워진 상조회사 차량을 본 것 같았다. 어디서 오셨어요?
사내가 물었다. 화원에서 왔다고 하자 이번에는 아직 안 돌아가셨
어요? 하고 물었다. 김이 난감한 표정으로 고개를 끄덕였다. 사내

가 김의 곤경을 이해한다는 듯 슬쩍 웃으며 말했다. 저도 그런데, 혹시 같은 분일까요?

장례식장에서 한참 떨어진 국도변에 닿을 때까지도 친구에게 전화가 걸려오지 않았다. 상조회사 직원과 함께 누군가 죽지 않는 상황을 계속 투덜거리게 될까 봐 산책 삼아 나선 게 길어졌다. 김은 국도변에 서서 장례식장이 있는 쪽을 바라보았다. 불을 밝힌 커다란 간판을 넋 놓고 바라보다가 아직도 안 죽은 모양이네, 하고 중얼거렸고 부정한 생각을 발설한 데 놀라 입을 다물었다.

그때 전화벨이 울렸다. 친구의 전화였다면 김은 자신이 죽음을 재촉한 것 때문에 죄책감을 느꼈을지도 몰랐다. 아직 안 끝나셨어요? 여자였다. 안도감이 느껴지는 동시에 초조해졌다. 그 초조함 때문에 김은 자신이 여자로부터 떠나왔음을 다시금 깨달았다. 앞으로 여자와의 통화는 더 드물어질 것이고 간혹 이어지는 만남은 지루할 것이고 말투는 무뚝뚝해질 것이며 웃을 일이 점점 줄어들 것이다. 그럴수록 여자는 더 자주 전화를 걸어 자신에게 소홀하고 무관심한 김을 이해하려고 하다가 어느 날 문득 서운함과 허전함을 견디지 못해 울컥하여 화를 내고 얼마 후에는 화낸 것을 사과할 것이다. 그런 일이 얼마간 반복되다가 나중에는 오로지 마음을 되받지 못한 것을 억울해하며 김을 원망하고 미워하는 데 시간을 쓸 것이다. 그러다가 문득 이 모든 일을 되풀이할 정도로 김을 사랑하지 않으며 어쩌면 처음부터 사랑이 아니었음을 깨닫고 마음이 편안해지는 동시에 허탈해질 것이다. 김으로서는 그 순간을 기다리는 것밖에 할 수 있는 게 없었다. 어쩌면 그때 비로소 여자에게 애틋함을 느끼게 될지도 몰랐다.

김은 냉담했던 말투를 풀었다. 당신이 재촉하면 나는 어른이 빨리 돌아가시길 기도해야만 돼요. 여자가 웃음을 터뜨렸다. 여자가 웃자 김은 다시 조급해졌다. 여자가 언제까지고 그의 진심을 몰라서는 안 되기 때문이었다. 그는 아직도 웃고 있는 여자에게 불쑥 여기까지, 라고 말했다. 여자가 못 알아듣고 되물었다. 뭐가요? 그는 얼른, 농담은 여기까지라고 대답할까 생각했다. 어두운 벌판에 유일한 빛이라고는 장례식장 간판뿐인 곳에서 이별하고 싶지 않았다. 그리고 그가 내내 생각해오던 것과 달리 이 생각은 어쩌면 즉흥적인 것일 수도 있었다. 남쪽으로 사백여 킬로미터를 달려오고 기다리느라 피곤해서 그런 마음이 드는 것인지도 몰랐다. 여자가 되물었다. 뭐가 여기까지예요? 재촉하는 여자에게 그가 대답했다. 우리요. 우리가 함께 있는 거요. 여자가 잠시 멈췄다가 말했다. 팀장이 찾아서 가봐야겠어요. 조심해서 오세요. 그분이 빨리 돌아가시길 빌게요. 전화는 끊어졌다. 홀가분해지리라고 생각했던 것과 달리 그의 마음은 무겁게 내려앉았다.

국도는 이미 어둠에 용해되어 끝을 감추고 있었다. 김은 그 자리에 쭈그리고 앉아 담배를 꺼내 물었다. 덩치 큰 차가 한 대 지나가면서 지표가 흔들렸고 요란한 바람이 불고 시커먼 매연이 쏟아진 후로 도로는 내내 잠잠했다. 세 대의 담배를 잇달아 피우고 자리에서 일어서려는데 그가 앉아 있는 쪽으로 뭔가가 천천히 다가왔다. 작고 흰 점이었다. 점은 계속 움직였고 점차 커졌다. 가까이 다가오면서 불분명한 형체 속에 모습을 드러낸 것은 흰색 운동복이었다. 가슴과 등에 숫자가 적힌 번호판을 단 마라토너였다. 그가 곁을 지나갈 때

후후 하하 하고 코와 입을 통해 일정한 간격으로 들이마시고 내쉬는 안정적인 숨소리가 고스란히 들렸다. 김은 어둠에 모습을 감춘 국도 속으로 마라토너가 서서히 사라지는 걸 지켜보았다. 그는 흔들리는 흰 점이 되어 차츰 작아져가다가 끝내 숨듯이 모습을 감췄다. 그 완전한 소멸은 오히려 어둠 너머 보이지 않는 곳에도 길이 계속 이어지고 있다는 생각을 일깨웠다. 김은 홀린 듯 흰 점을 삼킨 어둠 쪽으로 걸음을 옮겼다.

얼마쯤 걸어갔을 때 등 뒤에서 나지막한 휘파람 소리가 들려왔다. 김이 자리에 멈춰섰다. 어둠 속에서 모습을 드러낸 것은 김이 모는 것과 같은 종류의 트럭이었다. 바람 소리나 바퀴 소리, 짐칸에 넣어둔 물건이 덜컹거리는 소리 같은 것은 없었다. 잘못 들었지 싶었으나 트럭이 곁을 스쳐갈 때 다시 한 번 선명한 휘파람 소리가 들렸다. 어둠에 모습을 감춘 운전자가 부는 모양이었다. 김은 휘파람 소리만 내며 전속력으로 달리는 트럭을 공연한 호기심에 물끄러미 바라보았다. 속력을 줄이지 않고 곡선도로를 무리하게 돌던 트럭이 김의 시선에 놀란 듯 갑자기 사선으로 기울어지더니 노면을 타고 미끄러지기 시작했다. 트럭은 순식간에 가드레일에 부딪혀 옆으로 기울어졌고, 놀란 김이 짧은 감탄사를 내뱉기도 전에 불길이 치솟더니 이내 뜨거운 열기에 휩싸였다. 운전자는 보이지 않았다. 불길이 이미 그를 삼킨 것인지 그 전에 용케 빠져나온 것인지 알 수 없었다. 트럭을 삼킨 불꽃이 순식간에 밤의 국도를 밝혔다.

김은 그 불빛을 바라보다가 휴대전화를 꺼냈다. 경찰이나 구급대원, 병원의 응급센터에 거는 대신 여자에게 전화를 걸었다. 여자는 전화를 받지 않았다. 고객의 불만을 듣고 있는 중이거나 단단히 화가 난 모양이었다. 김은 타오르는 불꽃을 바라보며 계속 수화기를 들고 있었다. 한참 만에야 전화를 받은 여자는 아무 말도 하지 않았다. 수화기를 통해 여자의 가느다란 숨소리가 들려왔다. 차분하면서 규칙적인 소리였다. 그 소리가 묘하게도 김의 마음을 가라앉혔다. 김은 여자의 숨소리에 맞춰 숨을 내쉬고 들이마셨다. 여자와 호흡을 맞추려면 조금 서둘러 숨을 뱉어야 했다. 몇 번의 시도에도 숨의 간격을 맞추기 어려워지자 김은 불쑥 여자에게 사랑을 고백했다. 여자는 잠자코 있있다. 여자가 아무 말도 하지 않는 것이 두려웠지만 어떤 대꾸를 하는 것도 두려워서 오로지 여자에게 틈을 주지 않기 위해 생각나는 대로 말을 이었다. 오랫동안 유심히 여자를 바라보는 기쁨을, 여자와 처음으로 우연히 팔꿈치가 스쳤을 때 박동한 심장을, 처음 여자의 손을 잡았을 때 거짓말같이 여겨지던 낯선 감각을, 그를 차분하게 하는 부드러운 숨소리를 얘기했다. 여자에게 사랑받지 못하지나 않을까 하는 불안감을, 여자를 사랑하고 있음을 깨달았던 순간의 설렘을 얘기했다. 얘기를 하는 동안 김은 여자에게 말한 것들이 이제껏 한 번도 생각해보지 않았던 것임을 깨달았다. 자신의 말은 모두 어디서 읽거나 누구에게 들은 얘기 같았다. 너무 상투적이고 진부해서 진심으로 여겨지지 않는 말이었다. 반면에 그래서 진심처럼 들리기도 했다.

스스로도 알 수 없는 말을 계속하는 것은 순전히 김이 검은 밤의 국도변에 홀로 서 있으며 근처에 빛을 내는 것이라고는 장례식장의 간판과 불타는 트럭뿐이기 때문인지도 몰랐다. 간판은 멀리서도 훤히 보이도록 빛나고 있었는데, 그 때문에 건물을 가리킨다기보다는 어둠에 묻힌 도시 전체를 가리키는 것처럼 보였다. 어쩌면 모든 학생들이 정기적으로 지진에 대비한 훈련을 하고 있으며 주민들은 지진 발생 시 안전하게 집으로 돌아갈 수 있는 지도를 부적처럼 품고 다니는 도시에 있기 때문인지도 몰랐다. 재난에 대비한 우동과 어묵 통조림이 이 도시에서 오래 장사한 사람도 모르는 어떤 곳에서 팔리고 있고 불분명한 재난의 위협 속에서 누군가는 단지 노환으로 죽을 듯 죽지 않으며 계속 목숨을 부지하고 있는 도시이기 때문인지도 몰랐다. 만약 그가 사는 도시였다면, 그런 불안과 두려움이 없었다면, 그는 여자에게 여전히 무뚝뚝하게 굴었을 것이고 간혹 친절하게 굴고 나서는 여자가 오해할까 봐 전전긍긍했을 것이다.

여자가 입을 열어 무슨 일이 있느냐고 물었다. 그 평이한 질문으로는 자신의 고백이 여자를 기쁘게 했는지 들뜨게 했는지 못마땅하게 했는지 화가 나게 했는지 도무지 짐작할 수 없었다. 김은 여자에게 그 말을 하는 내내 자신이 몹시 낯설게 느껴졌는데, 그 느낌 때문에 고백의 일부가 진심일지도 모른다고 생각했다.

그러나 진심과 상관없이, 여자의 마음과 상관없이, 그는 두려움이 점지해준 고백 때문에 곧 부끄러워질 것이며 어떤 말도 돌이킬 수 없어 화가 날 것이고 그 말이 불러온 상황과 감정을 얼버무리려고 애를 쓸 것이며 그럼에도 당시 마음에 인 감정의 윤곽이 무엇인지 헤아릴 것이었다. 그 생각에 김은 갑자기 전화를 뚝 끊어버렸다. 여자가 먼저 전화를 걸어오지 않을까 생각했고 그러면 전화를 받아야 하나 말아야 하나 생각했지만 전화는 걸려오지 않았다. 트럭은 여전히

맹렬하게 불타오르고 있었다. 김은 땅에 박힌 듯 멈춰서서 조등弔燈
처럼 환히 빛나는 그 불빛을 바라보았다.

· 출처 《저녁의 구애》(문학과지성사, 2011) 중에서

편혜영

묵묵한 응시

여행지에서 수상 소식을 들었다.
한 번쯤 이런 일이 있으면 좋겠다고 생각했는데
막상 그 일이 벌어지자,
좋다기보다는 믿을 수 없는 기분이 되고 말았다.

기차 개찰구가 내려다보이는
삼 층에 앉아 있었는데,
수상 소식을 알리는 전화를 끊고 나서는
오랫동안 개찰구를 내려다보았다.
어떤 사람은 도착했고 어떤 사람은 떠났다.
배웅하거나 마중하는 사람도 보였다.
짐을 들거나 짐을 가지지 않은 사람들이
부지런히, 천천히, 홀로, 무리지어 어디론가 오갔다.

사람들을 물끄러미 바라보고 있자니,
평소에 하던 일을 여전히 하고 있다는 생각이 들었다.

나는 늘 무엇인가를 지켜보고 바라보고 생각했다.
대부분은 최선을 다해 오해했다.

오해한 것을 썼고,
그것을 진심으로 이해받았다.

이상의 이름이 담긴 상을 받는 일이어서,
몹시 기쁘다.
이 상의 행운과 격려가 과분하여
경거하고 망동하여 농담으로 무게를 털어내고 싶다가도
부끄러워 차분해진다.

섣부르지 않고 묵묵하겠다.
점점 낯을 가리고 거리를 두는 소설에게
기껍고 꾸준하고 성실하게 다가가는 힘으로 쓰겠다.

문학적 자서전

편혜영
타인의 삶

열흘이면 된다고 했다. 담임이 조례시간에 일의 대략적인 내용을 설명했다. 정확히는 모르지만, 이라고 말문을 텄다. 섣부른 단정을 좋아하지 않는 선생이었다. 얼마 전 통계청 주관으로 시행된 인구센서스와 관련된 일이라고 했다. 어쨌거나 너희들이 할 수 있는 정도의 일이라고 덧붙였다. 열흘이면 어떤 일이라도 그다지 힘들지 않을 것 같았다. 고작 열흘이니까. 만약 노동이 피곤하고 지루하고 힘든 것이라면, 언제 끝날지 모르는 공포 때문일 것이다. 심지어는 생이 끝날 때까지 계속해야 한다는 의무감과 타의에 의해 노동을 못하게 될지도 모른다는 두려움 때문에.

구청 지하에 있는 사무실은 평소에는 회의장이나 교육장으로 사용되는 듯했다. 처음 도착했을 때 문은 굳게 닫혀 있었다. 냉기가 도는 지하실 복도에서 서성거리고 있자니 담당 공무원이 슬리퍼 소리를 내며 계단을 내려왔다. 복도에 흩어져 있던 아르바이트생들이 일제히 그를 쳐다봤다. 공무원은 넥타이를 매지 않은 흰 와이셔츠에 검은 스웨터를 입고 있었다. 단정하게 가르마를 탄 머리 때문에 무척 나이 들어 보였다.

사무실 문이 열렸을 때 제일 먼저 눈에 띈 것은 회색 철제 책상이었다. 탁구대만큼이나 컸고 입은 지 오래된 양복처럼 반질반질 닳아 있었다. 책상을 둥글게 감싼 회색 고무에는 볼펜으로 낙서한 흔적 같은 게 보이지 않았다. 단정했으나 강박적으로 사용에 주의를 기울인 느낌이었다. 사무실 바닥에 수십 개의 누런 상자가 쌓여 있었다. 상자마다 검은 매직으로 휘갈긴 글씨를 명패처럼 달고 있었다. 그 안에는 아마도 인구센서스와 관련한 서류 뭉치가 들어 있을 터였다. 담당 공무원이 책상 사이를 돌아다니며 사인펜을 나누어주었다. 컴퓨터 용지에 기표할 때 사용할 펜이었다. 두 손으로 잡아야 할 만큼 많았다. 누런 상자와 더불어 열흘간 해야 하는 일의 물리적 분량을 말해주었다. 이 많은 사인펜을 다 쓸 때까지 일해야만 하는 것이다. 어딘가에 슬쩍 사인펜 몇 자루를 내다버리고 싶어졌지만 실은 조금 즐겁기도 했다. 대부분의 우리는 생애 첫 아르바이트에 조금 들떠 있었다.

공무원이 정해준 대로 조를 나눠 커다란 철제 책상에 둘러앉았다. 방문 조사요원이 적어온 내역을 컴퓨터 용지에 옮겨 적으면 되는 일이었다. 바닥에 놓여 있던 상자를 천천히, 열었다. 검은 매직으로 적힌 숫자들은 동과 번지수를 나타내고 있었다. 철제 책상에 둘러앉은 우리는 아파트를 대상으로 한 상자가 배당되기를 바랐다. 우리가 사는 구區는 막 개발된 아파트 지구와 개발 이전의 대단위 다세대주택, 오래된 단독주택 지구가 뒤섞여 있었다. 아파트가 있는 지역을 조사한 서류가 그 외 지구를 조사한 서류에 비해 내역이 깔끔하고 정리하기 쉬울 거였다. 누구나 짐작할 수 있는 일이었다.

운이 좋지 않았다. 우리에게 배당된 것은 구區 안에서도 인구밀도가 높기로 유명한 연립주택 지구였다. 상자를 쏟아내자 형편 나쁜 가구家口의 이삿짐처럼 오기誤記와 수정 많은 서류들이 우르르 쏟아졌다. 휴. 누군가 한숨을 쉬었다. 못사는 동네라 그런지 서류도 지저분한 것 같아. 철제 책상에 둘러앉은 누군가 농담을 했다. 킥킥 웃기도 했다. 아무도 대꾸하지 않았다. 듣지 못한 척 딴청을 피웠다. 아르바이트를 하러 온 우리 누구도 가난이 자신과 전적으로 무관한 일이라고 발뺌하지 못했다. 그럴 만한 형편이 아니었다. 우리 중 누군가의 집이 그 상자 속에 담겨 있을지도 몰랐다. 가족일 수도 있고 출가한 언니일 수도 있고 가까운 친척일 수도 있었다. 부모가 오랜 가난을 경험했을 수도 있고 지금도 여전한 가난을 지나는 중인지도 몰랐다. 말을 한 아이마저도 얼른 웃음을 삼켰다. 전반적으로 형편이 좋지 않았던 우리들은 눈치가 빨랐다.

조사 내역이 담긴 서류에는 가족 수가 몇인지, 구성원의 나이와 학력은 어떻게 되는지를 묻는 기본 항목이 있었다. 자가 주택인지, 전월세인지, 부동산 가격은 얼마나 되는지 같은 것도 기록했다. 한 달 평균 수입도 적어야 했다. 방의 수와 화장실 수는 물론이고 냉장고, 세탁기 같은 대형 가전의 유무도 적었다. 자동차가 있는지 없는지도 대답해야 했다. 텔레비전의 경우에는 몇 인치짜리인지도 적었다. 그런 게 뭐가 중요하나 싶지만 텔레비전 크기나 냉장고의 유무로 쉽게 형편을 짐작할 수 있는, 사람들 사는 모양이라는 게 그다지 대단치 않던 시절이었다.

조사지를 보다가 시내 한복판에서 큰 결혼식장을 운영하는 집을 보았다. 라디오에서 그 예식장 광고를 들은 적 있었다. 그 광고 때문에 예식장이 있는 신설동이라는 동네를 알게 되었다. 조사지에 적힌 가계 수입이 생각보다 적어 몹시 놀랐다. 필시 적게 적은 것일 테지만, 그때는 그 생각을 못했다. 세상이 다 알도록 광고를 하는 예식장을 운영하는데도 이 정도밖에 못 버는구나 싶었다. 돈이라는 게 얼마나 벌기 어려운 것인지, 우리 부모만 그렇게 힘든 게 아니라고 생각했다.

탤런트가 사는 집도 있었다. 친구들끼리 그 조사지를 돌려 봤다. 특별해 보이던 삶이었는데, 가족 몇 명, 평수, 월수입, 소유 가전제품의 목록 같은 것으로 단순하게 정리되었다. 텔레비전에 그 배우가 나오면, 아, 저 아저씨, 이 동네 어디쯤 살아, 식구가 몇 명이야. 한 달에 얼마를 번대…… 드라마를 함께 보는 식구들에게 아는 체하려고 잘 봐뒀다.

어떤 조사지에는 아홉 가구 총 서른여덟 명의 사람이 살았다. 아홉 가구 총 서른여덟 명의 사람이 사는 다세대주택인데 화장실이 단 한 개로 표시되어 있었다. 조금이라도 이상한 게 있으면 주저 없이 손을 들고 질문하라던 공무원을 향해 나는 손을 번쩍 들었다. 공무원은 서류를 잠시 들여다보더니 이 동네라면 그럴 수 있다고 대답했다. 조사요원의 오기誤記나 착오가 아니라는 것이다.

나는 서류에 적힌 내용을 천천히 컴퓨터 용지에 옮기면서 아홉 가구 서른여덟 명의 사람들이 이용하는 단 하나뿐인 화장실을 생각했다. 잠에서 깬 아침이면 어떤 순서로 요의를 참아가며 화장실 문 앞을 서성이는지, 화장실 안에서 소리 나게 방귀라도 뀌면 문을 나서며 바깥에 있는 사람을 어떤 표정으로 볼지, 화장지가 없으면 바깥에 있는 아무에게나 소리를 질러 저기 밑으로 휴지 좀…… 하며 손을 화장실 문 밑으로 내밀어야 하는지, 그러고서는 내민 손을 수줍게 흔드는지, 바깥에 아무도 없다면 휴지 좀 주세요, 맨 엉덩이를 드러낸 채 앉아 누군가 듣기를 바라며 소리치는지, 화장실 문틈으로 나온 손에 누군가 자신이 쥐고 있던 휴지를 올려두고 다시 휴지를 가지러 집으로 뛰어가는 건 아닌지, 그럴 때면 에이, 이놈의 집구석 하고 욕을 내뱉는 건 아닌지 하는 쓸데없는 생각들.

얼굴도 모르는 가구家口의 내력을 짐작하는 일에 재미를 붙였다. 아홉 가구 서른여덟 명 사람들의 단 하나뿐인 화장실에서의 삶 같은 것 말이다. 더불어 지하방에서의 삶, 반지하방에서의 삶, 일 층이나 이 층에서의 삶, 삼 층에 딸린 방 한 칸에서의 삶이나 옥탑방에서의 생활 같은 것에 대해서도 상상했다. 화장실 하나 때문에 그들의 피로하고 고단한, 어쩌면 불행한 삶을 조금 알 것 같은 기분이었다.

조사원이 숫자로 표기하지 못한 다세대주택 내부와 외곽에 대해서도 상상했다. 우편물과 광고물이 뒤죽박죽 섞여 있는 공동 우편함과 나무도 꽃도 심어져 있지 않은 담벼락 아래의 좁은 화단, 계단 난간에 올려진 값싼 플라스틱 화분들, 화분 속에서 잎이 말라가는 나무, 드나드는 사람이 많아 늘 열어두는 녹이 슨 철제 현관문, 언제나 넘쳐나는 쓰레기통, 쓰레기를 헤집는 고양이, 골목길 어딘가에서 들리는 개 짖는 소리 같은 것에 대해서.

그렇게 생각하자 생활이라는 것이, 그곳에 사는 사람들의 삶이라는 것이 몹시도 흔한 것으로 여겨졌다. 삶은 뻔한 점괘를 숨긴 오늘의 운세 같았다. 누구라도 여름철이면 물을 조심해야 하는 것처럼, 그곳에 사는 사람들은 죄다 불안정하고 힘든 노동을 하고 주말에는 하루 종일 텔레비전이나 들여다보고 종종 약수를 뜨러 가까운 산에 올라가는 게 레저의 전부인 삶을 살 것 같았다. 각각의 삶은 통계로, 수치로, 숫자로 평준화되고 단순화되었다. 짐작건대 그들은 고단하고 피로하며 지루한 나날을 살고 있었다.

아르바이트가 끝나갈 즈음 다른 철제 책상에 앉아 있던 친구가 나에게 손짓했다. 친구는 서류를 보자마자 우리 집을 조사한 서류라는 걸 알아봤다. 우리 가족의 성姓은 흔한 게 아니었다. 가족사항의 맨 아래 칸에는 버젓이 내 이름이 쓰여 있었다. 나는 아버지가 작성해서 조사요원에게 건넨 서류를 물끄러미 바라봤다. 우리 가족의 이름과 나이, 학력과 직업이 순서대로 적혀 있었다. 학기 초면 제출하던 가정환경조사서를 보는 것과는 완전히 다른 기분이었다. 말하자면 국가적 차원에서 이제껏 내가 본 다른 가구와 비교하면서, 우리 집을 바라보게 되었다.

텔레비전은 당대 표준인 십사 인치였다(인구조사서를 정리하다 보면 십사 인치가 가장 많았다). 텔레비전을 보기 위해 밤이면 안방에 온 식구가 모였다. 겨울이면 밍크담요 속에 발을 집어넣고 둥글게 모여 앉아 발장난을 치며 텔레비전을 봤다. 자동차가 없었으므로 식구들이 어딘가를 가기 위해서는 여러 번 버스를 갈아탔다. 서류에는 부모님이 한 번도 말해주지 않은, 나로서는 짐작할 수도 없었던 우리 집의 한 달 수입이 적혀 있었다. 그 돈으로 부모는 우리 형제들에게 옷을 입히고 밥을 먹이고 아픈 노모를 돌봤다. 성장한 두 딸을 출가시켰고, 단지 내에서 가장 작은 평수의 아파트를 융자 얻어 샀고, 오빠의 대학 등록금을 댔다. 명절이면 큰집의 책임을 다하기 위해 온 친척들에게 싸주고도 남을 정도로 많은 음식을 했고 찾아온 친척 아이들에게는 넉넉히 과자값도 줬다. 그 돈으로 대학생인 오빠는 가끔 여자 친구에게 밥도 사고 친구들과 술을 먹고 당구도 치고 외국어학원에도 다녔을 것이다. 나는 그 돈으로 친구들과 어울려 명동으로 옷을 사러 가고 막 개장한 테마파크에 놀러 가고 주일이면 교회에 가서 헌금을 했다. 그 돈을 벌기 위해 아버지는 여러 번 직장을 옮겼고, 마땅치 않으면 금세 그만두었고, 그래도 곧 다시 직장을 구해 쉬지 않고 일했다. 직접 인부를 부리는 일을 시작해 엄마에게 난데없이 인부들 밥을 해 나르게 했고, 엄마가 해 나른 밥값만도 못한 생활비를 줘서 엄마를 화나게 했다. 서류에 적힌 숫자로는 도대체 짐작할 수 없는 것이었다.

신기하다, 너희 집이 이렇구나. 이제 좀 알겠다. 친구가 자랑하듯 말했다. 다정하게 웃기까지 했다. 나도 따라 웃었지만 자리로 돌아오자 무척 화가 났다. 친구는 뭘 안다고 생각한 걸까. 가지고 있는 텔레비전의 크기나 집의 평수, 화장실 개수 같은 것을 통해서 뭘 안 것일까. 단지 그것뿐이라니, 삶이 단순화되는 방식이 경이로울 정도였다. 서류에는 하루도 쉬지 않은 부모의 노동이나, 힘겨운 재수 생활을 막 마친 오빠의 학업, 진로에 대해 고민하는 나의 내면 같은 것은 모두 생략되어 있었다. 그때부터였을까. 누군가 나에 대해 '잘 안다'고 말하면 나는 그 사람을 조금 멀리하게 됐다. 나를 안다고 하는 사람이야말로 나를 잘 모르는 사람이라는 생각도 하게 됐다.

비로소 내가 이해했다고 생각한 아홉 가구 서른여덟 명 사람들의 삶이라는 것도 그저 착각에 지나지 않았다는 걸 알게 되었다. 그들이 고단하고 피로한 나날을 이어가며 어쩌면 하나뿐인 화장실 때문에 불행하리라 생각한 것은 정당하지 못한 상상이라는 것도 알게 되었다.

내가 애써 상상한 것인 줄 알았던 다세대주택 외곽의 풍경도 사실은 오며 가며 익숙하게 봐온 동네의 흔한 풍경에 지나지 않았다. 나는 그저 눈으로 봐온 것을 떠올리고 들었던 소리를 기억해냈다. 나는 어떤 것도 상상하지 않았다. 뻔하고 단순하며 이토록 자명한 생각만 했을 뿐이다.

삶의 객관적 조건을 아는 것과 삶의 내면을 아는 것은 전혀 다른 일이다. 서류와 정보를 통해 누군가의 형편과 조건을 알 수는 있겠으나 그것으로 섣불리 삶을 짐작하려는 일은 각각의 삶을 단순화시킬 뿐이다. 숫자나 통계가 단순화시킨 삶을 벗어나는 방법은 개인의 이야기를 상상하는 것이다. 내가 지켜봐온 부모의 이야기, 세 자매의 이야기, 오빠의 이야기 같은 것들. 통계와 수치로는 짐작되지 않는 어떤 얘기들을.

첫날 담당 공무원은 몹시 바빴다. 여기저기에서 질문이 쏟아졌다. 우리들은 별걸 다 물었다. 지표만으로 이해할 수 없는 가정사, 삶의 형태, 생활조건 같은 게 많았다. 질문은 갈수록 줄어들었다. 마지막 날 즈음에는 아무도 질문하지 않았다. 사람들의 삶은 각기 다르지만 어떤 삶이든 가능하고, 그럴 수 없으리라 생각한 삶도 누군가가 겪는 삶이라는 걸 어느 정도 짐작하게 되었다.

세상에는 놀랍게도 많은 사람들이, 크거나 작은 집에서, 많거나 적은 가족과 함께 온갖 종류의 가전제품을 가지거나 못 가지고, 자동차를 가지고 있거나 가지지 않은 채로, 화장실이 가구당 한 개이든 다섯 가구당 한 개이든 상관없이, 제각각의 인생을 살고 있다. 아마도 각기 다른 방식으로. 결코 하나로 단순화되지 않는 삶으로. 몇 개의 정보로는 이해되지 못할 내면으로. 그러므로 끝끝내 나는 제대로 알지 못할 방식으로.

나에게 소설이 발생한 최초의 지점을 꼽으라면, 만약 그런 것이 가능하다면, 나는 그 공무원 책상을 선택할 수도 있겠다. 공무원 책상에 앉아 조사지를 들여다볼 때에는 소설이라는 것에 대해 아무것도 몰랐지만, 나중에 소설을 쓰는 삶을 살게 될 줄 짐작도 못했지만, 그 책상에서 분명 무엇인가를 배웠다. 소설적인 어떤 태도 같은 것을. 삶이 뻔하다고 믿는 상상력이야말로 삶을 단순하게 만든다는 것, 무턱대고 누군가의 불행을 짐작하는 것은 정당하지 못하다는 것을 알게 하고, 나 자신과도 새롭게 낯을 익혀야 할 것 같은 막막함을 준 그 넓고 황량한 책상 말이다.

그렇다고 누구나 소설을 쓰는 건 아니라고 한다면 나는 이렇게 대답할 수도 있겠다. 나는 그 각각의 단순치 않은 삶을 상상해보는 것으로, 웅크린 이야기를 떠올려보는 것으로, 잘 모르는 사람에 대해 생각하고 물끄러미 바라보는 것으로, 삶을 고통스럽게 만드는 뻔한 상상으로부터 벗어나는 것으로, 그 막막함을 조금 덜 수 있었다고.

작가론·작가가 본 작가

김애란 · 소설가

편혜영가든

1

오래전에 죽은 가수에 대한 기사를 잡지에서 보고 노래를 찾아 듣다가 유일하게 한 구절을 알아듣는다.

혜영 언니에 대한 글을 쓰려다, 언니를 처음 만난 순간이 궁금해 오래전 다른 지면에 쓴 〈작가초상〉을 찾아봤다. 지금처럼 막역하지 않았을 때라 조심조심 징검다리 건너듯 발을 뗀 문장과 그사이 변한 것과 변하지 않은 것, 쌓인 것과 흩날려 사라진 흔적이 눈에 들어왔다. 우리는 둘 다 첫 책이 나오기 전에 만났는데, 데뷔 후 삼사 년이 지나고 나서야 서로의 얼굴을 처음 볼 수 있었다. 기회가 없지는 않았으나 여러 사람이 모이는 자리에 혼자 갈 용기가 나지 않았고, 누구와 함께 간들 약속 장소 앞에서 번번이 심호흡을 해야 했기 때문이다. 팔 년 전쯤 쓴 〈작가초상〉에 나는 언니와의 첫 만남을 이렇게 기록하고 있다.

그녀를 처음 본 건 어느 문예지 모임에서였다. 늦겨울이었고, 그녀도 나도 단편을 몇 개 발표하지 않았을 때다. 그녀는 좀 늦게 나타났다. 아마 그날도 직장에 들렀다 오는 길이 아니었을까 싶다. 그녀가 지하 술집에 들어서자 누군가 작게 "편혜영이다"라고 말하는 소리가 들렸다. 그녀가 자리에 앉는 동안 눈으로 그녀의 움직임을 쫓았던 기억이 난다. 그녀에게 선 이제 막 바깥에서 도착한 사람의 바람 냄새가 났다.

그래서인지 지금도 언니를 생각하면 그때 언니 주위에 얇은 막을 형성하며 남아 있던 바깥 공기, 몬순기후, 아열대기후 할 때의 어떤 '기후'를 뜻하는 기운이 떠오른다. 낯선 시공과 자연스레 잘 섞이되 자기만의 온도를 지키고, 너무 뜨겁거나 차갑지 않은 쾌적하고 선선한 저녁 바람이 연상된다. 그러니 만일 언니와 내가 지난 십여 년간 서로 좋아하며, 자신의 때나 허물이 상대를 실망시키지 않을까 조바심 내고, 어느 때는 수선스레 뭐라 변명도 하며, 건강한 관계를 지켜올 수 있었다면, 그건 언니가 갖고 있는 특유의 공기, 한여름 아랫목에 볼을 대고 누울 때 느껴지는 기분 좋은 선득함 덕이 아니었을까 싶다. 나는 그걸 언니의 소설 속 인물들에게서도 종종 발견한다. 그러곤 언니가 몰고 다니는 그 '바깥바람'이 사유의 선도를 유지하는 데 도움을 주고 있는 게 아닐까 짐작한다.

그렇다고 해서 언니가 매사 거리감각을 지키고 균형과 조화만 추구하는 사람이라는 뜻은 아니다. 만일 그랬다면 우리는 건전한 관계일 순 있어도 친밀한 사이는 되지 못했을 거다. 언니의 체면과 사회적 지위를 고려해 여기서 다 밝힐 순 없으나 언니가 이따금 맑게 흐트러진 적이 있었다는 것만은 얘기해둔다. 더불어 언니가 재미있는 이야기를 듣고 온몸으로 웃을 때, 언니의 허파에서 터져나오는 '웃음바람'도 실은 저 '바깥바람'만큼이나 상쾌하다고. 어느 땐 정말 '아니 저렇게 단아해 보이는 여자가 저렇게 퇴행적인 얼굴로 웃다니' 하는 공포감을 안겨주기도 한다고 말이다.

• 〈그녀에게 휘파람〉, 《문학동네》, 2007 가을호.

책장에서 언니가 쓴 여섯 권의 책을 꺼내 다시 살펴봤다. 아직 출간되지는 않았으나 지난해 연재를 마친 장편소설도 있고, 단행본으로 묶일 단편도 꽤 모여 있는 걸로 안다. 둘을 합치면 언니가 지난 십여 년 동안 거의 여덟 권에 달하는 분량의 글을 쉬지 않고 써왔다는 얘기가 된다. 한때 내가 마감에 쫓겼을 때, 언니의 이런 성실함을 알고는 어디 "남는 소설 없느냐, 얼마면 되느냐"는 농을 건 적이 있다. 몇 해 전 프랑스에 갔을 때도 그랬다. 마감을 못한 김중혁 선배와 내가 외국까지 일거리를 잔뜩 싸와 비행기 및 기차 안에서 노트북을 열심히 두드린 것과 달리(중혁 선배가 즉석에서 나와 '소설 배틀'을 뜨겠다며, 심사는 혜영이 봐달라는 부탁을 했다) 언니는 '다 쓴 자'의 여유로 혼자 서정적인 눈빛을 한 채 창밖을 내다봤었다. 아무튼 그렇게 적지 않은 글을 발표하는 사이 언니는 여느 성인들처럼 '생활인'으로서 해야 할 일과 해야만 하는 일, 또는 하고 싶지 않은 일들을 묵묵히 해나갔다. 엄살도 과장도 없이 한 직장에 오랫동안 출근했고, 가사노동을 하고, 소설을 꾸리고, 심지어는 짬짬이 나도 만나주었다. 책상 위에 쌓인 언니의 책을 보니 '이러기야? 정말 이렇게 근면하기야?' 글썽이고 싶었지만 그보다는 먼저 고마운 마음이 들었다. 그러곤 그중 한 권의 〈작가의 말〉에서 다음과 같은 문장을 발견했다.

오래전에 죽은 가수에 대한 기사를 잡지에서 보고 노래를 찾아 듣다가 유일하게 한 구절을 알아듣는다.•

그러자 문득 지금 내가 쓰려 하는 이 글도 어쩌면 저와 비슷한 상황이 아닐까 하는 생각이 들었다. 오래전부터 들어왔고, 심지어는

• 《저녁의 구애》, 문학과지성사, 2011.

애청곡이기까지 한, 그러나 대개 제목이거나 후렴구거나 가장 유명한 구절이기 십상인 '한 부분'만 알아듣고 크게 따라 부르는 팝송 같다는 느낌이 들었다. "렛 잇 비, 렛 잇 비" 하는, "예스터데이" "쉬즈 곤" 하는. 혹 그렇다 해도 이 글이 언니가 그간 쉬지 않고 써온 책들 사이에 들어갈 책갈피, 혹은 마른 낙엽이나 꽃잎 같은 역할을 해준다면 나로서는 더 바랄 게 없을 듯하다. 그래서 정말 책 사이에 끼워 두라는 듯 내 마음대로 《혜영관념사전》을 만들어봤다.

2
혜영관념사전•

ㄱ

"그렇게 살 수 있을 리가 없잖아."•
'삶은 손쓸 수 없는 방식으로 전개된다'는 걸 아는
언니의 소설 속 인물들이 서 있는 자리.

무언가 해주기보다는 참는.
어쩌면 가장 힘든 방식의 사랑.

ㄴ
노동
그녀가 늘 하고 있는 것.
소설을 쓰는 일이 '매번 같은 강도의 노동을 반복하는 것임을 안 뒤' 좀 달라졌다고.

• 귀스타브 플로베르의 《통상관념사전》에서 따온 말. 같은 형식으로 《현대시학》에 조연호 시인의 작가초상, 〈연호관념사전〉을 쓴 적이 있다.
• 《서쪽 숲에 갔다》, 문학과지성사, 2012.

곁에서 지난 십 년간 그 '반복'이 무얼 만들어내는지 봄.

그러곤 그게 얼마나 중요한지 그녀의 소설을 통해 배움.

ㄷ

더러운 세상

언젠가 다른 작가들 앞에서 그녀에 대해 설명하다 거칠게 술잔을 내려놓으며 포효.

"얼굴도 예쁜 작가가 마음도 예쁘고 소설까지 잘 쓰는 이 더러운 세상!"

ㄹ

라디오

시체와 쥐, 피와 땀, 죽음과 폭력이 나오는 무시무시한 소설을 쓰지만 그녀도 한때는 자기 방에서 턱을 괴고 라디오를 듣던 사춘기 소녀.

〈밤을 잊은 그대에게〉나 〈별이 빛나는 밤〉을 애청.

한번은 그녀가 보낸 사연이 '이 주의 엽서'로 뽑혀, 방송국으로부터 '태광 에로이카'(턴테이블 오디오)를 선물받은 적도 있다고.

하나 더.

평소 알고 지낸 방송작가 언니의 초대를 받아(당시 지하철이 다니지 않았던) 여의도로 방송국 구경을 간 그녀는, 출구에서 고故 김광석 아저씨를 보게 됐다고 함. 늦은 시간, 여학생들의 귀가를 걱정한 이 선량하고 따뜻한 가수는 이들을 이대입구역까지 태워줬는데 김광석 아저씨가 직접 몬 프라이드 뒷좌석에 친구 둘이, 앞자리에는 그녀가 앉았다고 함. 아마 그 가수는 옆자리에 앉은 여고생이 훗날 소설가가 되리라곤 상상하지 못했을 테지만. 만일 긴 시간이 흐른 뒤 내가 '먼지가 되어', 하늘에서 그를 보게 된다면 '사람은 참 뜻밖의 순간 뜻밖의 사람과 조우하게 되는 것 같다'고, 그때 그 여학생들을 걱정하고 역까지 태워주셔서 정말 감사하다고 인사드릴 생각.

ㅁ
마포 여신

어울려 다니는 말로는 "작가님 정말 미인이세요.""미혼 아니셨어요?""어머, 저는 김애란 작가님이랑 동갑이신 줄 알았어요.""더러운 세상!" 등이 있음.
'맵시 있다'라는 말과도 사이가 좋음.
말 맵시, 옷 맵시, 생각의 맵시.
그중 마음의 맵시는 주로 동료나 친구를 기쁘게 하는 데 사용.

ㅂ
밤이 지나간다*

우리가 가장 많은 순간을 보낸 시간.
술이 약한 편이나 굳이 좋아하는 주종을 꼽자면 소주나 사케.
작년 여름, 언니의 여섯 번째 책이 나온 걸 축하해주고 싶어 술을 마시다 새삼 자리에서 일어나 "밤이!"라고 외친 적이 있음. 그러자 누군가 짓궂게 "선생이다!"라고 응창. 아니 아니, 이번에는 제대로 해보자는 식으로 내가 다시 "밤이!(은)"라고 외치자 나머지 사람들

• 작년에 나온 그녀의 소설집 제목.《밤이 지나간다》, 창비, 2013.

이 "노래한다!"라고 합창. 두 개 다 다른 작가의 책 제목. 아무려면 어때. 바람은 시원하고 맥주는 맛있으니 다 같이 건배. 그중 가장 크게 웃은 사람이 그녀. 얼굴 근육은 원래 그렇게 쓰는 거라는 듯 시원하게, 활짝.

ㅅ

산 사람
첫 책 *⟨작가의 말⟩에 적힌 단어.

(꿈에서) 종종 그녀를 본다. 그녀는 여전히 죽어 있다. 죽은 후에도 삶은 계속되는 모양인지, 그녀의 얼굴은 부쩍 늙어 있다. 살아 있을 때와 마찬가지로 그다지 평온해 보이지 않는 얼굴이다. 평온해 보였다면 죽음이라는 게 대단해 보였을지도 모른다.

그녀는 내가 쓴 소설을 한 번도 보지 못했다. 소설을 봤다면 산 사람들의 얘기를 쓰지 그러느냐고 했을지도 모른다.

전에는 저 말이 안 보였는데. 이제야 뒤늦게 보인다. 그랬구나. 언니가 첫 책을 낸 마음은. 깨달은 듯 위 문장을 가만히 응시.

ㅇ

우정
소문내지 않는 편이 좋은 것.
하지만 새삼 이렇게 알려지기도 하는 것.
이왕 이리 된 거 한번 제대로 포장해보자고 웃으며 약속.

• ⟪아오이가든⟫, 문학과지성사, 2005.

ㅈ

장례식장

그녀와 가장 자주 간 곳 중 하나.

어쩌면 점점 더 가게 될 곳.

상실을 예감하며, 상실을 모른 체하며 우리가 나눴던 농담. 그리고 침묵.

ㅊ

취기

오래전 "혜영 언니에게는 주사가 없다"고 쓴 적이 있음.

이제 와 말하건대 내가 언니를 잘못 본 거였음.

평소 앞에 잘 나서지 않는 모습과 달리 취중에는 복숭아 같은 얼굴로 무언가를 사랑스럽게 주장.

그 주장이란 게 고작 "한 잔 더 마시자"는 것.

가끔 둘이 있거나 셋만 있을 땐 소설 얘기도 함.

내 뻔한 고민을 뻔하지 않게 들어주고, 어떤 문을 먼저 열어본 사람의 힘으로 불안을 다독여줌.

ㅋ

캐리커처

프랑스 리옹의 어느 호텔 방명록에 남기고 온 낙서.

중혁 선배가 쓱쓱 볼펜으로 순식간에 그려넣은 그녀와 나.

타국에서 느끼는 긴장을 애들처럼 까불며 풂.

저기 단정한 듯 앳된 글씨는 그녀의 것.

ㅌ

타자기

누구나 수동식 타자기를 추억한다. 나는 타자기를 추억하지 않는다. 시절의 대부분을 차지한 것은 추억이 될 수 없다. 나는 비로소 일생 동안 해야 할 노동의 종류를 생각하기 시작했다.

그녀가 책으로 묶지 않은 자전소설의 한 구절.

자세한 이유는 알 수 없으나 어쩌면 과거로부터 이득을 취하고 싶지 않아 그랬는지도 모른다고 조심스레 헤아려봄.

ㅍ

편비게이션

공간감각이 뛰어난 그녀에게 헌사한 별명.

배려와 양보가 몸에 배어 있지만 어느 때는 필요한 순간 신속하게 최선의 결정을 내림.

명백히 좋아하는 것으로 보이는 '검은색' 옷 안에 숨겨진 사무원 십 년의 내공.

• 〈20세기 이력서〉, 《문학동네》, 2007 가을호.

ㅎ

허물 혹은 흠

그녀가 눈감아준 것.

긴 시간을 만나며 내게서 못 봤을 리 없는 것.

"인人과 생生에 대해서라면 이해와 확신, 단정은 불가능하다" 라고

생각하는 사람이 관계를 맺는 방식 역시 다르지 않기 때문인지도.

어른의 삶이란 게 아무리 오해를 견디며 사는 일이라 해도

가끔은 정말 한 사람만에게라도 뭔가 해명하고 싶을 때가 있는데

그럴 때 그녀에게 속을 비치게 된 이유.

혹은 믿음.

그러나 우리가 보다 많이 나눈 건 "인생을 좀 더 살 만한 것으로 만

들어주는 사소한 얘기들" 이었음을. 아마도 당분간은 그런 보통의

수다가 계속 이어질 것임을. 웃고, 까불고, 정색하며 언니와 나눴

던 모든 이야기가 참 좋았다고 사전 끝에 살며시 내려놓는 고백.

사소했거나 거창했거나 그걸 나눈 사람이 그녀라서 좋았던 말들.

3

불빛은 크기에 상관없이 왜 언제나 짐작보다 따뜻한 걸까.

그렇다. 짐작보다 따뜻하다.

• 제42회 동인문학상 수상 소감 중.
• 《재와 빨강》, 창비, 2010.
• 〈선의 법칙〉, 편혜영, 《문학동네》, 2013 겨울호.

오랜만에 혜영 언니에 대한 글을 다시 쓰자니, 일일이 기록하지 못한 추억들이 고물 영사기에서 나오는 필름처럼 지지직대며 지나갔다. 불을 끄고 방바닥에 누워, 가슴에 손을 얹은 채 그것들이 '짐작보다 따뜻하게' 깜빡이며 스쳐가는 모습을 지켜봤다. 뜨거운 물과 야채, 간이 세지 않은 담백하고 담담한 음식, 예쁜 그릇, 개그 프로그램과 연속극을 좋아하는 언니의 취향이라든지, 눈 화장을 거의 하지 않고, 편한 사람들 앞에서는 같은 단어를 두 번 반복해서 말하는 버릇 등이 떠올랐다. 더불어 같이 머리를 깎고 먹은 짜장면, 소원을 빌며 던진 동전, 편을 갈라 축구 게임을 하다 지른 환호성, 지방 버스정류장 바닥에 주저앉아 봉평 패리스 힐튼인 양 나란히 선글라스를 낀 채 키득대며 맞은 봄볕도 생각났다. 결혼식 때 연단에 선 나와 눈을 마주치지 않으려 애쓰던 표정, 겨울이면 목도리를 둘둘 말아 얼굴을 반쯤 가린 채 종종거리며 걸어가던 뒷모습, 진짜 '언니'처럼 손등에 로션을 덜어주고 옷매무새를 만져주던 손짓과 배고플 때 숨도 안 쉬고 접시를 비워내던 모습도. 뿐만 아니었다. 청량리발 기차를 타고 성희 언니가 직접 싸온 김밥을 먹으며 춘천에 갔던 일이며, 연수 선배가 모는 승용차 뒷자리에 네 사람이 쪼르르 앉아 대낮부터 캔맥주를 딴 기억도 났다. 결국에는 오줌이 마려워, 톨게이트 지하보도 어디께로 우르르 내려갔던 일도. 그런데 이상하게 그 많은 순간 우리가 무슨 이야기를 나누었는지는 잘 생각나지 않았다. 살면서 너무 많은 얘길 나눴으니 어쩌면 당연한 일인지도 모른다. 다만 분명한 것 하나는 언젠가 그 '무슨 얘기를 나눴는지조차 기억하지 못하는' 그 순간을 내가 간절히 그리워하게 될 거라는 거다. 세상에 영원한 건 없으며 관계란 변하기 마련이란 걸 이제는 아는 나이지만. 그걸 '그냥 아는' 게 아니라 '통렬하게' 깨닫는 순간도 몇 번 더 오게 마련이겠지만. 그녀의 첫 번째 〈작가초상〉에 썼듯 그러면 어떠랴 싶다. "꽃이 피면 비바람이 잦고 인생에는 이별이 많나니"* 이렇듯 또 한 시절을 잃었으니, 그거면 족할 듯하다. 그러니 조만간 다시 언니와 어느 연못에 동전 던질 기회가 주어진다면 '언니가 건강하게 오랫동안 소설을 쓰게 해달라'고, 지금처럼 색색의 우산이 한꺼번에 툭툭 터지는 느낌으로 자주 웃게 해달라고 기도하고 싶다. 그러면 나도 '얼굴도 참하고 마음도 고운데 소설까지 잘 쓰는' 작가가 존재하는 이 '더러운 세상!' 이 조금 더 좋아질 것 같다고. 실은 전부터 꽤 좋아했다고 말이다.

• 우무릉于武陵의 시 〈술을 권하며〉 중.

장두영 · 문학평론가

불안과의 대화

1

편혜영은 읽는 이의 마음을 끊임없이 불편하게 만드는 작가다. 무엇보다도 시체가 부패하면서 풍기는 악취가 코끝을 자극하고, 정체를 알 수 없는 괴이한 소리가 배경음악처럼 재생되는 듯한 착각을 불러일으키는 첫 번째 소설집 《아오이가든》이 그러하였다. 산 자의 무기력과 죽은 자의 활기참이 선명한 대조를 이루는 '죽음의 무도(danse macabre)'를 목격하면서 우리가 도달하게 되는 명제는 '살아가는 것이 곧 죽어가는 것', 즉 삶의 유한성을 받아들이라는 메멘토 모리memento mori였다. 일상적인 삶을 살아가는 동안 잊고 지내는 진실을 상기시키는 데서 불편함이 유래한 것이다.

아무리 발버둥 쳐도 죽음의 승리를 벗어날 수 없다는 주제는 한결같이 삶의 실패로 귀결되는 이야기를 담은 두 번째 소설집 《사육장 쪽으로》로 변주되었다. 실패하는 '담장 쌓기'에 관한 이야기인 〈밤의 공사〉는 작품의 결말에 이르러 메멘토 모리의 기호인 '습기와 개구리와 쥐'에 의해 일상적 삶을 점령당한다. 현실적 일상이 환상적 상상력과 접합되는 장면은 읽는 이로 하여금 자신의 주변을 흘끔거리지 않을 수 없게 만든다. 평온하게 살아가고 있는 일상의 이면에 축축하고 차가운 '아오이가든'이 자리하고 있다는 섬뜩한 사실, 그리고 두 세계 사이의 경계가 너무나 흐릿하고 모호하여 언제든 우리의 일상이 점령당할 수도 있다는 사실의 상기가 불편함을 자아낸다.

암울하게 채색된 세계에서 인간적 삶은 실패라는 결말이 예정된 채 끝없이 반복되는 '헤맴'에 불과하다. 세 번째 소설집《저녁의 구애》와 장편《서쪽 숲에 갔다》는 '반복'과 '헤맴'이 참주제다. 매일매일 같은 시간, 같은 장소에서 같은 메뉴의 점심을 먹는 〈동일한 점심〉의 주인공을 위시하여, 반복되는 일상을 영위하는 여러 인물들은 인간의 개별성이 무화되어버리는 현대문명의 우울한 그림자에 관한 설득력 있는 알레고리다. 폐쇄된 동일성의 회로에서 결코 빠져나올 수 없음을 인정하는 순간 정체 모를 습기와 냄새가 감지될 것 같은 불편함이 시작된다. 목표를 향해 나아가지만 결국 거대한 숲 속에 갇혀 영원한 헤맴을 반복하게 되는《서쪽 숲에 갔다》역시 같은 종류의 불편함을 선사한다.

불가해성이 우발적인 순간에 우리의 삶을 점령할지도 모른다는 것은 결국 '불안'의 문제로 환원된다. 편혜영의 소설에서 불안은 이전 작품의 경우 대개 인간의 유한성에 바탕을 둔 존재론적 차원에 발을 딛고 있었고, 최근에는 보다 일상적인 세계의 형상화에 근접하는 경향을 보인다. 이는 환상적인 소재나 발상이 현저히 약화된 네 번째 소설집《밤이 지나간다》의 작품을 통해서 구체적으로 확인할 수 있다. 가령 불행이 "항시 깔려 있는 이부자리처럼 가까운 곳에서 늘 불길한 냄새를 풍기며 자리 잡고 있다"라는 불안감의 표출(〈비밀의 호의〉), 고속도로 갓길에서 시설물을 점검하는 직업을 가진 인물에게 언제든 사고가 닥칠 수 있다는 식의 만성화된 불안감(〈서쪽으로 4센티미터〉) 등에 관한 언급을 볼 때 작가는 겉으로 견고해 보이는 일상이 사실은 균열과 붕괴의 가능성 위에 위태롭게 서 있음을 보여주려는 듯하다.

〈몬순〉의 서사 곳곳에 산재해 있는 불안과 관련된 소재나 장면 역시 그동안 지속되어온 작가의 관심과 연결된 것으로 이해할 수 있다. 특히 〈몬순〉에 나타난 불안은 실제적인 일상의 국면에서 구체성을 확인할 수 있다는 점에서 《밤이 지나간다》에 수록된 여러 작품을 통해 보여준 불안과 연속선상에 있다고 보인다. '바람의 방향은 언제 바뀌는가'라는 〈몬순〉의 질문은 "예기치 않은 우연, 제어할 수 없는 신체적 욕구, 우발적인 충동과 불확실성 같은 것은 어디에 웅크리고 있다가 정체를 드러내는 걸까"(《밤의 마침》)라는 질문과 겹쳐지고 있음을 보더라도 그러하다.

2

〈몬순〉에서 남편 태오와 아내 유진의 관계는 매우 불안정한 상태에 놓여 있다. 법적으로는 여전히 부부라는 끈으로 묶여 있으나 언제든 갈라서서 남이 될 수 있는 상태, 마치 이혼서류에 도장을 찍기 직전 마지막 결심만을 남겨놓은 사람들 같다. 그들 역시 세상의 모든 신혼부부가 그러하듯 한때는 화목한 가정의 주인공이었다. 지금 살고 있는 아파트로 이사 올 때, 두 사람은 "드물고도 벅찬 기쁨에 사로잡혀 있었다"는 것을 기억한다. 그리고 그 기억은 베이지색 커튼을 통과하여 물결처럼 반짝이던 따스한 빛으로 기억된다. 문제는 현재 위태로운 두 사람의 집에는 과거와 같은 빛이 없다는 것이다. 커튼을 젖히면 마루 깊숙이 들어오던 햇살은 사라졌을 뿐만 아니라, 이제 곧 '단전'이 된다고 한다. 이에 정전으로 인해 캄캄한 어둠만이 남게 될 것이 예고되어 있는 상황은 곧 태오와 유진 부부가 처한 불안의 상황에 대한 명백한 비유일 수밖에 없다.

얼마 전까지는 그렇지 않았다. 유진과 태오는 말을 돌려 하지 않고 서로를 향해 고함을 질렀다. 일부러 상처 줄 말을 골랐다. 이제 태오는 그러지 않았다. 유진도 마찬가지였다. 그럴 만한 시기가 지났다. 기민하고 명랑하고 낙천적이던 대화가 완전히 사라져버렸지만 서로를 향해 화를 내지는 않았다. 그런데도 종종 혐오감이 태오를 휘감았다. 평화로이 주고받는 짧은 말에 더러 무기력해졌다.

두 사람 사이의 관계가 어느 정도 위태로운 상태인지는 그들 사이에 오고 가는 대화가 사라졌다는 데서 익히 짐작된다. 일부러 상처 줄 말을 골라서 고함을 질렀다는 것은 썩 바람직하지는 않겠지만 그래도 타인에게 자신의 불평과 불만을 전달하려는 최소한의 의지가 남아 있음을 의미하는 것이 아니겠는가. 그러나 최소한의 의지마저 사라진 지금, 유진은 방에 틀어박혀 문을 닫고 있다. "닫힌 문은 명백한 금지", 즉 '혼자 있고 싶다'가 아니라 '너와 대화하고 싶지 않으니 들어오지 마라'이며 서늘한 침묵만이 그들의 아파트를 감돌고 있다. 베이지색 커튼을 통과한 따스한 빛이 스며들던 시절의 "기민하고 명랑하고 낙천적이던 대화"를 복원하는 것은 무리라고 하겠으나, 이제 서로를 향해 원망하고 비난하던 최소한의 소통방식마저 포기되어가고 있는 상황에서 얼마 지나지 않아 완전한 침묵의 상태로 넘어가게 될 것이 분명해 보인다. 마치 단전이 되어 모든 조명기기들이 빛을 상실하고, 냉장고나 보일러의 모터 회전이 정지하듯 절대적인 침묵의 상황이 두 사람 사이에 들이닥치고 말 것이 뻔히 예견되어 있다.

태오의 이직으로 인한 경제적인 불안은 허물어져가는 두 사람 사이의 관계에 쐐기를 박는 무언가가 될 수 있다. 번듯한 전자회사 직원 신분이던 그가 직장에 사표를 내고 창고 관리인으로 이직한 순간 이미 금전상의 불안은 시작되었다. 퇴직금으로 받은 목돈은 얼마 안 가서 바닥날 것이고, 그러면 아내 유진도 금전적으로 곤란을 겪는 대부분의 가정이 그러하듯 '언젠가는' 자신에게 불만과 적의를 가지게 될 것이라고 태오는 예상한다. 그는 "하지만 그건 나중의 일이었다. 지금은 아니었다. 유진은 무능한 남편과 살아야 하는 침울한 상황을 아직 겪지 않았다"라며 스스로 위안하기도 한다. 그러나 이러한 애처로운 위안에는 '언젠가' 그러한 순간이 닥칠 것이라는 엄연한 사실에 대한 불안한 예감이 전제되어 있다. 그렇기에 태오의 위안은 그저 일시적인 유보에 불과하다. 일시적으로 복구를 했어도 또다시 태풍이 오면 정전 사태가 재발하는 아파트의 전기설비처럼 두 사람의 파국은 잠시 유보되었을 뿐이다. 아무것도 해결되지 않은 상태에서 경제적 곤란으로 인한 지속적인 충격이 계속된다면 두 사람의 불안정한 관계는 비록 '지금'은 아니고 '당분간'은 아니지만 '얼마 안 가' 바닥이 나는 통장 잔고처럼 허물어져버릴 것이다.

"아내분은 휴가가 끝나셨어요? 요새 통 안 보이시네요."

엘리베이터 안에서 여자가 물었다. 육아휴직은 끝났다. 유진은 과학관으로 돌아가지 못했다. 진단서를 제출했고 좀 더 휴가를 받았다. 태오는 제 말차례가 되자 긴장했다. 사람들이 모두 태오를 쳐다봤다. 주민들이 아무렇게나 던지고 슬쩍 떠보는 말이 태오는 말할 수 없이 불편했다. 아닐 수도 있었다. 사람들이 흥미로, 호기심으로, 악의로 자신을 대한다고 여기는 것은 태오의 착각이었다.

정전으로 인해 그 자체로 거대한 어둠이 되어버린 아파트는 불안을 가시화한다. 태오는 단전 소식을 처음 들었을 때 유진과 집 밖에서 시간을 보내거나, 이웃들이 모두 빠져나가 조용한 아파트에 남아서 유진과 얘기를 나눌 수도 있으리라 기대했었다. 어둠이 관계 회복을 위한 무대장치가 될 수 있을 것이라는 작은 희망. 반면 아파트 주민들은 정전 때문에 일시적으로 아파트의 치안이 불안정한 상태에 놓이게 될 것을 걱정한다. 지난번 정전 때 누군가 정전을 틈타 남의 집 베란다 창에 돌을 던졌고, 그 범인으로 태오가 의심받는다. 의사와 멱살을 잡고 싸웠다는 소문이나 유진이 아이에게 끔찍한 짓을 했다는 흉흉한 소문이 떠도는 아파트는 공간화된 불안이다. 게다가 정전이 되어 불까지 꺼졌으니 소문은 더욱 위력을 발휘할 것이 분명하다.

평소 안전하게 유지되던 일상이 정전으로 인해 위태로운 상태에 노출되는 것이 아닌가 하는 두려움에 주민들은 태오를 향해 노골적인 혐오의 시선을 보낸다. 그것은 태오의 착각일 수도 있다. 그러나 그보다 중요한 것은 태오가 소문에 둘러싸이는 순간 그의 심리상태 역시 긴장, 불편, 불쾌 등 불안정함으로 가득 차게 된다는 점이다. 정전으로 인해 불안해하는 아파트 주민의 심리가 태오에게도 전이되고 나아가 태오의 마음을 좌우하게 된다. 이처럼 태오의 불안은 어쩌면 노골적인 시선을 보내는 아파트 주민들이라는 외부로부터 불어온 것일 수 있다. 다음 대목을 보면 이러한 의구심은 좀 더 분명해진다.

아마도 우연한 일이기 때문이리라. 인과가 분명치 않은 일은 늘 꺼림칙한 이야기를 만들어내니까. 가장 나쁜 건 유진의 고의로 의심받는 것이었다. 사람들은 우연이 가져온 희박한 가능성을 잘 믿지 않았다. 유진을 탓하는 것은 부당했다. 유진 역시 아이를 잃었고 심지어는 죄책감에 시달렸다. 그러나 태오 역시 점차 그렇게 생각했다. 그게 진실이 아닌 줄 알았지만 되풀이해 생각하다 보니 끝내 그 생각을 믿게 되었다. 실제의 사실보다 믿음직스럽고 흥미로웠다. 스스로를 탓하는 것보다 정당하고 안정적이었다.

소문은 불 꺼진 아파트를 유령처럼 떠돌고 있다. 정전으로 인해 암흑천지가 된 불안의 공간에서 태오와 유진 부부를 둘러싼 '꺼림칙한 이야기'는 소문의 먹잇감이 되기 십상이다. 엘리베이터 안의 모든 사람들이 자신을 노려보고 있다고 여길 때 느끼던 긴장감과 불쾌감은 한편으로는 태오 자신도 아내 유진을 의심하고 있음을 어렴풋이 암시한다. 자신의 아내가 결백하다고 확신에 차 있다면 헛소문을 퍼트리는 아파트 주민을 향해 분노하거나, 아내를 위해 변호하려고 애써야 자연스럽지 않을까. 그러나 헛소문이라도 되풀이해서 생각하면 끝내 그 생각을 믿게 된다는 묘한 상황을 태오는 솔직히 털어놓고 있다.

약간이라도 헛소문을 믿는 순간, 자신의 아내를 의심하게 되고, 이로 인해 떠도는 불길한 소문이 혹여 사실이 아닐까 불안해지는 것이 태오가 빠져든 불안의 악순환이다. 여기에 이를 때 앞서 언급한 흔들리는 가정 내부의 불안이라든가 경제적 곤궁으로 인한 불안은 다분히 부차적인 현상에 불과하다. 그러한 것들은 아내에 대한 근본적인 신뢰가 상실되었기에 파생된 결과물로 볼 수 있다. 그러므로 아내에 대한 막연한 '의심'이 모든 불안을 초래했다는 결론이 나온다.

나아가 악순환의 고리에 빠져든 순간 '진실'은 흐릿해진다. 진짜보다 더 그럴 법한 가짜의 유혹이 손짓을 한다. 아내에 대한 신뢰는 물론이고 자신을 둘러싼 모든 일상적 삶을 통째로 부숴버릴지도 모를 가짜의 유혹 앞에서 무엇이 진실인지를 파악하는 것을 포기하게 되는 것이 〈몬순〉이 보여주는 불안의 위력이다. 이러한 불안은 존재론적 차원에 맞닿아 있는 것이기에 어찌 보면 '아오이가든'에 창궐했던 역병보다 더 큰 위력을 지니고 있는 것인지도 모른다.

3

〈몬순〉에 나타난 불안은 일상적 삶에 발생한 균열의 일종이라는 점에서 기존의 작품과 연결되지만, 불안을 '의심'의 형태로 표현하여 서사전개로 이어나간다는 점은 차이를 보인다. 《사육장 쪽으로》에서는 일상 속의 불안을 환상과 연계시키고, 《저녁의 구애》에서는 환상까지는 아니더라도 몽환적인 미궁에 빠뜨리는 결말을 취함으로써 일상의 불안정함을 지적하는 데 치중하였다. 그러던 것이 〈몬순〉에 와서는 서사를 통해 주인공 태오가 아내 유진을 의심하고 아내의 비밀을 파헤치는 과정을 거치게 함으로써, 자신을 둘러싼 불안의 실체와 직접 대면하게 만드는 단계로 나아가고 있다. 곧 불안, 의심, 비밀, 폭로 등에 소설적 육체를 입힌 것이 이 작품이다. 모호한 불안의 분위기를 그려내고 예감하는 단계에서 불안과 대면하는 단계로의 변화가 얼마나 지속성을 지닐지, 어느 정도 일정한 방향성을 지닌 것인지는 좀 더 두고 보면서 따져야 할 문제지만 내용과 형식의 새로운 접합 시도라는 점에서 주목할 필요가 있다.

의심에서 촉발되는 〈몬순〉의 서사적 얼개는 비교적 단순하다. 두 시간 정전이 된 동안 주인공이 집을 나와 근처 술집에 간다. 거기서 아내의 직장상사인 과학관 관장을 만나 대화를 나누고 아내와 관련

된 의혹을 확인한다. 술집을 나와 집에 도착하였을 때, 아직도 아파트에 불이 켜졌다 꺼졌다 하는 것을 지켜보는 것으로 작품은 끝이 난다.

여기서 한 가지 흥미로운 것은 태오의 입장에서 볼 때 관장과의 대화는 새로운 사실을 알게 되는 과정이라기보다 이미 알고 있던 사실을 좀 더 구체적으로 재확인하는 것에 불과하다는 점이다. 태오의 회상을 통해 볼 때, 아이가 사망하던 '그날' 아내 유진의 행적은 이미 알고 있는 내용이다. 유진은 아이를 방치한 채 잠시 외출했었고 하필 그 시간 동안 아이는 사망했다. 더욱이 태오 자신도 아이를 방치한 채 유진을 뒤쫓아 집을 비웠고, 그 진까지 아이가 숨을 쉬고 있었다는 사실을 뒤늦게 폭로하는 순간 유진을 둘러싼 의심은 처음부터 불필요한 것이었음이 드러난다. 그럼에도 불구하고 독자의 관점에서 태오와 유진 부부에 관한 은밀한 비밀 이야기는 지속적인 불안감을 유지한 채 극적 긴장을 늦추지 않고 있다. 이와 같은 긴장의 확보는 이 작품이 서사적인 기본 얼개는 단순하지만 세부적인 서술 전략에 있어서는 상당히 복잡하고 치밀하게 계산된 방식을 취하고 있다는 점과 무관하지 않다.

〈몬순〉에서는 관장과의 대화가 이루어지는 대목에 이르기 전까지 독자에게 제시되는 대부분의 정보는 분산되고 파편화되어 있다. 무엇보다도 아이의 사망에 대해서는 최대한 정보 공개를 늦추고 있으며, '그날 밤'에 있었던 일이 태오가 아내를 의심하고 불안해하는 근본적인 원인임을 숨기고 있다. 그 결과 태오와 유진 사이의 불안한 관계는 물론 아이가 사망하던 '그날의 일'을 파악하기 위해서는 작품 내 여러 곳에 잘게 쪼개진 정보들을 부지런히 조합해야만 한다. 예를 들어 '보험료'라는 사소하고도 가볍게 언급된 정보를 보자. 이직을 하고 나서 아직까지는 목돈이 있고 당분간 그 돈으로 생활할 수 있으리라 계산하는 대목이다. 이 대목까지 아이가 사망했다는 사실은 아직 언급되지 않았고, 태오가 의사와 멱살을 잡은 소동이 있었다는 대목에 가서야 비로소 아이가 죽었다는 사실이 알려진다. 아이의 사망으로 인해 부모가 수령하게 된 보험금의 구체적 의미 파악은 이처럼 지연되고 유보된다.

그들 부부에 관한 아파트 주민들의 의심이나 소문 역시 분산되고 파편화되어 있다. 작품의 시작 부분에서, 태풍으로 인한 정전 사태를 언급하다가 슬쩍 유리창 파손 사건이 언급된다. 정전과 그 틈을 타서 일어난 유리창 파손은 그다지 중요하지 않은 정보처럼 처리되어 한동안 언급이 없다. 그러던 것이 제법 분량이 넘어가고 나서 옆집 여자가 태오를 노골적으로 쳐다보는 것에서 약간의 힌트가 주어진다. 태오가 유리창에 돌을 던진 범인이라는 것을 밝히는 과정은 사망 보험금의 의미가 뒤늦게 밝혀지는 과정과 닮아 있다. 유진이 아이의 사망과 연관되어 있을 것이라는 아파트 주민들 사이의 의심과 추측 역시 최대한 정보 공개를 지연하는 과정을 거친다. 유진의 우울증, 아이를 바라보던 무성의한 표정과 같은 의심의 단서들도 서사가 전개되는 중간중간에 가볍게 언급되고 넘어간다. 제법 이야기가 전개되고 나서 뒤늦게 그 의미가 무엇인지 정확히 파악될 수 있도록 배치되어 있다. 불안이 지속적으로 유지되고 그로 인한 소설의 극적 긴장이 이어지는 효과도 정보 전달을 위한 설명을 극도로 제한한 결과 얻게 된 것으로 볼 수도 있다.

지연되고 유보된 모든 정보는 관장과의 대화 이전까지 최대한 꽁꽁 숨겨진다. 태오가 관장과 대화를 나누는 대목에 이르러 그 이전까지의 서술들이 흡사 퍼즐 맞추기처럼 이루어져 있음을 깨닫고서는 무심코 넘겼던 책장을 뒤적여야 한다. 평범하고 작아 보이던 정보들이 실제로는 사건의 실체와 깊숙이 연관된 것이었음을 뒤늦게 깨닫게 될 때 느끼는 당혹감은 한층 강화된다. 이렇게 본다면 〈몬순〉은 비밀의 숨김과 폭로를 기본으로 한 플롯을 충실히 따르고 있는 작품으로 파악된다. 또한 작품 전체를 휘감았던 불안의 긴장감이란 그러한 숨김과 폭로의 과정에서 파생된 심리적 효과에 해당한다.

퍼즐 맞추기처럼 배치되어 있는 정보는 대부분 태오의 눈과 귀를 통해서 제공되는 방식을 취하고 있어 긴장의 효과는 강화된다. 이 작품의 서술은 표면상 삼인칭 전지적 작가 시점으로 설정되어 있으나, 초점화의 측면에서 보면 대부분의 서술이 초점자인 태오에게 의존하고 있다. 그 결과 상당수의 문장에서 고유명사 '태오'를 일인칭 서술자 '나'로 대체하여도 의미의 전달에 있어서는 큰 변화가 없다. 덧붙여 태오가 느끼는 감정이 서술에서 빈번하게 다루어지고 있기 때문에 일인칭 서술과 같은 느낌은 더욱 강화되고, 아내 유진을 관찰하고 의심하는 관음증적 시선의 확보도 가능하게 된다.

퍼즐 맞추기의 긴장감을 높이는 또 하나의 방법은 접속사의 사용을 최대한 억제하는 것이다. 건조하고 냉랭한 단문 위주의 문장은 그동안 작가가 즐겨 활용한 것이기도 하지만 여타의 작품에 비해 〈몬순〉에서는 그 정도가 심화되어 있다. 접속사가 생략된 짧은 문장들은 속도감 있는 문체로 이어지고, 문장과 문장 사이의 제법 사이가 먼 건너뜀으로 인해 의미의 파악은 부분적으로 제한을 받는다. 간혹 접속사를 활용하고 부연하는 문장을 사용하기도 하지만 '의심'을 강화하고 '비밀'을 폭로하는 작업과 관련된 내용에 한해서는 철저하게 제한을 가하고 있음이 특징이다. 문장과 문장 사이에서 발생한 사소한 긴장이 비교적 단순한 플롯의 이야기에 디테일한 리듬을 부여하고 있다. 부족한 설명으로 인해 불안한 분위기가 강화되는 구조다.

4

누적된 긴장은 '댄스' 라는 술집에서 나눈 태오와 관장의 대화 장면에서 절정에 달한다. 긴장이 절정에 달하는 순간 그동안 앞서 유보되고 회피되어왔던 '그날' 의 진실 혹은 비밀이 폭로되도록 짜여진 단순하면서도 효과적인 플롯이다. 두 사람의 대화는 술집에서 나누는 평범한 대화라기보다는 의심에서 출발한 태오의 일방적인 질문과 선승의 화두 같은 관장의 대답이 맞부딪치는 형국이다. 대답하는 스승은 모든 것을 이미 알고 있고 애가 타서 질문하는 애처로운 제자가 그 자리에 있다. 그것은 흡사 자신의 결백을 호소하는 피고인과 유무죄를 결정짓는 판사의 관계와도 닮아 있다. 실제로 작품 속에서는 관장을 일컬어 '재판장' 이라 부르고 있다. 또한 태오는 관장과의 대화 과정에서 그동안 느끼던 불안의 근원을 모두 쏟아내고 있기에 태오의 입장에서 관장과의 대화는 불안의 심연과 나누는 대화 그 자체로 볼 수도 있다. 이처럼 〈몬순〉은 마치 카프카의 작품 속 인물들이 나눌 법한 대화에 근접한다.

태오와 관장 사이의 대화에서 태오는 관장이 아내의 직장상사임을 반복적으로 의식한다. 휴직 상태에 있는 아내가 복직할 때 결정권을 쥐고 있는 사람이니 괜스레 감정을 건드려서는 안 되겠다는 의식은 이직으로 인해 불안정해진 현재의 가계 상황과도 무관하지 않다. 그러나 차츰 대화가 진행되는 과정에서 태오의 의심은 가중된다. 태오는 "술을 안 좋아한다고 했는데……" 같은 관장의 말을 의심한다. 아내 유진이 관장에게 알려주었을 것 같은 말이다. 관장이 유진에 관해 우호적인 평가를 할 때 품고 있던 의심은 확신으로 비약한다. "유진에 대한 평가가 엄청난 의미를 갖는 것으로 생각되어 스스로도 놀랄 지경이었다. 추측에서 비롯된 의심과 그로 인한 절망의 강도가 높아졌다."

이때 태오의 관심은 유진과 관장이 불륜을 저지르고 있던 것은 아닐까 하는 데 집중된다. 아내의 불륜 상대가 관장일 것이라는 의심을 가지고 집요하게 관장에게 매달리는 것은 아이가 사망했던 '그날 밤'의 진실과는 거리가 멀다. 반면 "단정하고 확신하고 이해할 수 있는 게 많지 않다는 거요. 인생이라는 건 과학보다 훨씬 더 복잡하잖아요. 아마 그럴 거라는 생각이 들어요. 인생은 과학 이상이니까요"라는 관장의 말은 어떠한가. 얼핏 태오가 자신을 불륜 상대로 지목한 것을 두고 그렇게 단정 짓지 말라는 것처럼 들리기도 하지만, 그 말 속에는 '그날 밤'의 비밀 또는 진실에 대한 단정을 거부하라는 의미가 담겨 있다. '그날 밤'을 둘러싼 의심과 비밀을 중심으로 펼쳐지고 있는 플롯 구성을 떠올리더라도 관장의 말은 아내의 불륜 여부를 확인하고자 하는 태오의 질문에 비해 '그날 밤'의 진실에 관해 정곡을 꿰뚫고 있다.

관장의 말에 따르면, 전시에서 형상화가 불가능한 것은 거짓으로 치부하는 것이 과학이라고 한다. 관장은 그러한 과학적 입장을 관철한 과학관의 전시물을 자세히 보면 "상상과 추측인 경우가 많"다는 말을 덧붙인다. 곧 관장은 과학이 강조하는 논리나 진실이 사실은 빈틈이 많다는 것, 따라서 '단정', '확신', '이해'라는 것은 위험한 것이라 강조하고 있다. 재판장의 선고 같은 관장의 발언은 결과적으로 아파트 주민들 사이에 떠도는 유진에 관한 불길한 소문, 그리고 그 소문을 반복적으로 듣다 보니 그것을 진실로 믿어버리게 된 태오의 의심을 직접적으로 겨냥한다. 떠도는 소문에 휩쓸린 태오는 "이를테면 산 사람은 살아야지 하면서 태오에게 식사를 권하던 모습, 멍한 얼굴의 태오를 보면서 언제까지 그럴래 하는 표정을 짓는 일, 아이 때문에 생긴 돈을 찾기 위해 보험증권을 내미는 걸 보고는 확신을 갖기도 했다". 태오는 '단정'했고, '확신'했고, '이해'했다고 자만했기에 불안에 빠진 것이다. 되풀이해서 상상하고 추측한 결과 "실제의 사실보다 믿음직스럽고 흥미로웠"으며, 특히 "스스로를 탓하는 것보다 정당하고 안정적이었다"라고 고백한 태오의 변명을 상기하자. 불안의 근거는 아내의 불륜 상대자로 의심되는 관장이 아니라 거짓임을 알면서도 스스로 믿고 있는 것이 진실이라 오인한 태오의 '머리'에 있다.

시간이 지나면 나아지리라는 것이 유일한 위안이었다. 하지만 시간이 결코 할 수 없는 게 있었다. 팔로 감싸안으면 가슴에 꼭 맞게 들어차던 느낌. 아이를 안고 있지 않는데도 재울 시간이 되면 팔이 저릿하고 가슴이 뜨거워졌다. 몸의 기억은 시간도 감당하지 못했다. 아이가 생각날 때마다 누워서 자는 모습이 떠올랐다. 유진의 품에 안겨 잠들었거나 베개에 얼굴을 파묻고 잠든 아기. 편안히 감긴 두 눈 같은 것. 그것이 태오가 기억하는 모습이었다.

머리의 기억은 모든 사태를 단정하고 확신하고 이해한다. 그러나 그러한 머리의 기억은 사실 온갖 추측과 상상에 불과할지도 모른다. 머리는 과학이라는 이름으로 풍향을 예측하려고 시도한다. 그러나 태풍의 진로를 정확하게 예측하는 것은 힘들고, 풍향이 언제 바뀔 것인지를 아는 것은 불가능에 가깝다. "바람은 부는 방향이 바뀐 후에야 정확한 풍향을 알 수 있다"는 것이 관장의 입을 통해 전달되는 기후학 전공자 유진의 발언이다. 아내와의 대화가 단절된 상황에서 아내의 불륜 상대로 의심되던 관장을 통해 아내와 대화를 하게 되는 아이러니가 펼쳐지고 있다. 태오는 그 말에 적지 않은 공감을 보낸 듯하다. 이미 머리의 기억 대신 몸의 기억을 더듬고 있으니까 말이다.

몸의 기억 속에서 아기는 데이터와 논리 또는 추측과 상상으로 설명될 수 없는 실체적인 삶의 한 부분이다. 이 순간 태오는 가슴에 전해지던 몸피와 체온, 팔에 전해지던 무게감과 약간의 저릿함이 진실임을 받아들이고 있다. 또한 유진에 대한 기억 역시 아이를 냉정한 시선으로 바라보거나 보험증권을 들고 있던 의심스럽고 몰인정한 여자가 아니라 자신과 마찬가지로 아이를 품에 안고 편안하게 잠재우던 엄마의 모습으로 바뀌어버렸다. 아이의 돌연한 죽음은 남동풍에서 북서풍으로의 변화와 똑같다는 것, '그날 밤'의 사건은 불가해한 삶 속에서 일어난 하나의 풍향 전환에 가깝다는 것을 받아들일 때, 책임을 모면하기 위한 상대를 향한 비난이나 의심 따위는 더 이상 소용없게 된다. 태오가 몸의 기억을 더듬는다는 것은 아이의 사망이 아파트 주민들의 상상이나 추측과는 다르다는 것의 승인, 정작 태오 자신에게 더 큰 책임이 있음을 인정하고서 그 책임의 무게를 짊어지려는 의지의 표명으로 읽힐 수 있다. 이제 끊임없는 불안을 야기한 의심의 시간은 끝나고 '그날 밤'의 진실과 대면해야 할 시점이다.

아파트는 여전히 어두웠다. 이렇게 거대한 어둠은 처음이었다. 태오는 상가에서 내뿜는 불빛 아래에서 검은 아파트를 올려다봤다. 자신은 빛 아래 있고 유진은 어둠 속에 홀로 있는 게 기이하게 느껴졌다. 광량의 차이를 태오는 애써 의식했다. 그 간격은 영 좁혀질 것 같지 않았다. 그래도 아직 어두웠으니 그리로 가보기로 마음먹었다. 어둠 덕분이었다. 마주 보는 가운데 오가는 침묵을 견디지 않아도 되고 유진의 눈에 떠오를 당혹감이나 의구심을 확인하지 않을 수 있을 것이다. 태오가 걸음을 옮기려는데 반짝하며 불이 켜졌다. 시간 차를 두고 아파트 세 동이 전부 밝아지니 상가 쪽 불빛은 시시한 것이 되고 말았다. 밝은 빛 속에서는 아무 말도 할 수 없을 것이다. 유진이 자신의 말을 다 듣고 어떤 표정을 지을지 두려웠다. 태오의 말은 유진의 분노를 살 게 분명했다. 유진이 모든 걸 알고 있다면 태오가 참을 수 없을지도 모른다. 불빛이 태오의 무익하고 돌이킬 수 없는 실수를 막아주었다.

태오가 조금 더 시간을 끌어볼 작정으로 물러서는데 아파트가 다시 어두워졌다. 잠시 바라보고 있자니 주저하듯 불이 켜졌다. 다시 불이 꺼지고, 켜졌다. 예고된 시간이 지난 후에도 몇 번인가 그런 일이 더 일어났다.

〈몬순〉의 불안은 상당 부분 침묵의 책임이 크다. 태오의 침묵은 유진을 실망시켰고, 그 때문에 유진은 방에 틀어박혀 문을 닫고 그와의 대화를 거부했다. 불 꺼진 틈을 타 자신의 고통과 죄책감을 털어놓는다면 '어쩌면' 침묵의 견고한 덩어리를 부술 수 있지 않을까 잠시 생각할 법도 하다. 그러나 그것은 '그날'의 일을 단순화시키는 위험성을 지니고 있는 것이기에 '무익하고 돌이킬 수 없는 실수'가 되고 말 것이다. 침묵 앞에서 눈을 감는다고 해서, 상대방의 당혹감이나 의구심을 외면한다고 해서 그것이 침묵을 극복하는 방법이 아님을 잠시 놓칠 뻔했다. 상대방의 책망과 실망과 탄식을 생생히 목격할 수 있는 환한 빛 속에서 말을 건네야 견고한 침묵은 깨어질 수 있으리라. 더구나 '그날'의 고통은 상대방에게 호소하고 죄책감을 털어놓는다고 해서 해결될 성질의 것이 아니다. 〈몬순〉의 작가는 자신의 다른 작품에서 고통에 관해 이렇게 말하였다. "누구도 완전히 이해할 수 없고 누구에게도 정확히 말해질 수 없었다."(《해물 1킬로그램》) 단정하고 확신하고 이해했다고 자만하는 '머리'에서 나온 말로는 유일무이한 고통의 실체에 관해 대화를 나눌 수 없다.

거대한 불안과 대면하는 과정을 다룬 〈몬순〉의 선택은 삶의 의미를 규정하는 것이 아니라 그저 그 삶을 '살아가야' 한다는 것이다. 불가해한 삶에 관해 '단정하고, 확신하고, 이해했다고 자만'하는 것은 진실에 눈을 감고 가짜를 진짜라 오인하는 것에 불과하다고 할 때, 남은 선택은 삶의 의미를 규정짓지 않은 채 그저 '살아가는' 것이다. 앞으로도 계속해서 불은 켜졌다 꺼졌다를 반복할 것이고, 남동풍과 북서풍은 교차할 것이다. 중요한 것은 불이 켜지고 꺼지는 것이나 바람의 방향이 변화하는 것을 단정하고 설명하는 것이 아니라 그 속에서 살아가는 것 자체다. 이것은 머리의 과학이 아니라 몸의 윤리다. 이와 같은 선택은 죽음에 관한 독특한 미학적 시도를 펼치며, 일상의 이면에 죽음의 외상처럼 고개를 내밀고 있는 섬뜩함에 주목하였던 작가의 종전 스타일과는 사뭇 달라 보인다. 분명 낯선 시도이고 어쩌면 중요한 변화의 지점일 수 있다. 그러나 죽음에 관한 성찰이 곧 삶에 관한 성찰과 동의어임을 상기할 때, 삶, 불안, 불가해성 등의 키워드를 전면에 내걸고 있는 〈몬순〉의 작가는 반복되는 생활 속에 함몰되어 놓쳐버리고 말았던 진실의 무수한 파편들을 앞으로도 계속해서 우리에게 보여줄 듯하다. 〈몬순〉 이후에 변화의 가능성과 작가 세계의 진전이 동시에 기대되는 것도 이 때문이다.

2부
우수상 수상작

김숨
법法 앞에서

1974년 울산에서 태어났다. 1997년 《대전일보》 신춘문예, 1998년 문학동네신인상에 소설이 당선되어 등단했다. 소설집 《투견》 《침대》 《간과 쓸개》 《국수》, 장편소설 《백치들》 《철》 《나의 아름다운 죄인들》 《몸》 《노란 개를 버리러》 《여인들과 진화하는 적들》 등이 있다. 허균문학작가상, 현대문학상, 대산문학상을 수상했다. '작업' 동인으로 활동 중.

재판은 357호 법정에서 열릴 예정이다. 재판 개정 시간인 오후 네 시까지는 사십팔 분이나 남아 있다. 그 앞에 서 있는 것만으로도 압사당하는 느낌이 들 만큼 법원 건물은 거대하고 짙다. 357호 법정이 그 건물 어디쯤 위치해 있는지 그로서는 짐작조차 할 수 없다. 357호 법정 말고도 그 안에 얼마나 많은 법정이 존재하는지, 오늘 오후 네 시에 재판이 몇 건이나 열리는지 또한. 법원 출두가 그는 처음이다. 그럴 수만 있으면 그는 코르크 마개가 따지듯 천천히 돌아서서 법원 건물로부터 가능한 한 멀리, 소실점 너머만큼 멀리 달아나고 싶다. 어째서 오늘인가. 그러나 막상 내일이나 모레 혹은 글피나 그 글피였어도, 오후 두 시나 세 시였어도 마찬가지로 의문스러웠으리란 걸 그는 모르지 않는다. 재판 개정 날짜와 시간, 그리고 그것이 열릴 법정, 재판을 진행할 재판장과 배석판사들은 어떤 절차를 거쳐 결정되는 걸까. 그는 등기우편으로 오늘 오후 네 시에 357호 법정에서 재판이 열리리란 것을 통보받았다. 어느 날 뜬금없이 날아드는 속도위반 과태료 고지서처럼, 눈먼 비둘기처럼, 늦가을 마른 낙엽처럼 그렇게, 법원 출두 명령서는 그에게 날아들었다.

법원 건물 한가운데 '법원' 문장紋章에 그의 초점이 모아진다. 법이라는 글자가 그는 문자로도, 문양으로도, 로고로도, 그렇다고 표적이나 표징으로도 느껴지지 않는다. 차라리 표정처럼 느껴진다.

법의 표정 아래서 그는 자신이 피고 신분도, 원고 신분도 아님을 다시금 되새긴다. 사십팔 분 뒤, 357호 법정에서 열릴 재판 당사자는 아닌 것이다. 증인이나 배석판사, 재판장은 더더구나 아니다.

법원 건물 계단을 부단히 오르는 사람이 그의 시야에 들어온다. 계단은 오래 산 나무의 나이테나 차랑차랑 번진 물결무늬처럼 완완緩緩민틋하지만 결코 낮지 않다. 이 층 높이쯤 되는 데다, 중간에 계단참까지 있다. 357호 법정으로 가는 사람일까. 방금 자신 앞을 지나쳐 법원 건물 쪽으로 다급히 걸어가는 사람마저 그는 357호 법정을 찾아가는 이 같다.

허공을 습자지처럼 덮은 구름이 찢기고, 그 새로 발간 태양이 나면서 그의 그림자 윤곽이 뚜렷해진다. 오후 두 시 방향으로 뻗은 그의 그림자가 하필이면 법원 건물을 화살표처럼 가리키고 있다. 어서 화살표 방향으로 걸어가라고, 누군가 뒤통수에 대고 사금파리 같은 침이 튀도록 명령하는 소리가 그는 들리는 듯하다.

말 그대로 초행인 법원까지 그를 안내한 것은 도로표지판이나 약도가 아닌 내비게이션이었다. 차에 장착한 내비게이션이 오백 미터 전방에서 우회전을 하라고 하면 그는 그렇게 했다. 도로 안쪽 첫 번째 차선을 타라고 하면 그렇게 했고, 시속 육십 킬로미터 이하로 속도를 늦추라고 하면 그렇게 했다. 십삼 킬로미터가 넘는 구간을 직

진하라고 해서 암말 않고 그렇게 했다. 지름길을 버젓이 놔두고 먼 길로 돌아가는 것 같은 의구심이 들어도, 법원이 아닌 엉뚱한 곳으로 이끄는 듯한 불안감이 강박처럼 밀려들어도, 군기 잔뜩 든 초년병처럼 내비게이션이 시키는 대로 고분고분 차를 몰았다.

칠 년 더 전에 구입한 내비게이션은 번번이 지름길을 놔두고 멀리 돌아가거나 신호등이 잦고 막히는 길로 그를 안내했다. 언젠가 흔적조차 없이 철거된 고가도로로 안내해 삼십 분 넘게 그 부근을 벗어나지 못하고 맴돈 적도 있었다. 내비게이션은 반복해서 그에게 사라지고 없는 고가도로로 진입하라고 명령했다. 고가도로 진입을 강박적으로 외쳤다. 고가도로가 그 어디에도 없다는 것을 깨닫고 벗어나려 애쓰는 그를 원래의 자리로, 원점으로 도로 데려다놓았다. 내비게이션을 끄고서야 그는 그 부근을 가까스로 벗어날 수 있었다. 새로 난 도로를 놔두고, 구舊도로로 안내하는 바람에 유턴해 되돌아나온 경우도 있었다. 끊어진 길로 안내한 적 또한 있었는데도 그는 내비게이션이 시키는 대로 순순히 차를 몰아 법원까지 왔다.

초여름 날씨답게 후덥지근했지만 운전해 오는 내내 그는 에어컨을 틀지 않았다. 라디오도 틀지 않고, 차창도 내리지 않았다. 진동으로 설정한 휴대전화가 수차례 자지러졌지만 받지 않았다. 그토록 홀로 기도하듯 차를 몰았지만 법원까지 오는 길은 순탄하지 않았다. 출발할 때 내비게이션 하단에 뜬, 목적지까지 예상 소요시간은 한 시간 이십오 분이었다. 육 년째 다른 도시에서 파견근무 중인 그는 오후 반차를 내고, 아내와 아이가 살고 있는 도시를 향해 차를 몰았다. 내비게이션은 도로 상황에 따라 예상 소요시간을 재빨리 바꾸었다. 출발한 지 이십 분쯤 지났을 때 예상 소요시간은 줄어들지 않고 오히려 한 시간 삼십오 분으로 늘어났다. 조금 뒤 한 시간 십 분으로 줄어든 소요시간은 다시 한 시간 이십 분으로 늘어났다. 줄었다 늘기를 번복하듯 반복하는 예상 소요시간 때문에 그는 혼란스러웠다. 또다시 한 시간 이십팔 분으로 늘어난 예상 소요시간이 한 시간 구 분으로 줄어들었다 한 시간 십오 분으로 늘어났을 때, 그는 아무리 내달려도 목적지에 도달할 수 없을 것 같은 낭패감에 사로잡혔다.

애초 예상 소요시간인 한 시간 이십오 분이 아닌 한 시간 오십이 분 만에야 그는 목적지인 법원 근처에 이를 수 있었다.

차를 운전해 오는 내내 예상 소요시간이 늘었다 줄었다 혼란을 주어서인지 그는 법원 건물이 가깝게도, 멀게도 느껴진다. 두서너 발짝만 내디디면 그 안으로 들어설 수 있을 듯 몹시 가깝게 느껴지다가도, 막상 발을 내디디려 하면 신기루처럼 묘연한 분위기를 남기고 아득히 멀어진다. 357호 법정으로 가야 한다는 심적 부담감이 불러일으키는 착시에 불과하다는 걸 잘 알지만, 펀칭볼처럼 가까워졌다 멀어졌다 하는 법원 건물 때문에라도 그는 쉽사리 발을 내딛지 못한다.

솔직히 차를 운전해 오는 내내 그는 법원이 고가도로처럼 철거되고 없기를 간절히 바랐다. 그것이 서 있던 자리, 그 자리마저 감쪽같이 사라지고 없기를 바랐지만, 가오리 형태의 법원 건물은 누각처럼 주변 빌딩들을 압도할 만큼 건재하다.

법원 건물 계단으로는 여전히 사람이 오르고 있다. 조금 전까지 계단을 오르던 사람인지, 아니면 전혀 다른 사람인지 그는 분간이 안간다. 파문이 번지듯, 계단 낱낱의 단들이 층층 번져나가는 듯하다.

357호 법정으로……

오후 네 시, 357호 법정 피고석에는 그의 아이가 재판 당사자로 서 있을 것이다. 다섯 번째 아이이자, 다섯 번째 피고 신분으로.

다섯 번째 아이, 다섯, 5…… 5라는 숫자는 애초에 탄생하지 말았어야 했다고 그는 중얼거린다. 그랬다면 자신의 아이가, 다섯 번째 아이가 되는 불상사 또한 없었으리란 생각이 들어서다. 다섯 번째 아이가 되지 않았다면, 몇 번째 아이가 되었을까? 네 번째? 세 번째? 두 번째나 첫 번째? 그는 자신의 아이가 다섯 번째 아이가 아니면 도대체 몇 번째 아이가 되어야 하는지 알고 싶었지만 알 수 없었고, 언제까지나 알지 못할 것 같다. 5라는 숫자가 '인간의 영혼'을 의미한다는 글을 그는 읽은 적이 있다. 수數의 탄생과 상징에 대해 설명한 책에서였다. 인간은 선과 악으로 이루어져 있는데, 5가 바로 짝수와 홀수 모두 들어 있는 최초의 수이기 때문이라고 했다. 선과 악이 양립하는 최초의 수 5를 아메리카 어느 인디언 부족에서는 '내 손은 끝났다'로 표현한다던가. 내 손은 끝났다, 내 손은 끝났다…… 내 손은…… 하나, 둘, 셋, 넷, 다섯……

못……구멍만 하게 오그라든 목……구멍에서 불그스름한 쇳가루처럼 날리는 중얼거림이 그는 쉬 잦아들지 않는다. 내 손은 끝났다…… 그는 자신의 손가락들이 모래사막 위에 그린 선線들처럼 허무히 쓸려 지워지는 듯하다.

법원 건물로 한 발짝 겨우 내디딘 그의 시야에 웬 노인이 바위만큼 묵직하게 굴러들어온다. 피켓에 줄을 달아 목에 건 일인 시위자. 노인의 그림자 또한 그의 그림자와 마찬가지로 법원 건물을 화살표처럼 가리키고 있다. 피켓은 노인의 몸을 절반 넘게 가릴 만큼 널따랗다. 머지않아 자신의 육신을 덮어줄 관뚜껑이라도 되는 듯 노인은 두 손으로 피켓을 꼭 움켜잡고 있다. 피켓 아래 노인의 다리는 앙상하다 못해, 깨지고 부서져 철 골조만 겨우 남은 교각 같다. 노인이 언제부터 저 자리에 서 있었는지 그는 모른다. 어제나 엊그제, 혹은 석 달 전이나 반년, 일 년 전부터, 어쩌면 그보다 더 오래…… 더…… 얼마나…… 더…… 지나다니는 사람이 거의 없기도 하지만, 어쩌다 있어도 노인에게 도통 관심을 보이지 않는다. 온종일 행인 한 명 그 앞으로 지나가지 않아도 노인은 자리를 뜨지 않을 것 같다.

피켓에 적힌 글을 그가 읽으려고 하자, 글자들이 손바닥에 짓눌린 개미들처럼 뭉개진다. 글자 획들이 허공으로 들린 개미 다리처럼 가늘게 떨리는 것이 느껴진다.

석 달 전, 그는 아내로부터 자신들의 아이가 다섯 번째 아이가 되었음을 통보받았다. 통보가 있기 전까지 그의 아이는 다섯 번째 아이가 아니었다. 다섯 번째 아이가……

그즈음 그의 아이가 다니는 중학교에서 3학년 선배 다섯 명이 1학년 후배 한 명을 집단 폭행하는 일이 있었다. 중학교 인근 상가건물 옥상에서 벌어진 일이었는데, 뜻밖에 그의 아이가 연루되어 있었다.

피해 학생은 선배이자 가해 학생들이 자신을 상가건물 옥상에 끌고 가 한 명씩 순서대로 자신에게 주먹질과 발길질을 가했는데, 그의 아이가 다섯 번째였다고 진술했다. 심지어 그의 아이가 과자봉지로 얼굴을 가격하고, 마시던 콜라를 머리에 붓기까지 했다고 진술했다.

하필이면 학원 폭력과 집단 따돌림, 성적 비관으로 청소년들이 자살하는 사건이 연일 뉴스에 보도되던 시기였다. 따돌림을 견디다 못한 중학생이 아파트 베란다에서 떨어져 자살했다는 뉴스를 다른 먼 나라에서 벌어진 일인 듯 흘려듣지 않았나. 아파트 엘리베이터 CCTV에 찍힌 그 중학생의 최후 모습을 물끄러미 바라보면서 한가롭게 소주나 마시지 않았나. 통조림 속 꽁치 살점을 젓가락으로 움푹이 떠 입으로 가져가지 않았나. 한데 다섯 번째 아이라니…… 다섯 번째…… 357호 법정으로…… 푹 삭아 비스킷처럼 바삭 씹히던 꽁치 가시들이 바늘처럼 단단하고 뾰족하게 날 서 식도와 위를 마구 찌르는 듯하다.

그를 비롯한 가해 학생 부모들이 피해 학생 부모에게 공개적으로 사과하고 용서를 빌었음에도, 가해 학생들은 정학 처분을 받았다. 아내는 충격을 받았지만 정신을 가다듬고 대안학교를 수소문하고 다녔다. 하루아침에 비행 청소년으로 낙인찍힌 자신의 아이를 받아줄 곳이 대안학교밖에 없다고 아내는 판단했다. 그때까지만 해도 그는 적당한 선에서, 적당히 합의가 이루어지리라 생각했다. 가해 학생의 부모들은 합의금을 상의하기 위해 피해 학생 부모를 여러 차례 만났다. 그런데 적당한 선에서, 적당히 합의해줄 듯 굴던 피해 학생 부모가 돌연 다섯 아이를 경찰에 고소했다. 고소는 얼마든지 가능했다. 폭행

죄뿐 아니라 협박죄, 강요죄, 모욕죄, 유인죄, 명예훼손죄, 감금죄. 가해 학생들은 그 모든 죄에 해당했다. 피해 학생은 전치 육 주 진단과 정신과 치료를 요할 만큼 극심한 불안에 시달리고 있었다.

적당한 선…… 선線…… 선이라는 게 가능할까?

눈금 정확한 자를 대고 그대로 따라서 긋듯 선을 그어 보일 수만 있다면, 피해 학생의 부모 앞에서 보란 듯이 단번에 적당한 선을 쭉—

대학교에서 건축설계를 전공하고 아파트 건설현장에서 일하는 그로서는, 선을 긋는 것이라면 얼마든지 자신 있었다. 세로선과 가로선이 변주 없이, 차이 없이 반복 교차하는 제도용지 위에 수없이 선을 긋고, 긋고, 지우고, 긋고 하지 않았나. 긋고, 긋고, 또 긋고, 이미 그은 선을 늘이듯 이어서 더 길게 긋고, 이미 그은 선 위에 덧칠하듯 선을 긋고, 긋고…… 선을 한두 번 그어본 것도 아니면서, 그는 적당한 선에 대한 감이 도무지 오지 않는다.

하나, 둘, 셋, 넷, 다섯…… 그는 자신의 아이가 다섯 번째 아이라는 사실을 처음부터, 그리고 재판을 고작 사십 분밖에 남겨두지 않은 마당에조차 받아들이기 어렵다. 그들 부부에게는 자식이 그 아이 하나다. 그 애 하나로 그들 부부는 만족했고, 그러려 애썼다. 그도, 아내도 그 애 외에 또 다른 아이를 바라지 않았다. 아이는 그렇게 그들 부부의 첫 번째 아이이자 마지막 아이, 유일무이한 아이가 되었다. 그런데 그 아이가 어느 날 뜬금없이 다섯 번째가 된 것이다.

삼십구 분 뒤, 정확히 삼십구 분 이십팔 초 뒤, 이십칠 초, 이십육

초 뒤. 묶음처럼 357호 피고석에 나란히 설 다섯 아이를 생각하자 4원소와 에테르가 저절로 그의 뇌리에 떠오른다. 물, 불, 공기, 흙. 그렇게 세상을 구성하는 네 가지 기본원소에, 우주를 구성하는 별개의 순수한 원소로 불리던 에테르. 후배를 상가건물 옥상으로 끌고 가 집단으로 폭행한 아이들을 두고 4원소와 에테르를 떠올렸다고 고백하면 사람들이 돌을 던지려나.

더 정확히 삼십구 분 십오 초 뒤, 357호 피고석에 서게 될 다섯 아이.

그 다섯 아이 중 누가 물이고, 누가 불인가. 누가 공기고, 흙이고, 에테르인가. 내 아이는 물인가, 불인가? 그는 자신의 아이가 물일 거라고 막연히 생각한다. 물, 불, 공기, 흙, 에테르 중에 굳이 꼭 하나를 골라야 한다면.

법원 건물 쪽으로 내디디려 기껏 들어올린 오른발을 그는 도로 끌어당겨 왼발 뒤쪽에 감추듯 내린다. 불현듯 자신의 아이가 물이 아니라 불일지 모르겠다는 생각이 들어서다. 그냥 물이 아니라 타는 물*, 타오르는 물.

어쩌면 에테르가 아닐까. 빛의 파동을 전달하는 가상의 물질로 인식되었으나, 실험을 통해 그 존재가 부정되면서 폐지된 물질.

357호 법정에서 다섯 아이가 어떻게 심판받는지 똑똑히 지켜보는 와중에도 4원소와 에테르를 떠올릴 수 있으려나.

357호 법정으로…… 그는 스스로를 다그치듯 중얼거린다. 노인의 고개가 들리더니 그를 향한다. 수평이던 노인의 어깨가 한쪽으로

• 가스통 바슐라르, 《불의 정신분석》.

기울면서 피켓이 침몰하는 배처럼 덩달아 기운다. 법원 건물 계단으로 여전히 사람이 오르고 있다. 한 사람이 아니라 두 사람이 멀찌감치 떨어져 한 사람은 계단을 세듯, 다른 한 사람은 헤아리듯 오르고 있다.

세는 것과 헤아리는 것이 얼마나 같고, 얼마나 다른지 깊이 생각할 마음의 여유가 그에게는 없다. 아들이 법의 심판을 앞두고 있는 마당에 그러한 것까지. 그렇지만 어항 속 금붕어의 개수를 세는 것과 헤아리는 것은, 한 주먹 움켜쥔 동전의 개수를 세는 것과 헤아리는 것은, 죽어가는 나무에 매달린 잎사귀 개수를 세는 것과 헤아리는 것은, 같으면서 얼마나 다른가. 계단을 세듯 오르는 사람과 헤아리듯 오르는 사람 사이에 시차가 존재하는 듯한 기분마저 그는 든다. 눈동자와 눈동자만큼이나 가깝고 먼 시차.

법원 출두 명령서가 날아들기 전까지, 그는 자신의 아이이자 아들을 심판할 권리가 아버지인 자신에게만 있는 줄 알았다. 아버지에게는 당연히 아들을 심판할 권리가 주어지는 줄로 그는 알고 있었다. 그는 시시때때로, 그래야 한다고 판단되면, 어디서든 임시 법정을 열고 아들을 심판했다. 음식이 차려진 식탁에서도 그는 아들의 말과 행동과 생각을 두고 옳고 그름을 판단했다. 그는 때때로 그것이, 아들을 심판하는 것이 권리가 아니라 의무라고 믿었다. 의무를 소홀히 해서는 안 된다고 그는 스스로를 다그친 적도 있었다.

중국 운남 서북지역이 배경인 다큐멘터리를 그는 본 적 있었다. 반백의 법관과 법대를 갓 졸업한 판사, 퇴직한 서기관이 주인공이었다. 그들은 말을 타고 산간 오지마을을 돌아다니면서 순회 법정을 열었다. 마을사람들은 풀을 뜯으러 나온 염소들처럼 긴장과 호기심이 뒤섞인 얼굴로 재판을 구경했다. 사촌지간 결혼이 법으로 금지된 줄 모르고 부부가 된 남녀, 철광산에 일을 나간 지 나흘 만에 하반신이 마비되는 사고를 당한 청년의 보상 문제를 두고 재판이 열렸다.

차라리 순회 법정이 아들을 심판했으면…… 357호 법정에서가 아닌 임시로 차려진 길 위 법정에서.

아버지인 자신을 놔두고 357호 법정에서 아들을 심판하려는 현실을 그는 받아들이기 힘들다. 그들은, 아버지인 그에게 허락은커녕 동의조차 구하지 않고 아들을 357호 법정에 피고로 세우려 하고 있다.

누가 그들에게 357호 법정 피고석에 내 아들을 못처럼 세워둘 권리를 주었는가. 콘크리트벽에 반쯤 박아넣은 못처럼 세워둘 권리를.

357호 법정에서 혹여 자신에게 발언권이 주어진다면 그는 그들에게 물을 작정이다. 자신의 아들에 대해 얼마나 알고 있는지. 그들이 아는 것이라고는, 다섯 번째 아이라는 것 정도이리라. 그러나 그는 자신에게 발언권이 주어지지 않으리란 걸 잘 알고 있다. 그는 피고 신분도, 원고 신분도 아니고, 증인 신분은 더더구나 아니다. 다섯 번째 아이이자, 다섯 번째 피고의 아버지에 지나지 않는 그는 방청객들 틈에서 아들이 어떻게 심판받는지 똑똑히 지켜봐야 한다.

'법원' 문장이 두 개, 세 개로 번져 보이도록 그는 초점을 흩뜨린다. 그의 견과堅果 같은 얼굴 위에서, 두 눈동자가 초점이 흩어지고 어긋난 채로 떠돈다.

법원 건물마저 서너 개로 번져 보인다. 번지면서, 가상의 상이 보태지면서 법원 건물은 외려 더 거대해진다.

거대해지면서 멀어진다.

아들에게서 최초로 선善을 느꼈던 순간을 기억해내려 하지만 얼른 떠오르지 않는다. 오히려 최초로 악惡을 느꼈던 순간이 떠오른다. 아들이 아직 아홉 살일 때, 그는 분명한 악을 아들에게서 느꼈다. 어린이날 그가 선물한 레고를 아들은 아파트 십구 층 복도 난간에서 던졌다. 그는 레고 해리 포터 시리즈 중 '해리 포터와 비밀의 방'을 선물했는데, 아들은 '고급 퀴디치 용품점'을 갖고 싶어했다. '해리 포터와 비밀의 방'을 구성하는 블록은 사천칠백일 개였다. 사천칠백일 개의 크고 작은 색색의 블록이 허공에서 흩어져 아파트 화단으로 떨어지는 광경을 그는 지켜봐야 했다. 아들의 돌발행동에 그는 충격을 받았지만, 그의 인생을 통째로 뒤흔들 만큼은 아니었다. 그는 아들에게 당장 화단으로 내려가 레고 블록들을 한 개도 빠짐없이 주워 오라고 시켰다. 아들은 잠시 반항했지만 순순히 그가 시키는 대로 했다. 그는 십구 층 복도 난간 밖으로 고개를 내밀고 아들이 흩어진 블록들을 잘 줍는지 지켜보았다. 아들은 버려진 토끼처럼 화단 풀밭을 폴짝폴짝 뛰어다니면서 블록을 주웠다. 아들이 돌아오기를 기다려 그는 블록 개수를 셌다. 하나, 둘, 셋, 넷…… 블록은 사천육백팔십일 개였다. 블록은 사천칠백일 개여야 했다. 그는 아들에게 다시 화단으로 가 나머지 블록들마저, 단 한 개도 빠짐없이 주워 오라고 시켰다. 아들은 울면서 화단으로 갔다. 목탄가루 같은 어둠이 내리도록 화단 풀밭을 뒤졌지만 네 개밖에 더 찾지 못했다. 그때 아들이 끝끝내 찾지 못한 나머지 블록 열여섯 개는 다 어디로 갔을까. 아들이 다섯 번째 아이가 된 뒤, 그는 종종 아파트 화단 풀밭으로 가 블록 열여섯 개를 마저 찾아야 할 것만 같은 강박에 시달렸다.

그런데 어째서 사천칠백일 개인가? 사천칠백이 개나 사천칠백삼 개, 사천칠백사 개, 혹은 사천칠백 개여서는 안 되는 것인가. 조각조각 블록을 나누다 보니 우연히 사천칠백일 개가 된 걸까. 아니면 반드시 사천칠백일 개여야만 해서 사천칠백일 개가 된 걸까. 사천칠백일 개에서 단 한 개의 블록도 빠지거나 더해져서는 안 되어서?

허공에서 흩어지던 사천칠백일 개의 블록……

레고 블록 개수가 어떻게 정해지는지 그는 짐작조차 가지 않는다. 아무튼 그 뒤로 아들은 그에게 레고를 사달라고 조르지 않을뿐더러, 그가 지켜보는 앞에서 레고를 가지고 놀지 않았다. 사천칠백일 개에서 열여섯 개 모자란 '해리 포터와 비밀의 방'을 아들이 어떻게 했는지 그는 알려 하지 않았다.

거대해지면서 멀어지던 법원 건물이 한순간 가까워진다. 그곳으로 오르는 계단 위에 서 있는 듯한 착각이 들 만큼 가깝게 느껴진다.

아파트 십오 층 높이의 법원 건물이 그는 통째로 357호 법정이었으면 싶다. 재판장을 비롯한 배석판사들이 소실점처럼 작아 보일 만큼 어마어마한 법정이었으면 싶다. 앞으로 나오라는 재판장의 명령에 피고석으로 가서 자리하게 될 다섯 아이의 얼굴을 분간하기 어려울 만큼, 어느 아이가 다섯 번째 아이인지 아버지인 자신조차 식별 못할 만큼 장대한 법정. 검사, 변호인, 증인이 너무 멀리 떨어져 있어서 서로의 표정과 눈빛을 염탐하는 것이 불가능할 만큼 원대한 법정, 천장이 높디높아 비둘기들이 모빌처럼 날아다니는 법정. 사방 벽이 절벽처럼 깎아지르듯 위로 솟아 있는 법정, 소리들이 흡수되지 못하고 메아리처럼 떠도는 법정……357호 법정.

법원 건물 계단으로는 아직도 두 사람이 오르고 있다. 한 명은 계단을 세듯, 다른 한 명은 헤아리듯.

최초로 선을 느꼈던 순간을 기억해내리라, 357호 법정 문을 열고 들어서기 전까지 어떻게든 그 순간을 기억해내리라. 만약 증언대에 설 기회가 주어지면 그 순간에 대해 들려주리라.

357호 법정 증언대로 걸어가는 자신의 모습을 그는 상상해본다. 온박음질하듯 뚜벅뚜벅 증언대로 걸어가는 자신의 모습을…… 뚜벅뚜벅…… 뚜벅……

다른 법정들은 어떤지 모르지만, 357호 법정에서만은 증언대가 재판장 자리보다 높은 곳에 자리하고 있을 것 같다. 골리앗 기중기 꼭대기만큼 아득한 자리, 증언을 위한 자리, 증언을 하기 전 진실만을 말할 것을 선언해야 하는 자리, 자리이자 자리조차도 아닌 자리[•].

자리이자 자리조차도 아닌, 아버지의 자리.

아직 이십육 분이나 남았지만, 재판 개시 전에 357호 법정 문을 열고 들어설 수 있을지 그는 의심스럽다. 재판장과 배석판사들이 입회

• 수전 손택,《우울한 열정》.

하기 전에는 어떻게든 357호 법정에 가 있어야 한다고 그는 스스로에게 주문을 건다. 357호 법정 문을 열고 들어섰을 때 최종 변론밖에 남아 있지 않으면 어쩌나 초조하도록, 그는 법원 건물로 한 발짝 내딛기가 힘들다. 섣불리 발을 내디뎠다가는 법원 건물이 속수무책으로 멀어질 것 같다. 법원 건물이 멀어졌다 가까워졌다 착시를 일으키는 것이 다 내비게이션 때문이라고, 목적지까지 예상 소요시간이 늘어났다 줄어들었다 반복하면서 자신을 혼란에 빠뜨렸기 때문이라고 탓해보지만 소용없다. 법원 건물이 조롱하는 혀처럼 그의 발앞까지 쑥 밀려왔다 밀려난다.

그는 심지어 357호 법정에서 벌써 재판이 열렸을 듯한 낭패감마저 든다. 다섯 번째 아이의 아버지가 아직 도착하지 않았는데도 바리톤 음색의 재판장이 다섯 아이를 한 명 한 명 순서대로 호명하고 있을 것 같다. 자신이 지켜보든 말든 시간이 되면 357호 법정에서는 재판이 변함없이 진행되리라는 걸 그는 잘 알고 있다.

누구보다 먼저 그는 357호 법정에 도착해 있고 싶었다. 청중석에 얌전히 대기하고 있다가 때가 되면 피고석으로 불려나갈 다섯 아이의 아버지들 중 그 어느 아버지보다 앞서서. 357호 법정 가장 구석진 자리에 있는 듯 없는 듯 숨어 재판을 지켜보고 싶었다. 다섯 번째 아이이자 피고에게 어떤 판결과 선고가 내려지는지 똑똑히 지켜보고 싶었다.

가만…… 오늘이 맞나? 재판 개정 날짜를 그는 내내 오늘 십이 일로 알고 있었다. 그런데 갑자기 오늘이 아닐지 모른다는 의심이 든다. 시간은 틀림없이 기억하지만, 날짜는 그렇지 않다. 공사장 인부들에게 새참으로 크림이나 단팥이 든 빵, 또는 설탕 범벅인 꽈배기를 우유와 함께 나누어주는 시간…… 오후 네 시. 날짜를 확인하고 싶지만 법원 출두 명령서를 숙소에 두고 왔다. 아내와 통화하려 해도 휴대전화 전원이 나갔다. 전원을 아무리 꾹 눌러도 화면에 빛이 들어오지 않는다. 그는 법원에 도착해서야 휴대전화 배터리가 방전된 사실을 알았다. 차를 운전해 법원까지 오는 동안 조수석에 던져둔 휴대전화는 심심할 새 없이 자지러졌다. 휴대전화 배터리를 충전하기 전까지 누가 그렇게 강박적으로 자신을 호출했는지 알 도리가 없다. 아들이 그리 찾아댄 것이면 어쩌지? 생전 전화 한 통 할 줄 모르던 아들이 아버지인 날……

357호 법정으로…… 357호 법정 문을 열고 들어서면 모든 게 뚜렷해지리라, 357호 법정 문을 열고 들어서면. 문을 열고, 문을, 문을, 문, 문…… 문이 너무 여러 개여서 어느 문을 열고 들어가야 하는지 혼란스러우면 어쩌는가. 357호 법정에, 357호 법정을 떠나서 대개의 법정에 문이 몇 개나 되는지 그는 모른다.

사흘 전 그는 아내와 마지막으로 통화했다. 자정 무렵 아내는 그의 휴대전화로 전화를 걸어왔다. "그들이 원하는 것은 합의금이 아니에요." 아내는 입에 자갈을 잔뜩 물고 있는 것 같은 목소리로 울먹였다. 피해 학생의 부모를 아내는 그들이라고 불렀다. "그들이 정말로 원하는 게 뭔지 알기나 해요……? 인생이요…… 민수의 인생……"

아내 말대로 그들이 정말로 원하는 것이 내 아들의 인생일까. 피해 학생 부모가 법적으로 고소했다는 소식을 아내로부터 전해 들었을 때 그는 침착할 수 있었다. 그들이 원하는 것은 결국 합의금이라고 생각해서였다. 합의금을 마련하기 위해 은행에서 대출을 받아야 하는 것은 아닌지 골머리를 썩지 않았다.

인생을 원한다는 게 구체적으로 뭔지, 어떤 의미인지, 그것이 가능하기나 한 일인지, 세상일을 가능한 일과 가능하지 않은 일로 나눌 때 가능한 일에 속하는지, 가능하지 않은 동시에 가능하기도 한 일인지, 그는 차마 아내에게 묻지 못했다. 통화 가능, 교환 가능, 환불 가능, 대출 가능, 탑승 가능, 청취 가능, 수술 가능 할 때의 가능과는 다른 의미를 내포한 가능.

어쩌면 불가능의 또 다른 말……

그는 아들이 이미 벌을 받았을뿐더러 죗값을 치렀다는 생각마저 든다. 내 아들은 이미 벌을 받았다…… 아들은 다니던 중학교에서 모르는 학생과 교사가 없을 만큼 주목을 받고, 끄는, 주시해야만 하는 아이가 되었다. 다른 도시의 중학교나 산골 대안학교로 전학을 가는 것 말고는 도리가 없지 싶게, 학부모들까지 잘 아는 유명인사가 되었다.

웅성웅성 소리가 들려오는가 싶더니, 삼층탑 높이의 돌무더기가 와르르 무너져내리는 듯한 발소리가 그의 뒤쪽에서 들려온다. 그의 고개가 훌쩍 들리더니 뒤를 향한다. 인파人波가 그를 덮칠 듯 밀려오고 있다. 구불구불 일렁이는 인파 뒤로, 그가 도착했을 때만 해도 없던 노란 버스가 세 대나 서 있다. 노란 버스들에 가려 그의 차는 보이지 않는다. 행락객들처럼 들뜬 인파로 인해, 권태로운 정적과 침울한 긴장이 감돌던 법원 일대가 지진에 휩싸인 듯 술렁인다.

357호 법정으로…… 그가 탄식하기 무섭게 인파가 파도치듯 일렁여 그를 휩쓴다. 중심을 잃은 그는 쓰러질 듯, 쓰러지지 않으려 간신히 버티면서 법원 건물 쪽으로 두 발짝 비틀 내딛는다. 357호 법정으로…… 새되게 내지르는 그를 토하듯 내뱉고 인파가 법원 건물로 순식간에 밀려간다.

피켓을 목에 걸고 시위 중인 노인이 안간힘을 다해 뭐라 뭐라 소리지르지만, 발소리와 왁자지껄 떠드는 소리에 허무하게 묻힌다.

인파는 뿔뿔이 흩어질 듯 흩어지지 않고 법원 건물 계단 아래까지 몰려간다. 그 밑에 집결해 대열을 만들더니 계단을 오른다. 대열을 흐트러뜨리지 않고, 누구 하나 이탈하거나 낙오되지 않고.

자신의 눈앞에 버젓이 펼쳐지고 있는 광경이 그는 믿기지 않는다. 백 명 가까운 사람들의, 그러므로 이백 개에 가까운 발들이 한꺼번에 망치처럼 두드리고 두드리는데도 계단은 무너져내리지 않는다.

"대단한 재판이 열리려나 보군."

자신의 말을 귀담아듣는 이가 곁에서 소라처럼 귀를 열고 있기라도 한 듯, 그는 소리 내어 중얼거리고 고개를 가로젓는다. 저들은 피고인가, 원고인가? 피고로 보기에 사람들은 지나치게 활기에 차 있다. 자기들끼리 웃고 떠드는 모습들이 아무래도 피고 쪽보다는 원고 쪽 같다. 피고가 꼭 한 명이어야 하는 법이 없듯, 원고 또한 꼭 한 명이어야 하는 법이 없을 테니…… 그러한 법이…… 법法…… 시간이 되면 법이 내 아들을 심판하겠지.

원고가 수백, 수천, 수만인 경우도 왕왕 있지 않을까. 그렇다면 조금 뒤인 오후 네 시 357호 법정에서 열릴 재판에서는 원고가 한 명인 걸 다행스러워해야 하나? 그는 뒤미처 자신이 다니는 건설회사 역시 집단소송에 휘말려 골치를 썩고 있다는 걸 깨닫는다. 재작년 신도시에 건설해 분양한 아파트 입주민들이 집단으로 소송을 걸고 투쟁 중이었다. 부동산 침체로 분양률이 저조하게 기대치를 밑돌자 건설회사는 애초 분양가에서 30퍼센트나 할인된 파격가로 아파트를 내놓았다. 유행 지난 이월상품들을 가판대에 늘어놓고 떨이하듯, 수억을 호가하는 아파트를 떨이로 내놓자 기존 입주민들이 반발하고 나선 것이다. 현장감독인 그는 아파트 공사현장만을 떠돌아다녔다. 아파트가 완공되면 새로 아파트가 들어설 지역으로 숙소를 얻어 떠났다.

설마 다들 357호 법정으로 몰려가는 것은 아니겠지. 357호 법정으로…… 그럴 리가 있나, 그럴 리가……

나사가 끝까지 조여지듯 그의 고개가 아래를 향한다.

그가 고개를 들었을 때, 계단을 오르던 인파가 증발하듯 사라지고 없다. 그 많은 사람들이 그새 계단을 다 올랐다니, 그는 믿기지 않는다. 357호 법정으로 들어가는 문은 둘째치고, 법원 안으로 들어가는 문이 몇 개인지 그는 모른다. 계단에 가려 문이 보이지 않는다. 계단에는 달랑 한 사람뿐이다.

최초로 선을 느꼈던 순간에 대해 들려주리라. 선善이라고 중얼거리는 순간에 그는 은빛 회칼이 혓바닥에 휙 선線을 긋고 지나간 듯한 통증을 느낀다.

그런데 선善이 뭐지? 아버지인 내가 선이라고 느낀 것을, 그들이 선이라고 느끼지 않으면 어쩌는가?

그렇다면 그들도 인정할 수밖에 없는 선…… 모두는 아닐지라도 대개가 인정할 수밖에 없는 선…… 시대와 장소와 이해를 넘어서는 보편적 선이자 최초의 선…… 내 아들에게서 최초로 선을 느꼈던 그 순간!

아내라면 기억하고 있지 않을까. 어머니인 그녀는 아이의 지난날에 대해 아버지인 그보다 허다한 것들을 기억하고 있었다. 아이조차 기억 못하는 것들까지 일일이 기억하고 있다가 아이와 그에게 들려주고는 했다. 심지어 아이가 자신의 자궁에 깃들던 날까지 그녀는 기억하고 있었다. 그날 그녀는 연이자 7.5퍼센트인 오 년 만기 정기적금 통장을 개설했다고 그의 귀에 못이 박이도록 말했다.

"우리 민수를 가졌을 때만 해도 7.5퍼센트이던 은행이자가 4퍼센트도 안 되지 뭐예요."

아이가 다섯 번째 아이가 되기 며칠 전 보름 만에 집에 다니러 온 그에게 아내는 그렇게 투덜거렸다. 다른 어머니들은 어떨까. 아이가 자신들의 자궁에 깃들던 날까지, 그날 자신들이 했던 일상의 소소하지만 나름 상징적인 일들을 세세히 기억하고 있을까. 아이가 자궁에 깃들던 날 어떤 여자는 오 년 또는 칠 년 만기 정기적금 통장을 개설하고, 어떤 여자는 끓어 넘칠 염려가 없는 휘슬러 냄비를 구입하고, 어떤 여자는 현관 잠금장치를 자동키로 바꾸고……

그는 불현듯 아들에게 악을 가르친 적도 없지만 선을 가르친 적도 없다는 사실을 환멸처럼 깨닫는다. 법원으로 오르는 계단을 바라보

면서…… 계단이 층층 퍼져나가는 듯한 착각에 휩싸여…… 층
층…… 선善을……

파문이 번지듯 층층 번지는 계단…… 번지면서 차차 높아지고 길
다 못해 깊어지는 계단.

아돌프…… 아돌…… 프 이름 하나가 그의 얼음장 같은 혀 위에
서 스핀하는 스케이트날처럼 빙글빙글 돈다. 아돌프…… 아이
히…… 아이히만…… 아돌프 아이히만……

그 이름이 그의 혀끝에 떠오른 것은, 피해 학생의 아버지를 만나고
돌아온 날 밤이었다. 그는 그 남자가 일하는 직장을 알아내 약속도
잡지 않고 무작정 찾아갔다. 고소를 취하해달라고 사정하는 그에게
그 남자는 쏘아붙였다.

"입장을 바꿔, 댁 아들이 당했다고 생각해보시오."

그는 수치심과 모멸감에 치를 떨어야 했다. 아돌프 아이히만……
그 이름의 주인이 누구인지, 길에서 주운 지갑의 주인을 찾듯 그는
기억해내려 애썼다. 주인을 잃고 떠도는 이름, 모르는 이름, 아마도
독일인 이름…… 독일인…… 아이히…… 아이히…… 만…… 어찌
나 중얼거렸던지 그는 그 이름이 마치 산플라티나 재질의 의치義齒
처럼 자신의 입 안쪽에 이물스럽게 박힌 듯하다.

아돌프 아이히만이라는 이름을 천 번은 족히 중얼거리고 나서야
그는 《예루살렘의 아이히만》이라는 책을 기억해낼 수 있었다. 나치
전범 아돌프 아이히만. 그 책의 저자이자 유대인 철학자 한나 아렌

트. 그녀는 그가 악마적 성격 때문이 아니라 사고력의 결여 때문에 유대인 말살이라는 반인륜적 범죄를 저질렀다고 했던가, 근본악이 아무 생각도 하지 않는 악의 평범성에서 기인한다고 했던가. 대학 시절 별 감흥 없이 읽은, 까마득히 잊고 있던 그 책의 내용들이 띄엄띄엄 떠오르면서 그는 심장이 벽돌처럼 굳는 기분이었다. 다섯 번째 아이…… 5…… 내 손은 끝났다…… 사고력의 결여…… 생각 없음. 아들은 아무 생각 없음…… 없음 속에서 과자봉지로 후배의 얼굴을 가격하고, 마시던 콜라를 머리에 부었을까? 없음…… 없음 속에서…… 아들은 다른 네 아이들과 함께 그 짓을 저지른 게 아닐까?

아들에 대하여, 그 누구로부터도 아닌 자신으로부터 비롯된 아들에 대하여, 자신이 일일이 옥편을 뒤적여 이름을 지어준 아들에 대하여, 자랄수록 모습뿐 아니라 목소리까지 점점 더 자신을 닮아가는 아들에 대하여, 자신과 발 치수가 똑같은 아들에 대하여 얼마나 알고 있는지 그는 스스로에게 묻지 않을 수 없다.

악의 평범성에 대해서가 아니라, 혹은 평범이라는 성질과 의미에 대해서가 아니라, 단순히 '평범'이라는 말과 연관 지어 이야기하자면, 다섯 번째 아이가 되기 전까지 그의 아들은 지극히 평범한 아이였다. 수우미양가 중 아들은 늘 중간인 미에 해당했다. 미美가, 아름다움이 어쩌다 중간이 되었는지 모르겠지만, 중간을 벗어나지 못하는 아들이 아내는 늘 고민이자 불만이었다. 연이자 7.5퍼센트인 오년 만기 정기적금 통장을 개설하던 날 자신의 자궁에 깃든 아들이, 그녀는 평범한 존재가 아니라 특별한 존재이기를 바랐다.

그는 아들이 자신의 연장 같다. 육체의 연장이자, 영혼의 연장. 그러나 통제 불가능한 영역.

아돌프 아이히만…… 애당초 그 이름을 떠올리는 것이 아니었다. 357호 법정으로…… 아돌프…… 그는 평범한 가장일 뿐 아니라 모범적인 시민이었다지, 평소 착하고 도덕적인 사람이기까지 했다지…… 357호 법정으로…… 자신에게 내려진 명령을 수행하는 과정에서 어떠한 죄책감도 느끼지 못했을뿐더러, 수행하지 않았다면 오히려 양심의 가책을 느꼈을 것이라고 재판 과정에서 진술했다지…… 늦기 전에 357호 법정으로.

아들이 357호 법정 피고석에 반성의 기미조차 없이, 다분히 반항적인 자세로 앉아 있을까 봐 그는 염려스럽다. 정학 처분을 받은 뒤로 아들은 자신의 방에 틀어박혀 한 발짝도 나오려 하지 않는다. 피해 학생에게 정신과 치료가 필요한 것처럼, 자신의 아들에게도 어쩌면 적절한 정신과 치료가 필요한지 모른다고 그는 생각한다.

내 두 손은 죽었다. 그것은 숫자 10에 대한 인디언들의 표현이었다.

같은 아버지이면서 다른 아버지, 또 다른 아버지. 자신의 아들을 괴롭힌 아이들을 기어코 법정 피고인석에 세우려는 그 남자가 벌써 357호 법정에 와 있을 것 같다. 다섯 번째 아이의 아버지인 자신보다 먼저, 그 어떤 아버지보다 먼저 357호 법정에 도착해 피고석이 가장 잘 보이는 자리를 차지하고 앉아 있을 것 같다.

최초로 선을 느꼈던 순간을 떠올리자…… 357호 법정 문을 열고 들어서기 전까지 어떻게든.

최초로 선을 느꼈던 순간…… 그 어떤 순간에 내가 느꼈던 것이

틀림없는 선이었음을 어떻게 증명해야 하나? 지혜가 옳은 것은 그 지혜가 이룬 일로 드러났다[•]는 말을 적용해, 선이 이룬 일로 증명해야 하나?

일인 시위자, 피켓을 목에 건 노인이 돌연 제자리걸음을 한다. 토성과 같은 속도로, 가장 느리게 공전하는 별, 우회와 지연의 행성[•] 토성과 같은 속도로……

앞으로도, 뒤로도, 좌우 옆으로도, 시계 그 어느 방향으로도 나아가지 못하는 발짝을 노인은 내디딘다.

내딛기 위해 발을 들 적마다 녹슨 용수철이 운동화 밑창에 매달려 잡아당기기라도 하는 듯, 노인이 안간힘을 다하는 것이 느껴진다. 노인이 발을 내려딛는 순간, 내려딛는 발 쪽으로 피켓이 기우뚱 기운다.

제자리에서 이탈하지 않고 어떻게든 버텨내려, 밀려나지 않으려 면면綿綿 걷는 사람이 있다는 걸, 사막을 건너는 낙타처럼 걷고 또 걷는 사람이 있다는 걸, 그는 노인을 보면서 깨닫는다. 노인은 자신의 두 발이 닳고 닳아 지구상에서 소멸할 때까지 그렇게 제자리에서 주야장천 걸을 태세로, 발을 들어 제자리에 가져다놓듯 내려놓는다. 자기 자신을 제자리로 호출하듯, 소환하듯.

제자리에서 제자리로, 제자리에로의 도달.

그 누구에게는 가장 먼 자리일 수도 있는, 난바다의 섬 같은 자리

• 〈마태오 복음서〉《성경》.   • 발터 벤야민.

일 수도 있는 제자리.

　솔직히 고백하자면, 그는 아들이 아닌 자신의 인생이 고소당한 것 같다. 오십 세를 앞둔 그 자신의 인생이 정학 처분을 당한 것 같다. 이십사 분 뒤인 오후 네 시 357호 법정에서 열릴 재판에서 자신의 인생 전반에 대한 판결이 있을 것 같다. 357호 법정 문을 열고 들어 서자마자 곧장 피고인석으로 걸어가야 하는 게 아닐까.

　실제로 아들이 다섯 번째 아이가 된 뒤로 그의 인생은 걷잡을 수 없이 무너져내리고 있다. 그가 현장감독으로 일하는 건설회사는 경기악화를 극복하지 못하고 대규모 감원에 들어갔다. 중간정산한 퇴직금으로 사들인 증권은 휴지쪼가리나 마찬가지로 폭락했고, 그의 아버지는 육 년째 요양원에 입원 중이었다. 육 년 전 중풍으로 쓰러져 반신불수가 된 아버지를 모시는 문제로 그는 아내와 이혼 직전까지 갈 만큼 극심한 갈등을 겪었다. 그는 유일한 자식은 아니지만 유일한 아들이었다. 심하게 다투던 날 아들은 그가 아내에게 욕설을 퍼붓고, 유리잔을 던지는 광기에 찬 모습을 똑똑히 지켜보았다. 그는 건설현장을 떠돌아다니느라 어쩌다 집에 다니러 오는 아버지, 집에 거의 없는 아버지가 되었다. 어쩌다 집에 있을 때마저 묵비권을 행사하듯 침묵을 고수하는 아버지가 되었다.

　357호 법정에서 자신의 인생을 두고 재판을 열면, 과연 어떠한 판결을 내릴지 그는 자못 궁금하다. 아들에게서 최초로 선을 느꼈던 순간조차 망각한 채 살아가고 있는 자신에게. 유죄일 경우 징역 이 년에 집행유예 사 년, 실형 삼 년, 사회봉사 팔십 시간 하는 식으로

선고를 내리려나? 면소免訴도 있지 않은가? 사면이 있거나, 법령이
바뀌어 해당 형이 폐지되거나, 공소시효가 지났을 때 내려지는 판
결. 그보다 어떠한 죄명이 내려지려나? 방조죄? 직무유기죄라고 중
얼거리려니 그는 억울하다. 그는 직업 특성상 어쩔 수 없이, 어쩌다
집에 다니러 오는 아버지가 되었다. 자신이 침묵하는 아버지가 된
데에는 아내와 아들도 어느 정도 일조했다고 그는 생각한다. 아들이
중학생이 된 뒤로 어쩌다 집에 다니러 갔을 때 아내와 아들은 대개
집에 없었다. 그는 현관문 자동키 비밀번호를 누르고 빈집에 들어갔
다. 한번은 비밀번호가 바뀌어 있던 적이 있었다. 잘못 눌렀나 싶어
다시 눌렀지만 잠금이 해제되지 않았다. 그 뒤로 그는 집에 다니러
갈 때마다 자동키 비밀번호가 바뀌어 있을까 봐 긴장한다. 자동키
버튼에 적힌 숫자가 뒤죽박죽 뒤엉켜 있어서 비밀번호를 누르지 못
하고 쩔쩔매는 꿈을 꾼 적도 있다. 그의 월급은 입금되자마자 고스
란히 아내의 통장으로 자동이체된다. 그리고 그 돈은 또다시 보험회
사와 이동통신회사, 융자를 얻어 쓴 은행, 아들이 다니는 학원 등등
의 계좌로 자동이체된다. 로또복권을 사고, 꽁치통조림이나 싸구려
맛살을 안주로 소주를 마시고, 프로야구 경기를 시청하는 것만이 그
나마 낙인 인생. 내가 얼마나 더 희생해야 하지? 아버지라는 이유로
얼마나 더……

357호 법정이 그는 한낱 인간의 법정이 아니라 신神의 법정만 같
다. 신의 존재를 믿거나 믿으려 한 적조차, 신의 존재를 의문하거나
어렴풋 느낀 적조차 없으면서 인간의 법정이 아니라 신의 법정
만…… 이미 판결이 나고 형벌이 내려진 게 아닐까. 내 아들이 다섯

번째 아이가 된 것이 형벌이 아닐까.

아들에게 악을 가르치지도 않았지만 선을 가르치지도 않은 아버지에게 내려진 형벌. 수치스러운 형벌의 한복판에서 살아남을 수 있으려나.

언 유리창에 간 금 같은 시선들, 경악하듯 바르르 떨리는 시선들이 357호 법정에 넘쳐나겠지.

아파트 십구 층 허공에서 흩어진 것이 블록 사천칠백일 개가 아니라 자신의 몸속 뼈들만 같다. 긴밀하게 맞물려 자신의 육체를 구성하고 지탱하던 뼈 이백육 개가 파산하듯 낱낱으로 흩어져 화단 풀숲으로 떨어진 것만 같다. 끝끝내 찾지 못한 블록 열여섯 개가 실은 자신의 등마루를 지탱해주던 추골만 같다. 발을 함부로 내디뎠다가는 엉성하게 맞물린 뼈들이 와르르 무너져내릴 것 같은 공포감마저 든다.

제자리에서 한 발짝도 내딛지 못하는 그와 달리, 노인은 제자리에서 제자리로 쉼 없이 발짝을 내디딘다.

그는 간신히 한 발짝, 법원 건물이 아니라 노인 쪽으로 내디딘다. 357호 법정으로 가는 대신에 노인 옆으로 가, 토성보다 느린 속도로 제자리걸음을 걷고 싶다. 그 자신이 노인만큼 무참히 늙고 왜소해질 때까지 제자리에서 제자리로, 제자리를 버리고…… 제자리로.

다섯 번째 아이가 된 뒤로 그는 아들이 두렵다. 생각 없음…… 없음 속에서 후배의 얼굴을 과자봉지로 가격할 수 있는 아이…… 없음…… 없음 속에서……

그는 아들이 자신으로부터 비롯된 존재가 아닌 것 같다. 아버지인 나로부터 비롯되지 않았다면 누구로부터, 무엇으로부터 비롯되었나. 시대로부터? 비롯된다는 것…… 씨앗에서 오이와 가지와 온갖 꽃이 비롯되듯, 비롯된다는 것…… 시대로부터 비롯되었나? 시대가 내 아들을 키웠나? 야만의 시대, 철의 시대, 혁명의 시대, 제국의 시대, 자본의 시대, 소비의 시대……

자신으로부터 비롯된 존재라는 게 믿어지지 않지만, 아들이 자랄수록 더 자신을 닮으리라는 걸 그는 잘 알고 있다. 십 년, 이십 년 뒤 아들의 모습을 상상하는 것이 그는 그다지 어렵지 않다. 십 년, 이십 년 뒤가 도래할 미래가 아니라 과거 같다. 그 자신이 오래전에 지나온 과거, 지난날의 그 자신.

지금의 나인 이가 용서한다.
지난날의 나였던 이를.•

법원 출두 명령서가 날아들던 날, 그는 아버지를 만나러 요양원에 다녀왔다. 그가 갔을 때 아버지는 턱받이를 두르고, 중풍이나 치매 걸린 노인을 위한 일종의 치료놀이를 하고 있었다. 검정콩과 흰콩이 뒤섞인 쟁반이 아버지 앞에 단순하고 심오한 세계처럼 놓였다. 검정 콩들 속에서 흰콩들을 골라내는 단순하고 반복적인 놀이에 푹 빠진 아버지는 그가 왔는지조차 몰랐다. 검정콩 열 알, 흰콩 열 알. 악惡들 속에서 선善을 가려내듯, 아버지는 열한 시와 일곱 시와 두 시의 방

• 파울 첼란, 〈수의〉.

향으로 구부러진 세 손가락으로 검정콩들 속에서 흰콩을 골라 빈 접시로 옮겼다. 검정색과 흰색. 아버지는 두 개의 완벽하게 대비되는 색깔조차 한참을 망설인 뒤에야 구분했다. 신중하다 못해 우유부단해 보이는 재판관처럼 아버지는 한없이 주저하면서 검정콩들 속에서 흰콩을 골라냈다. 검정콩을 흰콩으로 착각하고 집어들기도 했다. 기껏 집어든 흰콩을 도로 검정콩들 속으로 떨어뜨리기도 했다. 흰콩과 검정콩을 한꺼번에 집어들기도 했다. 흰콩인지 검정콩인지 0.5초면 끝날 판단을 아버지는 오 분이 지나도록 내리지 못했다. 마침내 아버지가 검정콩들 속 마지막 한 알의 흰콩을 골라내고, 그는 아버지 앞으로 다가가 섰다. 자신이 왔다는 것을, 아까부터 와 있었다는 것을 알렸지만, 아버지는 그를 쳐다보려 하지 않았다. 그는 아버지가 간신히 가려낸 흰콩들이 담긴 접시를 집어들었다. 그것을 비스듬히 기울여 흰콩들을 검정콩들 속에 쏟았다. 흰콩과 검정콩을 다시 뒤섞었다. 아버지 목에 두른 턱받이에는 곰돌이 푸가 그려져 있었다.

아버지가 357호 법정에서 열릴 재판의 재판장이라면 어떤 판결을 내릴까. 초등학교 졸업이 최종 학력인 내 아버지, 반평생 동굴 같은 변두리 세탁소에 스스로를 감금하고 옷을 다리거나 수선하는 일에만 힘썼던 내 아버지, 평생 여권이란 걸 가져본 적이 없는, 따라서 이 나라를 떠나본 적이 없는 내 아버지. 당신이 살고 있는 도시에서 백화점이 붕괴되던 날에도, 아내가 먼저 세상을 떠난 뒤 적적함을 달래려 기르던 구관조가 새장 속에서 조용히 죽어 있던 날에도, 큰딸이 이혼하겠다고 친정으로 돌아온 날에도 세탁소에서 묵묵히 옷들을 다리고 수선하고 드라이클리닝 기계를 돌리던 내 아버지…… 지상에서의 나날이 얼마 남지 않은 내 아버지…… 내 아버지라면 어떤 판결을 내릴까. 흰콩과 검정콩 중에 하나를 고르듯, 무죄와 유죄 둘 중 하나를 고르라고 하면 뭘 골라 내밀려나.

그가 아는 아버지는 함부로 판단하지 않는 분이었다. 세탁소에 드나드는 손님들은 물론 자식들에 대해서조차 별말이 없었다. 자라는 동안 그와 누이들은 아버지로부터 잘했다는 소리도, 잘못했다는 소리도 거의 듣지 못했다. 아버지를 생각하면, 군대를 제대하고 무기력하게 지내던 여름밤이 그는 저절로 떠오른다. 세탁소에서 홀로 텔레비전과 선풍기를 틀어놓고, 소주를 컵에 따라 마시면서 셔츠를 다리던 아버지 모습이…… 살림채가 세탁소와 붙어 있어서, 아버지는 그렇게 자식들이 다 집으로 돌아올 때까지 세탁소에서 옷을 다리거나 수선했다. 귀가하는 길이던 그는 세탁소 미닫이문을 열고 들어서기가 주저되었다. 세탁소 천장에 줄줄이 내걸린 옷들이 문득 아버지의 전생, 그러니까 이전의 생애만 같아서였다. 옷걸이에 걸어 허공에 매단 겨울 외투와 양복 등이 죄다 아버지가 억겁만겁 지나온 전생들만…… 그토록 많은 전생을 지나 또 한 생을 살아내고 있는 아버지가 자식들을 기다리고 있는 것만……

애써 가려낸 흰콩들을 그가 도로 검정콩들 속으로 쏟아버리는 바람에, 아버지는 처음부터 다시 흰콩들을 골라내야 했다. 흰콩이 아니잖아요, 아버지. 그가 환멸스럽게 중얼거릴 때 아버지의 구부러진 손가락들에 들려 있던 콩은 검정콩이 아니라 흰콩이었다.

357호 법정에서 재판이 열리는 동안, 아버지 앞에는 검정콩과 흰콩이 섞인 쟁반이 놓여 있으리라.

어렴풋 그 순간…… 순간이 떠오르려 한다. 최초로 선을 느꼈던 순간…… 그 순간이 최초로 선을 느꼈던 순간이 맞는가.

다섯 번째 아이인 아들에게 지나친 판결이 내려지면 저 노인처럼 일인 시위라도 벌여야 하나? 관뚜껑 같은 피켓을 목에 걸고 제자리에서 제자리로 쉼 없이, 가열하게.

다른 네 아이, 그러니까 357호 법정 피고석에 자신의 아이와 함께 설 그 아이들이 없었다면, 내 아들이 다섯 번째 아이가 되는 일 또한 없었을까. 첫 번째 아이가 없었다면 두 번째 아이도, 세 번째 아이도, 네 번째 아이도, 다섯 번째 아이도 없었을까.

없었다면…… 없음…… 없음 속에서.

지난 일요일, 그는 357호 법정에서 재판을 고작 십구 분 남겨둔 사건의 현장에 가봤다. 현장인 상가건물 일 층에는 치킨호프집과 미용실이, 이 층에는 치과의원이, 삼 층에는 에어로빅학원이, 사 층에는 교회가, 오 층에는 고시텔이, 지하에는 해수탕이 들어서 있었다. 기름에 튀긴 닭을 뜯으면서 맥주를 마시는 사람들과 머리칼을 자르는 사람들, 썩은 어금니를 뽑거나 틀니를 맞추는 사람들, 거울 앞에 모여 춤을 추는 사람들, 기도하고 찬송가를 부르고 죄를 고백하는 사람들, 목욕하는 사람들, 집 없는 사람들이 시시때때로 모이고 흩어지는 건물이었던 것이다. 낡고 웅달진 건물 안에서 그 모든 일이 동시다발로 벌어진다는 사실이 그는 믿기지 않았다.

하기는 한 인간의 몸 안에서도 얼마나 많은 일들이 동시다발로 이루어지는가. 먹고, 싸고, 뱉고, 삼키고, 걷고, 뛰고, 눕고, 웃고, 울고, 윽박지르고, 침묵하고, 노래 부르고, 기도하고, 생각하고, 떠올리고, 망각하고, 욕하고, 돌아서고, 뒷걸음치고, 흔들리고, 흔들…… 흔들.

상가건물 옥상으로 난 철문은 잠겨 있지 않았다. 쇳내 찌든 철문을 밀고 옥상으로 들어서던 자신의 모습이 눈앞에서 펼쳐지고 있는 장면처럼 그는 생생하게 떠오른다. 난간으로 걸어가, 그 위에 두 발을 괄호처럼 벌리고 서던 모습이.

마삿줄 줄기 같은 바람이 뫼비우스의 띠를 그리듯 불던 난간 위.

훌쩍 날아올라 공중돌기를 해야 할 것 같던 난간 위.

지금 자신이 두 발을 내딛고 서 있는 곳이 그 난간 위만 같아 그는 어깨를 떤다. 자신에게 고소공포증이 있다는 걸 그는 난간 위에 올라서서야 깨달았다. 반평생을 사는 동안 미처 몰랐던 질병을 어떻게 다스려야 하는지 몰라 그는 하마터면 두 발을 난간 아래로 미끄러뜨릴 뻔했다. 괄호처럼 벌리고 서 있는 두 발을 미끄러뜨리면 허공에 거대한 괄호가 만들어질 것 같기도 했다.

미처 깨닫지 못한 또 다른 질병이 있으면 어쩌는가. 육십 세가, 칠십 세가, 팔십 세가, 혹여 백 세가 되어서야 미처 몰랐던 질병이 오랜 잠복기를 끝내고 불쑥 반점처럼, 습성기침처럼, 편두통이나 구토, 손발마비처럼 나타나면 어쩌지?

일인 시위자 노인이 둘로, 셋으로, 넷으로, 다섯, 여섯, 일곱으로…… 아홉으로, 열로 불어난다. 계속 불어나 수십 수백 명에 달하는 무리가 된다.

그의 환각 속에서 노인은 대규모 시위 군중을 이룬다.

정말이지 생각 없음, 없음 속에서 아들은 후배에게 그런 짓을 했을까?

357호 법정으로……

그는 순식간에 다섯 발짝을 법원 건물 쪽으로 내디딘다. 그만큼 가까워야 할 법원 건물이 외려 멀어져 있다. 아돌프 아이히…… 내 손은 끝났다…… 흰콩이 아니잖아요, 아버지…… 그 순간을 최초로 선을 느꼈던 순간이라고 할 수 있을까.

357호 법정으로, 357호 법정으로…… 그는 반복해서 강박적으로 중얼거린다. 법원 건물 계단을 오르는 동안 357호 법정을 잊어버릴까 봐 그는 불안하다. 357호 법정이 아닌 엉뚱한 법정 문을 열고 들어설까 봐. 356호 법정이나 358호 법정, 혹은 아주 엉뚱하게도 317호 법정 문을 열고 들어설까 봐. 317호 법정? 357호 법정이 아니라 317호 법정이었나? 그럴 리가…… 357호 법정…… 그는 분명히 357호 법정으로 기억하고 있다. 그렇지만 317호 법정이면 어쩌는가. 317호 법정이 어쩌다 중얼거려졌는지 그는 의아할 뿐이다.

가까스로 법원 건물로 난 계단을 오른다 해도 357호 법정을 찾아 헤맬까 봐 그는 우려스럽다. 법정과 법정을 잇는 복도들이 너무 길고 복잡하게 얽혀 있어서 발소리를 요란히 울리면서 헤매는 동안 시간이 다 가버릴까 봐. 끝이 보이지 않는 복도를 망아지처럼 뛰어다녀도 357호 법정을 찾지 못하면 어쩌나.

혹시 노인이라면 알지 모른다는 생각이 그는 문득 든다. 357호 법정이 법원 건물 어디쯤에 위치하고 있는지 저 노인은 잘 알고 있지 않을까. 자전 속도가 열 시간 남짓인 토성, 지구의 아홉 배일 만큼 거대한 몸집에도 밀도가 낮아 물에 넣으면 둥둥 떠오를 거라는 토성의 속도로, 제자리에서 부활하고 있는 저 노인이라면, 오후 네 시 357호 법정에서 다섯 아이에 대한 재판이 열리리라는 것 또한 벌써 알고 있지 않을까. 법원 건물에 얼마나 많은 법정이 들어차 있는지, 법정들마다에서 몇 월 며칠 몇 시에 어떤 사건을 두고 재판이 열릴 예정인지 속속들이.

"조금 뒤 357호 법정에서 재판이 열릴 것입니다."

소문을 전하듯 그는 노인에게 말한다.

"정확히 오후 네 시예요."

가열히, 토성과 같은 속도로, 전력질주하듯 제자리에서 제자리로 이동 중인 노인의 고개가 들리더니 그를 주목하듯 향한다.

"357호 법정에서요."

"317호 법정이겠지……"

노인이 저금통 동전 투입구보다 좁게 벌어진 입으로 복화술사처럼 중얼거린다.

"뭐라고요?"

"317호 법정이겠지……"

"357호 법정이요."

자신이 얼떨결에 중얼거리는 소리를 엿듣고 노인이 저리 317호 법정이라고 우기는 것이리라. 법원 건물로 다섯 발짝을 내딛고 얼떨결에 317호 법정이라고 중얼거리는 소리를 우연히 엿듣고. 법원 출두 명령서를 챙겨오기만 했어도 그는 당장 꺼내 노인에게 보여주었을 것이다. 357호 법정이 틀림없다는 걸 똑똑히 확인시켜주었을 것이다. 미친 노인네인지 모르지. 목에 건 피켓만 아니면 부랑자로나 보일 만큼 노인은 행색이 지저분하고 초라하다.

"317호 법정이겠지······"

구관조처럼 노인이 같은 말을 반복한다. 똑같아서 오히려 전혀 다른 의미를 지닌 말처럼 재생, 반복한다.

시간은 어김없이 흘러 그새 세 시 오십사 분을 지나고 있다.

어서 317호 법정으로······

스스로를 다그치던 그는 소스라치게 놀란다. 357호가 아니라 317호 법정이라고 중얼거렸음을 깨달아서다.

317호 법정이면 어쩌지? 357호 법정이 아니라 317호 법정으로 가야 하는 게 아닐까. 317호 법정은 어디쯤 있나? 357호 법정과 마찬가지로 317호 법정이 법원 건물 어디쯤 자리하고 있는지 그는 짐작조차 가지 않는다. 317호 법정을 357호 법정으로 잘못 기억하고 있는 것이면 어쩌는가? 혹시 날짜도, 시간도, 법정도 전부 잘못 알고 있는 것은 아닐까. 법원 출두 명령서에 317호 법정이라고 쓰여 있었던 것만 같은 알쏭달쏭한 기분마저 들면서 그는 불안해진다.

법원까지 차를 운전해 오는 동안 수시로 바뀌던, 목적지까지의 예상 소요시간이 불러일으키던 현기증이 되살아난다. 차 앞유리 너머,

법원 건물이 시야에 들어오자마자 그는 내비게이션 전원을 껐다. 목적지를 목전에 두고 내비게이션이 심술을 부려 멀리 돌아가게 하거나, 근처를 맴돌게 할까 염려스러워서였다. 내비게이션 전원을 끌 때 하단에 뜬, 목적지까지 남은 시간은 삼 분이었다. 삼 분…… 그는 차로 돌아가 내비게이션을 켜고 남은 시간을 다시 확인해야 할 것 같은 충동에 사로잡힌다. 삼 분이던 시간이 삼십 분, 사십 분, 오십 분으로, 어쩌면 그보다 더 늘어나 있을 것 같다.

아버지의 전생들, 그러니까 세탁소 천장에 빼곡히 매달려 있던 양복과 외투들…… 어느 날 갑자기 아버지가 중풍으로 쓰러지는 바람에 그는 며칠 휴가를 내고 세탁소를 정리, 처분해야 했다. 중풍이 호전된다고 해도 칠십사 세인 아버지가 또다시 벽돌만큼 무거운 다리미를 잡고, 재봉틀을 돌리는 것은 요원해 보였다. 그는 옷들 주인에게 일일이 전화를 넣어 찾아가도록 했다. 천장에서 옷을 한 벌 한 벌 내려 주인들에게 돌려줄 때마다 그는 아버지의 전생을 떠나보내는 심정이었다. 씁쓸하면서 홀가분한, 혼란스럽고 미묘한 감정에 사로잡혔다. 옷들을 제 주인에게 돌려주는 일은 의외로 번거롭고 어려웠다. 주인이 숫제 전화를 받지 않거나, 연락처 없이 이름 석 자만 달랑 적혀 있는 옷도 여러 벌이었다. 찾아가겠다고 하고 찾아가지 않는 옷도 있었다. 끝끝내 주인에게 돌려주지 못한 옷들…… 떠나보내려 했으나 떠나보내지 못한 아버지의 전생들…… 아홉 벌…… 벌罰…… 아홉 벌의 전생을 어쨌더라. 푸른빛이 떠도는 새벽, 아홉 벌의 옷 중 한 벌인 검정 모직외투를 천장에서 내려 자신의 몸에 걸치던 장면이 꿈처럼 떠오른다. 나머지 옷들도 한 벌 한 벌 천장에서 내려 팔을 꿰고, 일일이 단추를 잠그고, 지퍼를 올리고, 옷깃을 세우고……

법이라는 글자가 그는 변함없이 표정처럼 느껴진다. 검정콩들과 흰콩들이 어지럽게 뒤섞여 있는 쟁반을 내려다보던 아버지 얼굴에 어리던 표정.

검劍처럼 벌거벗은 시선*이 눈코입을 삼켜버린 표정.

그는 아홉 벌의 옷을 겹겹 껴입고 법이라는 어마어마한 표정 앞에 서 있는 듯하다. 옷 한 벌 한 벌이 자신의 몸에 살가죽으로 들러붙어, 벗으려 하면 혈관과 뼈가 흉측하게 드러나고, 채찍이 휘감기듯 피가 흐를 것 같다.

"아버지를 사랑할 수 없었어요."

삼 년 전 아버지를 모시고 요양원으로 향하던 길, 저수지 옆에 잠시 차를 세우고 그는 목구멍이 검은 연기로 들끓는 연통처럼 울리도록 그렇게 중얼거렸다. 저수지는 살얼음이 껴 있었다. 그때 내비게이션 하단에 뜬 목적지까지 예상 소요시간은 십이 분 이십삼 초인가, 십이 분 삼십이 초였다.

일평생 고분고분하고 성실했던 아버지, 태양과 달 아래서는 물론 백열전구 아래서도 고분고분 성실하기만 하던 내 아버지. 거울 앞에 서서 대머리에 가까운 머리를 빗고, 발톱을 자를 때마저, 선캄브리아대 생물 같은 다슬기를 까먹을 때조차, 나선무늬로 좁아지는 껍질 속으로 바늘을 찔러넣어 다슬기 살을 뽑아올릴 때조차 고분고분하

* 조에 부스케,《달몰이》.

고 성실하던 아버지를 그는 사랑하려 한 적이 없었다.

내 아들에게 어쩌다 악이 깃들었다면, 후배의 머리에 콜라를 붓던 순간은 어쩌면, 아들에게서 악이 떠나던 순간이지 않았을까. 떠나는 악은, 떠나는 바로 그 순간 가장 악독해 보이는 법*이라고 했으니……

한데 그 순간이 내가 최초로 선을 느꼈던 순간일까…… 아들이 여섯 살, 어쩌면 일곱 살이던 어느 날의 그 순간…… 그 순간이 아니라 어쩌면 그 순간이 아닐까. 그, 그 순간…… 최초로 선을 느꼈던 순간…… 영원의 또 다른 말일지 모르는 순간.

그러고 보니 그에게 색色을 가르쳐준 사람은 아버지였다. 세탁소에서 옷을 수선하고 단추를 달 때 쓰는 실들을 한 가닥 한 가닥 깨끗한 도화지 위에 선線처럼 늘어놓고서 흰색, 검은색만이 아니라 빨주노초파남보 색을 가르친 사람은…… "노랑" 하고 아버지가 말하면 그는 노란색 실을, "보라" 하고 말하면 보라색 실을 집어들었다. 아버지는 달랑 두 가지 색 중에서가 아니라 여러 가지 색 중에 고르게 했다. 그러니까 검정색과 흰색을 놓고 흰색을 고르게 한 것이 아니라, 대여섯 가지 색 중에서 흰색을 고르게 했다. 그는 글자보다 색을 먼저 익혔다.

이제야 그는 아버지가 자신에게 색을 가르치는 동시에 선악에 대해서 가르쳤다는 생각이 든다. 색들을 구별하는 법을 가르치는 동시에, 선악을 구별하는 법도 덩달아 가르쳤다는 생각이 든다.

• 셰익스피어, 《존 왕》(김정환 번역).

아버지의 구부러지고 방향이 어긋한 손가락들이, 흰콩과 검정콩들 위로 뻗치는 것이 그에게 느껴진다.

세 시 오십칠 분, 오십팔 분…… 357호 법정 문이 닫히는 소리가 들려오는 듯하다. 한창 걸음마를 익히는 아이처럼, 걷고 싶어 안달이 난 아이처럼 그는 조급히 발을 내디딘다. 한 발짝, 두 발짝, 세 발짝, 네 발짝, 다섯…… 다섯 번째 아이…… 다섯…… 다섯 발짝, 여섯 발짝…… 법원 건물로 오르는 계단이 그의 발 바로 앞에 놓여 있다.

층층 파문이 번지는 물낯에 발목까지 잠기도록 담그듯, 그는 계단으로 발을 깊숙이 내려딛는다.

노인이 제자리에서 제자리로 되돌아오기 위해, 제자리를 통과하고 있다.

손홍규
기억을 잃은 자들의 도시

1975년 전북 정읍 출생. 동국대 국문학과를 졸업하고, 2001년 《작가세계》 신인상을 수상하며 등단했다. 소설집 《사람의 신화》 《봉섭이 가라사대》 《톰은 톰과 잤다》, 장편소설 《귀신의 시대》 《이슬람 정육점》 등이 있다. 백신애문학상과 오영수문학상을 수상했다.

그는 불을 끄고 창가로 다가갔다. 창밖으로 새벽이 오는 걸 볼 수 있었다. 그는 한참 동안 그 자리에 선 채 옅어지는 어둠을 지켜보았다. 흑백사진을 보는 듯했다. 은행나무의 노란 잎사귀들이 비현실적으로 느껴졌다. 그는 넥타이를 풀어 책상 위에 올려놓았다. 블라인드를 내린 그는 소파에 앉아 구두를 벗고 양말까지 벗은 뒤 바지를 벗기 위해 맨발로 섰다. 그는 중심을 잃지 않은 채 한쪽 다리를 빼내는 데에는 성공했지만 다른 쪽 다리를 빼내다가 기어이 바지의 안쪽 오금 부분을 발뒤꿈치로 밟고 말았다. 솔기가 뜯어지는 소리가 났다. 바지 주름을 맞춰 개켰지만 어딘가 모르게 어긋나 보였다. 허리띠 때문인지도 몰랐다. 와이셔츠까지 벗은 그는 트렁크 팬티와 러닝셔츠만 입은 차림새로 소파에 길게 누웠다. 베개에서는 시큼한 냄새가 났다. 그가 뒤척일 때마다 소파의 어디선가 끽끽 소리가 났다. 얇은 담요를 턱밑까지 끌어올린 그는 눈을 감았다. 담요에 밴 타인의 냄새가 콧속으로 밀려들어왔다. 조금 뒤 그는 입을 벌린 채 잠들었다. 블라인드 틈새를 지나며 얇게 저미어진 햇살이 그의 강파른 얼굴과 담요에 덮인 시든 몸뚱어리를 규칙적인 크기로 분할했다. 두 시간 뒤 잠에서 깬 그는 아무것도 기억하지 못했다. 아니, 많은 걸 기억했으나 그가 기억해낸 것들 가운데 그가 누구인지를 말해주는 건 없었다.

　그는 소파에 앉아 얼굴을 두 손으로 감싼 채 생각에 잠겼다. 그는 비밀번호를 알 수 없는 핸드폰을 만지작거리다 벽에 걸린 시계를 올려다보았다. 오전 여덟 시였다. 그는 서둘러 옷을 입고 화장실을 찾았다. 아무도 출근하지 않아 고즈넉한 사무실을 가로질러 문을 열고 나가려다 뒷걸음질하며 문을 닫았다. 그곳은 회의실이었다. 오 분 뒤에 그는 복도 끝 남자 화장실에서 볼일을 본 뒤 소매를 걷고 세수를 했다. 싸구려 비누는 거품이 잘 생기지 않았고 더운물 쪽으로 수도꼭지를 돌려도 찬물이 나왔다. 그는 손수건으로 얼굴을 닦고 건물을 빠져나갔다. 그는 현관 앞에 서서 잠깐 뒤돌아보았다. 페인트칠이 된 시멘트 외벽이 금세라도 부스스 허물어질 듯한 낡은 오 층짜리 건물이었다. 그는 왜 그곳에서 잠들었는지 도무지 알 수 없었지만 더 이상 지체할 수 없어 골목을 걸어 큰길로 나갔다. 거리는 적막했다. 저 멀리 누군가 걸어가는 걸 보았지만 그 사람 외에는 아무도 없는 듯했다. 어디에선가 한꺼번에 신호에 걸렸는지 지나가는 자동차도 없어 도로는 이제 막 개통이라도 한 듯 뻔뻔하게 여겨지기까지 했다. 상가는 대부분 문이 닫힌 채였고 저 멀리 24시간 편의점만이 내부가 들여다보였다. 은행나무 아래 택시 한 대가 있었다. 차도 쪽을 바라보며 인도에 앉은 오십 대 중반의 택시기사는 그가 조심스레 행선지를 밝히며 말을 건네도 고개조차 돌리지 않았다. 그는 택시기사 뒤에 선 채 오 분 동안 기다렸지만 단 한 대의 버스도 승용차도 택시도 보지 못했다. 바람이 불었다. 그사이 아무도 횡단하지 않는 횡단보도의 신호등이 두 번 바뀌었다. 그가 느릿느릿 교차로를 지나는 쓰레기 수거 차량을 보았을 때 택시기사 역시 그쪽을 보았다. 택시 기사는 결심을 한 듯 자리에서 일어나 택시 앞을 돌아 운전석에 올랐다. 그는 뒷좌석에 올라 다시 한 번 행선지를 밝혔다. 그때 어디선가 폭발음이 들렸다. 그와 택시기사는 두리번거렸다. 저 멀리 서쪽 하늘로 연기가 치솟았다. 택시기사는 한숨을 내쉰 뒤 그를 목적지로 데려다주었다. 택시에 앉은 채 그는 아직 깨어나지 않은 도시를 물끄러미 바라보았다. 비상등을 켠 채 선 버스에는 승객이 한 명도 없었다. 교통사고 현장을 지나쳤지만 경찰차나 구급차는 보이지 않았다. 이따금 인도를 걷는 사람을 볼 수 있었으나 서두르는 사람은 없었다. 목적지에 이르러 그는 지갑을 꺼내 택시비를 치르려 했으나 택시기사는 고개를 저었다. 택시기사의 눈빛은 쓸쓸했다. 그는 익숙하게 십이 층 빌딩의 현관으로 들어서서 계단을 뛰다시피 올라 사무실의 문을 열었다. 사무실을 채운 낯익은 냄새가 그의 얼굴로 끼얹어졌다. 아무도 없었다. 그는 벽시계를 바라보았다. 아홉 시였다. 회의실에서 삐걱대는 소리가 났다. 그도 철야근무를 할 때면 종종 그곳의 접이식 침대에서 눈을 붙이곤 했다. 회의실 문이 열리며 이십 대 후반의 사내가 나왔다. 그와 사내는 가볍게 목례를 했다. 그들은 아무런 대화도 나누지 않았다. 사무실을 빠져나온 그는 점심식사를 마친 뒤 담배를 피우기 위해 동료들과 몰려가던 빌딩 뒤쪽의 공원 벤치에 앉았다. 그는 작은 단풍나무 한 그루를 물끄러미 바라보았다. 이윽고 그는 지갑을 꺼내 신분증을 살폈다. 낯설었다. 나이를 헤아려보았다. 그가 신분증에 적힌 주소지에 도착했을 때는 오후 두 시였다. 거리는 오전처럼 적막하지는 않으나 한산하기는 마찬가지였다. 세상이 끝나버린 것만 같았다. 그는 고개를 젖혀 눈으로 층수를 헤아려보았다. 십이 층 오른쪽 베란다에는 앵글 지지대에 얹힌 에어컨 실외기가 있었다. 창문이 두 뼘쯤 열려 있었다. 매일 아침 1202호 베란다에서 누군가가 그를 배웅했을지도 모르지만 그는 모든 게 낯설었다. 그가 밟고 선 화단 앞 보도의 블록 모양마저 낯설었다. 그는 아파트 공원 벤치에 앉아 신분증이 증명해주는 자신의 집을 하염없이 바라보았다. 늦가을 오후의 햇살은 재빨리 식어갔다. 그는 엉덩이를 털고 일어나 아파트 단지를 빠져나갔다. 거리는 여전히 휑뎅그렁했다. 해가 기울 무렵 그는 기억 속에서 끄집어낸 집 앞에 이르렀다. 그는 706호 현관 앞 복도를 서성이다 낮게 날아다니는 헬리콥터를 보았다. 초인종을 눌렀지만 문을 열어주는 사람은 없었다. 그는 복도에 웅크리고 앉았다가 일어나 706호 전자키의 번호를 눌렀다. 해제 신호음은 들리지 않았다. 그는 다시 비밀번호를 눌렀다. 경보음이 울렸다.

그는 밤이 깊을 때까지 도시를 헤맸다. 한기가 온몸에 스며들었다. 어느 골목에 주차된 봉고차에 들어가 자다 깨다를 반복하며 밤을 보냈다. 이틀 뒤 그는 한강이 내려다보이는 곳에 있던 컨테이너박스에서 어느 경찰관에게 발견되어 병원으로 실려갔다. 응급실은 북적였다. 수척한 얼굴의 의사는 영양결핍과 스트레스로 탈진했을 뿐이라며 입원하지 않아도 괜찮다고 했다. 보호자 없이 홀로 앓는 중상자들의 신음은 응급실의 높은 천장에 닿지 못했다. 그는 링거액이 떨어지는 걸 가만히 지켜보았다. 간호사가 다가와 주삿바늘을 뺐다.

기억상실증에 걸린 건가요?

그의 물음에 간호사가 고개를 끄덕였다.

꿈은 아니겠지요?

간호사가 다시 고개를 끄덕였다. 그는 뭔가를 더 묻고 싶었으나 금방이라도 울음을 터뜨릴 듯한 간호사의 얼굴을 보고는 그만두었다. 오래전에 떨어진 낙엽 같은 얼굴이었다. 응급실에서 나온 그는 장례식장 입구에서 담배를 피우는 사람을 보았다. 누구의 죽음을 추모하는지 알지 못할 것이므로 그 사람은 조문객일 수도 있었고 상주일 수도 있었다. 그는 경비원이 일러준 대로 병원 근처의 경찰 지구대를 찾아갔다. 한 시간 뒤 그는 젊은 순경이 운전하는 순찰차 뒷좌석에 낯선 두 사람과 함께 앉아 있었다. 방송이 재개되었는지 라디오에서 뉴스가 흘러나왔다. 아나운서의 목소리는 기운이 없었다. 직무를 다시 수행하기로 한 대통령이 계엄령을 발동했다는 내용이었다. 그날 자정을 기해 전국에 걸쳐 비상계엄령이 선포되었다. 그러나 무장 군인들은 보이지 않았다. 대신 군모도 쓰지 않은 채 엉거주춤 걷는 앳된 얼굴의 군인들이 순찰차의 전조등에 불쑥 뛰어들었다 사라지곤 했다. 그는 이틀 전에 찾아갔던 아파트 단지 앞에서 순경과 작별인사를 나누었다. 순경은 그보다 젊었고 어딘지 모르게 세상살이의 즐거움과 괴로움을 모두 겪고 알아 그런 일들에 무관심해진 듯한 분위기를 풍겼다. 어쨌거나 순경은 고생을 많이 한 사람 같았다. 엘리베이터는 작동하지 않았다. 그는 계단을 묵묵히 걸어올라갔다. 한 층 한 층 올라갈수록 그의 구두 소리는 깊고 묵직하게 울렸다. 구두 소리가 심오해지는 만큼 그 역시 엄숙해졌다. 그는 1202호의 초인종을 눌렀다. 그는 팔을 들어 냄새를 맡아보기도 하고 후줄근한 양복 저고리의 매무새를 만져보기도 했다. 조금 뒤에 문이 열렸다. 삼십 대로도 사십 대로도 보이는 나이를 가늠하기 힘든 여자가 공손하게 경계하는 태도로 그를 맞았다. 머리를 뒤로 묶은 여자의 이마는 매끄러웠지만 피부에는 탄력이 없어 보였다. 눈가의 잔주름과 목주름이 그의 눈에 띄었다. 그 여자는 그에게 이름 하나를 언급했다. 그는 지갑을 꺼내 신분증을 살펴본 뒤 그 사람이 자신이 맞는 것 같다고 말했다.

그쪽이 제 남편이시군요.

그럼 제 아내이신가요?

여자가 고개를 끄덕였다. 그는 소리 없이 한숨을 쉬었다.

……반갑습니다.

예, 반갑습니다.

그는 구두를 벗고 아내를 따라 거실로 들어갔다. 아내의 치맛자락이 거실 바닥을 쓸고 지나갔다. 그는 조심스레 집 안을 둘러보았다. 전등을 켜지 않았지만 어둡지는 않았다. 인테리어 잡지에서 흔히 볼 수 있을 법한 구도로 가구가 배치된 거실은 깨끗하고 단아했다. 그 단정함은 인공적이기까지 했다. 아내는 이 낯선 집의 사물들을 털끝조차 건드리지 않겠다고 결심이라도 했는지 원래 정돈된 상태 그대로 내버려둔 듯했다. 그는 벽에 걸린 그림 액자를 보았다. 원형의 만다라가 무수히 겹친 형태였다. 그는 이 뜻 모를 그림이 아내의 취향인지 자신의 취향인지 알 수 없었다. 소파에 앉았던 아홉 살쯤으로 보이는 아이가 일어났다. 그가 아내를 돌아보자 아내가 당신 딸이라고 말했다. 아내의 목소리에는 자신이 없었다. 그는 딸의 얼굴을 물끄러미 바라보았다. 그는 애써 미소를 지었지만 딸에게는 일그러진 얼굴로 보이리라는 걸 알았다.

아저씨가…… 아빠예요?

그는 아이의 충혈된 눈에 떠올랐다가 재빠르게 사라지는 실망의 빛을 보았다. 사라졌다고 확신할 수는 없었다. 그렇게 말한 뒤 딸이 고개를 숙였기 때문에 그는 딸이 정확히 어떤 기분일지 알 수 없었다. 그가 손을 내밀었지만 딸은 손을 마주 내밀지 않았다. 서로가 서로에게 아빠이면서 딸이라는 사실을 모르는 아빠와 딸은 어떤 방식으로 인사를 나누어야 하는지 그 역시 알 수 없었으므로 내밀었던 손을 무르춤하게 바라볼 수밖에 없었다. 아내가 가정용 정수기에서 물을 컵에 받아 그에게 건네주었다. 그는 차를 음미하듯이 천천히 한 모금씩 물을 마셨다. 물은 밍밍했다. 그들 세 식구는 한동안 아무 말이 없었다. 베란다에서 무언가가 넘어지는 소리가 났지만 누구도 신경 쓰지 않았다. 열린 바깥 창문으로 바람이 들어오는지 가느다란 휘파람 소리가 들렸다. 버티컬이 흔들리며 쩔그럭쩔그럭 소리를 냈다. 그들은 각자 생각에 잠겼다. 그는 아내와 딸이 어떻게 서로를 엄마와 딸로 알게 되었는지 궁금하지 않았다. 모녀는 기억을 상실한 순간 집에 함께 있었기에 서로를 낯설게 바라보긴 했더라도 서로가 어떤 관계인지 짐작은 할 수 있었을 것이다. 딸은 아내에게 아주머니는 누구냐고 물었을 테고 아내는 딸에게 너희 엄마 아빠는 어디 계시느냐고 물었을 것이다. 모녀는 한동안 당황하다가 신분증이나 사진을 통해 서로를 확인했을 테지만 그것이 진짜 두 사람이 어떤 관계인지를 증명해준다고 믿을 수 없었기에 여태도 이처럼 서먹한 것이리라. 딸이 엉덩이를 들어 자리를 옮겨 앉았다. 그는 아내에게 샤워를 해도 되겠느냐고 물었고 아내는 그런 종류의 일을 허락해야 하는 건지 마는 건지 알 수 없다는 듯 잠시 망설였다. 이윽고 그는 아내를 따라 안방에 들어갔다. 아내는 머뭇거리다 옷장을 열어 갈아입을 만한 옷을 꺼내주었다. 그는 아내가 건넨 옷들을 손으로 받아들었다. 군에 입대하던 날 처음 전투복을 받아들었을 때와 비슷한 심정이었다. 그는 매니큐어가 반쯤 벗겨진 아내의 손톱을 지그시 바라보았다. 그의 시선을 의식했는지 아내가 손을 말아쥐었다.

저는 나가 있을게요.

예, 알겠습니다. 그런데…… 자녀는 저 아이 하나뿐입니까?

아내가 고개를 끄덕였다. 그는 옷을 벗고 안방에 딸린 욕실에 들어갔다. 세면대에는 물기조차 없었다. 전등은 켜지지 않았다. 전기가 끊긴 것인지도 모른다. 문을 반쯤 열어둔 채로 샤워기의 꼭지를 돌렸다. 단수는 아니었으나 뜨거운 물이 나오지 않아 그는 찬물로 샤워할 수밖에 없었다. 온몸에 소름이 돋았다. 내장에도 소름이 돋은 기분이었다. 샤워를 마친 그는 옷을 갈아입었다. 그가 평소에 입던 옷이 분명하련만 남의 옷을 입은 듯 거추장스러웠다. 거실 소파에 앉은 모녀는 그를 힐끔 보더니 다시 각자의 생각에 골몰했다. 저녁이 거실로 기어들어왔다. 그는 눈에 보이는 스위치는 모두 눌러보았으나 전등은 켜지지 않았다. 집 안을 채운 공기는 눅눅하고 미지근했다. 세 사람이 들이마셨다가 토해내는 숨에 조금씩 변질되어 상해버린 공기였다. 그와 마찬가지로 모녀 역시 핸드폰의 비밀번호를 몰랐다. 두 대의 노트북 역시 비밀번호를 알 수 없어 사용할 수가 없었다. 아내가 부엌에서 식빵과 우유를 가져왔다. 그들은 함께 식빵을 씹고 우유를 마셨다. 아내가 생각났다는 듯 하루 전에 시아버지라는 사람에게서 전화가 왔다고 말해주었다. 그는 고개를 끄덕이긴 했지만 그 말이 무슨 뜻인지는 한참 뒤에야 깨달았다. 그는 서랍을 뒤져 결혼 앨범을 찾아냈다. 그는 앨범을 든 채 모녀 사이에 앉았다. 모녀가 윗몸을 기울여 사진을 들여다보았다. 그들은 서로의 얼굴을 힐끔거리면서 사진의 얼굴과 비교해보았다. 분명히 닮기는 했지만 사진의 인물과 사진을 들여다보는 사람이 정말 똑같은 사람이라는 확신은 생기지 않았다. 어두워서인지도 몰랐다. 딸은 앨범에서 자신을 발견할 수 없자 곧 흥미를 잃었다. 그는 어딘가에 결혼사진이 아닌 가족들의 일상이 담긴 앨범이 있을 거라고 달랬지만 그 역시 자신의 말을 믿지는 않았다. 먼 곳에서 사이렌 소리가 들려왔지만 아파트 단지는 조용했다. 벽을 두드리거나 발을 구르거나 천장을 두드려보고 싶은 충동이 일 만큼 불편한 침묵이었다. 그런 생각을 하자마자 위층에서 발을 구르는지 쿵, 쿵 소리가 천장에서 들렸다. 그들은 고개를 들어 천장을 보았다. 딸이 갑자기 흐느꼈다. 듣는 이로 하여금 우는 사람의 서러움과 억울함에 깊이 공감하지 않을 수 없게끔 하는 전염성을 지닌 울음이었다. 그와 아내는 어쩔 줄 몰라 하며 서로의 얼굴만 바라보았다. 아내는 딸 옆으로 자리를 옮겨 한쪽 팔로 딸의 어깨를 감쌌다. 그러나 아이는 울음을 그치지 않았다. 느껴 우는 소리는 잦아들었지만 부러 울음을 참으려 한 탓인지 딸꾹질을 했다. 순수하던 딸의 울음은 그 순간부터 은연중에 낯선 아빠와 엄마를 힐난하고 비난하는 의미를 띠게 되었다. 그는 냉담해지는 자신을 느꼈다. 딸은 누구의 도움이나 위로도 필요로 하지 않는 듯했다. 혼자 실컷 울고 난 뒤 딸은 작은방으로 들어갔다. 아내가 따라 들어가 나직한 목소리로 무언가 말했지만 딸의 대답은 들려오지 않았다. 아내는 소파에 앉은 그를 바라보다 안방으로 들어갔다. 다시 거실로 나온 아내가 어려운 이야기를 꺼내듯 머뭇거리다 안방에 널브러진 양말과 속옷을 치워주면 좋겠다고 말했다. 그는 안방으로 들어가 양말과 속옷을 주섬주섬 주워들고 나왔다. 다용도실의 세탁기 앞에서 그는 정말로 그 안에 더러운 속옷을 넣어도 되는지 알 수 없었기에 한참을 망설였다.

사이렌 소리는 그치지 않았다. 희미한 소리였으나 기억을 잃은 자들의 가슴에 불길한 예감을 불러일으키기에는 충분할 만큼 긴박한 소리이기도 했다. 작은방의 딸과 안방의 아내도 잠들지 못했다. 그 방들에서 들려오는 기척들에 귀 기울이기를 그만두니 평온해졌다. 어둠에 익은 눈으로 주위를 살펴보았다. 스스로를 거실에 내던진 듯 눈을 감은 채 이 상황을 받아들이려고도 해보았다. 어떤 추억도 떠오르지 않았다. 그가 누구인지를 말해줄 수 있는 사물 혹은 관계가 지척에 있었음에도 그는 집을 찾아오기 전보다 혼란스러웠다. 그처럼 가까이 다가온 진실이 두렵기 때문일 수도 있었고, 혹은 그 진실을 알게 된다 해도 아무런 감흥이 없으리라는 예감 때문일 수도 있었다. 설령 기억을 잃지 않았다 해도 자기 자신이 누구인지 말할 수 있는 사람은 아무도 없었을 거라는 생각을 위안으로 삼았다. 깜박

졸다가 깨어난 그는 사람의 체온이 그리웠다. 작은방에 들어가 곤히 잠든 딸을 내려다보았다. 그는 예전에 그래본 적이 있는 것처럼 자연스럽게 딸의 이마에 입을 맞추었다. 딸은 이마를 찡그리기는 했으나 잠에서 깨지는 않았다. 아이의 손에 손가락을 대자 아이가 주먹을 쥐었다. 조금 뒤 그는 아이의 손 안에서 손가락을 빼냈다. 딸은 벽 쪽으로 몸을 돌렸다. 그는 흘러내린 이불을 딸의 어깨까지 끌어올렸다. 안방으로 들어간 그는 침대 위 아내 옆으로 슬그머니 기어들어갔다. 아내의 숨소리는 희미했다. 잠든 건지 잠든 척하는 건지 알 수 없었다. 그는 손을 뻗어 아내의 가슴을 만졌다. 탄력 없는 시든 가슴이었다. 아내의 숨이 차분하게 가빠졌다. 아내의 속옷을 끌어내리려 하자 아내가 그의 손을 잡았다.

……미안하지만 안 되겠어요.

우린 부부잖아요.

아내가 지그시 입술을 깨물었지만 그는 아내의 얼굴을 볼 수 없었다. 아내는 전혀 흥분하지 않았다. 그도 마찬가지였다. 그들 부부는 식탁에 마주 앉아 식사라도 하듯 정사를 마쳤다. 십 분 뒤에 그는 침대에서 일어났다.

저기요. 미안하지만 혹시 현금 있나요?

몇천 원밖에 없어요.

그럼 됐어요.

아내는 벽 쪽으로 몸을 돌렸다. 그는 후들거리는 다리를 간신히 옮겨 거실 소파까지 걸어갔다. 소파에 웅크린 그는 자신의 것이지만 자신의 것이라고는 믿지 않는 이 모든 것들을 의심의 눈초리로 노려보았다. 새벽이 깊어갔다. 그가 기억하지 못하는 관계들과 맞닥뜨린 기분은 잠들고 싶지 않은데도 눈이 절로 감길 때와 비슷해서 인생 전체가 속수무책인 것처럼 여겨졌다. 기억을 잃은 다른 이들은 어떤 꿈을 꾸는지 궁금했다. 꿈에서라면 삶의 비밀과 만날 수 있을지도 모른다. 아내는 잠든 게 분명했다. 나직하게 코를 고는 소리가 안방에서 들려왔다. 아내의 하루는 고단했던 모양이다. 그 소리를 들으며 그 역시 잠에 빠져들었다. 지나온 삶 전부가 한순간에 비밀이 되어버렸는데도 도무지 즐겁지가 않았다. 그들은 각자 마음속에 비밀을 품었지만 그 비밀에 다가가는 방법을 알지 못했으므로 아무런 비밀이 없는 사람들이 되고 말았다.

그는 아침 일찍 은행에 가서 두 시간을 기다린 끝에 정부가 지정한 출금 한도액인 현금 백만 원을 찾을 수 있었다. 그는 오십만 원씩 두 개의 봉투에 돈을 담은 뒤 안주머니에 찔러넣고 잔뜩 긴장한 채 집으로 돌아갔다. 현관에 들어선 그는 신발장에 기대선 지팡이를 보았다. 낯선 검은색 낡은 구두와 보라색 노인용 운동화도 있었다. 노인 네 둘이 소파에 앉아 있었다. 맞은편에 앉은 아내와 딸은 데면데면한 얼굴로 노인들을 상대하는 중이었다. 구식으로 중절모를 쓰고 두루마기까지 갖춰 입은 노인이 헛기침을 했다. 손으로 입을 가리며 큼큼대는 품이 꽤나 격식을 차리는 까다로운 사람이라는 인상을 풍겼다. 그 옆에 앉은 노인은 하얗게 센 머리를 틀어올렸는데 입술을 꾹 다물고 있는 품이 여간 고집이 세지 않을 듯했다. 엉거주춤 노인들을 바라보며 선 그는 아내를 바라보았다. 아내가 자리에서 일어나 그를 노인에게 소개했다.

이쪽이 댁의 아드님이십니다.

아, 이분이 제 아들이군요. 저는 댁의 아버지 되는 사람이고 이쪽은 제 안사람입니다.

노인이 그에게 악수를 청했다. 그는 얼떨결에 아버지의 손을 마주 잡았다. 노인치고 대단한 악력이었다. 두툼하고 단단하지만 메마른 노인의 손을 잡은 채 그는 무슨 말을 해야 할지 몰라 그렇게 가만히 있었다. 어머니가 그의 한쪽 손을 두 손으로 잡고 쓰다듬었다. 어머니의 손은 따뜻하고 부드러웠다. 그는 노인의 주름진 손을 말없이 내려다보았다.

반갑습니다. 저희가 먼저 찾아뵀어야 하는 건데 이렇게 직접 찾아오시게 해서 죄송합니다.

이런 시절에 누굴 탓할 수 있나요. 먼저 알아본 쪽이 찾아오면 그만이지요.

그는 부모를 마주 보고 아내 옆에 앉았다. 그들은 서로의 안부를 확인하고 잠시 시절에 대한 환담을 나누었다. 노인들은 새벽에 길을 나선 탓에 기력이 쇠한 듯했다. 시간이 캐터필러처럼 굴러갔다. 그의 부모는 사이를 둔 채 떨어져 앉았지만 서로에게 자연스럽게 몸을 기울이곤 했다. 그는 부모가 이곳에 오래 머물지 않으리라는 걸 알았다. 그는 자신의 근원이라 여겨지는 부모의 얼굴을 무례하다 싶을 정도로 똑바로 바라보았다. 만약 그가 정말 저 두 노인의 자식인 게 사실이라면 그는 두 사람에게서 아무것도 물려받지 않은 게 분명해 보였다. 그는 부모에게 양해를 구한 뒤 아내와 함께 안방에 들어갔다. 그는 아내에게 오십만 원이 든 봉투를 건넸다. 아내는 가볍게 고개를 숙였다. 고마워하는 건지 수치스러워하는 건지 알 수 없었다. 아내는 그에게 저 노인들이 금방 돌아갈 것인지를 물었고 그는 모르겠다고 대답했다. 짧은 대화였지만 그는 피로를 느꼈다. 그와 아내가 거실로 돌아가자 노인들이 소파에서 일어났다. 그는 붙잡으려 했지만 그의 부모는 단호했다. 아내와 딸은 현관에서 그들을 배웅했다. 그는 부모와 함께 계단을 내려갔다. 십 분 뒤에 아파트 입구에서 그와 부모는 작별인사를 나누었다. 헤어지기 전에 그의 아버지가 갑자기 그를 껴안았다. 어쩌면 난생처음 안겨봤을 아버지의 품에서 잠시 그는 안전하다는 느낌을 받았다. 하지만 이내 그는 아버지를 밀어냈다. 부자는 서로 계면쩍어하며 다시 작별인사를 나누었다. 그는 외투 안주머니에서 돈 봉투를 꺼냈다. 이십만 원을 따로 꺼내 바지 주머니에 쑤셔넣고 돈 봉투를 아버지의 손에 쥐여주었다. 아버지는 몇 번 거절하다가 결국 받아들였다. 그의 어머니는 지팡이를 짚고 아버지의 부축을 받으며 절뚝절뚝 걸어갔다. 어머니가 뒤를 돌아보았을 때 그는 손을 들어 흔들었다. 어머니의 눈에 떠오른 깊은 상실감을 알아보았으나 사라진 그의 기억을 불러들일 만큼 강렬하지는 않았다.

그는 동사무소에 들러 가족관계증명서를 발급받았다. 동사무소 직원은 자신이 왜 거기에 있어야 하는지 알 수 없다는 표정을 지었지만 의무를 수행하는 타고난 능력을 발휘하는 데서 오는 어떤 쾌감을 즐긴다는 사실을 숨기지는 않았다. 기억을 잃어도 즐거울 수 있다면 괜찮은 삶이라고 할 수 있었다. 그는 삼십 대 초반의 동사무소 직원에게 묘한 질투심을 느꼈다. 그는 은행나무가 즐비하게 늘어선 거리가 보이는 동사무소의 등나무 쉼터 아래서 가족관계증명서를 오래도록 바라보았다. 그가 살아오는 동안 맺은 관계의 요약이라고 하기에는 너무 빈약했지만 자신만만한 동사무소 직원의 표현을 빌리면 일가一家를 이루었다고도 할 수 있는 증명서였다. 그는 거기에서 부모의 이름을 처음으로 보았다. 아마도 기억을 잃기 전에 그는 부모를 아버지나 어머니로 호칭했을 테지만 당신들 또한 이름이라는 고유명사를 부여받은 존재라는 사실은 잊고 지냈을 거였다. 기억을 잃기 전에도 기억이 그리 소중하지 않았다면 기억을 잃은 다음에야 기억이 소중하게 여겨진다는 것도 어느 정도는 비겁한 일인 듯했다. 그는 가족관계증명서를 발급받아 돌아가는 다른 사람들을 바라보았다. 그들이 집으로 돌아가는 중이라고 장담할 수는 없었다. 증명서가 일러주는 관계도는 빈약하지만 어쩌면 그것이 그들이 최선을 다해 살았다는 유일한 증거일 수도 있었다. 그는 증명서를 외투 안주머니에 넣었다. 그가 걸을 때마다 안주머니에서 서걱서걱 소리가 났다. 잘 벼려진 한 자루의 칼을 품은 것만 같았다. 집에 돌아간 그는 소파에 길게 누운 아내를 보았다. 구겨지고 접힌 치마 아래로 드러난 종아리에 눈이 시었다. 소파 아래 여러 개의 빈 맥주캔이 널브러졌다. 아내가 백치처럼 웃었다. 헝클어져 이마로 흘러내린 머리칼 사이로 엿보이는 아내의 눈동자는 서랍 속을 굴러다니는 오래된 구슬 같았다. 딸은 아내가 안주 삼아 집어 먹은 듯한 과자봉지를 손에 쥔 채 바닥에 앉아 있었다. 그는 아내의 윗몸을 일으켜세웠다. 술

기운에 축 늘어진 터라 아내는 쇠로 된 사람처럼 무거웠다. 물컵을 건네주니 아내가 꿀꺽꿀꺽 물을 마셨다. 아내의 목덜미에 미약한 경련이 일었고 어쩐지 그에게는 그것이야말로 아내가 살아 있음을 증명하는 가장 확고한 증거처럼 여겨졌다. 그는 손가락으로 조심스레 아내의 입가에 묻은 과자 부스러기를 떨어냈다. 아내에게 다정한 남편이었는지는 알 수 없었지만 되도록이면 다정한 사람이었기를 바랐다.

왜 이렇게 술을 많이 드셨어요?

주량을 모르니까요. 알려면 마셔봐야 하잖아요.

기억이 돌아오지 않는다면 다시 삶을 살아야 하는지도 몰랐다. 그러나 삶을 다시 사는 것과 술을 마시는 일은 전혀 다른 종류의 일이었다. 아내가 기억해내고 싶은 게 무엇인지 그는 알 수 없었다. 주량을 기억해내기 위해서가 아니라는 것만은 알았으나 한번 겪고 지나온 일들 가운데 재현할 수 있는 일은 극히 드물 수밖에 없었다. 재현이 가능한 일들은 그다지 쓸모없는 일이겠지만.

아내는 헛구역질을 하더니 그의 가슴팍을 밀어내고 화장실로 달려갔다. 비틀거리면서도 넘어지지는 않았다. 위태로운 아내의 뒷모습이 그의 지나온 생을 보여주는 것만 같았다. 아내는 화장실 변기에 술과 과자를 토한 뒤 찬물로 입을 헹구고 안방으로 들어갔다. 그는 아내가 사온 식료품 봉지를 뒤져 딸과 함께 빵과 우유를 나눠 먹은 뒤 냉장고의 상해가는 음식들을 거두어 버렸다. 밤이 되자 딸은 소파의 한쪽 끝에 가만히 웅크리고 앉아 한차례 흐느끼다가 작은방으로 들어갔다. 그는 아내가 먹다 남긴 맥주를 마셨다. 그는 자신도 그리 술이 세지 않음을 알았다. 그는 안방으로 들어가 침대 아래 앉았다. 아내는 괴로워하며 잤다. 끙끙거리면서 이리저리 뒤척였다. 그는 외투조차 벗지 않은 채 앉은 자리에서 꾸벅꾸벅 졸았다. 술기운 탓인지 졸음이 해일처럼 밀려왔으나 어떤 의무감 탓에 그는 잠속으로 깊이 빠져들지 못했다. 그의 품 안에서 종이가 바스락거렸다. 그의 가족관계의 모든 걸 증명해주는 동시에 아무것도 증명해주지 못하는 증명서가 품 안에서 조금씩조금씩 구겨지는 중이었다.

잠에서 깬 그는 부신 눈을 비볐다. 스위치를 켜둔 상태에서 전기가 공급된 듯했다. 그의 눈앞에 아내의 발바닥이 있었다. 노랗고 작은 발바닥. 발 오금 바깥쪽에서 복사뼈까지 가느다란 주름이 여러 개 잡혔다. 아내는 경련을 일으키며 부스스 일어나더니 멍한 눈으로 그를 바라보았다. 그는 정수기에서 냉수 꼭지를 열어 미지근한 물을 흘려보낸 뒤에 적당히 차가워진 물을 받아 아내에게 건넸다. 아내는 물을 마신 뒤 고꾸라졌다. 그는 침대에 걸터앉아 아내의 얼굴을 내려다보았다. 아내의 미간에 주름이 잡혔다.

저한테 할 말이 있는 거죠?

내일 해도 돼요.

괜찮아요. 귀는 열렸으니까 아무 말이라도 상관없어요.

왼쪽 눈 옆에 커다란 점이 있네요.

안타깝다는 말로 들려요.

그런 뜻은 아니었어요.

제 얼굴에서 이 점이 가장 매력적이라고 했잖아요.

기억이…… 돌아온 건가요?

농담이에요. 아마도 그렇게 말하지 않았을까 생각해봤을 뿐이에요.

그렇게 말해준 사람은 퍽 다정한 사람이었겠군요.

다정한 척했거나.

전 자신이 없어요.

알아요. 저도 그렇거든요.

우리에게 아들이 있어요.

알아요. 오늘 낮에 전화가 왔어요.

찾으러 가야지요.

늦었어요.

……죽었나요?

예.

그는 아들을 잃은 슬픔을 아내와 공유할 수 없었다. 그의 슬픔은 홀로 자라나 홀로 죽었다. 아내의 슬픔도 마찬가지일 거였다. 비가 내렸다. 바람은 빗줄기를 몰고 다녔다. 빗줄기는 바람에 떠밀려 꿈틀거렸다. 무수히 많은 가느다란 사행천들이 하늘에서 지상으로 흘러내리는 듯했다. 그는 잠들면 산산이 부서지고 말 거라는 두려움을 느꼈다. 아침이 왔다. 그는 멀쩡했다. 아내도 멀쩡했고 딸도 그러했다. 딸은 거실에서 텔레비전을 보았다. 짤막한 뉴스를 제외하고는 모두 재방송이었다. 화면에 비친 도시는 그가 눈으로 목격한 도시보다 극적이었다. 기억을 잃은 자들이 왜 그 일을 해야 하는지 납득하지 못한 채로 부상자를 수송하거나 발전시설을 관리하거나 보초를

섰다. 일상에 복귀하라는 강력한 권고의 목소리가 공허하게 되풀이 되었다. 그는 불현듯 분노를 느꼈다. 어쩌면 한 번도 느껴본 적이 없는 종류의 분노일 거였다. 딸은 드라마에 몰두했다. 기억상실증에 걸린 한 남자를 둘러싸고 벌어지는 일들을 다룬 흔한 아침 드라마였다. 그는 드라마를 보지 않았지만 결말을 알았다. 아침 드라마의 기억상실증 환자들은 사실 한 번도 기억을 상실해본 적이 없었다. 누군가가 환자의 기억을 대신 간직했으므로. 딸은 그 드라마에서도 자신의 이야기를 발견할 수는 없을 거였다. 아내는 진통제 두 알을 물도 없이 삼키더니 지갑을 들고 집을 나갔다. 비에 흠뻑 젖은 채 돌아온 아내는 비닐봉지에서 맥주캔을 꺼내 마셨다. 아내가 앉은 소파는 아내의 몸에서 흘러내린 빗물에 흥건히 젖었다. 홀로 맥주를 마시는 아내는 퍽 사연이 많은 여자 같았다. 기억이 사라진 게 아니라 인간의 내부에 영원히 은둔한 것이라면 어쩌면 지금 저 맥주를 마시는 건 아내가 아니라 아내의 기억일 테다. 그는 아내를 마주 보고 앉았다. 그는 아내의 맥주캔에 자신의 맥주캔을 부딪쳤다. 건배. 그는 딸에게 손짓했다. 아이야, 진짜 드라마를 보고 싶거든 이 드라마에 동참하렴. 세월이 흐르고 흘러 영겁의 시간이 다하도록 잊히지 않을 무구하게 비참한 기억이 빗물처럼 너를 적셔 네 안으로 스며들도록 내버려두렴. 그는 맥주캔을 딸에게 건넸다. 아저씨, 캔이 땀을 흘려요. 아이야, 그건 눈물이란다. 그 안에 들었던 차가운 영혼이 열정을 이 세상에 헌납하고 얻은 눈물이란다. 딸은 맥주를 마시는 대신 캔에 맺힌 싱거운 물방울을 핥아먹었다. 그와 아내는 누가 먼저랄 것도 없이 웃음을 터뜨렸다. 도시에 비가 내리는 늦가을 어느 날 오전에 그들은 기억할 수 없는 어느 순간보다 즐거운 시간을 보냈다. 단란하고 정겨운 일상이었다.

비는 줄기차게 내렸다. 정오 무렵 딸의 담임선생이 찾아왔다. 삼십대 중반의 사내였다. 말투가 느렸으나 어수룩해 보이지는 않았다. 그는 선생과 악수를 나누었다. 선생의 손바닥은 미끈거렸다. 선생은 사진 한 장을 보여줬다. 딸의 입학식 사진이었다. 그는 사진을 물끄러미 바라보았다. 사진 속에서 딸과 아내는 살가운 모녀처럼 보였다. 다른 학생과 학부모들도 모두 그렇게 보였다. 이 사진에서 뛰쳐나가고 싶어하는 인물은 담임선생 한 명뿐인 듯했다. 딸은 학교에 가고 싶어하지 않았다. 아내는 현관 쪽으로는 눈길도 주지 않은 채 맥주만 들이켰다. 선생이 지팡이처럼 짚은 우산의 꼭지에서 흘러내린 빗물이 손바닥만 한 크기로 바닥에 고였다. 딸은 작은방으로 들어가 나오지 않았다. 담임선생이 소심한 목소리로 딸을 불렀다. 아내가 맥주캔을 내던지고 작은방의 문을 왈칵 열었다. 아내는 딸의 손목을 잡고 질질 끌다시피 해서 현관까지 딸을 데리고 왔다. 아내가 딸의 손을 담임선생의 손에 쥐여주었다. 선생의 얼굴에 당혹스러워하는 기색이 떠올랐다.

공부하지 않으면 나처럼 돼!

아내의 절규에 가까운 외침이 무슨 의미인지는 모호했다. 왜 그런식으로 소리를 질러야 했는지는 제쳐두고라도 그 말 자체가 난해하기 그지없었다. 어쩌면 그렇게 소리를 지른 것도 아내가 아니라 아내의 기억일지도 모른다. 그는 신발장에서 우산을 꺼냈다. 슬리퍼를

신고 집을 나섰다. 딸은 성난 얼굴로 아내를 돌아보았다. 딸의 눈은
아내를 닮았다.

　선생은 출석만 하면 된다고 용서를 구하듯 말했다. 그는 딸과 함께
우산을 쓰고 빗물이 흘러넘치는 인도를 걸었다. 운동화가 젖었지만
딸은 불평하지 않았다. 딸의 어깨를 감싼 그의 오른쪽 손등이 젖어
갔다. 그들은 구립 도서관 앞을 지나갔다. 구립 도서관은 야전사령
부였다. 주차장에는 군용차가 들어찼고 무장한 군인이 보초를 섰다.
젊은이를 가득 태운 군용트럭이 느릿느릿 주차장으로 들어갔다. 그
가 묻지도 않았는데 선생이 공허한 목소리로 사모님이 미인이라고
말했다. 그가 선생의 얼굴을 똑바로 바라보자 선생은 수줍은 아이처
럼 목소리를 낮췄다.
　특히 눈가의 점이 무척 매력적이십니다.

　그는 딸과 함께 교실에 들어갔다. 나무와 시멘트 냄새가 가득했다.
딸은 허리를 편 채 꼿꼿하게 앉아 쓸모없는 수업을 들었다. 그는 분
필을 쥔 선생의 하얗고 가느다란 손과 출석부를 펼칠 때 기이하게
구부러지는 팔뚝을 보았다. 아내는 상실했던 기억을 되찾았는지도
모른다. 그러나 알 수 없었다. 되찾은 기억이 과연 원래의 기억인지
는. 기억을 상실한 뒤에 겪었던 시간들이 아내의 과거를 겨우 손톱
만큼 움직였다 해도 원래의 기억은 상해버렸을 테니. 딸이 그에게
몸을 기울여 뭐라고 속삭였다. 그는 알아듣지 못했다. 이번에는 그
가 딸 쪽으로 몸을 기울였다.

나가고 싶다고요.

어디로?

어디든요.

그는 딸의 손을 잡고 일어섰다. 선생은 그들을 붙잡지 않았다. 학교 운동장은 질척거렸다. 비는 하염없이 내렸고 그의 슬리퍼와 딸의 운동화는 흙탕물에 젖었다. 그의 발가락 사이로 진흙이 밀려들었다. 그들은 왔던 길을 되돌아갔다. 지나다니는 차는 없었지만 구립 도서관 근처 횡단보도에서 보행신호를 기다렸다.

그 선생 미워하지 않아요?

미워하지 않아.

왜요?

난 어른이거든.

난 어른이 되어도 미워할 사람은 미워할 거예요.

약속해라. 꼭 그러겠다고.

약속해요. 꼭 그럴게요.

그는 딸의 손을 꼭 쥐었다. 딸은 손이 아프다고 했다. 바람이 우산을 뒤집었다. 신호가 바뀌었다. 그가 우산을 바로잡으려는 사이 딸이 먼저 횡단보도를 건넜다. 빗속으로 뛰어든 딸을 사륜구동 군용지프가 치고 지나갔다. 딸은 바람에 날리는 낙엽처럼 공중에서 비틀리며 저만치로 나가떨어졌다. 군용지프는 멈추지 않았다. 어디론가 하염없이 달려갔다. 그는 우산을 내던지고 딸에게 달려갔다. 딸의 몸에서 흘러나온 피가 주변을 붉게 적셨다. 비는 내리고 내렸는데 피는 여전히 붉었다. 그는 딸 앞에 무릎을 꿇었다.

아파요. 많이 아파요.

그래 애야. 조금만 참고 견디렴.

나 죽는 거죠?

넌 죽지 않아.

그는 딸의 몸에 손을 댈 수가 없었다. 딸은 출혈성 쇼크에 빠져들었다. 그는 딸의 죽음이 임박했음을 알았다. 그는 딸의 귓가에 입을 갖다댔다. 그의 입술이 딸의 귓바퀴에 닿을락 말락 했다.

기억나니? 우리 함께 놀이동산에 갔잖아. 그날 네 엄마가 도시락을 쌌는데 포크와 젓가락을 챙겨오지 않아서 우리 모두 손으로 김밥과 과일을 집어 먹었잖아.

정말이에요?

그래. 정말이야.

오빠는요?

네 오빠는 용감한 척 으스댔지만 놀이기구에 타지 않으려고 도망다녔어. 우리 모두 겁쟁이라고 놀리며 즐거워했어. ……이제 기억나니?

……죄송해요. 기억이 나지 않아요.

괜찮다 애야, 괜찮아. 기억 못해도 돼. 아빠가 대신 기억해줄 테니.

아빠……

그는 축 늘어진 낯선 딸을 안고 빗물에 섞여 흘러내리는 핏물을 그림자처럼 단 채 저벅저벅 걸어갔다. 그는 아무것도 기억하지 못했다. 그러나 그런 일이 없었다고도 장담할 수는 없었다. 짧은 순간이지만 서로가 서로에게 스며드는 걸 용납했던 어느 한때가 그의 삶에서 단 한 번도 없었을 리는 없다. 그는 누구에게도 자신의 삶을 대신 기억해주길 바랄 필요가 없다는 걸 알았다. 울고 싶었으나 눈물은 나지 않았다. 그의 가슴속에서는 근원을 알 수 없는 슬픔만이 차올랐다. 아내는 언제까지고 맥주를 마실 거였다. 아내가 마시는 게 아니라 아내의 기억이 마시는 것이므로. 그는 아내가 잃었던 기억을 되찾았음에도 불구하고 여전히 기억을 잃어버린 듯 굴고 있을 가능성이 얼마나 될지를 가늠해보았다. 가능성은 무척 적었다. 그러나 그 손톱만 한 가능성이 그에게는 무시무시했다. 그는 아파트 입구에서 하늘을 올려다보았다. 베란다 창문은 여전히 두 뼘쯤 열린 채 비를 견뎠다. 그는 발길을 돌렸다. 그의 품에서 싸늘하게 식어버린 딸이 눈을 감은 채 꿈을 꾸도록 내버려뒀다.

　도시는 기억 없이 전진한다. 전진하는 도시 속에서 그가 세웠거나 혹은 겪었던 일가—家는 부서졌다.

천명관
피충류의 밤

1964년 용인 출생. 2003년 문학동네신인상에 소설 〈프랭크와 나〉가 당선되어 등단했다. 소설집 《유쾌한 하녀 마리사》, 장편소설 《고래》 《고령화 가족》 《나의 삼촌 브루스 리》가 있다. 문학동네소설상 수상.

●

잠으로 가는 길은 멀다. 태양이 지구 반대편을 돌아 다시 동쪽 하늘에 나타날 때까지 잠을 이루지 못하는 날이 많다. 몸은 누워 있으되 의식은 깨어 있어 이리저리 밤을 뒤치다 창밖이 희붐하게 밝아오면 머릿속이 하얗게 재가 된 듯 지독한 절망감에 눈을 뜨곤 한다. 새벽 두 시, 어둠이 거대한 산맥처럼 눈앞을 가로막고 있다. 갈 길이 멀다.

어깨가 아프다. 그녀는 반대편으로 돌아눕는다. 똑바로 누우면 토막잠조차 이룰 수가 없다. 방 안의 묵직한 어둠이 가슴을 짓누르는 기분에 어느 쪽으로든 웅크려야 한다. 얼굴을 베개에 구겨넣다시피 파묻어야 겨우 숨을 쉴 수 있다. 그렇게 밤새 짓이겨진 어깨는 늘 아프다고 호소한다. 그 때문에 병원에 가서 엑스레이도 찍었다. 사진엔 아무것도 나타나지 않았다. 의사는 정밀검사가 필요하다고 했지만 처방전만 받아서 집으로 돌아왔다. 근육을 풀어준다는 약은 아무 도움이 되지 않았다.

수면제를 한 알 더 먹을까? 다시 돌아누우며 생각한다. 하지만 다음 날 죽은 해파리처럼 흐느적거리고 싶지 않다면 참아야 한다. 더 먹어봤자 머리만 흐리멍덩해질 뿐, 별 효과가 없다는 걸 안다. 결국 후회와 환멸로 끝날 처방이다. 그럼에도 잠에 대한 갈망에 어쩔 수 없이 자꾸만 푸른 알약을 떠올린다.

차라리 잠을 포기해봐, 수경 씨. 나도 이혼하고 나서 한동안 불면 증에 시달린 적이 있었는데 하루에 여덟 시간씩 잠을 자야 한다는 건 편견일 뿐이다. 그렇게 편하게 마음먹고 침대에서 나와 책을 읽 거나 영화를 보면서 밤을 새웠어. 마치 낮인 것처럼 집 안 청소도 하 고 요리도 해먹고. 시간이 남아도니까 나름 괜찮은 점도 있더라고. 그렇게 일주일을 보내고 주말에 텔레비전을 보려고 침대에 누웠는 데 언제 잠이 들었는지 모르게 곯아떨어져 깨어보니 월요일 아침이 었어. 이틀 동안 시체처럼 잠만 잔 거지. 그 후엔 거짓말처럼 불면증 이 싹 없어졌어.

십 년 넘게 함께 일했던 영업부장이 해준 말이었다. 하지만 그런 극단적인 처방도 그녀에겐 아무 소용이 없었다. 부장과 달리 그녀는 잠을 못 자면 기운이 없어 원고조차 눈에 들어오지 않았다. 텔레비 전을 틀어놓아도 무슨 내용인지 이해할 수 없었다. 먹는 것조차 고 통이었다. 그래서 밥을 먹고 나면 소화제를 먹어야 했고 잠을 자려 면 수면제를 먹어야 했다. 낮엔 온종일 머리가 지끈거려 진통제를 또 먹어야 했다. 부장은 그것을 화학적 인생이라고 했다. 자신은 거 기에 더해 섹스를 하려면 비아그라까지 먹어야 한다고 했다. 그래도 그것이 물리적 인생보다는 낫다고 했다.

물리적 인생은 또 뭐예요?

발기가 아예 안 되면 비아그라도 소용없거든. 그래서 어쩔 수 없이 보형물을 삽입해야 하는 사람들도 있어. 난 아직 그 정도는 아니니까 다행이지, 뭐.

그리고 낄낄대며 웃었다. 평생 출판 영업으로 먹고산 그는 쉰 살이 넘어 아내와 이혼하고 몇 년째 원룸 오피스텔에서 혼자 살고 있었는데, 영업을 핑계로 늘 술에 절어 있어 과연 섹스 상대나 있을지 의심스러웠다.

●

멀리서 누군가 우는 소리가 들린다. 환청일까? 스무 가구가 넘게 모여 사는 연립주택엔 밤낮으로 소리가 끊이질 않는다. 변기 물 내려가는 소리에 부부싸움 하는 소리, 뭔가 깨지는 소리, 도둑고양이 우는 소리…… 꿈인 듯 생시인 듯 소리는 언제나 그녀의 귓가를 맴돈다. 그것은 꿈과 뒤섞여 현실인지 아닌지 알 수 없는 비무장지대로 들어선다. 아직 의식은 깨어 있지만 또렷하진 않고, 미처 잠으로 넘어가지 못한 회색지대. 그녀는 그 가수면의 공간에 갇혀 빠져나오지 못한다. 처음 불면이 시작된 것도 바로 그 지점에서였다.

오 년 전이었다. 잠이 막 들려는 순간, 바로 귓가에서 펑! 폭죽이 터지듯 큰 소리가 났다. 누군가 귀에 대고 악을 쓴 것처럼 생생한 소리였다. 깜짝 놀란 그녀는 비명을 지르며 침대에서 튀어올랐다. 심장은 터질 듯 두근거렸고 숨을 쉬기도 힘들었다. 가쁜 숨을 몰아쉬며 귀를 기울여보았지만 소리의 출처를 찾을 수 없었다. 이후, 몇 번 더 놀라 튀어오르는 일이 반복되자 그녀는 비로소 소리가 나는 곳이 다름 아닌 자신의 머릿속이라는 것을 깨닫게 되었다. 환청이었다. 잠이 들 때마다 어김없이 귀에서 폭죽이 터졌다. 아니, 폭죽 소리라고 생각한 건 착각이었다. 사나운 짐승이 울부짖는 소리 같기도 했고 자동차가 충돌하는 소리처럼 들리기도 했다. 때론 그 차에 치여 누군가 비명을 지르는 것 같기도 했고 무언가 으르렁거리며 목덜미를 덥석 무는 듯한 기분도 들었다. 침대에 눕는 것조차 두려웠다. 뭔가 끔찍한 일이 생긴 것 같았다.

무슨 일을 하시죠?

출판사에 다녀요.

하시는 일이 스트레스를 많이 받는 일인가요?

아뇨. 평생 해온 일인데요, 뭘.

가정의학과와 신경과를 거쳐 마침내 정신과에 도달했을 때, 그녀는 지칠 대로 지쳐 있었다. 그래서 무거운 짐을 내려놓듯 의사의 질문에 순순히 대답했다.

결혼은요?

아직 미혼이에요.

젊은 의사는 차트에 기재된 환자의 나이와 그녀의 얼굴을 번갈아 들여다보다 뭔지 알겠다는 듯 고개를 끄덕였다. 미혼과 폭죽 사이의 상관관계를 찾아낸 표정이었다.

좀 더 경과를 봐야겠지만 자율신경에 이상이 있는 것 같습니다. 잠이 들려고 하면 그것을 죽는 것으로 잘못 인지하는 거죠. 그래서 환자분을 깨우려고 뇌에서 강력한 신호를 보내는 겁니다. 오작동인 셈이죠.

그는 딱히 병명을 짚어 말하지 않았지만 공황이니 실조니 하는 단어들이 입에서 흘러나왔다. 어려운 한자를 쓸 것 같은, 그래서 불치병 같은 어감을 주는 그 낯선 단어들에 그녀는 더럭 겁을 먹었다. 텅비고 황폐한, 두려워 어쩔 줄 모르는, 조화를 잃어 모든 게 흐트러진, 어딘가 깊은 곳으로 대책 없이 떠내려가는, 그런 느낌이었다.

쿵!

문득, 벽을 망치로 두드리듯 둔중한 소리가 들렸다. 그녀는 놀라 눈을 떴다. 그리고 어느 쪽에서 소리가 났는지 고개를 두리번거렸다. 다시 환청이 시작된 걸까? 어둠 속에서 탁상시계의 불빛이 깜박이고 있었다. 겨우 한 시간 남짓 잔 것 같았다. 더 자기는 틀렸다. 그날 그녀에게 배당된 잠은 한 시간뿐이었다. 그때 다시 한 번 쿵, 하는 소리가 들렸다. 분명 환청은 아니었다. 바닥에 미세한 진동도 느껴졌다. 소리는 침실과 마주한 옆집 벽에서 나는 듯했다. 이 새벽에 못이라도 박는 걸까? 미친 인간들…… 그녀는 벽에 대고 귀를 기울였다. 하지만 더는 소리가 들리지 않았다. 역시 환청인 걸까?

이젠 약도 소용이 없어요. 어떡하면 좋죠?

그녀는 의사에게 애원하다시피 매달렸다. 그는 칭얼거리는 어린아이를 달래듯 차분하게 설명했다.

환자분이 너무 심각하게 생각하시는 것 같은데, 이렇게 한번 생각해볼까요? 살다 보면 누구나 문제가 생길 수도 있다. 그런데 그게 몸속에서 자라나는 암덩어리도 아니고 뇌를 파먹어들어가는 치매도 아니다, 그러면 어느 정도 견딜 만하다는 생각이 들지 않나요? 그저 잠일 뿐인데 말입니다.

그는 마치 네가 잘못했지만 내 너그럽게 용서해주마, 하는 듯한 표정이었다. 그녀는 자신을 도와줄 사람이 아무도 없다는 걸 깨달았다. 울음이 날 것 같았다. 하지만 자신보다 한참 나이가 어린 의사 앞에서 울 수는 없는 노릇이었다.

노란 알약, 하얀 알약, 파란 알약을 번갈아가며 먹었다. 폭죽 소리는 겨우 사라졌지만 대신 잠을 잘 수 없었다. 그가 처방해준 약은 의식과 잠 사이의 비무장지대로 그녀를 내동댕이쳤다. 그녀는 밤새 어둡고 거친 숲 속에서 방황해야 했다. 그동안 어디에 숨어 있었는지 온갖 끔찍한 소리와 이미지가 봉인이 풀린 듯 제멋대로 튀어나와 머릿속을 헤집고 다녔다. 그 형상은 언제나 슬프고 무섭고 수치스러웠다. 그래서 깨고 나면 죽고 싶을 만큼 끔찍하고 더러운 기분에 사로잡혀 망연자실, 오랫동안 베개를 끌어안고 침대 구석에 웅크리고 있어야 했다.

●

플라스틱 의자 옆엔 담배꽁초가 몇 개 떨어져 있었다. 그리고 누군가 바닥에 침을 잔뜩 뱉어놓았다. 근처에 사는 학생들 짓인 것 같았다. 처음 담배를 배우면 입이 써 자주 침을 뱉게 마련이다.

연립주택 옥상은 여기저기 방수작업을 한 흔적과 사방에 뒤엉켜 있는 전선들로 지저분했지만 바로 아래층이 그녀의 집인 데다 계단

벽 뒤로 돌아가면 주민들 눈에 띨 염려가 없어 흡연을 즐기기엔 맞춤이었다. 게다가 누군가 낡은 플라스틱 의자까지 갖다놓아 느긋하게 앉아 뒷산의 풍경을 감상할 수도 있어 그녀가 지난봄부터 흡연 장소로 정해둔 터였다.

그녀는 몇 년째 담배를 끊으려고 애썼지만 번번이 실패했다. 그래서 단번에 끊는 걸 포기하고 차츰 담배를 멀리하는 중이었다. 처음엔 침대에서 피우는 걸 스스로 금지했고 다음엔 서재에서 담배를 몰아냈다. 그 뒤 한동안 베란다에서만 담배를 피우다 지난해부턴 아예 집 안에서 담배를 피우지 않기로 마음먹었다. 그렇게 건물 복도를 거쳐 종국엔 옥상까지 담배연기를 밀어냈지만 니코틴과 완전히 이별할 순 없었다.

쏴……

바람이 은사시나무 숲을 흔들고 가는 소리가 계곡의 물소리처럼 축축했다. 어스레한 스카이라인이 거대한 봉분처럼 북쪽 하늘에 걸쳐 있었고 그 위로 구름이 답답하게 내려앉아 있었다. 장마철이 가까워져오고 있었다. 의자에 기대앉아 뒷산을 바라보는 동안 눈꺼풀이 점점 더 무거워졌다. 다들 일을 하러 나간 대낮에 옥상에 올라가 혼자 담배를 피우는 여자가 있다는 걸 주민들은 알까? 피식, 헛웃음이 났다. 미친년……

그녀가 연립주택으로 이사를 온 것은 회사를 그만두고 아파트를 팔아 해외여행을 다녀온 뒤의 일이었다. 이십 년 가까이 다닌 회사를 그만둔다고 했을 땐 다들 만류했다. 그동안 그녀가 지키고 있던 자리가 너무나 굳건해 아무도 그녀가 없는 편집부를 생각할 수 없었다. 사장도 잔뜩 겁을 먹고 유럽여행이라도 잠깐 다녀오라며 보너스를 두둑이 챙겨주었다. 그렇게 시작된 해외여행은 일 년이 넘도록 끝나지 않아 경비를 충당하기 위해 전 재산이나 다름없는 아파트를 팔아야 했다.

그녀의 여행기는 불면의 기록이었다. 무수히 많은 곳을 돌아다녔지만 머릿속에 남아 있는 풍경은 거의 없었다. 그저 잠을 어디서 어떻게 잤느냐 하는 기억밖에 없었다. 아프리카에선 어느 곳을 막론하고 통 잠을 못 잤고 남미는 그나마 나았지만 하루 세 시간을 넘기진 못했다. 스위스는 다른 어떤 나라보다 잠이 잘 오는 나라였지만 물가가 너무 비싸 오래 머물 수 없었다. 이탈리아는 그보다 쌌지만 산맥을 하나 넘었을 뿐인데 이상하게 도통 잠을 이룰 수 없었다. 뉴질랜드는 잠이 잘 오는 나라여서 이례적으로 세 달간 머물기도 했다. 이 때문에 그녀는 자신의 몸이 극지방에 민감하게 반응하는 자성을 가진 게 아닌가 생각한 적도 있었다. 하지만 노르웨이에선 전혀 잠을 잘 수 없어 곧 그 생각도 잘못되었다는 걸 알게 되었다.

그녀의 편력은 잠잘 거처를 찾아다니는 여정이었지만 세상 어디에도 편히 잠들 수 있는 곳은 없었다. 일 년 넘게 세계를 떠도는 동안 몸무게가 팔 킬로그램이 빠졌다. 그녀는 심각한 기아의 상태가 되어 늘 수행자처럼 긴 옷으로 몸을 가린 채 자신에게 주어진 무의미한 고통에 대해 생각했다. 신은 왜 자신에게 잠을 허락하지 않는 걸까? 잠들지 않고 깨어 있음으로써 무엇을 얻고자 하는 것일까? 자신에게만 주어진 특별한 소명이 있는 걸까? 그 불면 뒤에 숨겨진 의미는 도

대체 뭘까? 고갱이 황색의 그리스도를 그렸다는 프랑스 퐁타방의 한 성당 안에서 그녀는 하염없이 울었다. 오체투지, 자신을 내려놓고 신에게 모든 걸 맡길 수 있는 삶은 얼마나 행복할까, 목이 메었다. 어떤 초월적 존재에 의지하고 싶은 강렬한 희원에 몸을 떨었다. 하지만 그런 종교적 욕구도 잠시뿐이었다. 그녀는 다시 광야로 내동댕이쳐졌고 얼마 뒤 한국으로 돌아왔다.

잃은 건 아파트만이 아니었다. 여행을 끝내고 돌아온 지 석 달이 지나도록 출판사에선 복직에 대한 언급이 없었다. 그녀가 없으면 당장 회사가 문을 닫을 것처럼 호들갑을 떨던 사장도 여러 구차한 핑계로 차일피일 결정을 미뤘다. 회사는 그녀의 부재에도 불구하고 아무 일 없이 잘만 돌아가고 있었다. 결국 그녀는 메이저 출판사 편집장에서 프리랜서 출판기획자로 물러나 앉았다. 주로 가벼운 에세이류의 책을 만드는 일이었다. 출근을 하지 않아 심간은 편해졌지만 소득은 줄어들었다.

긴 여행을 통해 얻은 것도 있었다. 언제부턴가 지독한 불면을 자신에게 주어진 삶의 조건으로 받아들이게 된 거였다. 완전한 체념이었다. 더는 애면글면 잠을 이루려고 애쓰지 않았고 체내에 중금속이 축적되듯 피로가 쌓여 당장 쓰러질 것 같아도 울지 않았다. 다만 깊고 달콤한 잠에 대한 갈망과 아득한 상실감만이 그녀의 깡마른 몸에 선명하게 남아 있었다. 그렇게 불면을 껴안고 어두운 방 안에서 뒤척거리는 동안 그녀가 탄 비행기는 서서히 랜딩을 준비하고 있었다. 어느새 오십이 코앞에 다가와 있었던 것이다.

선뜩한 기운에 눈을 떴다. 바람이 불고 있었다. 의자에 앉아 담배를 피우다 깜박 잠이 든 모양이었다. 얼마나 잤을까? 짧지만 오랜만에 맛보는 달콤한 순간이었다. 뒤를 돌아보니 남쪽 들판에서 소나기가 몰려오고 있었다. 이어 마른 뺨에 간간이 빗방울이 부딪쳤다. 하지만 그녀는 나른한 잠의 뒤끝을 놓치고 싶지 않아 그대로 의자에 앉아 있었다.

순식간에 사방이 어두워지고 옥상 바닥에 점점이 빗방울이 떨어지기 시작했다. 거센 바람에 머리카락이 휘날리고 조금씩 굵어지는 빗줄기에 옷이 젖어가고 있었지만, 그녀는 꿈쩍도 않고 앉아 비바람에 휘감긴 은사시나무 숲을 바라보았다. 그리고 문득 비와 천적을 피해 작은 눈을 끔벅이며 축축한 바위틈에 숨어 있을 우울한 파충류들을 떠올렸다.

그날, 옥상에 앉아 비를 맞던 그녀가 파충류를 떠올린 건 얼마 전 함께 술을 마셨던 한 소설가와의 대화 때문이었을 것이다. 술에 취한 그녀가 자포자기의 심정으로 자신의 귀에서 들리던 끔찍한 소리와 끝을 알 수 없는 비무장지대에 대해, 그리고 하루에 두 시간밖에 잘 수 없는 불면에 대해 털어놓자 그는 난데없이 파충류 얘기를 꺼냈다.

지금 지구는 포유류의 시대지만 오래전 파충류는 인류보다 훨씬 더 오랫동안 이 땅의 지배자였지요. 수경 씨 머릿속에서 들리던 정체를 알 수 없는 소리는 아마도 그 파충류가 울부짖는 소리였을 겁니다.

도대체 이 작자가 무슨 궤변을 늘어놓으려는 거지? 그녀는 취한 눈으로 머리가 희끗해져가는 소설가를 바라보았다. 젊은 시절, 독특하고 신선한 필치로 주목받던 그는 문학상을 받을 만큼 받고 나자 차츰 세상의 관심으로부터 멀어져 뭔가 시들해진 느낌으로 오십 대를 맞고 있었다.

우리 뇌가 세 개의 겹으로 둘러싸여 있다는 건 알고 있죠? 인간의 뇌라고 불리는 대뇌피질과 포유류의 뇌인 변연계, 그리고 파충류의 뇌라고 하는 뇌간이 바로 그것인데, 뇌간은 기억이나 학습을 관장하는 대뇌피질이나 감정을 다스리는 변연계와 달리 저 밑바닥에서 조용히 생명을 유지하는 데 필요한 활동을 하고 있죠. 까마득한 옛날 파충류의 본능을 간직한 채 말입니다. 그런데 뭔가 수경 씨의 자율신경에 이상이 생겨 무의식의 빗장이 풀려버린 겁니다. 뇌간 깊숙한 곳에 잠들어 있던 파충류의 기억을 일깨운 거죠. 그래서 잠에서 깨고 나면 그렇게 무섭고 끔찍한 기분이 들었던 겁니다.

파충류의 기억이요?

그래요. 파충류의 삶이 어땠을지 한번 상상해보세요. 지금 인류처럼 평화롭고 조화로운 생태계를 이루고 있었을까요? 요즘 같은 질서와 안전이 보장됐을까요? 절대 그럴 리가 없었겠죠. 사방에선 천적이 날뛰어 늘 죽음이 코앞에 와 있고 먹이는 너무 빨라 굶주림은 일상이 되었을 겁니다. 변화무쌍한 기후도 엄청난 위협이었을 테고요. 그래서 목숨을 부지하는 것만이 유일한 목표였지만 그 목표는 언제나 실패로 끝나고 말았겠죠. 장담컨대 죽음은 언제나 천적에 의한 살해나 사고의 형태였을 겁니다. 운이 좋은 몇몇 파충류들만이 자손을 남겼을 테고. 그런 처절한 생멸의 역사가 무려 일억오천만 년이 넘습니다. 그러니 우리의 뇌간 속에 그 기억이 남아 있을 수밖에 없지 않겠습니까?

공룡이 멸종한 게 언제인데 어떻게 우리 기억에 남아 있다는 거예요?

그의 엉뚱한 비약에 짜증이 난 그녀가 따지듯 물었다.

태초에 생명이 진흙에 숨을 불어넣어 시작됐든 우주에서 날아온 먼지가 아미노산과 결합해 생성됐든 우리는 분명 그 생명과 연결되어 있습니다. 그동안 개체의 죽음은 수없이 반복됐지만 각 개체는 자신의 삶을 유전자에 기록으로 남겨 후세에 전해줬고 죽음을 통한 끝없는 갱신과 진화를 통해 여기까지 온 거죠. 그러니까 우리는 각자 고립된 개체도 아니고 백 년도 못 사는 유한한 존재도 아닙니다. 우리는 기나긴 지구 역사 속에서 하나로 연결된, 수억, 수천 년간 이어져온 불멸의 생명체입니다.

갈수록 태산이었다. 하지만 그의 목소리엔 애써 감정을 삼가는 차분함 가운데 신앙고백처럼 엄숙한 기운이 서려 있었다. 그래서 더는 그의 의견에 반박할 기분이 아니었다.

그럼 선생님도 그런 경험이 있으세요? 미처 잠으로 넘어가지 못한 가수면의 상태에서 온갖 끔찍한 소리와 이미지에 시달리는 그런 경험 말이에요.

난 잘 때마다 티라노사우루스에게 잡아먹히는 꿈을 꿔요. 내 뇌간 속엔 초식공룡의 기억이 남아 있나 봐요.

두 사람은 함께 웃었지만 당시 그녀는 그의 말을 귀담아듣지 않았다. 그저 요즘 그가 공상과학이나 판타지에 빠진 게 아닌가 의심했다. 아니면 한물간 작가가 술자리 안주 삼아 늘어놓는 부질없는 궤변이거나. 그런데 그날 비에 젖은 숲을 바라보며 그녀는 엉뚱하게도 소설가가 들려주었던 파충류에 대한 이야기가 떠올랐다. 과연 그의 말대로 단단한 막에 둘러싸여 있던 파충류의 봉인된 기억이 잘못 풀려난 걸까? 그래서 마치 달밤에 관뚜껑을 열고 나온 흡혈귀처럼 제멋대로 날뛰는 걸까? 파충류들이 숨어 있을 은사시나무 숲은 어둑신한 형상으로 비를 맞으며 그녀가 살고 있는 가난한 연립주택 단지를 묵묵히 굽어보고 있었다. 사방에 빗소리가 요란했다. 그녀의 옷은 비에 흠뻑 젖은 채 바람에 나부꼈다. 그런데도 그녀는 꿈쩍 않고 앉아 맞은편 숲을 노려보았다. 마치 그곳에 불면의 해답이라도 있다는 듯.

●

사내아이의 이마엔 커다란 혹이 나 있었다. 애써 앞머리를 내려 가려보려고 했지만 이마 한가운데 있는 시퍼런 멍을 가리기엔 머리가 너무 짧았다. 그녀는 담배를 피우며 아이 쪽을 힐끗거렸다. 중학교에 다닌다는 옆집 아이는 시선을 의식한 듯 자꾸만 고개를 돌렸다. 오래전, 그녀가 낙태를 하지 않았다면 비슷한 또래의 아이가 있었을 터이지만 그 애는 세상에 나올 수 없는 아이였다.

알고 보니 범인이 너였구나.

그녀는 담배연기를 내뿜으며 무심하게 중얼거렸다.

뭐가요?

아이가 고개를 들어 쳐다보았다. 눈빛이 외로웠다. 너무 외로워서 절망적인 기분이 들 정도였다. 도대체 얼마나 세게 머리를 부딪쳐야 저렇게 커다란 멍이 생기는 걸까? 그리고 저렇게 자해를 해서라도 잊고 싶은 고통은 뭘까? 차마 눈길을 부딪칠 수 없어 그녀가 먼저 고개를 돌렸다.

한밤중에 이상한 소리가 나서 난 누가 벽에 못을 박나 보다 했거든.

그제야 아이는 무슨 말인지 알아듣고 고개를 숙였다.

난 밤에 잠을 거의 못 자는 편이야. 그래서 잠귀가 밝아.

담배를 피우러 옥상에 올라왔을 때, 그녀는 먼저 의자를 차지하고 앉아 담배를 피우고 있던 소년을 발견했다. 몇 번 얼굴을 마주친 적이 있는 옆집 학생이었다. 그녀는 황급히 담뱃불을 끄고 도망가려는 아이를 불러세웠다. 담배를 피워도 괜찮으니 굳이 도망갈 필요 없다고, 혼자 심심했는데 같이 피우자고 했다. 그는 별 이상한 어른을 다 보겠다는 듯 잠시 어리둥절한 눈으로 쳐다보다 생각하기도 귀찮다는 몸짓으로 바닥에 털썩 주저앉았다.

근데 엄마한테 이르지 않을 거죠?

담배를 피우던 아이는 바닥에 퉤, 침을 뱉으며 물었다. 아무래도 어른은 믿지 못할 존재라고 생각하는 모양이었다. 그래도 의자를 양보한 걸 보면 아무 생각이 없지는 않아 보였다.

걱정 마, 내가 왜 쓸데없이 남의 집에 분란을 일으키겠니?

그녀는 빙그레 웃어 보였다.

근데 그거 엄마 담배니?

아이가 들고 있는 담뱃갑을 가리키자 그는 어떻게 알았느냐는 얼굴로 쳐다보았다. 소년의 엄마와는 계단참에서 여러 번 마주친 적이 있었다. 그녀는 오래전 이혼하고 사내아이와 단둘이 살고 있다고, 물어보지도 않은 얘기를 털어놓았다. 지어낸 듯한 말투와 또래 여자답지 않은 대담한 옷차림으로 미루어보아 유흥업에 종사하는 듯했다.

원래 남자들은 멘솔을 잘 안 피우거든.

그녀의 말에 아이는 새삼 자신이 들고 있는 담뱃갑을 쳐다보았다. 앞으로 더는 멘솔을 피우지 않을 것 같은 눈치였다.

왜 그랬는지 물어봐도 되니?

그녀가 조심스럽게 눈치를 살피며 물었다.

뭐가요?

아이는 공격적인 눈빛으로 힐끗 그녀를 올려다보았다. 사랑을 받지 못한 존재들의 밑바닥엔 언제나 분노가 똬리를 틀고 있게 마련이었다.

그러니까 왜 머리를 벽에……?

그냥요.

그냥 왜?

그냥 다 짜증나서요.

소년은 맞은편 숲 쪽으로 눈길을 돌렸다. 그녀의 질문조차 다 짜증난다는 뉘앙스였다. 이에 그녀는 입을 다물고 아이와 함께 은사시나무 숲을 바라보았다. 사람들은 저마다 십자가를 하나씩 지고 있다. 아이의 십자가가 자신이 지고 있는 십자가보다 결코 가벼울 거라는 생각은 들지 않았다. 소년의 나이였을 때 적어도 그녀의 눈빛에선 그런 서늘한 절망과 외로움은 없었을 테니까.

그런데 아줌마는 왜 잠을 못 자요?

잠깐의 침묵이 무료했는지 소년이 그녀에게 호기심을 보였다.

글쎄······

아이의 물음에 한숨부터 나왔다.

아마도 파충류 때문이 아닐까?

파충류요? 뱀 같은 거 말이에요?

소년이 놀란 눈으로 쳐다보았다. 뱀? 그래, 악어와 함께 지구에 외롭게 남아 차가운 땅바닥에 배를 끌고 다니는 파충류의 후손들······

몰라, 그냥 잠을 잘 수가 없어. 그 이유를 몇 년째 찾고 있는데 아직 못 찾았어.

그녀는 아이에게 파충류에 대한 이야기를 길게 설명할 자신이 없었다.

잠이 안 올 때 저는 갈매기 소리를 들어요.

갈매기? 여기 갈매기가 있어?

그녀가 고개를 두리번거리며 물었다.

그게 아니고······

아이는 주머니에서 휴대폰을 꺼냈다. 그리고 잠깐 뭔가를 조작하더니 그녀의 귀 가까이 대주었다.

끼룩, 끼룩, 끼룩, 끼룩······

과연 휴대폰에선 갈매기 소리가 들렸다. 실제 바닷가에 온 듯 자연스러운 소리였다.

이걸 네가 직접 녹음한 거니?

아뇨, 이런 앱이 있어요. 잠잘 때 틀어놓는. 아줌마도 다운 받아서 한번 들어보세요.

그렇구나. 그런데 왠지 갈매기 소리는 너무 처량해서 잠이 더 안 올 것 같다.

그럼, 다른 소리도 많아요. 빗소리, 바람 소리, 파도 소리……

소년은 옥상에 앉아 여러 가지 다양한 소리를 들려주었다. 계곡의 물소리, 장작 타는 소리, 공원의 아침 지저귀는 참새 소리……

●

후두둑, 창문에 빗방울 부딪치는 소리가 방 안에 가득했다. 실제 비 내리는 소리는 아니었다. 얼마 전, 옆집 아이가 가르쳐준 앱에서 들리는 소리였다. 그녀가 선택한 소리는 '빗발치는 창문'이었다. 그녀는 어둠 속에서 빗소리를 들으며 팬티 속에 손을 넣었다. 그녀의 여성은 불면과 함께 오랫동안 깡마른 불두덩 아래 잠들어 있었다. 그래서였을까? 넓지도 않은 팬티 안을 한참 더듬었는데도 남의 몸인 듯 클리토리스가 손가락에 짚이지 않았다. 가뜩이나 퇴화한 기관이 이젠 아예 사라져버린 걸까?

한동안 자위에 몰두한 적이 있었다. 순전히 잠을 자기 위해서였다. 팽팽한 절정의 긴장 뒤에 찾아오는 나른한 만족감이 그녀를 몇 번 잠으로 데려다준 적이 있었다. 하지만 섹스와 수면을 연결하려는 처절한 시도는 대개 실패로 끝났다. 절정은 인색한 행운처럼 드물게 찾아왔고 잠은 그보다도 더 인색했다. 그런데도 그녀는 자주 자위를 시도했다. 매번 실패로 끝날 걸 알면서도 혹시 그녀를 다시 잠으로 데려다주지 않을까 하는 간절한 기대 때문이었다.

그녀는 겨우 찾아낸 클리토리스를 필사적으로 문질렀다. 하지만 좀처럼 집중이 되지 않았다. 절정에 도달하는 건 깊은 잠을 자는 것만큼이나 절망적이었다. 팔이 아프도록 움직였지만 방 안이 온통 물에 잠긴 듯 축축한 기분에 불똥조차 튀지 않았다. 참담한 기분에 눈물이 날 것 같았다. 그녀는 머리맡에 있던 휴대폰을 들어 벽에 힘껏 집어던졌다. 삽시간에 빗소리가 사라졌다.

●

영업부장이 오피스텔에서 목을 매 자살했다는 소식을 들었을 때 그녀는 그것이 파충류가 울부짖는 소리만큼이나 낯설고 혼란스러웠다. 도대체 멀쩡하던 그가 왜? 며칠째 아무런 연락도 없이 그가 회사에 나오지 않자 출판사 부하직원이 오피스텔로 직접 찾아간 모양이었다. 관리실 직원의 도움으로 문을 열었을 때 부하직원은 지옥을 보았다고 했다.

오피스텔 한가운데엔 침대도 없이 매트리스 하나만 달랑 놓여 있었는데 그 위에는 토한 자국이 그대로 남아 있었고 바닥엔 빈 술병이 가득 차 있어 발 디딜 틈조차 없었다. 족히 수백 병은 될 거라고 했다. 장마철의 오피스텔은 부장의 시신과 함께 모든 게 부패하고 있어 코를 싸쥘 만큼 악취가 심했다. 한 번도 청소를 한 흔적이 없었고 음식을 해먹은 흔적도 없었다. 냉장고엔 빈 생수병만 한 병 달랑 남아 있었다. 그리고 다량의 수면제와 비타민 한 상자가 발견되었다.

부장도 여전히 불면에 시달렸던 걸까? 그래서 그렇게 죽어라고 술을 퍼마신 걸까? 그녀는 얼마 전 만났던 그의 넉살 좋은 얼굴이 떠올랐다. 파충류의 기억이 어쩌니 하며 궤변을 늘어놓던 소설가의 낭독 행사 뒤풀이 때였다. 부장은 여전히 쾌활했고 시쳇말로 빵빵 터지는 농담을 연달아 터뜨렸다.

뒤풀이가 끝난 뒤 부장은 맥주나 한잔 더 하자며 그녀를 붙잡았다. 여느 때 같으면 빨리 들어가라며 등짝이나 한 대 때려주었을 텐데 그날은 왠지 거절하면 안 될 것 같은 느낌이 들었다. 그래서 함께 호프집으로 자리를 옮겼는데, 막상 맥주잔을 앞에 놓고 앉자 그는 뒤풀이에서 힘을 너무 많이 썼는지 어딘가 맥 빠진 얼굴이었다.

요즘 잠은 잘 자?

여전하죠, 뭐.

부장은 말없이 고개를 끄덕이다 맥주를 벌컥벌컥 들이켠 뒤, 지나가는 말처럼 툭 내뱉었다.

수경 씨, 나 회사 사표 낼 테니까 우리 어디 같이 여행이나 갈까?

뜻밖의 말에 놀라 쳐다보니 부장은 빙그레 웃고 있었다. 농담인지 진담인지 모를 모호한 표정이었다.

여행? 어딜 가려고요?

뭐, 보라카이도 좋고 푸껫도 좋고, 아무 데나 해변이 있는 데 가서 조용히 쉬다 오지, 뭐. 생각해보니까 출판 밥 삼십 년 동안 마음 놓고 제대로 한번 쉬어본 적이 없더라고.

그는 출판 쪽 일을 한 지 이십 년이 조금 넘었는데도 늘 입버릇처럼 출판 밥 삼십 년이라고 우겼다. 그녀는 피식 웃으며 말을 돌렸다.

　여행은 다닐 만큼 다녔어요. 그런데 어딜 가도 맘 편히 잠잘 데가 없더라고요.

　에이, 그거야 옆에 남자가 없으니까 그렇지. 나랑 같이 가면 다를 걸.

　글쎄요, 그럴까요?

　그녀가 대꾸할 힘도 없다는 듯 희미하게 웃어 보이자, 그도 금세 맥 빠진 표정으로 길게 한숨을 내쉬었다.

　그래, 나도 어디 아는 사람 하나 없는 데 가서 며칠 동안 잠만 자다 와도 좋겠다. 덥지도 춥지도 않은 조용한 빌라 같은 데서 빳빳하게 풀 먹인 시트에 몸을 감고, 방해하지 마시오, 표찰을 문 앞에 걸어놓고, 휴대폰도 꺼놓고 술도 안 마시고, 꿈도 없이 저 밑바닥으로 내려가서, 어린애처럼 베개에 침을 질질 흘리면서 그렇게 정신없이……

　시를 낭송하듯 운율이 실린 그의 목소리엔 어딘가 안쓰럽고 애절한 구석이 있어 그녀는 그간 애써 잊고 있던, 그래서 이제는 아득한 추억이 된 달콤한 잠에 대한 갈망이 되살아났다. 두려움도 죄의식도 없는, 숲 속처럼 고요하고 무덤처럼 깊은 잠, 그녀는 행복한 잠이 있던 시절로 다시는 돌아갈 수 없다는 상실감에 눈물이 날 것 같았다. 그래서 하마터면 그에게 같이 여행을 떠나자고 말할 뻔했다.

　그때 부장이 표정을 바꾸며 새삼 특유의 명랑한 어조로 너스레를 떨기 시작했다. 그런 궁상맞은 태도는 자신과 어울리지 않는다는 투였다.

그리고 사실 난 이제 더 이상 비아그라를 안 먹어도 돼.

그건 또 왜요?

대신 이걸 먹고 있거든.

그는 주섬주섬 주머니에서 캡슐에 든 약을 꺼내 보였다.

그게 뭐예요?

비타민 C.

비타민 C가 언제부터 발기부전 치료제로 쓰인 거죠?

그러자 그는 의기양양한 표정으로 요즘 유행한다는 고용량 비타
민 요법에 대해 장광설을 늘어놓았다. 한마디로 비타민 C를 하루 권
장량의 오십 배에서 백 배를 먹는다는 엽기적인 요법이었다.

그렇게 먹으면 뭐가 좋아요?

여러 가지 좋은 점이 있지. 피로도 못 느끼고 변비도 없어지고 발
기력도 좋아지고 항산화 작용에 면역기능 강화 등등 여러 가지 효과
가 있지만 무엇보다 좋은 점은 암에 걸리지 않는다는 거야.

비타민 C를 안 먹더라도 보통 사람이 암에 걸릴 확률이 얼마나 있
겠어요?

단 0.1%의 확률이라도 자신은 암에 걸리지 않는다고 생각해봐.
마음이 든든하지 않겠어? 방탄복을 입은 것처럼. 그러니까 수경 씨
도 앞으로 비타민을 한번 먹어봐.

방탄복도 좋지만 뭐가 됐든 하루에 약을 여덟 알씩 먹어야 한다는
게 끔찍하네요. 지금도 이것저것 먹는 약이 한두 가지가 아닌데……

글쎄, 이건 약이 아니라 그냥 비타민이라니까.

●

이제 십 리쯤 왔을까? 그녀는 반대편으로 돌아눕는다. 천 리를 가야 하는 길에서 겨우 몇 걸음 뗀 기분이다. 불면증 환자에게 시간은 무한히 이어진 하나의 선일 뿐, 아무런 막이 없다. 어두운 독방과도 같은 불면의 밤이 지나면 녹초가 된 채 온종일 책상 앞에 앉아 충혈된 눈으로 원고를 들여다봐야 하는 낮이 찾아온다. 휴식도, 갱신도, 단절의 순간도 없는 형벌의 시간이 황도를 따라 끝없이 흘러간다.

그때 미친 척, 부장과 함께 여행을 떠났으면 그가 생에 대한 희망의 끈을 좀 더 길게 이어갈 수 있었을까? 여행을 가자는 제안은 술자리 농담으로 끝나고 말았지만 그녀는 어쩌면 그가 진심으로 자신을 좋아한 게 아닐까 생각했다. 그런데 그는 어떻게 그 지옥 같은 내면을 감춘 채 날마다 하얀 와이셔츠를 갈아입고 웃으면서 출근을 할 수 있었을까, 섬뜩했다. 게다가 그 많은 비타민은 도대체 무엇을 위한 것이었는지!

후두둑.
창문에 빗방울 부딪치는 소리가 들렸다. 그녀는 머리맡을 더듬어 휴대폰을 찾았다. 앱을 종료하려고 화면을 켜자 앱은 이미 꺼져 있었다. 알고 보니 창밖에 실제로 비가 내리고 있었다. 그녀는 깨질 듯 쑤시는 몸을 간신히 일으켜 담배를 찾아 들고 옥상으로 올라갔다.
은사시나무 숲은 거센 빗줄기에 가려 하늘과의 경계가 희미했다. 드디어 본격적인 장마가 시작된 모양이었다. 계단참까지 비가 들이

쳐 그녀는 구석으로 물러나 겨우 담배를 피울 수 있었다. 담배를 한 모금 빨아들이자 맵싸한 독기가 입안에 머물렀다가 폐 깊숙이 스며들었다. 그녀의 삶에서 아침에 피우는 담배보다 더 좋은 것은 없다. 그보다 더 좋은 것들은 이미 오래전에 다 지나가버렸다.

담배를 피우는 그녀의 눈에 뭔가 희끗한 물체가 움직이는 게 들어왔다. 옥상 난간 끝이었다. 바닥을 꿰뚫을 듯 맹렬하게 쏟아지는 빗줄기 때문에 시야가 흐려 눈을 잔뜩 찌푸렸다. 옥상 난간에 누군가 비를 맞고 앉아 있었다. 옆집 아이였다. 저 아이는 왜 이른 새벽에 비를 맞으며 난간에 앉아 있는 걸까? 거센 바람에 아이의 몸이 날아갈 듯 위태로워 보였다. 그러다 그의 의도가 무엇인지를 깨닫고는 퍼뜩, 정신이 들었다.

그녀는 담배를 내던지고 무작정 옥상으로 뛰어나갔다. 거센 비바람에 몸이 휘청거렸다. 세 발짝도 떼기 전에 온몸이 비에 젖어 얇은 슬립 위로 수수깡처럼 마른 몸이 드러났다. 뭐라고 소리를 지르고 싶었지만 누군가 목덜미를 틀어쥔 듯 소리가 나오지 않았다. 빗방울이 얼굴을 때려 눈을 뜨는 것조차 어려웠다. 그저 빗속을 허우적거리며 아이를 향해 다가갔다. 그는 난간에 앉아 다리를 밑으로 늘어뜨린 채 아래를 내려다보고 있었다. 바닥은 화단도 없는 단단한 시멘트 보도블록이었다. 사 층 높이에서 떨어지면 살 수 있을까? 아이가 손바닥으로 난간을 짚고 엉덩이를 떼었다. 막 밑으로 몸을 날리려는 참이었다. 안 돼! 그녀는 아이를 향해 손을 뻗었다. 덥석, 등 뒤에서 허리를 껴안았다. 그리고 두 사람은 함께 옥상 바닥으로 나뒹굴었다. 팔뚝이 시멘트 바닥에 부딪히며 구멍이 숭숭 뚫린 뼈가 힘없이 부러졌다. 비명이 터져나왔다. 그래도 아이의 허리를 놓지 않았다.

죽지 마, 제발 부탁이야!

그녀는 마음속으로 외치며 부러진 팔로 아이의 어깨를 힘껏 끌어안았다. 삼십팔 킬로그램의 여자가 한 생명을 필사적으로 붙들고 있었다. 흠뻑 젖은 소년의 몸은 파충류처럼 차가웠다. 하지만 가슴을 뚫고 튀어나올 것처럼 심장이 거세게 팔딱거리고 있었다. 수억, 수천만 년간 박동을 멈추지 않은 심장이었다.

●

몸이 소금 한 알갱이만큼 작아진다면 그땐 잠을 잘 수 있을까? 얼마 전, 과학 에세이집을 낸 한 대학교수의 말에 의하면 원자 내부는 텅 비어 있어 핵만 남기고 빈 공간을 모두 제거하면 사람을 소금 한 알갱이의 크기로 줄일 수 있다고 했다. 그때 그녀는 엉뚱하게도 자신의 몸이 소금 알갱이로 변해 바다에 가라앉는 상상을 했었다. 소금은 눈 깜짝할 새에 녹아 수초들 사이를 미끄러지듯 빠져나가며 깊고 푸른 바닷속에서 흔적도 없이 사라질 테지. 그렇게 사라지고 나서도 무언가 남는 게 있는 걸까?

소년을 옥상에서 데리고 내려와 옆집 벨을 눌렀을 때, 잠에서 깬 옆집 여자는 비에 흠뻑 젖은 두 사람을 보고 놀라 어리둥절한 표정을 지었다. 그녀는 말없이 아이의 등을 엄마 앞으로 떠밀었다.

빗방울이 쉴 새 없이 창문을 두드렸다. 부러진 팔이 퉁퉁 부어올라

신음이 절로 흘러나왔다. 당장 치료를 받아야 했지만 병원이고 뭐고 아무 생각도 나지 않았다. 그저 침대에 누워 쉬고 싶었다. 팔이 부러져 옆으로 돌아누울 수도 없었다. 그래도 아이는 죽지 않았다. 다행이었다. 끙끙 신음을 내며 그녀는 매일 옥상에 올라가 아이가 뛰어내리지 않도록 감시해야겠다고 마음먹었다. 눈을 감은 채, 자신의 결심을 주문처럼 자꾸만 되뇌는 동안 그녀는 물속에서 소금이 녹듯 스르르 잠이 들었다.

조해진
빛의 호위

1976년 서울에서 태어나 2004년 《문예중앙》 신인문학상 당선으로 등단했다. 소설집 《천사들의 도시》와 장편소설
《한없이 멋진 꿈에》《로기완을 만났다》《아무도 보지 못한 숲》이 있다. 신동엽문학상을 받았다.

●

입국 심사대로 이어지는 낯선 공항의 북적이는 통로에서 나는 문득 걸음을 멈추고 주위를 둘러봤다. 눈 내리는 둥글고 투명한 세계를 부드럽게 감싸주던 그 멜로디가 또다시 귓가에서 되살아나고 있었다. 갑작스러운 악천후로 비행기들이 연착되는 바람에 저마다의 스케줄에 차질이 생긴 사람들은 통행에 방해가 되는 나를 거칠게 밀치며 지나갔다. 통유리 너머로는 눈이 쌓여가는 뉴욕국제공항의 어두운 활주로와 창문마다 희미한 불빛이 어른거리는 비행기들이 보였다. 눈이 내리고 있었구나. 그제야 알게 됐다는 듯 나는 나직이 중얼거렸다. 그 순간 내 귀에만 들리는 멜로디의 볼륨이 한 단계 더 올라가는 듯했다. 권은을 다시 만난 이후로, 아니 녹슬고 찌그러진 현관문 안의 풍경을 기억의 영역에 고스란히 복원하게 되면서부터, 그 멜로디는 그렇게 종종 긴 세월을 통과하여 내가 서 있는 곳으로 흘러들어오곤 했다. 그럴 때 내가 할 수 있는 거라곤 그 멜로디가 울려 퍼지는 세계 안쪽을 가만히 들여다보는 것 외엔 아무것도 없었다. 그 세계는 부엌과 화장실이 딸려 있지 않은 작고 추운 방일 때도 있었고 일요일의 눈 쌓인 운동장일 때도 있었으며, 가끔은 약품 냄새가 진하게 밴 병실일 때도 있었다. 그리고 그 세계에 사는 주민은, 언제나 권은 한 사람뿐이었다.

　일 년 전, 일산에 위치한 북카페에서 이십여 년 만에 권은과 재회했을 때 나는 사실 그녀를 기억하지 못했다. 파주에 살고 있다는 권은을 만나기 위해 일산까지 가게 된 건 오로지 인터뷰를 위해서였다. 그 무렵 신문사와 연계된 시사 잡지사에서 기자로 있던 나는 문화계를 이끌어갈 신진들을 인터뷰하는 코너도 하나 맡고 있었는데, 주로 분쟁지역에서 보도사진을 찍는 젊은 사진작가 권은이 바로 그 주의 인터뷰였던 것이다. 그날 그녀가 내게 들려준 이야기는 대부분 인상적이었고 사뭇 감동적인 면도 있었다. 친구가 준 필름 카메라를 접하면서 사진에 입문했다는 이야기는 흥미로웠고, 분쟁지역에서의 생사를 넘나드는 에피소드들에는 하나같이 그녀의 절박한 열정이 그대로 투영되어 있었다.

　인터뷰가 끝나갈 쯤, 북카페 창밖으로 굵은 눈송이가 날리는 게 보였다. 금방 그칠 눈 같지는 않네. 인터뷰 원고를 저장하며 혼잣말을 하는 내게 권은이 작은 목소리로 이렇게 말했다. 태엽이 멈추면 멜로디도 끝나고 눈도 그치겠죠. 보통의 사람들이 구사하지 않는 그녀의 표현이 재미있어서 수수께끼냐고 장난스럽게 물었지만 권은은 말없이 웃기만 할 뿐, 더 이상 아무 말도 하지 않았다. 인터뷰를 마무리하고서 북카페를 나온 우리는 신호등 앞에서 헐거운 악수를 나눈 뒤 헤어졌다. 몇 발자국 걷다가 무심결에 뒤를 돌아봤을 때, 고개를 숙인 채 가만히 눈을 맞고 있는 권은의 옆모습이 보였다. 눈발이 제법 거세지고 있었는데도 그녀는 좀처럼 움직이지 않았다: 다가가 우산이라도 씌워주고 싶다는 생각을 잠깐 했지만 같은 우산 아래 있는 동안 우리를 둘러쌀 침묵이 부담스러웠다. 나는 이내 지하철역 쪽으로 걸음을 돌렸고 권은 쪽을 다시 돌아보지 않았다.

돌이켜보면 그 만남에서 그녀가 내게 한 이야기들, 가령 사진에 빠져들었던 계기며 태엽과 멜로디에 대한 언급은 일종의 힌트들이기도 했다. 심지어 차가운 눈 속에서 꿈쩍도 않고 서 있던 그 모습도 나에게는 하나의 기호였는지도 모른다. 하지만 그날 그녀가 내게 건네고 싶었던 것이 잊고 있던 지나간 시절을 열어줄 열쇠와도 같은 것이었음을, 그때 나는 짐작조차 하지 못했다.

감각은 왔던 순서대로 떠났다. 멜로디가 옅어지면서 우리가 나누었던 대화도 지워져갔고 권은이 서 있던 거리 풍경도 점점이 뒤로 물러났다. 남은 건 아스팔트 바닥에, 권은의 코트깃에, 그리고 그녀의 신발 위에 내려앉던 하얀 눈송이뿐이었다. 정신을 차리고 다시 고개를 들었을 때, 그 눈송이는 공항의 통유리 너머에서 나부끼는 눈발 속으로 금세 스며들었다.

공항을 빠져나가 버스를 타고 맨해튼 시내에 도착한 건 밤 열한 시가 다 되어서였다. 밤의 네온사인은 눈이 부셨고 원색의 광고판은 끝도 없이 이어졌지만, 출구 없는 미로에 내던져진 듯 대도시 한복판에서 나는 자주 방향감각을 상실했다. 예약해놓은 호텔을 찾아가는 동안, 이 휘황한 도시가 누군가의 꿈속은 아닌가, 하는 생각은 점점 더 견고해졌다. 그러니까 작고 추운 방에 혼자 앉아 스노우볼의 태엽을 감고 또 감으며 눈 내리는 세계에 빠져 있다가 눈물 한 방울 흘릴 새도 없이 급하게 잠이 들곤 했던 어떤 외로운 소녀의 꿈. 그런데 이 꿈속은 어째서 이토록 추운 것인가.

●

일산에서의 인터뷰 이후 권은을 다시 만나게 된 건, 아마도 스노우
볼 때문이었을 것이다. 인터뷰 기사를 잘 봤다는 그녀의 전화를 받
기 전, 나는 조카의 크리스마스선물을 사러 대형마트 아동 코너에
갔다가 스노우볼을 발견하게 됐는데 그 사물에는 권은의 수수께끼
를 풀어줄 단서들이 모두 들어 있었다. 조카의 선물을 골라야 한다
는 것도 까맣게 잊은 채 태엽이 돌아가는 동안 멜로디가 흐르고 눈
이 내리는 그 둥글고 투명한 세계를 나는 한참 동안 넋 놓고 바라봤
다. 갈 곳이 없다는 듯 하염없이 눈을 맞으며 우두커니 서 있던 권은
이 그 세계 안에 있었다. 그제야 나는, 그날 거리에서 본 그녀의 모습
이 오랫동안 내 마음의 한 부분을 차지하고 있었다는 것을 느끼게
깨달았다. 의례적인 감사의 전화를 걸어온 권은에게 술이나 한잔 하
자는 제안을 한 건, 그러니 스노우볼 때문이었다고밖에는 설명할 수
가 없다. 나는 그때껏 인터뷰를 통해 알게 된 사람을 사적으로 다시
만난 적이 한 번도 없었고 그런 필요성을 느껴본 적도 없었다. 권은
과의 두 번째 만남이 없었다면, 그래서 헬게 한센의 〈사람, 사람들〉
에 대해 듣지 않았다면, 어쩌면 나는 평생 그녀가 누구인지 모른 채
살았을지도 모르겠다.

지금의 나는, 아무것도 후회하지 않는다.

아마 크리스마스가 지난 어느 날이었을 것이다. 서울의 연말 분위

기는 절정에 달해 있었고 어디를 가나 사람들이 많았다. 잡지사가 위치해 있는 을지로 지하철역에서 만난 우리는 그 근처 술집으로 자리를 옮겼다. 맥주와 간단한 안주가 나오자 권은은 뜻밖의 소식을 전했다. 일주일 후 보도사진을 찍으러 목사와 선교사로 이루어진 봉사단체를 따라 시리아의 난민캠프를 방문할 거라는 얘기였다. 시리아는 내전 중인 국가였고 외국인을 인질로 납치하거나 부상을 입히는 것으로도 악명이 높았다. 걱정이 되는 건 사실이었지만 나는 다시 생각해보라거나 가지 않는 게 좋겠다는 말은 할 수 없었다. 그건 전적으로 권은의 일이었고, 잘 알지도 못하는 젊은 사진작가의 필모그래피가 내 간섭으로 바뀌는 상황은 껄끄러웠다. 카메라만 있다면 모든 위험을 충분히 피해갈 수 있다고 믿는 그녀의 순박한 열정을 내 멋대로 깎아내릴 수도 없었다. 게다가 그녀는 이미 적지 않은 분쟁지역을 다녀온 전문적인 사진작가였다.

그래서 어떤 사진을 찍을 계획인데요? 나는 괜히 맥주나 거푸 비우며 건성으로 그런 질문밖에 할 수 없었다. 사람을 찍어야죠. 그녀가 대답했다. 전쟁의 비극은 철로 된 무기나 무너진 건물이 아니라, 죽은 연인을 떠올리며 거울 앞에서 화장을 하는 젊은 여성의 젖은 눈동자 같은 데서 발견되어야 한다. 전쟁이 없었다면 당신이나 나만큼만 울었을 평범한 사람들이 전쟁 그 자체니까. 마치 준비라도 한 듯 유려한 문어체로 덧붙여 설명하는 그녀를 나는 어리둥절하게 건너다봤다. 내 표정이 너무 진지했는지 그녀는 이내 웃음을 터뜨리며 누군가의 말을 인용해서 대답한 것뿐이라고 이어 말했다. 헬게 한센이 한 말이죠. 헬게 한센? 그 사람이 누군데요? 내가 가장 좋아하는 사진기자예요. 분쟁지역을 다니게 된 것도 그의 영향이라고 할 수 있고요. 그랬으므로, 그 사진기자가 생애 최초로 다큐멘터리를 찍었다는 소식을 들었을 때 그녀는 어떻게든 그 영상을 보고 싶어 한동안 여러 독립 영화관의 상영 스케줄을 수시로 확인했고 각종 영화 관련 사이트를 돌아다니며 디브이디나 파일에 대해 문의를 하기도 했다. 하지만 그 다큐멘터리는 국내에서 상영된 적이 없었고 디브이디나 파일을 판매하는 곳도 없었다. 그녀가 헬게 한센의 유일한 다큐멘터리인 〈사람, 사람들〉을 볼 수 있었던 건 일본에서 영화를 공부하는 친구가 어렵게 파일을 구해 보내준 덕분이었다. 처음엔 헬게 한센에 대한 관심으로 보게 된 그 다큐멘터리에서, 그리고 그녀는 알마 마이어라는 여성을 알게 되었다. 이상해요. 권은이 말했다. 권은의 표현에 따른다면, 각기 다른 시대와 역사에서 출항한 배에 탑승한 승객들처럼 아무런 관련이 없는 알마 마이어와 그녀는 비슷한 경험을 공유하고 있었다. 마치 두 사람을 태운 전혀 다른 두 척의 배가 똑같은 섬에서, 똑같은 풍랑을 견디며 잠시 표류된 적이 있기라도 한 것처럼. 그래서 그때부터 시간이 날 때마다 알마 마이어에게 편지를 쓰곤 한다고, 권은은 쑥스럽다는 듯 웃으며 말했다. 그 웃음이 어딘지 낯익어서 나는 물끄러미 그녀를 건너다봤고, 어느 순간 그녀와 나의 시선이 허공에서 어색하게 얽혔다. 그럼 알마 마이어한테서 답장도 받고 그랬어요? 나는 그녀에게서 재빨리 시선을 거두고는 그녀의 빈 잔에 맥주를 따라주며 얼떨결에 물었다. 개인 블로그에 쓰고 있어요, 일기처럼. 아, 물론 한국어로요. 어차피 알마 마이어는 내 편지를 받을 수도 없거든요. 그녀는 이미 2009년에 죽었으니까요. 나는 맥주를 따르다 말고 또 한 번 진지하게 그녀를 건너다봤다. 그렇다면 그녀는 한 번도 만난 적 없는, 게다가 이미 죽고 없는 여성에게 무엇을 기대하며 편지를 써왔다는 말인가. 그녀와 알마 마이어의 겹쳐진 경험이 무엇인지 궁금하긴 했으나 타인의 내밀한 사연을 섣불리 공유하고 싶지는 않았다. 자연스럽게 화제가 바뀌었다. 전세 가격의 믿을 수 없는 상승이라든지 삼십 대 중반이라는 우리의 애매한 나이 같은 시시콜콜한 주제로 대화는 이어졌지만, 내 마음속엔 권은의 이야기가 사라지지 않고 응고된 채 남아 있기는 했다.

밤 열 시쯤 술집을 나와 각자의 길로 돌아서기 전, 나는 그녀에게 말했다. 참, 수수께끼 풀었어요. 태엽이 멈추면 멜로디도 끝나고 눈도 그치는 곳 말이에요. 그녀는 그게 뭐냐고 묻는 대신 마치 내가 무슨 말인가를 더 해주기를 기다린다는 듯 말없이 나를 되바라보기만 했다. 근데 나이가 몇인데 아직까지 장난감을 좋아하는 거예요? 나는 농담을 한 건데 그녀는 웃지 않았다. 마침 빈 택시가 우리 앞에 와서 섰다. 그녀는 곧 택시에 올랐고, 나는 택시 밖에 서서 조심하라는 식상한 당부를 했다. 고맙다고, 그녀가 말했다. 카메라…… 네? 택시가 곧 출발했으므로 카메라에 연이어졌을 그녀의 또 다른 힌트들에 대해서 나는 듣지 못했다. 작고 추운 방, 그 방에 형광등이 켜진 순간 작동을 멈춘 스노우볼, 그리고 그 방을 나설 때마다 내 시야를 가득 채웠던 주황빛의 허름한 골목들과 카메라를 가슴에 안고 그 방으로 달려갔던 어느 늦은 가을날…… 이런 힌트들은 좀 더 시간이 흐른 뒤에야 눈 쌓인 운동장에 띄엄띄엄 새겨진 발자국처럼 한 걸음씩 천천히 내게로 왔다.

다음 날 아침, 뉴욕엔 짙은 안개가 꼈다. 구 층 높이의 호텔방에서 내려다본 뉴욕 거리는 물에 잠긴 고대도시만큼이나 비현실적으로 보였고 영원이라는 시소 끝에 세워진 허상인 듯 멀게 느껴졌다. 내가 아직 알아내지 못한 비밀들이 잔뜩 숨겨져 있는, 길을 잃은 채 울먹이며 헤매고 다녀야 했던 권은의 어린 시절 꿈속 도시처럼.

호텔을 나와 맨해튼의 앤솔러지필름아카이브에 도착하자 〈사람, 사람들〉의 특별 상영을 알리는 표지판이 보였다. 나는, 맞게 찾아온 것이다. 로비에 마련된 테이블에는 이스라엘이 팔레스타인을 공격했던 오 년 전의 자료사진과 〈사람, 사람들〉의 팸플릿이 놓여 있었다. 팸플릿 한 장을 들고 로비의 구석 자리로 걸어갔다. 팸플릿에는 〈사람, 사람들〉의 감독인 헬게 한센이 2009년 일월 이집트에서 팔레스타인으로 향하던 구호품 트럭이 피격되었을 당시 살아남은 사람들 중 한 명이라고 소개되어 있었다. 헬게 한센은 이 다큐멘터리를 완성하게 된 계기를 이렇게 말했다: 구호품 트럭의 피격으로 사망한 노먼 마이어와 하나뿐인 아들을 잃은 그의 어머니 알마 마이어를 통해 역사의 폭력에 맞서는 개인의 가치 있는 용기를 보았기 때문이다. 나는 생존자고, 생존자는 희생자를 기억해야 한다는 게 내 신념이다.

팸플릿이 구겨지지 않도록 납작하게 잘 펴서 가방에 넣은 뒤 상영관 안으로 들어갔다. 평일 이른 시각이었지만 객석은 절반 이상 차 있었다. 빈자리를 찾아 가방을 내려놓고 앉자 곧 관내의 조명이 꺼졌고 바로 그 순간부터 예상하지 못한 긴장감이 밀려들었다. 스크린에 영상이 비치고 다큐멘터리의 제목이 뜰 때까지도 긴장감은 수그러들지 않아 이내 손끝까지 떨려왔다.

다큐멘터리는 아무런 자막이나 내레이션 없이, 팔레스타인의 수도인 라말라의 사원 벽에 붙어 있는 수많은 사람들의 사진들을 비추며 시작됐다. 사원 벽은 하나의 거대한 앨범처럼 보였고 조악한 한 장 한 장의 사진 속에 들어가 있는 남자, 여자, 노인, 아이 들은 각기 다른 표정으로 떠나온 세상을 고요하게 건너다보고 있었다. 히잡을 쓴 젊은 여성이 청년의 사진 앞으로 비틀비틀 걸어가 정성스럽게 입을 맞추는 장면에 카메라는 오래 머물렀다. 사원으로 오기 전, 죽은 연인에게 보여주기 위해 화장을 하면서 눈동자가 젖을 만큼 눈물을 흘렸을 그녀의 모습을 상상해보라고 주문하듯이.

짧지만 강렬한 오프닝 화면이 지나가자 곧이어 구호품 트럭 안이 나왔다. 운전사를 비롯한 여섯 명의 동승자들은 간간이 웃으며 이야기를 나눴고 트럭이 잠시 쉴 때는 지도를 펼쳐놓고 진지하게 상의를 하기도 했다. 아마도 편집으로 인해 다른 동승자들의 컷이 잘려나간 때문이겠지만, 주로 원샷을 받는 사람은 노먼이었다.

내가 찾아본 기사에 따르면, 노먼의 죽음은 미국 사회에서 커다란 이슈가 되었고 오랜 기간 회자되었다. 아무리 전시라 해도 구호품 차량은 피격하지 않는다는 불문율이 깨졌다는 것, 그로 인해 퇴직 의사였던 유대계 미국인이 사망했다는 것, 그리고 그 구호품 트럭에 실려 있던 대부분의 구호품은 이미 그 유대계 미국인이 전 재산을 털어 구입한 거였다는 것, 이 모든 것은 많은 사람들에게 드라마 같은 인상을 주었고 특별한 시사성을 얻을지도 모른다는 기대감을 갖게 했다. 노먼에 대한 관심이 고조되자 그의 어머니 알마 마이어도 본의 아니게 유명해졌다. 각종 매스컴은 연일 그녀와의 인터뷰를 시도했고 유대인 커뮤니티를 제외한 각계각층에서 위로의 메시지가 날아왔다. 그녀는 그 어떤 인터뷰에도 응하지 않았고 위로의 말들은 모두 무시했다. 외출을 하지 않았으며 손님을 초대하지 않았고 전화도 받지 않았다. 그녀가 노먼의 일로 만난 외부인은 헬게 한센이 유일했다. 헬게 한센이 그녀에게 보낸, 노먼의 마지막 열다섯 시간이 기록된 영상—그리고 이 영상은 훗날 〈사람, 사람들〉에 고스란히 담기게 된다—을 보고 난 후였다.

●

권은과의 그 두 번째 만남 이후 석 달 만에 신문과 뉴스를 통해 그녀의 불운한 소식을 접했을 때, 나는 사실 그리 민감하게 반응하지 않았다. 놀라긴 했지만 충격 수준은 아니었고 착잡한 심정은 들었으나 일상을 잊을 만큼 괴로워하진 않았다. 내가 그 술집에서 그녀를 만류했다 해도 그녀는 떠났을 터였다. 게다가 내가 무슨 자격으로 그녀의 결정을 되돌릴 수 있었을 것인가. 그리 생각하는 게 편했다. 그 무렵, 나는 영화 잡지사로 직장을 옮겼으므로 권은에 대한 생각을 오래 붙들고 있을 만한 여유도 없었다. 새로운 직장에는 새로운 인간관계와 새로운 형식의 글쓰기가 있었고 나는 그 모든 것에 최대한 빨리 적응해야 했다. 권은의 일은 저절로 잊혀갔다. 아니, 잊기 위해 무의식적으로 나는 노력했다. 권은을 망각하는 일은 그렇게, 거의 성공할 뻔했다.

　기억의 뒤편에만 희미하게 남아 있던 권은의 이름이 손끝에 닿을 듯 다시 가까워진 건, 잡지사 선배 기자가 갑자기 퇴사를 하면서 그에게 배당된 여러 업무가 나에게 넘어오면서부터였다. 내가 새로 맡게 된 그의 업무 중에는 뉴욕에서 열리는 다큐멘터리 영화제의 취재 건도 포함되어 있었는데, 그가 작성한 영화제 관련 자료에서 나는 헬게 한센의 〈사람, 사람들〉을 발견했던 것이다. 자료에 따르면 이 다큐멘터리는 2010년에 공개되자마자 평단의 호평을 받았으며 그해 다수의 국제영화제에 초대를 받기도 했다. 자료에는 또한, 영화제 측이 구호품 트럭의 피격이라는 전례 없는 사고의 발발 오 주년을 맞아 〈사람, 사람들〉의 특별 상영을 준비할 거라는 내용도 담겨 있었다.

　그날부터 나는 권은이 일산의 북카페와 을지로의 술집에서 내게 했던 말들을 자주 되새겼다. 기자들이 모두 떠난 깊은 밤의 사무실에 앉아 권은에 관한 모든 정보를 찾겠다는 듯 인터넷을 뒤지기도 했다. 기억들은 어느 한순간 섬광처럼 내 머리를 강타한 것이 아니라 아주 먼 곳에서 한 조각씩 내 감각 속으로 흘러들어왔다. 친구가 준 필름 카메라로 사진에 입문하게 됐다는 그녀의 고백이 첫 번째 단서였고, 을지로 거리에서 택시에 올라탄 그녀가 고마웠다고 말한 뒤 카메라를 언급한 장면은 확증처럼 다가왔다. 아무려나 내가 기억 속에서 돌아보는 그녀의 세계에서는 언제나 눈이 내리고 있었다. 그 세계는 둥글고 투명했으며 눈이 내리는 동안만큼은 쉬지 않고 귀에

익은 멜로디가 흐르기도 했다. 그리고 이런 비현실적인 대화를 나누었던 일요일 오후의 눈 쌓인 학교 운동장. 셔터를 누를 때 카메라 안에서 휙 지나가는 빛이 있거든. 그런 게 있어? 어디에서 온 빛인데? 평소에는 눈에 잘 안 띄는 곳에 숨어 있겠지. 어떤 데? 장롱 뒤나 책상서랍 속이나 아니면 빈 병 같은 데……

뉴욕으로 취재를 오기 전, 나는 권은이 입원해 있는 병원을 수소문해서 찾아갔다. 예상대로 그녀는 내 방문을 무척 놀라워했다. 다리에 박힌 포탄 파편을 제거하는 수술을 이미 세 차례나 받았지만 남은 생애 동안 두 발로 걸어다닐 수 있을지는 의문이라는 우울한 이야기를 전하면서도 눈빛만은 의아함으로 검게 일렁이고 있었다. 그 후지사의 필름 카메라, 아직도 갖고 있어요? 긴 침묵 끝에 내가 묻자 그녀는 잠시 뚫어지게 날 바라봤고, 이내 우리는 서로를 마주 보며 멋쩍게 웃었다. 다시 찾아오겠다는 말은 끝내 하지 못했다. 병실을 나서기 전, 그녀는 자신의 블로그 주소를 메모지에 적어주었다. 그 블로그에 내게 쓴 편지도 있다고 덧붙여 말하면서도 또 보면 좋겠다는 식의 얘기는 그녀 역시 꺼내지 않았다.

그날 집으로 돌아와 나는 노트북을 켜고 권은의 블로그로 들어갔다. 블로그의 카테고리 중에는 편지란이 있었고 그 속에는 그녀가 알마 마이어 앞으로 쓴 열두 통의 편지와 내게 쓴 한 통의 편지가 포스팅되어 있었다. 책상에 앉아 단숨에 편지들을 다 읽은 후엔 욕실로 들어가 오랫동안 샤워를 했다. 수건으로 몸을 닦으며 뿌연 김이 서린 세면대 거울 앞에 서자, 옳고 그른 선택 따위 없는 모호한 세상을 창문 안쪽에서 건너다보고 있는 듯한 착각이 들었다. 나쁘지 않은 착각이었지만 김은 곧 사라져갔다. 조금씩 선명하게 내 모습을 되비추는 거울에 대고 나는 속삭이듯 물었다. 그래서 넌, 지금 행복하니? 모호한 세상에서는 답변이 돌아오지 않았고, 내 등 뒤에서는 문손잡이를 돌리는 쇳소리가 들려왔다. 돌아보지 않아도 알 것 같았다. 그 문은 녹슬고 찌그러진 현관문일 것이고, 얼떨결에 문을 열게 된 열세 살의 소년은 암순응이 되지 않은 두 눈을 껌뻑이며 겁먹은 목소리로 이렇게 물을 터였다. 거, 거기, 권은 집, 맞아요?

●

스크린 속에서 알마 마이어는 그 오랜 칩거에 대해 이렇게 설명한다.

─사람들이 노먼을 시대의 양심이니 유대인의 마지막 희망이니 하는 수식어로 포장하는 걸 도저히 용납할 수 없었어요. 그런 거창한 수식어 뒤에 숨어 있으면 아무것도 하지 않고도 정의의 증인이 될 수 있다고 믿는 건, 뭐랄까, 나에겐 천진한 기만 같아 보였죠. 알려 했다면 알았을 것들을 모른 척해놓고 나중에야 자신은 몰랐으므로 아무런 책임이 없다고 주장하는 것처럼 말이에요. 전쟁이 끝나고 나서야 홀로코스트의 잔인함에 양심적으로 경악하던 그 수많은 비유대인들을 나는 기억하고 있어요. 화가 나진 않았어요. 그때나 지금이나 그저 무기력해졌을 뿐이에요. 무기력한 환멸 같은 거, 그런 거였죠.

화면이 바뀌면서 다큐멘터리는 자연스럽게 알마 마이어의 과거를 짚어갔다. 1916년 벨기에에서 태어난 알마 마이어는 유대인이면서 여성이라는 차별을 딛고 1938년에 브뤼셀 필하모닉 오케스트라에 바이올리니스트로 입단했다. 하지만 1940년, 벨기에에 유대인 등록령이 내려지면서 그녀는 오케스트라에서 해고됐고 게토에 갇히거나 수용소로 끌려가야 하는 상황에 처해졌다. 그때 그녀의 연인이자 같은 오케스트라에서 호른을 연주하던 장이 브뤼셀 외곽에 위치한 사촌형의 식료품점 지하창고에 그녀의 은신처를 마련해주었다.

창문이 없던 그 지하창고는 램프를 켜지 않으면 아침이나 한낮에도 깜깜했다. 가끔은 눈을 뜨고 있어도 꿈속처럼 몽롱하고 아스라한 장면들이 허공에 펼쳐지곤 했다. 그럴 때 눈을 한 번 꾸욱 감았다 뜨면 어김없이 낯선 거리가 나왔는데, 그 거리에서 유일하게 불이 켜진 곳은 악기상점뿐이었다. 조심스럽게 그 악기상점의 문을 열고 들어가면 오랫동안 만나지 못한 오케스트라 단원들이 반갑게 그녀를 맞이해주었다. 그들은 곧 각자의 악기 앞에 앉아 무가나 행진곡 같은 활기찬 연주를 시작했고 그녀와 시선이 엇갈릴 때마다 더할 나위 없이 호의적인 미소를 지어 보이곤 했다. 아픈 건 없다고, 살아 있는 한 그 모든 아픔은 위로받고 치유되기 위해 존재하는 거라고 속삭이듯이. 흐뭇한 마음으로 그들의 연주에 심취해 있다가 어느 순간 다시 한 번 눈을 꾸욱 감았다 뜨면 선율도, 단원들도, 그들의 미소도 사라지고 없었다. 달콤했던 환영이 사라질 때마다 그녀는 더 외로워졌고 더 쓸쓸해졌다. 어머니가 만들어준 음식을 마음껏 먹는 꿈을 꾸면서 자신도 모르게 입술을 오물거리다가 문득 잠에서 깨고 나면 바람뿐인 벌판에 혼자 서 있는 듯한 기분에 견딜 수 없이 추워지곤 했던 것처럼. 이 주에 한 번씩 장이 물과 빵이 담긴 바구니를 들고 지하 창고를 찾아오긴 했지만 그 무렵엔 누구나 그렇듯 장 역시 가난했으므로 그 양은 보름을 버티기엔 늘 부족했다. 바구니는 가볍고 초라했지만 그래도 장은 바구니 밑바닥에 자신이 작곡한 악보 한 장씩을 깔아놓는 걸 잊지 않았다. 빛으로 에워싸인 허공의 악기상점을 본 날이면 그녀는 바이올린을 꺼내 활이 줄에 닿지 않도록 적당한 거리를 유지하며 그 악보들로 연주를 했다. 조명이 없는 무대에서, 관객의 박수를 받지 못한 채, 소리가 없는 연주를.

─장이 작곡한 그 악보들은 식료품점 지하창고에서 날마다 죽음만 생각하던 내게는 내일을 꿈꿀 수 있게 하는 빛이었어요. 그러니 난 이렇게 말할 수 있어요. 그 악보들이 날 살렸다고 말이에요.

긴 이야기를 마친 뒤 알마 마이어는 천천히 고개를 들어 인터뷰 중 처음이자 마지막으로 조금 웃었다. 어두운 객석에서 나는, 얼떨결에 그녀를 따라 웃고 말았다.

●

거, 거기, 권은 집, 맞아요?

문은 열렸지만 그 안으로 선뜻 들어가지 못한 채 나는 몇 번이나 묻고 또 물었다. 녹슬고 찌그러진 현관문은 깜깜한 방과 곧바로 이어져 있었는데 그 방에서 빛을 발하는 건 둥글고 투명한 스노우볼뿐이었다. 햇빛이 거의 들지 않는 그 작고 추운 방에 가게 된 계기는 사실 내 의지와는 상관이 없었다. 권은이 나흘이나 연락도 없이 결석을 하자 담임은 반장인 나와 부반장을 맡고 있던 여학생을 불러 상황이 어떤지 보고 오라고 부탁했었다. 교무실을 나서자 부반장은 피아노 교습이 있다며 동행을 거부했고, 어쩔 수 없이 나 혼자 종이에 적힌 주소를 따라가보니 바로 그 현관문이 나왔던 것이다. 더디게 암순응이 찾아오자 그제야 허름한 외투를 껴입은 채 담요까지 뒤집어쓰고 있는 권은이 보였다. 권은은 곧 몸을 일으켜 형광등을 켰고 형광등이 켜진 순간, 태엽이 다 풀린 스노우볼도 작동을 멈췄다.

부엌과 화장실이 딸려 있지 않은 방이었다. 휴대용 가스레인지와 주전자, 그리고 세면도구가 담긴 플라스틱 대야는 그 방의 많은 역할을 보여주는 듯했다. 온기 없는 그 가난한 방에서 열세 살의 그녀가 무엇을 먹으며 어떻게 살고 있는 건지, 나로선 가늠조차 할 수 없었다. 권은의 유일한 가족인 아버지는 짧게는 한두 달에서 길게는 반년까지 집을 비운다고 했다. 비밀로 해줘. 그녀가 물이 담긴 유리컵을 내밀며 말했다. 난 고아가 아니야. 보호시설 같은 덴 절대 안 가. 할 말이 딱히 생각나지 않아 얼떨결에 벌컥벌컥 들이마신 물에서는 수돗물 특유의 비릿한 소독약 맛이 났다. 나는 얼굴을 찡그리며 유리컵을 내려놓고는 알았어, 말한 뒤 서둘러 그 방을 나왔다. 다음 날 담임에게는 권은이 아프다고 둘러댔다. 따지고 보면 아주 틀린 말도 아니었다. 부임한 지 얼마 되지 않은 젊은 담임은 내 말에 신경도 쓰지 않는 눈치였다. 그날 이후 나는 권은이 죽을지도 모른다는 상상에 자주 빠져들곤 했다. 권은이 죽는다면, 하고 가정하는 것만으로도 숨이 막혀왔다. 어떤 날은 같은 반 아이들이 나 때문에 권은이 죽었다고 수군거리는 환청을 듣기도 했다.

누가 시키지도 않았지만 나는 그 후로 몇 번 더 권은의 방을 찾아 갔다. 숨이 막혀오고 환청을 듣는 게 싫어서였을 뿐, 대책 같은 건 없었다. 내가 그녀의 방에 갖다줄 수 있는 거라곤 읽다 만 만화책이나 스노우볼에 들어가는 건전지처럼 사소한 것뿐이었다. 너는 어서 가. 나는 괜찮아. 여자애와 한방에 단둘이 있는 게 어색했으면서도 쉽게 떠나지 못하고 방 안을 서성이고 있으면 그녀는 그렇게 말하며 내 등을 떠밀곤 했다.

권은의 방을 나와 차도로 이어지는 좁은 내리막길을 따라 걷다 보면 주황빛의 전등도, 골목 사이로 급하게 사라지는 꼬마들도, 공동 화장실의 부서진 문짝과 그 사이로 살짝 보이는 더러운 변기도, 심지어 공터에 화난 짐승처럼 잔뜩 웅크리고 있는 불도저도 도무지 이 세상의 풍경 같지 않게 흐릿하게 번져 있곤 했다. 산비탈에 시멘트와 판자로 대충 지어진 집들은 그나마도 반 이상 헐린 상태였다. 나도 권은처럼 열세 살일 뿐이었다. 폐허가 되어가는 동네의 외진 방에서 권은이 감당해야 하는 허기와 추위를 나는 해결해줄 수 없었다. 안방 장롱에서 우연히 후지사의 필름 카메라를 발견했을 때 일말의 주저도 없이 그걸 품에 안고 무작정 권은의 방으로 달려갔던 건, 내 눈에는 그 수입 카메라가 중고품으로 팔 수 있는 돈뭉치로 보였기 때문이다. 권은은 내 기대와 달리 그 카메라를 팔지 않았다. 그건, 당연한 일이었을 것이다. 그녀에게 카메라는 단순히 사진을 찍는 기계장치가 아니라 다른 세계로 이어지는 통로였으니까. 셔터를 누를 때 세상의 모든 구석에서 빛 무더기가 흘러나와 피사체를 감싸주는 그 마술적인 순간을 그녀는 사랑했을 테니까. 그런데 셔터를 누른 직후 뷰파인더 속 그 빛이 한꺼번에 사라지고 나면 권은도 알마 마이어처럼 더 외로워지고 더 쓸쓸해졌을까. 사진에는 담기지 않는 프레임 밖의 풍경처럼, 그 이야기는 지금 내가 확인할 수 없는 영역 속에 있다. 어쩌면 영원히.

권은은 그 후지사의 필름 카메라로 방 안의 사물들을 찍다가 카메라에 담을 만한 더, 더 많은 풍경을 찾기 위해 조금씩 집 밖으로 나오기 시작했고 학교도 다시 다녔다. 학교로 돌아온 그녀에게, 하지만 나는 다가가지 않았고 말을 걸지도 않았다. 언제나 똑같은 옷만 입고 다니는 권은과 친하다는 인상은 그 누구에게도 주고 싶지 않아서였을 것이다. 권은 역시 날 못 본 체할 때가 많았다. 우리는 결국 친구가 되지는 못했지만 그래도 서로의 비밀 하나씩을 지켜주긴 했다. 나는 권은이 고아나 다름없다는 걸 누구에게도 발설한 적이 없었고, 권은은 내가 아버지의 카메라를 훔친 사실을 끝까지 모른 척했다. 권은이 친척을 따라 먼 지방으로 이사를 가게 되었다는 소식을 들은 건 겨울방학을 이 주 정도 앞둔 어느 날이었다. 학교에는 권은의 아버지가 도박장 근처 쓰레기장에서 시신으로 발견됐다는 소문도 떠돌았지만 확실한 건 없었다.

그로부터 아주 오랜 시간이 흐른 뒤, 권은은 지상의 주소를 갖고 있지 않은 알마 마이어에게 이런 편지를 쓴다. 아버지가 좀처럼 돌아오지 않는 그 방에서 거의 날마다 똑같은 꿈을 꿨노라고, 그 꿈을 꾸고 싶지 않아 잠이 올 때까지 스노우볼의 태엽을 감았고 일 분 삼십 초 동안 눈 내리는 세계에 빠져 있다가 마지막 멜로디가 끝나기 직전 이불을 머리끝까지 뒤집어쓰고는 급하게 눈을 감곤 했노라고도. 처음 와보는 낯선 도시를 헤매다가 엄마를 부르며 깨어나는 꿈이었죠. 단 한 번도 그 레퍼토리는 바뀌지 않았어요. 거기까지 쓴 뒤, 권은은 잠시 침묵한다. 나도 그녀의 침묵을 지켜준다. 며칠이 지난 후에야 권은은 다시 블로그를 열고 천천히 쓴다. 어느 날은 차가운 벽에 이마를 대고 간절히 기도도 했습니다. 이 방을 작동하게 하는 태엽을 이제 그만 멈추게 해달라고, 내 숨도 멎을 수 있도록. 내 손에 카메라가 들어오기 전까지 고작 그런 걸 난 기도했던 거예요. 그러니까…… '그러니까'에 이어지는 문장은 권은이 내 앞으로 쓴 단 한 통의 편지에서도 비슷하게 반복됐다. 그 편지에서 그녀는 나를 반장이라고 불렀다. 이십여 년 만이긴 했지만 내가 자신을 알아보지 못해서 서운했다고, 그러나 한편으론 다행이라는 생각도 했다고 편지에는 적혀 있었다. 편지 안에서 그녀가 내게 묻는다. 반장, 사람이 할 수 있는 가장 위대한 일이 뭔지 알아? 편지 밖에서 나는 고개를 젓는다. 누군가 이런 말을 했어. 사람을 살리는 일이야말로 아무나 할 수 없는 위대한 일이라고. 그러니까…… 그러니까 내게 무슨 일이 생기더라도 반장, 네가 준 카메라가 날 이미 살린 적이 있다는 걸 너는 기억할 필요가 있어. 은이. 그 편지가 저장된 날은 그녀와 내가 을지로에서 만나 맥주를 마신 날이었다. 내게 고맙다고 말한 뒤 택시를 타고 떠난 그녀는 연말의 서울 거리를 가로지르는 택시 안에서 언젠가 살아 있는 사람이 읽을 수도 있는, 이번에는 꽤 쓸모 있는 편지를 써야겠다고 생각했던 것이다.

1943년이 되어서야 알마 마이어는 그 지하창고를 벗어날 수 있었다. 누군가 알마 마이어를 독일 경찰에 신고했다는 소식을 전해 들은 장이 이번에도 그녀의 또 다른 탈출을 도왔다. 알마 마이어는 장을 따라 스위스로 갔고 스위스 국경도시에서 그와 헤어졌다. 그때 이미 그녀는 노먼과 심장과 심장으로 연결되어 있었지만 인지하지는 못했으므로 장에게는 아무 말도 하지 못했다. 그녀가 노먼의 존재를 알게 된 건 미국으로 향하는 증기선 삼등칸에서 심한 뱃멀미를 하고 난 뒤였다. 1943년 십일월, 미국의 관문인 엘리스 아일랜드에 도착한 알마 마이어가 가장 처음으로 한 일은 그녀에게는 몸의 한 기관과도 같았던 수제 바이올린을 판 것이었다. 그 돈으로 그녀는 거처를 구할 수 있었고 노먼을 낳을 때까지 일을 하지 않아도 되었다. 장이 살아 있다는 것을 알게 된 건 거짓말처럼 전쟁이 끝나고 오년이나 지난 후였다. 하지만 그녀는 이미 결혼을 해서 가정을 이루고 있던 장에게 자신의 생존과 주소를 알리지 않았다. 그녀가 생각하기에 장은 이미 그녀를 위해서 너무 많은 일을 했고 그로 인해 오랫동안 삶이 불안정했다. 그녀는 장의 일상을 또다시 흔들고 싶지 않았다. 그것은 연인으로서의 자존심이라기보다는 인간적인 예의에 가까웠다.

　　헬게 한센이 보내준 영상을 보기 전까지, 하지만 그녀는 노먼이 오랫동안 장의 생애를 멀리서 지켜봐왔다는 것을 알지 못했다. 노먼은 무려 삼십 년 가까이 뉴욕 외곽에 위치한, 타인의 개인정보를 비밀스럽게 수집해주는 비인가 사무소의 고객이었다. 노먼은 한 달에 한 번 정도 그 사무소에 들러 장의 최근 동향에 대해 들었고 간혹 사진을 건네받기도 했다. 그러나 노먼은 정보만 전달받았을 뿐, 장에게 자신의 존재를 알리지 않았고 편지나 전화를 한 적도 없었다. 어머니가 생각하는 인간적인 예의에 동의하지는 않았으나 그 선택을 지켜주고 싶었고, 세상에는 진실 이외의 것이 더 진실에 가까운 경우도 있다고 생각했기 때문이다. 2007년, 노먼은 장에 대한 마지막 정보를 건네받았다. 장의 장례식장을 찍은 사진과 묘지 주소가 적힌 책자 같은 것이었다. 유감이에요, 노먼. 오랜 시간 노먼의 일을 담당해오며 노먼과 함께 늙어온 사무소 소장은 그렇게 말한 뒤 담배 한 대를 권했다. 담배를 다 피우고 나서 사무소를 나온 노먼은 주차해놓은 자신의 자동차를 지나쳐 무작정 걸었다. 장 베른, 프랑스계 벨기에인, 평생 작곡가를 꿈꾸었으나 단 한 곡도 발표를 못한 사람, 마흔 이후엔 지방의 작은 오케스트라에서조차 밀려났으며 그 어디에서도 독주 초청을 받아본 적이 없는 무명의 호르니스트…… 삼십 년 가까이 제공받아온 그 정보들을 떠올리며 노먼은 그날 이런 다짐을 했다.

─그가 인생에서 한 가장 위대한 일을 내 삶에서 재현해주자는 다짐이었죠. 쓰레기 같은 전쟁에서 죽을 뻔했던 여성을 살린 그 일을 말이에요. 사람을 살리는 일이야말로 아무나 할 수 없는 가장 위대한 일이라고 나는 믿어요. 보다시피 나도 이제 늙었어요. 더 늙기 전에, 나는 그가 했던 방식으로 그의 역사를 기념해주고 싶어요.

노먼이 말을 마치자 구호품 트럭 안엔 숙연한 침묵이 흘렀다. 카메라는 동승자 한 명 한 명을 클로즈업한 뒤 조금씩 뒤로 물러났다. 스크린은 조금씩 페이드아웃되고 있었다. 완벽한 어둠이 찾아오기 직전, 그리고 관객들의 뒤통수를 내리치듯 강렬한 폭발음이 상영관 안을 가득 메웠다. 객석에 조명이 들어오고 스크린에는 엔딩크레딧이 한 줄씩 뜨고 있었지만 두 귀는 그 폭발음 너머의 비참한 장면에 닿아 있는 듯 여전히 얼얼하기만 했다. 가장 마지막으로 엔딩크레딧에 올라오는 두 사람의 이름 옆에는 생몰년도가 정확하게 기재되어 있었다. 노먼 마이어, 그리고 감독과의 인터뷰 이후 두 달 만에 자택에서 숨진 알마 마이어가 그들이다. 그들의 세계를 작동하게 하던 태엽은 모두 2009년에 멈춘 것이다.

엔딩크레딧마저 끝난 뒤에도 스크린에서 시선을 떼지 못한 채 자리를 지키고 있는데 누군가 내 등을 가볍게 쳤다. 뒤를 돌아보자 청소도구를 든 중년의 흑인 여성이 서 있었다. 그제야 주위를 보니 객석은 모두 비어 있었다. 가방을 챙겨 황급히 건물을 나오자 아침의 안개는 모두 걷히고 뜻밖에도 눈부신 겨울 햇빛이 온 거리에 내리비치고 있었다.

●

나는 빛으로 일렁이는 맨해튼 거리 속으로 천천히 스며들어갔다. 몇 개의 블록과 모퉁이를 지나자 그곳이 눈에 들어왔다. 벌어진 입을 다물지 못한 채 거리의 모든 햇빛을 빨아들이는 그곳, 악기상점의 쇼윈도 쪽으로 나는 한 발 한 발 걸어갔다. 악기상점 안에는 여러 악기들이 진열되어 있었고 그중엔 바이올린과 호른도 있었다. 권은이 옆에 있었다면, 그녀는 분명 알마 마이어와 장 베른이 각자의 악기를 들어 연주를 하는 상상에 빠져들었을 것이다. 아마도 눈을 한번 꾸욱 감았다 뜬 뒤, 빛의 호위를 받으며. 이상할 건 없었다. 태엽이 멈추고 눈이 그친 뒤에도 어떤 멜로디는 계속해서 그 세계에 남아 울려퍼지기도 한다는 걸, 그리고 간혹 다른 세계로 넘어와 사라진 기억에 숨을 불어넣기도 한다는 것 역시, 나는 이제 이해할 수 있었다.

발아래를 보았다.

눈이 녹기 시작하면서 그 위에 새겨진 사람들의 발자국들이 조금씩 지워져가고 있었다. 몇 걸음 앞에서 쭈그리고 앉아 있는 권은의 작은 뒷모습이 보였다. 일요일 오후, 눈 쌓인 학교 운동장에는 우리 외에는 아무도 없었다. 조금씩 권은에게 다가가자 누군가 남기고 간 발자국에 후지사의 필름 카메라를 들이대고 있는 그녀의 자세가 또렷해졌다. 뭐 해? 그건, 학교로 되돌아온 권은에게 내가 처음 건넨 말이었다. 권은이 카메라에서 눈을 떼며 놀란 얼굴로 날 올려다보더니 이내 뚱한 목소리로 되물었다. 넌 왜 학교에 있는데? 집에 손님이 왔는데 갈 데가 없어서…… 근데 여기서 뭘 하는 거야? 권은은 대답을 하는 대신 손짓으로 자신 옆에 앉아보라는 표시를 해 보였다. 얼떨결에 그녀 옆에 앉자, 테두리가 흐릿해지고 있는 발자국을 손가락으로 가리키며 그녀가 말했다. 발자국 안에 빛이 들어 있어. 빛을 가득 실은 작은 조각배 같지 않아? 어, 그런가…… 여기에도 숨어 있었다니…… 뭐가? 셔터를 누를 때 카메라 안에서 획 지나가는 빛이 있거든. 그런 게 있어? 어디에서 온 빛인데? 내가 관심을 드러내자 권은은 그때까지 내가 한 번도 본 적 없는 한껏 신이 난 얼굴로 날 바라봤다. 그녀의 이야기는 아직 시작되지 않았지만 나는 이미 알고 있었다. 평소에는 장롱 뒤나 책상서랍 속, 아니면 빈 병 속같이 잘 보이지 않는 곳에 얄팍하게 접혀 있던 빛 무더기가 셔터를 누르는 순간 일제히 퍼져나와 피사체를 감싸주는 그 짧은 순간에 대해서라면, 그리고 사진을 찍을 때마다 다른 세계를 잠시 다녀오는 것 같은 그 황홀함에 대해서라면, 나는 이미 모든 것을 기억하고 있었다. 권은이 내가 알고 있는 그 이야기를 시작한다. 악기상점의 쇼윈도에 반사되는 햇빛이 오직 그녀만을 비추고 있었다.

윤고은
프레디의 사생아

1980년 서울에서 태어나 2004년 대산대학문학상을 받으며 등단했다. 소설집 《1인용 식탁》과 장편소설 《무중력증후군》《밤의 여행자들》이 있다. 한겨레문학상, 이효석문학상 수상.

이미 죽은 사람이 걸어다니는 집에 살 이유는 없다.

단, 그가 프레디 머큐리라면 얘기가 좀 달라진다.

여러 출판사에서 다양한 판형의 책을 내는 작가들은 마음에 들지 않는다. 모든 출판사의 책들이 다 같은 판형이라면 모르겠지만 현실이 그렇지 않으니 하는 말이다. 여기 모두 여덟 개의 출판사에서 책을 낸(전집으로 묶인 건 이 사람의 잘못은 아닐 수도 있다) 작가가 있다. 그 작가의 책들을 나는 출판사별로 정리해야 하는가, 아니면 작가별로 정리해야 하는가. 작가별로 정리하고 싶지만, 그렇게 되면 책의 높낮이가 엉망진창이 된다. 출판사별로 정리하자니 필요할 때 책을 찾기가 어렵다. 이건 모두 여러 출판사에서 여러 책을 낸 작가들 때문에 벌어지는 소모적인 고민이다. 책장 정리에 집착하는 나 같은 독자들을 전혀 고려하지 않은, 배려 없는 결정인 것이다. 이 년 전, 바스티유 부근에 이삿짐을 풀었을 때도 비슷한 고민을 했던 기억이 있다. 파리 이전, 서울에서도 별반 다르지 않았다. 이사할 때마다 나는 책장 정리 기준에 대해 고민했다. 모든 책이 다 같은 판형을 고수한다면 문제될 게 없지 않은가. 그렇게 투덜거리다 보면 책은 얼추 정리가 된다.

책 정리를 할 때 내가 주로 듣는 음악은 퀸이었다. 지금 흘러나오는 것은 그들의 1986년 웸블리 공연 실황이었다. 그걸 몇 번 반복해서 들은 후에 정리가 막바지에 다다르면 퀸의 마지막 앨범 《Innuendo》로 넘어갈 예정이었다. 이건 늘 같은 순서였고 지금이 음반을 교체할 시점이었다. 나는 한 손에 맥주캔을 든 채로 몇 소절을 따라하며 오디오 쪽으로 걸어갔다. 그런데 오디오 안에는 어떤 음반도 들어 있지 않았다. 뭐지…… 나도 모르게 숨을 죽였다. 허공에 귀를 기울이자 갑자기 들켰다는 듯이 음악이 뚝 끊기고 말았다. 분명 내가 오디오를 향해 걸어갈 때까지만 해도 음악이 흘러나오고 있었는데 말이다. 저 빈 오디오 안에서.

음반 정리는 이미 책에 앞서 다 끝내놓은 상태였고, 대부분 케이스의 규격이 일정하다 보니 수월했다. 아티스트별로 배열되어 있었고, 거기서 퀸의 1986년 웸블리 공연을 찾는 데는 삼 초도 걸리지 않았다. 케이스를 열어 그 내부를 확인하는 데도 긴 시간은 필요하지 않았다. 웸블리 공연 실황 앨범 속에 동그란 CD가 그대로 들어 있었다는 것에 머리가 복잡해졌을 뿐이다.

내가 오디오에서 멀어져 책장 앞으로 걸어가자, 음악이 다시 들리기 시작했다. 〈A kind of magic〉이었다. 위나 아래, 혹은 건물의 다른 층에서 들리는 소리일 수도 있었으나, 그럴 리가. 갑자기 피로가 몰려왔다. 내일 오전에는 14구에 있는 프레데릭과 앙투완, 아멧을, 그리고 오후에는 6구와 8구에 있는 마르셀과 루치를 만나야 했다. 모두 유명한 조향사들이고 어렵게 잡은 약속이었다. 다음 날엔 또 다른 약속들이 기다렸다. 나는 자야 했다.

노랫소리가 또 들린 건 다음 날 밤 열 시쯤, 인스턴트 라자냐를 데우고 있을 때였다. 누군가가 노래를 부르기 시작했는데, 내가 그 노랫소리를 처음부터 인지한 건지 아니면 중간에 깨닫게 된 건지도 모호했다. 처음에는 노래가 아니라 거리에서 들려오는 조금 시끄러운 대화라고 생각했던 것이다. 그러나 여긴 조용한 동네였다. 게다가 들리는 목소리는 조금도 낯설지 않았다. 나는 그 목소리의 다음 대사를 예상할 수도 있었다. 그건 〈Don't stop me now〉였던 것이다.

4옥타브를 자유롭게 넘나드는 목소리, 누가 들어도 그건 퀸의 전설적인 보컬, 프레디 머큐리였다. 나는 숟가락을 내려놓고 노랫소리에 좀 더 가깝게 다가갔다. 소리는 조금씩 가늘어지다가 어느 순간 멈춰버렸다. 침실과 연결된 발코니 앞이었다. 창밖에는 팔월 말, 파리 16구의 까만 밤이 있었다. 비둘기색 지붕 아래 정갈하게 늘어선 창문들, 그리고 새어나오는 불빛을 통해 다른 이들의 실루엣을 볼 수 있었으나, 그뿐이었다. 기타를 연주하거나 노래를 부르는 이는 보이지 않았다. 나는 다시 삐걱거리는 발코니를 지나 창을 닫았다. 검은 머리, 짙은 눈썹, 깎았다고도 길렀다고도 할 수 없는 모양새의 턱수염, 뭔가에 홀린 듯한 표정으로 서 있는 동양남자는 바로 나였다. 나 외에는 아무도, 아무것도 없었다. 나는 괜히 〈Don't stop me now〉의 몇 소절을 중얼거렸다. 분명 내 목소리는 아니었다.

지난 며칠간 퀸의 노래가 귓가에 맴돌았는데, 그렇지 않은 순간이 있다면 내가 의식하지 못했던 것뿐이었다. 누구의 음반도 누구의 흥내도 아니었다. 노래가 재생된 순서도 이상했다. 이런 순서로 구성된 앨범은 찾으려 해도 찾을 수 없을 것 같았다. 라자냐는 그새 식어 있었다.

이 문제를 다시 생각해보게 된 건 하루 이틀이 더 지난 뒤, 집 안에
놓을 화분을 사러 갔을 때였다. 화원은 이 거리의 맨 끝에 있었는데,
주인여자는 배달장부 위에 내가 적은 주소를 보고 새로 이사 온 거
냐며 반색을 했다. 이사 온 후 동네에서 이렇게 살갑게 맞아주는 사
람은 처음이어서 얼떨떨했다. 화원의 녹색 차양막에는 '1979년부
터'라는 글자가 인쇄되어 있었고, 주인은 1979년 이후 이 동네를 떠
나본 적이 없다고 했다. 주인은 내 이전의 거주자들에 대해서도 많
은 걸 알고 있었다.

"아는 사람은 다 알죠. 거기에 프레디 머큐리가 두 해 정도 살았던
거."

나는 처음에 화원주인이 농담을 한다고 생각했지만 그건 아니었다.

"아는 사람은 다 안다고요? 난 몰랐는데요?"

주인은 나를 흘끔 보고서 대답했다.

"소문이 두서없이 퍼지나요."

나는 그 자리에 주저앉아 이런저런 얘기를 나눴다. 주인의 말에 의
하면 프레디 머큐리가 이 동네에 처음 온 건 1983년이라고 했다. 그
것은 퀸의 파리 공연이나 프레디 머큐리의 솔로앨범과는 별개로 흘
러간 또 하나의 역사였다. 바쁜 프레디 머큐리는 이곳을 아주 가끔
머무는, 지극히 사적인 용도의 휴식처로 이용했는데, 여기에 살았던
이 년은 그 어디에도 기록되어 있지 않았지만 아는 사람들은 알았
다. 그 녹색 차양 아래서 한 시간가량 앉아 있는 동안, 나는 퀸의 노

래를 부르는 게 누구의 입도 음반도 아니고 그 집이라는 걸 알게 되었다. 내가 오전에 걸어나왔고 이제 내가 걸어들어가야 할 저 집 말이다. 프레디 머큐리가 여기 살았던 당시에는 종종 그의 목소리가 창밖으로 들렸다고 했다. 이 년 후 이 집 주인은 지금의 소유주로 바뀌었는데, 프레디 머큐리와는 어떤 관계도 없는 사람이었다. 프레디 머큐리가 1991년에 죽고 난 후로도 가끔 이 집에서는 프레디 머큐리가 산다는 소문이 돌았는데, 가끔 들리는 노랫소리와 그가 창문을 열고 닫는 걸 봤다는 몇몇 제보 때문이었다.

내가 프레디 머큐리의 집에 들어오게 된 건 단지 타이밍 때문이었다. 한 사람이 집을 구할 그 시기에 또 한 사람은 최대한 빨리 세입자를 구해야 했고, 어느 여름날 오후에 우리는 만나게 된 거였다. 물론 이 구역을 선택한 건 나였다. 16구는 집세가 비쌌지만, 이곳에 둥지를 트는 것은 사업상 필요한 전략이었다.

이 집에 프레디 머큐리의 목소리가 출현한다는 걸 화원주인이 아는 걸 보면 이웃들은 다 안다는 건데, 부동산에선 내게 그런 얘기를 해주지 않았다. 하긴 프레디 머큐리의 목소리가 들린다는 것이 집을 판매할 때 홍보할 부분이 되는 건지 숨길 부분이 되는 건지도 모호했다. 어쨌든 그는 죽은 사람 아닌가. 그러나 월 900유로의 임대료로 프레디 머큐리가 살았던 집에 살 수 있다면, 그건 나쁘지 않은 것도 같았다. 한때 퀸이 내 우상이었던 시절도 있었다. 귀신이라 해도 한 번쯤 만나볼 만하지 않은가. 한 달에 900유로는 적지 않은 돈이었지만, 이 동네의 시세로 보면 오히려 저렴한 편이었다. 화원주인의 말로는 이 집 주인이 오랜 시간 집을 방치해뒀다고 했다. 어쩌면 그는 어떤 노래를 들을 만한 시간조차 없었던 걸지도 모른다. 설사 무언가를 들었다 해도 여긴 파리 아닌가. 발자크, 졸라, 보들레르, 사르트르, 위고, 사강, 이오네스코, 사티, 고흐, 쇼팽, 피카소, 위트릴로, 달리…… 이름만 들어도 요란한 이웃들이 살았고, 그들이 한 번쯤 거쳐간 집이야 발에 차일 만큼 많았다. 이 도시에서 프레디 머큐리가 잠깐 살았다는 게 뭐 대수일까. 게다가 이미 런던의 가든 로지, 몽트뢰의 호숫가가 프레디 머큐리의 흔적을 잘 보여주고 있지 않은가. 여긴 단지 집만 덩그러니 있을 뿐이다. 순례할 만한 것도 없다. 그 흔한 푯말 하나 붙어 있지 않은, 이 무명의 집에 운 좋게 내가 들어온 것뿐이다. 적당히 차분해진 나는 화분이 배달되어 오면 그걸 어디에 둘까 고민하기 시작했다. 화분이 온 다음에 자꾸 옮겨서 힘 빼고 바닥을 망가뜨리느니 그 전에 자리를 확실히 정해두는 게 좋았다. 그때, 왜 여기에 순례할 게 없느냐는 듯이 소리가 들리기 시작했다. 프레디 머큐리의 소리가.

그랬다. 여기엔 프레디 머큐리의 목소리가 있었다. 그는 〈Now I'm here〉를 부르고 있었다. 이건 어마어마한 것 아닌가. 매일 몇 톤의 꽃다발이 놓일지 모르는 런던의 가든 로지나 몽트뢰의 프레디 머큐리 동상 아래 종일 서 있어봤자 들을 수 있는 건 사람들의 목소리와 카메라 셔터음뿐이다. 그런데 여기엔 사람들이 프레디 머큐리를 사랑할 수밖에 없었던 그 이유가 있었다. 그의 노래 말이다.

화분은 약속한 시간에 배달되었다. 화원주인은 벤자민이나 스투키를 비롯한 화분들을 거실 곳곳에 놓아주었다. 나는 모두 다섯 개의 크고 작은 화분을 샀는데, 화분이 두 개 더 있었다. 제라늄과 란타나. 그건 화원주인의 선물이었다. 정확히 말하면 내가 아니라, 프레디 머큐리에게 보내는.

"프레디가 죽었을 때, 이 집 대문 앞이 흰 국화로 가득했지. 동네 주민들이랑 용케 여길 알았던 팬들이 두고 간 거예요. 국화 말고 제라늄이 있기도 했지. 프레디가 제라늄을 좋아했거든요. 그건 나만 아는 사실이었지만. 국화가 떨어지고 나서 사람들한테 내가 그 사실을 알려줬지. 란타나는 취향에 맞았는지 어땠는지 모르지만. 프레디가 제라늄을 좋아했다는 걸 알고 있었어요?"

"아뇨. 고양이를 좋아했던 건 압니다만."

"그건 누구나 다 아는 거고. 이제 아는 사람만 아는 것도 좀 만들어 봐요."

화원주인은 집을 한 바퀴 쓱 훑어보면서 "책이 많네"라고 했다.

"이 집 주인이 무슨 사업을 한다는데 주로 외국에 드나드는 일이었어요. 그러니까 여긴 삼십 년 넘게 비어 있다가 오랜만에 사람을 만난 거예요. 이 집이 얼마나 좋겠어요, 지금. 이렇게 화초도 있고. 한국분이라고 했죠? 책을 쓰시나? 학생은 아닌 것 같은데."

슬쩍 물어보는 어조였지만 어쩌면 그게 본론일 수도 있었다. 내 대답이 이 여자의 입을 통해 동네 주민들과 공유될지도 몰랐다. 나는 아직 위아래층의 이웃들과도 제대로 인사한 적이 없었지만, 조용하고 보수적인 이웃들은 새로 이사 온 이방인에 대해 적당히 경계하고 있을 터였다.

"책에서 영감을 많이 받거든요. 지금은 향수회사를 운영합니다."

내가 과장한 건 표정뿐이었다. 이 사업이 잘될 수 있을까에 대한 불안감 같은 것, 반드시 성공해야 한다는 절실함 같은 것을 한 겹 아래 숨겼다. 이 도시를, 이 거리를 여유롭게 소비할 수 있는 이방인의 냄새를 풍기는 것, 그게 이 동네에선 특히 중요했다.

화원주인이 가고 난 후 나는 창가에 늘어선 제라늄과 란타나를 한참 바라보았다. 책장에는 프레디 머큐리에 관한 책이 두 권쯤 있었다. 문학서적은 아니어서 작가도 출판사도 아니고 주제별로 분류해둔 거였다. 폭 팔십 센티미터의 6단 책장으로 네 개 정도가 예술가들의 삶에 관한 책들로 채워져 있었다. 《베토벤의 가계부》와 《글렌 굴드 피아노 솔로》 사이에 프레디 머큐리가 있었다. 한 권뿐이었다. 다른 한 권이 더 있었는데, 그건 어디로 간 건지 보이지 않았다. 역시 분야 상관없이 가나다순으로 배열했어야 하는 건가. 나는 프레디 머큐리를 들고 소파에 앉았다. 책은 연도별로 프레디 머큐리의 스타일이 어떻게 바뀌었는지를 보여주고 있었다. 1980년, 만 삼십사 세 되던 해부터 프레디 머큐리는 콧수염을 기르고 캐주얼도 입기 시작했다. 이때부터 팬층에 변화가 생겼다. 떠나가는 팬도 있었고 가까워진 팬도 있었다. 1984년의 첫 솔로 표지를 보면 변화된 프레디 머큐리의 외모가 드러난다. 이 집은 책의 진행대로라면 167페이지 전후 어딘가에 들어가 있어야 했다. 그러나 책의 어디에도 이곳의 흔적은 없었다.

16구로 이사 온 목적을 상기시켜준 건 서울에서 걸려온 벗의 전화였다. 벗은 이 년 전에도 서른일곱에 파리까지 이동한 내 결정을 유일하게 응원해준 사람이었다. 벗은 첫마디에 이사한 곳은 어떠냐고 물었고, 나는 그 이야기를 안 할 수 없었다.

"이 집에 누가 살았는지 알아? 프레디 머큐리!"

벗은 나만큼이나 흥분했지만 내 얘기의 절반만 믿는 것 같기도 했다. 아니, 그는 정말 내 얘기를 믿어주었다. 단지 이게 얼마나 엄청난 일인지 실감하지 못하는 것에 불과했다. 그의 반응이 성에 안 차서 얼른 덧붙였다.

"그가 누구인지 알지?"

벗이 그를 모를 리가. 벗은 대학 때 내게 퀸의 음악을 전파해준 전도사였다. 그는 단지 너무 놀란 나머지 할 말을 잃어버린 걸지도 몰랐다.

"그가 네 영감일지도 몰라. 그가, 널 파리로 부른 걸지도 모른다고."

벗이 드디어 입을 열었다.

"네 파리행은 좀 갑작스럽지 않았니? 네가 잘 다니던 회사를 그만두고 갑자기 파리로 가서 향수사업의 둥지를 틀겠다고 한 과정을 생각해봐. 이 년 전에 네가 그곳으로 갈 때만 해도 이렇게 오래 거기에 머물 줄은 몰랐어. 네 모든 여정 뒤에는, 그가 있었던 거야. 프레디 머큐리."

갑자기 온몸에 소름이 돋았다. 이상한 전율에 휘말려서 뒷목이 마구 간지러울 지경이었다. 나는 오래전 일을 기억해냈다.

"그 넥타이 같은 것?"

내 말에 벗은 아직 그걸 기억하느냐며 웃었다. 미당의 넥타이 말이다. 대학 때 우리는 고창의 미당문학관에 간 적이 있었는데, 거기서 벗은 미당 서정주 선생의 넥타이 하나를 슬쩍했던 것이다. 순식간에 벌어진 일이었다. 나프탈렌 냄새 나는 장롱 속에는 미당의 물품들이 전시되어 있었는데, 어떤 보호장치가 따로 없어서 벗은 마치 제 것을 꺼내듯 거기서 넥타이를 꺼냈던 것이다. 벗은 시인 지망생이었다. 내가 그걸 두고 죽은 사람의 물건인데 좀 찜찜하지 않느냐고 묻자 벗은 상기된 얼굴로 대답했다.

"미당이라면 얘기가 다르지. 난 내게 시귀가 씌길 간절히 기다리고 있다고."

그 뒤에 나는 그것이 진짜 미당의 넥타이가 아니라 상황을 재현한 소품 중에 하나 아니겠느냐는 의혹을 제기하기도 했다. 그렇지 않고서야 그렇게 허술하게 그것이 놓여 있겠느냔 말이다. 그러나 벗은 당시는 개관 초기여서 그랬을 수도 있다며, 그게 아니라도 자신이 CCTV조차 눈감아줄 만큼 빈곤한 도둑이었으니 괜찮다고 대답했다. 어느 쪽이든 벗은 몇 년 후에 시로 등단했고, 지금도 그 넥타이를 부적처럼 갖고 있었다.

그걸 내가 가질걸. 아니면 손수건이라도. 그런 생각을, 한참이 지나서야 몇 번 했다. 나는 시인을 꿈꾸지 않았고 향수회사에 들어가 성실한 홍보맨이 되었지만, 영감이 불필요한 분야가 지구상에 어디 있겠는가. 나는 늘 영감의 부족을 지적받았고, 영감이 필요했으나, 스무 살 이후 그것은 고갈되고 있었다. 무척 빈곤했다.

"삼십 년간 비어 있다시피 했다면, 뭔가 흔적이 있을지도 몰라. 나라면, 일단 지하나 다락부터 찾아보겠어."

벗은 그렇게 말했다. 확실히 영감에 대해 주도면밀한 녀석이었다. 나는 다시 미당에서 프레디 머큐리로 넘어와서, 고창에서 파리로 넘어와서, 이 집에 대해 생각했다. 노래는 계속되었다. 그가 부르는 〈I was born to love you〉를 듣고 있자니 심장이 빨리 뛰기 시작했다. 노랫소리는 마치 바로 귓가에 입술을 대고 부르는 것처럼 사적으로 들렸다. 어디선가 불쑥, 프레디 머큐리가 걸어나올 것 같은 기분도 들었다. 그 언젠가, 무대에서 건배를 권하던 그 실루엣으로.

나는 접신이라도 받아들일 각오로 그의 목소리에 몰입했으나 잠들어버리고 말았다. 그리고 몇 시간 후 잠에서 깨자마자 이사 이후 제대로 열어보지 않은 문 하나를 기억해냈다. 창고, 창고가 있었다. 벗의 말대로 뭔가가 있을지도 몰랐다. 여긴 사 층 아파트의 사 층이었고, 지하나 다락 같은 건 없었지만, 햇빛이 들지 않는, 세 평쯤 되는 창고가 딸려 있었다. 그것은 이전 사람이 짐짝처럼 몇 짝의 와인을 보관하는 데 썼던 것으로, 지금은 텅 비어 있었다. 나는 창고 문을 열고 그 먼지들을 훑어보기 시작했다. 그리고 그 작업 끝에 몇 개의 성과를 얻었다. 유리 조각 몇 개(이건 분명 깨진 와인병 같았다), 담배꽁초 몇 개, 질감과 양감이 풍성한 먼지덩어리와, 벽의 균열인 줄 알고 닦았을 뿐인데 걸레에 딸려나온 머리카락 한 개.

머리카락은 검은색이었고, 좀 낡아 보였다.

프레디 머큐리의 집을 수색하기 위해 이사를 한 건 아니다. 분명 그랬다. 나는 이사 전에 새로 만든 향수 샘플 백 개를 프랑스 전역의 향수평론가와 조향사들에게 보냈다. 16구에 향수 스튜디오를 여는 것과 동시에 야심작이라 할 만한 제품을 출시할 예정이었고, 그것에 대한 평을 듣고 싶었던 것이다. 그러나 어떤 반응도 돌아오지 않았다. 모두가 묵묵부답인 건 아니었지만, 몇 가지 돌아온 반응은 충분히 평이한 것이어서 눈에 띄지 않았다. 내가 원하는 반응은 오지 않는데, 경쟁사라고 할 만한 브랜드들(그들은 생각이 다를 수도 있었다)에서는 용케도 내 새 주소로 자신들의 홍보물을 보내왔다. 그중에는 양장본 형태의 케이스를 가진 제품도 있었는데, 책의 속을 향수병 모양으로 파낸 후 그 안에 향수병을 넣어둔 형태였다. 그리고 그 앞에 열 페이지 정도, 그 향수의 탄생 비화와 같은 것이 적혀 있었다.

향수와 가장 가까운 감각은 물론 후각이겠지만, 요즘에는 향수도 눈으로 읽는 경우가 더 많았다. 향수 자체보다도 하나의 향수를 설명하기 위해 동원되는 이미지와 표현들을 읽는 게 더 중요한 시대였다. 최근에 접한 어떤 향수 하나는 '멋진 분비액'이라는 이름을 갖고 있는데, 코코넛과 백단향을 주로 이용한 제품이었다. 그건 그냥 향수일 뿐이지만, 로자 도브의 설명에 따르면 이것은 '외설적인 대안'이며, '파괴하고', '불온한' 무언가다. '첫눈에 사랑 또는 증오를 느끼게 될 것'이며, '피, 땀, 정액, 침처럼 사람들을 환락이나 쾌락의 절정으로 끌어올리는 후각적인 성교와 같다'고 한다. 나는 그 표현이 부러웠다. 어떤 이들에게는 향수가 영감을 불러일으키는 무언가가 되기도 하지만, 정작 그런 영감의 언어들을 가장 필요로 하는 건 바로 향수 자체였다. 내 새로운 브랜드야말로 그런 영감의 언어들, 놀라운 수식들이 필요했다.

내게는 메리라는 직원이 있었다. 굳이 16구로의 이사를 부추긴 것

도 메리였다. 그녀의 요구사항은 더 있었다. 16구로 이사를 한 후에
는 동네의 사교모임에 나가고, 스타와 연애를 하고, 이름 중간에
'드De'를 넣는 건 어떠냐고도 했다. 그 모든 노력이 우리 브랜드로
돌아올 거란 얘기였는데, 나는 그중에 하나를 겨우 실행했을 뿐이
다. 메리는 상류층의 거주지로 출근을 하니 신이 난 모양이었다. 그
러나 거주지를 옮겼다고 해서 우리 브랜드의 급이 갑자기 높아질 리
가 있는가. 메리는 우리의 향수 샘플을 보낼 주소록을 만들면서 상
습적으로 놀랐다. 누구는 알베르 카뮈의 후손이고, 누구는 헤네시
가문의 손자이고, 누구는 누구의 조카이며, 누구는 누구의 딸이라는
식이었다. 향수시장에서 거물급 중에서도 이렇게 출생 자체가 묵직
한 이들이 따로 있었고, 그들의 영향력은 컸다. 메리는 마침내 인정
하듯이 외쳤다.

"아아, 이 바닥은 역시 피가 중요하다니까요."

지난 몇 주간, 내가 한 일은 향수계의 거물들에게 단어 하나를 구
걸하는 거였다. 내 향수에 대한 느낌을 한 단어라도 좋으니 말해달
라는 식이었는데, 유명한 평론가들에게 아무리 샘플을 보내도 정답
을 들을 수 없었다. 내 것에 부여된 말들 중에는 마음에 드는 것이 없
었던 것이다. 사람들은 너무 바빴고, 내 브랜드는 젊긴 했지만 그게
다였다. 내 딴에는 획기적이고 신선한 브랜드라고 생각했지만 실은
파리에서는 흔히 찾아볼 수 있는 작은 회사에 불과했다. 어쩌면 일
초에 아홉 병씩 팔린다는 모 화장품처럼 이런 향수회사가 파리에서
일 초에 아홉 개씩 생겨나고 있을지도 몰랐다. 향수평론가들에게는
하루에도 몇백 병씩 새 향수들이 배달될 테고, 그중에 하나가 내 향

수다.

루아얄 거리 끝자락부터 캄봉 거리까지 순회하며 발품을 팔았지만, 내가 얻은 건 수취인이 내가 맞는지조차 증명할 수 없을 만큼 아주 통상적이고 무난한 메모들뿐이었다. 그 메모를 가방에 집어넣는 나를, 메리는 안쓰럽게 바라보았다. 가방 안에 머리카락이 들어 있지 않았다면 나는 더 우울해질 뻔했다. 그러나 프레디의 머리카락이 가방 안에 들어 있었기 때문에 나는 메리의 염려만큼 우울하지는 않았다.

그것은 지퍼백 속에 들어 있었다. 나는 그것을 어떻게 할까 고민하다가 일단 화원주인을 만나보기로 했다. '1979년부터'라는 글씨 아래 앉아 있는 그 여자는 이 머리카락을 어떻게 해야 할지에 대해서도 알고 있을 것 같았다. 물론 이것에 대해 소문을 내도 좋았다. 나는 존재감이 없었고, 그런 식으로라도 소문나고 싶었다. 프레디 머큐리의 머리카락을 지퍼백에 넣어가지고 다니는 남자, 정도로.

화원주인이 블랑을 보내주겠다고 했을 때는 그게 새로 나온 식물의 한 종류인 줄만 알았다. 그러나 다음 날 오전에 문을 두드린 건 어떤 식물이 아니라 블랑이라는 이름을 쓰는 여자였다. 나는 얼떨결에 문을 열고 커피도 대접했다. 블랑은 집을 보러 온 사람처럼 여기저기 두리번거렸다.

블랑은 내게 이 집을 어떻게 하고 싶으냐고 물었다. 그게 어떤 의미인지 몰라서 나는 이사 온 지 얼마 되지 않았다는 대답을 할 수밖에 없었는데, 속으로는 이 여자가 나를 이 거리에서 몰아내려는 것이 아닌가 경계하고 있었다. 블랑은 전형적인, 이 동네 원주민처럼 보였다. 내 대답에 블랑은 "프레디 머큐리 말이에요. 그를 어떻게 할 거냐고요"라고 말했다.

블랑은 유명인들의 남겨진 집을 세입자 입장에서 정리하도록 도와주는 전문가였다. 여기서 세입자란 표현은 그 집을 소유했는지 임대했는지의 여부와는 관계없는 말이었다. 내가 설사 이 집의 소유주라 하더라도 나는 프레디의 집에 들어온 세입자와 같았다. 인지도 면에서, 사람들은 누구나 그렇게 생각할 거였다.

블랑은 집을 남긴 유명인사들은 대체로 두 부류로 나눌 수 있다고 했다. 몹시 자주 이사한 경우와 한곳에 진득이 눌러산 경우였다. 쇼팽은 파리에서만 아홉 번이나 이사했고, 발자크는 열 번이나 이사했다. 그런가 하면 프로이트 같은 사람은 사십칠 년간 한집에서만 살기도 했다. 또는 이렇게 분류할 수도 있었다. 대중에게 내부를 공개한 집과 그렇지 않은 집. 쇼팽은 파리에서만 아홉 번 이사했지만, 그중에 사람들에게 내부가 공개된 곳은 단 한 곳도 없었다. 복원된 형태로 쇼팽의 집이 있긴 하지만 원래 집을 활용한 경우는 아니었고, 단지 쇼팽이 마지막으로 머물렀던 방돔 광장 12번지에는 이곳에 쇼팽이 거주했다는 간단한 설명만 붙어 있을 뿐이다. 그런가 하면 빅토르 위고가 머물렀던 보주 광장의 집이나 바로 여기, 파시 지구 발자크의 집은 대중에게 온전히 공개되어 있었다. 물론 아무런 표식조차 없는 집도 있었다. 내 집이 그랬다.

"이제 이곳을 어떻게 할 것인지 결정하실 때네요."

내가 왜 그래야 하느냐고 묻자 블랑은 웃었다.

"사업을 하신다던데, 당신에게 나쁠 게 없을 거예요."

혹시 필요하다면, 자신이 도와줄 수 있다는 거였다. 자신에게는 일정 금액을 내면 된다고 했다. 부동산 복비보다는 좀 더 비쌌다. 섣불리 결정할 수 없다고 하자, 블랑은 나를 이해한다고 말했다. 블랑 역시 누군가의 집에 살고 있었다. 에디트 피아프가 한때 살았던 집이 지금 블랑의 집이었다. 그 말을 듣고 보니 블랑이 에디트 피아프와 닮은 것처럼 보이기도 했다. 블랑은 그 집을 일반 사람들에게 공개하진 않았다. 다만 에디트 피아프가 살았다는 흔적을 가로 이십 센티미터, 세로 십팔 센티미터의 표식으로 만들어서 초인종 옆에 붙여놓았고, 에디트 피아프를 기리는 여러 단체와도 긴밀히 교류하고 있었다. 그 공간은 블랑의 일에 있어서 중요한 역할을 했다. 블랑이 에디트 피아프의 집에 살고 있다는 사실이 블랑을 만나는 고객들에게 공감을 불러일으켰고, 그게 결국엔 신뢰감을 좌우했다.

블랑이 떠난 후, 나는 책장 앞에 서서 다시 책들을 정리하기 시작했다. 이미 문학은 작가별로, 비문학은 주제별로 한바탕 정리가 끝난 것이었지만, 이번에는 문학을 출판사별로, 비문학은 가나다순으로 한번 바꿔보는 거였다. 습관적으로 퀸의 음악을 틀으려다가 그건 관두었다. 나는 침묵 속에서 책을 정리했다. 그러나 잠시 후 노래가 들리기 시작했다.

가방 속에는 프레디의 머리카락이 들어 있었다. 욕실 거울 앞에서 나는 그 지퍼백 속의 머리카락을 꺼내 내 것과 비교해보았다. 검다는 건 닮은 점이었고, 그 외에 다른 점은 육안으로 발견할 수 없었다. 김 서린 욕실은 무언가를 판단하기에 부적합하긴 했다. 책 속의 그라면 사적인 영역은 사적인 영역으로 남겨두고 싶어할 것이 뻔했다.
그러나 프레디는 이미 죽었다. 나는 거울을 보면서 말했다.

"이봐, 프레디, 어떻게 하는 게 좋겠어?"

"이 집을 어떻게 하고 싶어, 알 수 있는 노랫말을 줘봐."

그러다 피식 웃고 말았는데, 약간씩 맥주 기운이 올라오고 있었다.
그리고 그 기운 속에서 프레디의 노랫소리가 들렸다. 그가 불러준
건 몽세라 카바예와 함께 부른 〈Barcelona〉였고, 그중에 그의 파트
가 아닌 부분에서는 침묵했다. 바르셀로나, 바르셀로나, 바르셀로
나. 이게 내 질문에 대한 답이란 얘기인가. 이 노래를 어떻게 해석해
야 할지 막연했다.

메리가 온 건 자정이 넘어서였다. 이건 복권 당첨과 같은 거라고,
메리가 말했다. 내가 술김에 그녀에게 전화를 건 듯했지만, 프레디
머큐리에 관한 얘기를 한 것 같았지만, 기억에 없었다. 메리의 손에
는 샴페인이 있었고, 우리는 그걸 마셨다. 직원이자 친구인 메리는
내게 친밀한 사람이었지만, 우린 한 번도 이성적인 감정을 느껴본
적이 없었다. 그러나 지금은 달랐다. 나는 메리가 단지 메리이기 때
문에, 같은 이름을 가졌던 프레디의 첫사랑을 떠올릴 수 있었고, 메
리와 좀 더 얘기하고 싶었다. 그리고 예정된 수순처럼 메리와 침대
로 갔다. 그리고 어느 순간 알았다. 내가 섹스를 하고 있는 게 아니라
보고 있다는 걸. 분명 메리와 엉켜 있는 몸은 내 것인데, 나는 그걸
보고 있었다. 꼭 그런 기분이었다.

메리는 욕실로 갔다. 나는 욕실 문밖에서, 메리에게 쏟아지는 물줄

기 소리를 들으며 프레디 머큐리의 노래들을 떠올리고 있었다. 바르셀로나라니, 그리로 가란 말인가. 그러다 퍼뜩 머리를 스치는 것이 있어 욕실 문을 두드렸다. 나는 욕실에 대고 소리쳤다.

"머리카락! 욕조에 머리카락!"

메리는 얼른 문을 열었지만, 이미 머리카락은 물에 푹 젖어 무거워진 채로 수챗구멍 위에 떨어져 있었고, 하나가 아니었다. 메리가 머리를 감는 통에 프레디의 것과 내 것, 또 메리의 것, 우리 모두의 것이 흘러 흘러 수챗구멍 위에서 만났다. 메리도 나처럼 프레디처럼 머리색이 검었고, 우리 셋은 길이도 비슷했다. 프레디의 머리카락은 내 것, 또 메리의 것과 뒤엉켜 있었다.

참 이상한 건, 프레디의 것이 다른 것과 섞여 있으니 그 거대한 머리카락덩어리가 아무것도 아닌 것처럼 보였다는 거다. 처음에 내가 벽에서 그 머리카락을 발견했을 때 느꼈던 전율 같은 건 이미 수챗구멍 아래 센 강으로 흘러간 것 같았다. 머리카락은 모두 스무 개가 넘었는데, 육안으로는 그것을 두 부류로 나눌 능력이 없어서 일단 밀폐용기에 넣어두었다.

머리카락이 든 밀폐용기는 블랑에게 전해졌다. 블랑은 과연 전문가였다. 물론 현대과학의 힘이겠지만, 블랑은 능숙하게 절차를 밟아 그 머리더미 속에서 프레디의 머리카락을 용케 가려낼 수 있었다. 내가 머리더미라는 표현을 쓰자 메리는 화를 냈다. 향수 홍보문구 때문인지 우린 요즘 단어 하나하나에 너무 민감했다. 어쨌거나 메리는 그 머리더미 사건에 대해 미안했던지 나보다 더 열심히 집을 관찰하기 시작했다. 손전등을 들고 몇 번이고 창고 부근을 살피더니 한참 후에 어떤 액자 하나를 들어 보이며 "이건 원래 여기 있던 건가요?"라고 물었다. 그건 내 것이 아니었으니, 여기 있던 게 맞았다. 그러나 그 액자 속에서 내가 읽을 수 있는 정보는 'made in china' 뿐이었다. 맥이 탁 풀렸다.

"중국산이라고 다 가짜인가요? 프레디의 물건일 수도 있죠."

메리는 목장갑 낀 손으로 액자를 상자에 담았다. 그리고 또 한참, 벽과 모서리 앞에 달라붙어서 고생대 삼엽충의 화석을 찾는 사람처럼 굴었다. 그러다 메모를 찾아냈다. 종이의 상태로만 보자면 정말 삼십 년은 묵었을 것 같은 메모였다. 메모가 발견된 곳은 발코니 근처였다. 발코니와 침실의 연결 부위에 아귀를 맞추기 위해 들어간 것 같은, 문지방 형태의 나무함이 있었는데 그것을 들어낸 거였다. 그 안에는 놀랍게도, 영수증과 같은 종이 뭉치가 있었고, 거기에 보낸 이가 메리로 짐작되는 메모가 있었던 것이다. 물론 메리 오스틴 말이다. 프레디 머큐리의 연인이었던, 결혼을 하지 않았을 뿐 가족 같았던 그 여자. 그건 시거나 아니면 노래가사 같았다. 사적인 편지일 수도 있었다.

어떤 메리가 내게 영향을 준 것인지는 몰라도, 나는 블랑과 계약서를 작성했고 복비보다 비싼 금액을 지불했다. 피가 중요한 이 세계에서, 피는 없어도 프레디의 이웃 혹은 동거인 정도는 될 수도 있지 않겠는가. 에디트 피아프의 집이 블랑의 이력에 큰 역할을 하고 있는 것처럼, 프레디의 집도 내 사업에 중요한 역할을 할지 몰랐다. 무엇보다도 아직 제대로 공개된 프레디 머큐리의 집이 없다는 게 결정적이었다. 얼마 전에는 프레디의 묘지가 발견됐다가 다시 감춰진 것이 떠들썩한 뉴스가 된 일도 있었다. 그에 대한 관심은 충분했다. 이제 쏟아부을 곳만 있으면 되는 거였다.

머리카락을 잃어버릴 뻔하지 않았다면, 메리 오스틴의 메모를 발견하지 않았다면, 중국산 액자가 모호하지 않았다면, 나는 블랑을 다시 만나지 않았을지도 모른다. 그러나 모든 건 순간에 의해 변했고, 나는 블랑과 함께 여기저기 떨어져 있는 유명한 집들을 보러 다니기 시작했다. 얼핏 보면 우리는 부동산에서 만난 사람들 같았다. 파리 시내에만도 돌아볼 유명인사들의 집이 무수히 많았다. 박물관처럼 공개된 곳도 있었고, 공개되진 않았지만 블랑과의 친분으로 내부를 구경할 수 있는 곳도 있었다. 블랑은 곳곳에 나를 소개하며 "프레디의 집에 사는" 사람이라고 말했다. 그건 낯선 표현이었지만, 사실이었다. 나는 파리 시내에 존재하는 유명인사들의 옛집을 다 보았다고 생각했는데, 블랑은 내가 본 곳이 전체의 십분의 일도 안 된다고 말했다. 나는 그들의 집에서 많은 걸 읽어낼 수 있었다. 그들의 것으로 추정되는 머리카락을, 작품의 초고나 미완성된 계획을, 그들의 가구와 벽지를, 그들이 느꼈을 채광과 전망을. 나아가 그 시대의 문화를, 예술가의 습관을, 작품 밖의 현실을. 블랑은 내게 어느 정도로 프레디의 집을 공개하고 싶은지 결정하라고 했다. 물론 나는 저 보주 광장 위고의 집(그 집엔 위고가 다른 집에서 보냈던 생의 마지막 순간까지 완벽하게 재현되어 있었다)이 마음에 들었지만 그렇게 할 수는 없었다. 프레디에 대해 가진 것이, 이 집에 남겨진 유품이 별로 없었으니까.

"당신이 가진 것보다 갖고 싶은 게 더 중요해요. 저 집을 어떻게 만들고 싶은지나 잘 생각해봐요."

블랑의 말이 위로인지 격려인지 아니면 분발하라는 뜻인지 헷갈렸다. 프레디의 집에 내가 살고 있음을 알리는 일이 새 향수를 홍보하는 일과 좀 비슷한 것도 같았다.

카페의 의자들은 사람들을 구경하기 좋은 방향으로, 항상 길을 향해 뛰쳐나갈 준비가 된 것처럼 놓여 있었다. 블랑과 나는 그 의자에 앉아 사람들을 구경했다. 시선은 공기만큼이나 당연한 것으로 통했다. 그리고 이제 나는 관음을 즐기는 사람들을 위해 또 하나의 볼거리를 제공하기로 했다. 신문에 내가 프레디 머큐리의 집에 살고 있다는 사실을 공개할 수도 있었지만, 좀 더 극적인 방법을 선택했다. 블랑의 제안으로 한 다큐멘터리 감독을 소개받았던 것이다. 프레디 머큐리에 대한 다큐멘터리를 제작 중인 감독이었다. 그는 영국인이었고, '예술가의 집'이란 주제로 이미 여러 편의 다큐멘터리를 만든 사람이었다. 그는 프레디의 유년 시절 친구부터 대학동창까지 많은 지인들을 인터뷰했지만, 파리 주민으로서의 프레디는 누구에게나 처음일 거라며 들떴다. 그의 말을 듣고 있자니 내가 프레디 머큐리의 인생에, 나아가 퀸의 음악에 조금 기여한 사람처럼 느껴질 지경이었다. 나는 묘한 연대감에 휘말려 프레디 머큐리의 가족들이나 퀸 다른 멤버들의 연락처를 알 수 있느냐고 물어보려다가 겨우, 관두었다.

어쩌면 삼 분, 혹은 이 분이 들어갈지 모르는 내 분량을 위해 CCTV를 집 안 여섯 군데에 설치하고 일주일을 보냈다. 발코니에 하나, 거실에 둘, 침실에 하나, 주방에 하나, 현관에 하나였다. 이건 파리에 남아 있는 프레디 머큐리의 집을, 그의 흔적을 보여주는 장면이었지만 동시에 그곳에 현재 살고 있는 내 모습을 보여주는 것이기도 했다. 내게는 그 장면이 앞으로의 내 인생을 바꿔줄 몇 분이 될 수도 있었다. 그렇게 생각한 사람들이 나만은 아니었는지, 편집이 어떻게 되든 간에 일단은 화면에 잡히고 보려는 사람들이 좀 있었다. 화원주인은 생뚱맞게 화분 몇 개를 들고 들어왔고, 또 프레디의 제라늄 얘기를 하고 갔다. 나는 모두 알던 얘기였지만, 처음 듣는 이야기인 양 화원주인의 말을 열심히 들어주었다. 메리는 새 옷을 입고 출근했고, 이런 일에 능숙할 것만 같은 블랑은 오히려 나타나지 않았다.

내가 꾸려놓은 짐이 내 몸보다 더 큰 그림자로 저곳에 쌓여 있었다. 프레디의 흔적이 들어간 상자들이었다. 손님의 것이라 하기엔 많고 주인의 것이라 하기엔 적은 양이었다. 그 안에는 프레디의 머리카락과 영수증, 그리고 메리와의 메모, 틀만 남은 액자 따위가 들어 있었지만 다큐멘터리 감독은 그걸로 충분하다고 얘기했다. 그냥 내가 자연스럽게 이곳에서 지내는 걸 보여주면 된다고 했다.

아르누보 양식의 아파트가 가득한 이 거리의 사람들은 관광객에게는 관대한 편이지만 막상 외국인이 이웃이 되면 까탈스러워졌다. 관광객들로 가득한 대로변보다도 이 골목에 들어서면 나는 더, 내가 이방인이라는 사실을 실감하곤 했다. 어떤 이웃들은 이방인이 자신의 아파트에 입주한 것도 거슬리는데, 카메라까지 드나들고 부산을 떨어 썩 내키지 않는다는 표정을 지었다. 그러나 대체적으로 이웃들은 호의적이었다. 프레디 머큐리 덕분이었다. 아래층의 누군가는 직접 구운 케이크를 들고 와서 프레디 머큐리의 집을 구경하고 갔다.

카메라가 돌아가는 일주일 동안 메리와 나는 그 어느 때보다 열심히 일했다. 나는 단지 새로 출시될 예정인 향수의 이름을 고민하는 역할을 했다. 그러다 메리가 프레디 머큐리에게서 영감을 받은 향수 아니냐는 말을 했고, 향수의 이름은 '37, 프레디 머큐리'가 되었다. 37은 우리의 번지수였다.

촬영 이후 종종 기자들이 다녀갔다. 얼마 후 감독은 완성된 편집본을 보냈는데, 그 안에는 내가 전혀 예상 못한 장면들이 중요한 요소로 들어가 있었다. 이를테면 내가 책장 정리에 심취하는 모습이 꽤 길게 방송되었던 것이다. 화면 속의 나는 마치 어떤 놀이를 하는 사람 같았다. 책장 앞에 서서 헤밍웨이를 카프카 옆에, 던컨을 로댕 옆에, 바흐를 그 틈새에, 그렇게 책들을 배열했다가는 다시 또 재배열하기 시작했다. 나는 몇 권의 책이 되어 있는 유명인사들을 이리 옮기고 저리 옮겼다. 그러다가 책의 높이가 제각각이라 가지런한 맛이 없다고 투덜거리곤 했다. 새 제품의 이름을 고민하는 역할도 자연스럽게 방송을 탔다. 까탈스러운 내 표정은 사실 많이 긴장해서였는데, 그게 내 향수 브랜드의 이미지를 아주 정교하게 만들고 있었다. 그러나 내가 가장 신경 쓴 부분, 그러니까 프레디 머큐리의 노랫소리에 대해서는 많은 분량이 할애되지 않았다. 그것은 말미를 장식하긴 했으나, 노랫소리가 카메라 안에 잘 잡히지 않았다. 노래가 들린다고 말하는 내 모습만 있을 뿐이었다. 프레디의 목소리는 그의 목소리긴 하나 음반의 것으로 덧입혀졌고, 내가 이 집에서 프레디 머큐리의 노래가 들린다고 말한 부분에 대해서 어느 전문가가 그건 공명현상이라고 말하는 장면이 슬쩍 지나갔을 뿐이다. 또 다른 전문가는 예술가들의 혼이 깃든 집에서 이런 현상은 종종 나타난다고 말했다. 그런 식의 편집이 방송에는 필요했는지 몰라도, 내게 있어서 그건 정답이 아니었다.

"정말 이게 흔한 일인가요? 혹시 당신의 집에서 에디트 피아프의 목소리가 들려요?"

내가 이렇게 묻자 블랑은 콧노래를 흥얼거리기 시작했다. 에디트 피아프의 〈La Vie en rose〉였다. 그 노래를 한참 부르고 나서 블랑은 좀 씁쓸하다는 표정을 지었다.

"난 어디 가서 그런 얘기 안 해요. 오래전에 에디트 피아프가 노래를 불렀는데, 꼭 내가 혼자 있을 때만 불러대서, 그 얘길 했다가 바보 된 적이 한두 번이 아니었죠. 그렇지만 지금은 그녀도 노래를 부르지 않아요. 에디트 피아프가 살았던 다른 집에선 노랫소리가 들린다고 하더라고요. 그 집에 사는 유학생 말인데, 증명할 길이 없어서."

나는 발코니 쪽의 소음에 대해서도 블랑에게 얘기할까 하다가 관두었다. 발코니 쪽에서 종종 기분 나쁜 소음이 들리기 시작했다. 그러나 그것 역시 나 혼자만 듣는 소음일지도 몰랐다. 발코니에 대해서 생각하자 기다렸다는 듯이 삐거덕거리는 소음이 들렸다. 발코니 쪽이었다. 나는 저 소음이 언제부터 들리기 시작한 건지, 기억을 더듬어보았다. 메리 오스틴의 메모가 들어 있던 나뭇조각을 떼어낸 후부터인 것도 같았다. 원래도 낡은 편이었지만 그 이후 더 허술해져서 언제든 아래로 추락할 것만 같았다.

다큐멘터리가 방영되기도 전에 어떻게 알았는지 거물들에게서 연락이 왔다. 나는 이 집에서 내 브랜드 출시 기념 파티를 할 계획이었는데, 그 초대장을 보내달라는 요청들이 심심찮게 들려왔다. 그들 중에는 헤네시나 카뮈도 있었다. 향수계의 입이라고 불리는 전설적인 평론가에게서는 초대에 응하는 메일을 한 통 받았는데 거기엔 "프레디 머큐리라니!"라고 씌어 있었다. 그건 아주 간단한 한 문장이었는데, 내가 원했던 정답을 이제야 발견한 듯한 느낌이었다. 내가 그것을 홍보문구로 써도 좋겠다는 생각을 한 순간, 정답은 그게 아니라는 듯, 발코니가 또 울어대기 시작했다.

다행히 파티가 열리는 동안 발코니는 기분 나쁜 소음을 내거나, 갑자기 추락하거나 하지 않았다. 파티에서 내가 가장 많이 들었던 말은 프레디 머큐리와 닮았다는 거였다. 당연한 결과였다. 나는 콧수염이 없던 시절의 프레디와 좀 비슷했다. 그렇게 준비했고 블랑이 계산한 동선대로 움직이고 있었을 뿐이다. 막상 콧수염을 붙이면 오히려 인상이 달라 보였기 때문에, 그 이전을 흉내 낸 것뿐이었다. 집에는 프레디와 내가 함께 산다고 말할 수 있을 만한 증거물들이 수두룩했다. 블랑 말대로 뭘 놓고 싶은지, 어떤 걸 갖고 싶은지가 중요한 문제였을 뿐, 그걸 재현하는 건 블랑에게 일도 아니었다. 프레디의 머리카락은 오선지 위의 음표처럼 멋지게 전시되었다. 그 외에 다른 물품들은 굳이 프레디의 것이 아니었어도 크게 관계가 없었다. 이 집 자체가 프레디의 흔적이었으니까. 나는 이 집에 올라오는 계단 쪽에 퀸의 앨범 디자인을 그려두었는데, 그것이 포토월 역할을 멋지게 했다.

파티는 흥겨웠고 향수계에서 내가 만나고 싶어했던 사람들이 참석했다. 다만 프레디의 가족이나 퀸의 다른 멤버, 혹은 프레디를 추모했던 동료들이 오지 않을까 기대했지만 그런 일은 없었다. 프레디 머큐리의 노랫소리를 듣고 싶어하는 사람들이 있었지만, 그가 언제 노래를 부를지는 알 수 없었다. 그걸 기다리느라 파티에 음악이 없을 수도 없었기 때문에, 설령 프레디 머큐리가 노래를 불렀다 해도 알아챈 사람은 없었다. 흘러나오는 음악도 물론 퀸의 음반들이었다. 다음 날 아침, 지역신문을 비롯한 몇 개의 신문에 이 파티에 대한 기사가 떴다.

며칠 후, 파티의 잔열이 식었을 때쯤, 벗에게 전화를 걸었다. 여긴 밤이었지만 거긴 아침이었다. 오히려 벗이 자고 있을 시간이었다. 예상대로 벗은 세 번 연속해서 전화를 건 후에야 겨우 전화를 받았다.

"파티는 잘했어? 나 여기서 기사로 널 읽었어."

"뭐라고 씌어 있디?"

"프레디 머큐리. 4옥타브를 넘나드는 향수."

잠에서 갓 깨어난 탓에 벗의 발음은 정확하지 않았다. 사실 나는 4옥타브를 넘나드는 게 아니라, 사 층 높이에서 생사를 넘나들고 있었다. 침실에 붙어 있던 발코니 때문이었다. 파티 때 하도 많은 사람들이 그 발코니에 몰려들었기 때문인지, 안 그래도 부실하던 그 발코니가 거의 너덜너덜해졌다. 다큐 때 그 발코니에서 프레디가 메리의 메모를 읽고 영감을 얻었을지 모른다는 식의 이야기가 진행되었기 때문이었다. 향수계의 거물들도 그 발코니에 서보려고 애를 쓰는 것이 어쩐지 내게는 좀 우스꽝스럽게 보였는데, 웃고 떠드는 틈에 발코니에 조금씩 균열이 가는, 그 우지끈, 하는 소리를 들은 사람이 나 외엔 없는 것 같았다.

저 발코니가 언제든 툭 떨어질 수 있기 때문에, 밟으면 안 되었는데, 밟지 않는다고 문제가 괜찮은 건 아니었다. 바람이 불 때마다 그 발코니 언저리가 덜컹거렸고, 낡은 모서리를 따라 빗물이 집 안으로 들어왔다. 양동이 몇 개를 그쪽에 가져다놓고 수건을 깔아놔야 했다. 메리는 발코니를 보면서 이렇게 말했다.

"우리가 그때 뜯어낸 나무상자가 이 집의 기둥 같은 거 아니었을까요?"

기둥이라니, 그렇게 확대할 건 없었다. 단지 저 발코니만 철거하면 되는 문제였다. 가만 보니 이 집 말고 그 아래층 집들은 모두 공사를 거친 것 같았다. 원래 발코니가 있던 자리를 현대식으로 고쳐놓은 흔적이 보였다. 나 역시 발코니를 현대식으로 공사하길 원했는데 내 결정에 대해 들은 화원주인은 그건 별로 좋은 생각이 아니라고 말했다. 내게는 그렇게 말했을 뿐이지만 다른 이웃들에게는 좀 더 강한 어조로 말했을지도 몰랐다. '발코니를 뜯어내다니, 그 남자가 미친 게 아닐까요' 하는 식의 말이 돌아 돌아 내 귀에 들어왔다. 프레디를 통해 안면을 튼 이웃 노인은 내게 다짜고짜 그 결정에 대해 듣고 너무 놀랐다는 식으로 말했다. 그 노인은 나를 프레디 머큐리를 상업적으로 이용한 후 버리려는 듯한 사람으로 생각하는 것 같았다.

"〈로미오와 줄리엣〉의 무대에서 줄리엣의 발코니를 철거하자고 주장하는 사람과 다를 바가 뭐 있겠어요."

이런 식으로 말이다. 노인은 자신은 퀸을 좋아하지 않았지만, 예술은 예술 자체로 보는 것이 여기에 어울린다고 말했다. 특히 '여기' 라는 단어에 힘을 줘 강조했다.

블랑은 그 발코니가 다큐멘터리에서 너무 잘 잡히는 바람에, 단지 그걸 철거하는 것 하나만으로 이제 그 집은 프레디 머큐리의 집이 아닐 수도 있다고 말했다. 프레디 머큐리를 기리는 단체에서 메일이 날아오기도 했다. 그 발코니에서 프레디가 영감을 받아 작곡한 것으로 짐작되는 곡들의 목록과 함께.

나는 책장의 한켠을 차지한 스크랩북 속에서 이 집의 기사들을 다시 꺼내 읽어보았다. '프레디 파리에 부활', '프레디 집에 사는 남자', '프레디 머큐리가 향수로?' 기타 등등 그 제목 이면의 것들에 대해 생각하지 않을 수 없었다. 그 와중에도 발코니는 끊임없이 삐걱거렸고, 마치 자고 일어나면 비바람에 휩쓸려 사라져 있을 것도 같았다. 차라리 그랬으면 싶었다. 이 집의 기능적인 면에 대해 생각해보자면 불만이 한두 개가 아니었다. 이 집은 보수가 필요했다. 발코니만 불만스러웠던 건 아니었다. 내부에 페인트칠도 하고 싶었으나, 이름도 들어본 적 없는 무슨 무슨 학회들이 나타나서 그건 안 된다고 말했던 것이다. 물론 그들에겐 법적인 권한이 없었지만, 나는 사람들을 고려하지 않을 수 없었다.

얼마 전에 구경했던 집들을 떠올려보았다. 누구의 집이었던가. 내부를 공개하진 않았지만 그 집 앞 우체통에 사람들이 기대서 사진을 찍는 것까지 막을 수는 없었다. 외부인들의 기념 플래시가 매일 터졌다. 카메라를 총처럼 멘 사람들이 집을 다녀갔다. 그 집의 세입자는(실제로는 자가소유의 주택이었다) 새소리가 아니라 사람들의 말소리에 아침잠을 깼다. 그가 일어나기 전에 이미 집 앞으로 사람들은 그의 방 유리창에 동공을 맞춰보기도 했다. 호기심 어린 시선들이 유리창을 통과하면 곧 창을 등지고 자는 남자를 볼 수 있었다. 뒷모습이었지만 사람들은 그 뒤통수만 보고도 그에게서 뭔가를 읽어내려고 애썼다. 그는 눈을 뜬 채 자신의 뒤통수를 훔쳐보는 사람들의 시선을 감내했다.

그게 누구의 집이었더라. 이런 상황을 목격했던가. 자꾸만 창을 등지고 자는 그 남자의 몸을 돌려세우면 내 얼굴이 붙어 있을 것만 같았다. 이런 식의 유명세는 원하지 않았다. 어떤 기자 하나가 내게 2004년에 등장했던 프레디 머큐리 생존설을 언급하며, 그가 만약에 살아 돌아온다면 초대하겠느냐고 물었다. 물론 나는 초대도 하고 향수도 선물하겠지만, 프레디 머큐리가 만약 아직 살아 있거나 부활한다면, 프레디 머큐리라는 이름으로 살지는 않을 거라는 생각을 했다. 그는 스스로 버렸던 이름, 그러니까 처음의 이름, 파로크 불사라를 다시 선택해서 평범하게 살아갈지도 모른다. 시월 말이었다. 두 달이 아니라 몇 계절을 이 집에서 반복한 것 같은 기분이었다. 발코니의 삐걱거림을 뒤로하고 집을 나섰다.

자정이 지난 시간에 거리를 배회하는 사람은 둘뿐이었다. 이쪽 방면에서 걸어가는 나와 저쪽 방면에서 걸어오는 한 남자. 그는 나를 알아보았다. 나도 그를 알아보았다. 언젠가 그의 집에 간 적이 있었다. 블랑이 아는 사람이었다. 짐 모리슨이었나, 헤밍웨이였나, 아무튼 일 년 정도 누군가가 머물렀던 집에 살고 있었다.

"프레디 머큐리는 잘 지냅니까?"

"덕분에요."

우리는 다큐멘터리에 대해 이야기했다. 이 남자 역시 오래전에 다큐멘터리를 세 편 정도 찍었다고 했다. 그는 내게 카메라는 모두 치워진 건지에 대해 물었다.

"카메라요? 그건 저번에 가져갔는데요."

"잘 찾아보세요. 또 있을지도 몰라요."

그는 그런 성가신 일이 또 있겠냐는 듯, 내게 투덜댔다.

"제 경우에는 오후 네 시에 찾으러 오겠다고 해놓고, 아직도 깜깜 무소식입니다."

"카메라를요?"

"네."

"그럼 전화를 해보시죠. 그쪽도 급할 수 있는데."

"1987년 팔월의 오후 네 시였습니다."

남자의 대답은 그랬다. 역시 그렇게 성가신 일이 또 있겠느냐는 듯한 표정과 말투였다. 남자는 아직 찾으러 오지 않은 카메라가 자신의 집 한켠에서 계속 돌아가고 있다고 했다. 나는 그가 어딘가 이상하다고 생각하면서도 "그럼 왜 그걸 치우지 않느냐"고, 또 "전원을 꺼두라"고 말했다. 그는 웃었다.

"어디에 있는지 알면, 진작에 그랬겠죠."

이상해 보이는 건 그였는데, 그는 마치 당신이 이상하다는 듯, 내 어깨를 두드리며 괜찮을 거라고 말했다. 그러면서 이렇게 묻는 거였다.

"그런데, 프레디 머큐리는 요즘도 노래를 부르나요?"

나는 대답하는 대신 되물었다.

"그런데 그는 왜, 자꾸 노래를 부르는 걸까요, 저 집에서."

남자는 뭐 그런 성가신 일이 또 있겠느냐는 듯이, 대수롭지 않게 대답했다.

"프레디 머큐리는, 라이브를 좋아하니까요."

우리는 정말 인사를 하고 헤어졌다. 그가 헤밍웨이의 집에 살았던 이인지, 짐 모리슨이었는지는 여전히 기억나지 않았다. 남자는 끝까지 카메라를 조심하라고 말했다. 난 괜찮았다. 카메라는 이미 수거해갔고, 남아 있는 카메라도 없었지만, 설사 있다 해도 관계없었다. 카메라를 수거해간 후에도 나는 종종 카메라를 의식하는 내 모습을 발견하고 있었으니까. 나를 관찰하는 카메라는 어디에도 없었지만, 그게 있다고 생각하는 게 더 편했다. 이미 몸에 배어버렸기 때문에, 딱히 힘들 것도 없었다. 그 카메라는 홍보용이기도 했고, 기록용이기도 했지만, 동거용이기도 했다. 누군가가 나를 지켜본다는 사실이 가끔은 위로가 될 때도 있는 법이었다.

골목은 조용했다. 저 발코니는 마치 가설무대의 불안한 소품처럼 내 벽에 붙어서 달랑거리고 있었다. 내일은 저 발코니를 꼭 철거하리라 생각하면서, 나는 계단을 올랐다. 내가 그려둔 퀸의 앨범 표지 디자인이, 마치 앨범 속으로 나를 인도하는 것 같았다. 그러나 거기엔 내가 그린 그림만 있는 건 아니었다. 퀸의 마지막 앨범 표지에 다다르면 피에로 차림을 한 프레디의 입가에서 붉은 글씨로 이런 대사가 튀어나오고 있었다.

'이봐, 넌 내 가족이 아니야.'

누군가가 프레디에 대한 팬심인지 나에 대한 증오인지 모를 낙서를 해둔 거였다. 나를 겨냥한 게 아닐 수도 있었지만, 최근 몇 개의 악성 메일을 받은 적도 있었기에, 나는 낙서되지 않은 말들까지 떠올리면서 집 안으로 들어갔다. 〈Love of my life〉가 듣고 싶었다. 사실 프레디가 요즘도 노래하느냐는 남자의 질문에 바로 대답하지 않았던 건 최근에 프레디 머큐리의 노래를 들었던 게 가물가물해서였다.

그 밤에 프레디는 오랜만에 노래를 불러줬다. 〈Show must go on〉. 쇼는 계속되어야만 해, 쇼는 계속되어야만 해…… 나의 화장은 조각나지만, 나의 웃음은 영원히 남아 있으리라.

그건 프레디 머큐리가 불러준 마지막 라이브였다. 다음 날 나는 발코니를 고치는 대신 가로 육십 센티미터, 세로 삼십 센티미터의 문패를 내걸었는데, 거기엔 '프레디의 사생아'라고 적어두었다. 그 아래에 프레디 머큐리가 머물렀다는 문구가 붙어 있었다. 나는 기꺼이 세입자로 남는 길을 택했다. 프레디가 내게 쇼를 계속하라고 했던 그날 새벽, 인터넷에 누군가가 프레디 머큐리의 사진 한 장을 올렸는데, 그 오래전 사진 속에는 이 집의 발코니가 정확하게 붙어 있었다. 프레디는 발코니에 서서 어딘가를 응시하고 있었다. 사람들은 프레디가 이 발코니에서 영감을 얻어 만든 노래들에 대해서 다시 집중했다. 그 근거가 뭔지는 누구도 몰랐지만, 사람들은 증거를 원했다. 배경공간이 실제로 남아 있다는 건 전설을 좀 더 풍요롭게 만드는 일이었다. 그 떠들썩한 소문들을 보면서 나는 내가 프레디 머큐리가 아니라는 사실을 인지했다. 게다가 나는 정말 세입자였다. 내가 이 거리의 37번지에 언제까지 머물 수 있을까. 집주인이 어느 날 돌아와서 아파트를 빼달라고 하면 그만 아닌가. 여기에 머무는 동안 나는 프레디 머큐리를 최대한 성장시켜야 했다. 내 향수, '37, 프레디 머큐리' 말이다. 나는 프레디의 집에 사는 세입자 중 가장 프레디다운 사람이어야 했다.

새로 판 명함에는 '프레디의 사생아'라는 문구가 들어갔다. 그게 내 향수 스튜디오의 이름이었다. 37번지 4층이란 주소는 37번지 4옥타브라고 표기했다. 사람들은 프레디 머큐리가 된 양, 기꺼이 4옥타브를 올라왔다. 방 하나를 빼고는 모두를 공개했다. 질 좋은 가죽의 류를 옷장에 채워넣었고, 사람들이 그것을 쉽게 열도록 했다. 내가 세심히 고른 액세서리들, 심지어 넥타이까지도 그 안에 있었다. 누가 물어보면 프레디가 썼던 것이긴 하지만 2013년도에 샀다는 농담을 던졌다. 사람들은 재미있어했고 심지어 어떤 이들은 향수와 함께 그것을 사고 싶다고 말하기도 했다. 품목은 점점 늘어났다. 프레디가 쓰던 책상, 프레디가 쓰던 침대, 프레디가 쓰던 옷걸이, 프레디가 신던 구두, 프레디의 책장(이제 나는 책 배열에 신경 쓰지 않았다), 제리라는 이름의 고양이도, 톰과 오스카, 티파니라는 이름의 고양이들도 들여놓았다. 고양이는 모두 여섯 마리가 있었다. 블랑은 이제 모든 일을 다했다고 말했다. 블랑의 말대로 이제 그 집에는 모든 것이 있었다. 단지 프레디 머큐리의 목소리만 없었을 뿐이다.

이장욱

기린이 아닌 모든 것에 대한 이야기

1968년 서울에서 태어나 2005년 문학수첩작가상을 수상하며 등단했다. 소설집 《고백의 제왕》, 장편소설 《칼로의 유쾌한 악마들》《천국보다 낯선》이 있다.

1

기린이 아닌 모든 것에 대한 이야기를 해드릴까요?

내가 그렇게 말하면, 당신은 어떤 생각을 합니까? 정말 기린이 아닌 모든 것을 생각합니까? 목이 참 길고, 키가 껑충하니 크고, 무중력 공간인 듯 천천히 움직이는 그 동물을 제외한, 모든 것을 생각합니까? 가령 샤프펜슬이라든가 부처님 같은 것을? 또는 그 동물이 한가로이 거니는 아프리카의 초원이나 동물원이 아니라, 세상의 모든 곳을 생각합니까? 대학 캠퍼스라든가 박물관 같은?

그럴 리가. 기린이 아닌 모든 것에 대한 이야기를 해드리겠습니다, 라고 내가 말하면 사람들은 당연하다는 듯 기린에 대한 모든 것을 생각합니다. 마치 내가 이렇게 말한 것처럼 말이죠. 이제부터 기린에 대한 모든 것을 이야기해드리겠습니다— 라고요.

나는 대체로 정확한 발음을 가지고 있습니다. 당신의 귀는 정확하게 내 말을 들었습니다. 그런데 지금 당신의 머릿속을 지나가는 것은 무엇입니까? 그건 기린이 아닙니까? 그 기린은 산책 중일지도 모르고, 배가 고파 아카시아나무의 잎사귀를 베어물고 있을지도 모릅니다. 암컷의 등에 올라타고 교미 중일지도 모르지요. 아니면 긴 목을 칼처럼 휘두르며 다른 기린과 싸우고 있는지도.

물론 나는 그 기린에 대해 아무런 권리가 없습니다. 그건 순수하게 당신의 머릿속에서 태어난 당신의 기린이니까요. 이상한 말이지만, 나는 그것이 내 운명이라고 생각합니다.

운명이라고 나는 말했습니다. 우스운가요? 하지만 믿어주십시오. 나는 진실만을 말하고 있으니까요. 그렇다고 느끼고 있습니다. 만에 하나 내 말이 거짓말이라 해도, 그건 진심을 다한 거짓말입니다. 전력을 다한 거짓말입니다. 내가 이렇게 말하는 순간에도, 아름다운 기린 한 마리가 당신의 머릿속을 지나가고 있지 않습니까? 그 기린은 하늘하늘 걸어가고 있지 않습니까? 그것이 증거입니다. 기린은 지금 어디까지 갔습니까? 멀리 사라지고 있습니까? 긴 목을 돌려 당신을 바라보고 있습니까? 거기 황혼이 지고 있나요?

그래요. 그것이 나의 운명입니다.

2

나는 언제부터 그런 이야기에 탐닉한 것일까요? 기린이 아닌 모든 것에 대한 이야기 같은 것에 말입니다. 초등학교 때 파출소에 가서 "저는 담임선생님이 내 짝을 만지고 더듬는 걸 보지 못했어요"라고 말했을 때부터였을까요? 젊은 경찰관 아저씨가 나를 물끄러미 쳐다보던 그날 오후부터……?

그래요. 그건 초등학교 시절의 어느 봄날, 방과 후의 일이었습니다. 나는 란도셀을 멘 채 학교 앞 파출소의 무거운 유리문을 열고 들어갔습니다. 부잣집 도련님처럼 얼굴이 희멀겋고 의협심이 넘쳐 보이는 경찰관 아저씨가 앉아 있더군요. 생각해보면 지금의 나보다 한참 어린 의경이었고, 인생의 역경이라는 것은 한 번도 겪어보지 못한 게 틀림없는, 그런 청년이었습니다만.

그는 철제 책상에 앉아 가만히 나를 바라보다가 학교와 반과 담임선생님의 이름을 물었습니다. 나는 사실대로 말했습니다. 학교와 반과 담임선생님의 이름과…… 모든 것을요. 내 짝은 예쁘고 착한 데다가 장학사님의 딸이라는 이야기도 했습니다. 경찰관 아저씨가 묻는데 감출 게 어디 있겠습니까. 성실하고 모범적인 학생이 말입니다.

아저씨가 내 말을 옮겨 적고 있을 때, 나는 무심코 창밖을 바라보았습니다. 거기 하얀 구름이 떠 있었어요. 다시 보면 전혀 그곳에 있을 것 같지 않은, 아무것도 닮지 않은, 그저 구름일 뿐인, 단순한 구름이었습니다. 이상하게 그 흰빛이 기억에 오래 남더군요.

내가 파출소를 찾아간 뒤 며칠이 지나지 않아서, 담임선생님이 교실에서 보이지 않게 되었습니다. 교장과 싸우고 그만뒀다, 무슨 교내 스캔들이 있었다, 심지어는 자살했다, 그런 소문들이 아이들 사이에서 떠돌았습니다. 하지만 변한 건 아무것도 없었어요. 아이들은 사라진 담임을 여전히 '반半대머리'라고 불렀고("반대머리 어디 갔냐?"는 식으로), 나는 평소처럼 조용하고 성실한 학생이었습니다. 생활기록부에는 언제나 '품행이 방정하여 타의 모범이 됨'이라고 쓰여 있었지요. 품행이 방정하다는 건 어딘지 안 좋은 표현 같았습니다. 방정맞은 아이라는 뜻인가? ─ 생각하곤 했으니까요.

사람들은 정말 그렇게 말하더군요. 엄마가 일찍 죽고 아버지와 둘이서 살아온 탓이라고 수군거렸습니다. 뒷자리 까까머리도, 동네 방앗간 할머니도, 심지어 오락실 아줌마가 기르는 개새끼까지 말입니다. 그래요. 그건 확실히 방정맞은 말입니다. 품행도 언행도 방정맞은 자들의 수군거림입니다. 왜 남의 집 가정사를 시시콜콜 들먹인단 말입니까?

확실히 말씀드립니다만, 나는 아버지를 사랑했습니다. 누구보다도 사랑했습니다. 아버지에게 맹목적인 증오심을 가진 친구들도 있는 모양이지만, 나는 달랐습니다. 아버지에 대한 증오심이라니, 적의라니, 애들이 아직 어려서 그렇구나. 아버지가 없다면 자기들도 없었을 텐데……

3

그 시절, 아버지는 귀가한 뒤 언제나 구석방에 틀어박혀 시간을 보냈습니다. 저녁 먹을 때 외에는 바깥으로 나오는 일이 드물었습니다. 고독한 남자였어요. 인생에 별다른 욕심이 없어 보였습니다. 말이 없고, 여자도 만나지 않고, 고기도 먹을 줄 모르고, 술도 마시지 않았습니다. 식물성 인간이랄까요. 욕망이라든가 의욕 같은 것과는 무관한 사람처럼 보였습니다. 나에게조차 별 관심이 없었을 정도니까요. 유일한 낙은 담배였습니다. 담배만은 미친 사람처럼 피워댔지요. 세상의 모든 식물들을 다 태워 없앨 것처럼 말이죠. 승려를 그만둔 뒤부터 그랬다고 했습니다.

승려요? 아, 스님, 스님 말입니다. 머리를 빡빡 밀고 회색 두루마

기를 걸친, 바로 그 스님이요. 그렇습니다. 아버지는 명문대학을 중
퇴하고 한때 출가를 했던 사람이라고 하더군요. 사실 저로서는 지금
도 이해가 잘 안 됩니다. 세상에는 그런 부류의 사람도 있는 모양이
지만, 그게 내 아버지라니, 이상한 느낌이 들 정도였으니까요.

아버지는 이름만 대면 알 만한 사찰의 전도유망한 승려였다고 하
더군요. 여자를 만나 나를 낳고 환속할 때까지는 말입니다. 세속을
떠났다가 다시 세속으로 돌아온 것입니다, 여자 때문에 말이죠. 아
버지는 해탈보다 사랑을 택한 것일까요? 온 우주를 깨닫고 자신이라
는 지옥에서 자유로워지는 일보다, 겨우 한 여자에 대한 사랑이 중
요했던 것일까요? 글쎄, 잘 모르겠습니다. 그런 건 물어보지 않았으
니까요. 우주니 해탈이니 하는 것에는 별 관심이 없었기 때문에……
하긴 사랑에도 관심이 없긴 마찬가지였습니다만.

사실 사랑이란 건 애써서 가보면 감쪽같이 사라지는 게 아닙니까?
무지개나 구름 같은 것 말입니다. 너무나 선명하면서도, 선명하기
때문에 도저히 잡을 수 없는 것…… 심장을 쥐어뜯게 만들다가도,
어느 날 아침에 일어나보면 그게 뭔지 도무지 아리송해지는……

그 여자는, 제 어머니 말입니다만, 금방 사라졌습니다. 원래 몸이
약했고, 폐에 심각한 문제가 있어서 절에 온 사람이라고 했습니다.
봄날처럼 밝고 환한 여자였다고 하더군요. 우울해하는 아버지를 오
히려 위로해주기까지 했다니까요. 대체 누가 아픈 사람인지 모를 정
도였다고 아버지는 회고했습니다. 그런 건 천성이자 일종의 능력이
지. 주위의 공기조차 갓 핀 산수유처럼 신선해졌으니까…… 라고도
했습니다. 그토록 화사한 사람이 폐에 구멍이 뚫려 있다니, 호흡곤

란을 겪어야 하다니, 맑은 공기를 마시는 것조차 힘들어해야 하다
니……

그 여자가 나를 낳은 뒤 거짓말처럼 문득 사라지더라는 것은 아버
지의 표현이었습니다. 나는 가슴이 아프지도 않았다. 그 여자는, 네
어머니 말이다만, 애초에 세상에 존재하지도 않았던 것 같았으니까.
아버지는 그렇게 말했습니다. 하지만 존재하지도 않았던 그것이 당
신을 지배하고 있다는 건, 어린 나 역시 어렴풋이 느낄 수 있었어요.

아버지는 조용히 저잣거리로 돌아왔습니다. 늙은 어미의 집에, 내
할머니 말입니다만, 나를 맡겨둔 채 일을 나갔습니다. 공사장을 쫓
아다니기도 했고, 도배 시다바리를 하기도 했습니다. 하루 벌어 하
루 사는 일들이었죠. 아버지는 언젠가 말했습니다. 이 일들이 좋다.
이 일들은 단지 그것 자체일 뿐이다. 거짓말을 할 필요도 없고 진실
도 필요 없다. 사랑이니 열정이니 하는 것도 불필요하다. 그것이 좋
다……

아버지는 점점 외로운 사내가 되어갔습니다. 친구도 없었고 취미
도 없었습니다. 단지 담배만을 피울 뿐이라는 듯이, 담배를 피우기
위해 이 세상에 태어났다는 듯이, 그렇게 담배를 피워댈 뿐이었습니
다. 나를 구석방에 들어오지 못하게 한 것도 방 안에 가득 배어 있는
그 냄새 때문이었죠.

하지만 또 다른 이유가 있는 건 아닐까? 나는 의아했습니다. 담배
연기로 가득한 방에서 밤마다 틱틱, 소리가 났으니까요. 뭔가 기계
를 두드리는 소리였어요. 아버지는 무슨 일을 하는 것일까? 무선신
호를 보내는 소리일까? 모스부호를 밤하늘로 날려보내는 걸까? 외

계인들에게 보내는 신호? 그게 아니라면…… 어린 나는 온갖 상상을 다 했습니다. 〈수사반장〉 같은 드라마의 영향인지도 모르지만, 내 상상은 점점 한쪽으로 흘러갔습니다. 뇌가 간질간질해지는 느낌이었습니다. 비밀이란 건 이상한 방식으로 인생을 풍요롭게 만들더군요.

그리고 그날이 왔습니다. 모든 게 조금씩 어긋나는 느낌이 드는 날이 있지 않습니까? 멀쩡하던 문이 삐걱거리고, 수도꼭지에서 녹물이 나오고, 유리컵에 실금이 가 있는 그런 날 말입니다. 그런 날에는 반드시 라디오가 고장 나고, 칼에 손을 베고, 고양이가 유독 눈에 자주 뜨이지요.

평소와 달리 아버지는 귀가한 뒤에도 구석방으로 사라지지 않았습니다. 대신 조용한 목소리로 나를 불렀습니다.

왜 그랬느냐?

아버지는 바닥을 바라보며 그렇게 물었습니다. 무슨 말인지 나는 이해하지 못했어요. 물끄러미 아버지의 얼굴을 바라보고만 있었지요.

왜 보지 않은 것을 보았다고 했느냐?

차분한 목소리였습니다. 궁금해서 묻는 것 같지는 않았습니다. 나는 직감으로 알았습니다. 그게 담임선생님 얘기라는 것을 말이죠. 나는 사실대로 말했습니다. 보지 못한 것을 보지 못했다고 말했을 뿐이라고요. 아버지는 짧은 침묵 후에 중얼거리듯 입을 열었습니다.

그게 그거다.

나는 이해할 수 없었습니다. 그게 그거라니요. 어떻게 그게 그것이라는 말입니까? 그게 그것이라면, 대체 우리는 왜 말 같은 것을 해야 한다는 말입니까? 부반장의 지갑을 훔친 건 내가 아니라고 말했는데도 담임은 내 뺨을 때렸습니다. 나는 지갑을 훔치지 않았다고 말했는데도 담임은 내가 지갑을 훔친 아이라고 선언했습니다. 그래요, 그것이 나의 운명입니다. 나는 그 운명을 따라 파출소로 갔고 사실을 사실대로 말한 것뿐입니다. 담임선생님이 내 짝을 만지고 더듬는 걸 보지 못했다고 말입니다. 그뿐입니다.

아버지는 마당의 사철나무 가지를 꺾어와 내 종아리를 때렸습니다. 힘이 실려 있지 않았기 때문에 그리 아프지는 않았습니다. 나는 아픈 것처럼 소리를 질렀습니다. 그래야 할 것 같았으니까요. 어린 마음에도 그게 때리는 사람에 대한 예의라고 생각했을까요?

그런데 이상한 일이지요. 소리를 지르자 종아리가 정말 아파왔습니다. 불에 덴 것처럼 뜨겁고, 따갑고, 고통스러워졌습니다. 찔끔 눈물까지 흐르더군요. 눈물은 슬픔을 부르는 법이지요. 슬픔은 또 우물처럼 스스로 차오르는 법입니다. 나는 어느 순간 울음을 터뜨렸습니다. 한번 터진 울음은 또 다른 울음을 불러왔어요. 나의 울음은 거의 통곡에 가까워졌습니다. 내 몸에 이토록 많은 물이 저장되어 있다니…… 그런 느낌이 들 정도였으니까요.

아버지는 매질을 멈추고 나를 물끄러미 바라보았습니다. 그리고 떨리는 입술을 열어 말했습니다.

선생님한테 혼이 났다고 해서…… 그런 말을 하면 안 된다.

그게 아버지의 간단명료한 결론이었습니다. 훌쩍이는 나를 좁은 마루에 버려두고 아버지는 담배연기 가득한 방으로 들어가버렸습니다. 나는 울음을 멈추었습니다. 종아리를 걷은 채 그 자리에 그대로 서 있었어요. 늦저녁의 황혼이 마루로 가만히 스며들더군요. 황혼은 매 맞은 종아리를 타고 올라왔습니다. 맞은 자리가 발갛게 젖어들었습니다. 그렇게 모든 걸 위로해주는 게 황혼의 임무라는 듯이 말입니다.

다음 날 나는 다시 파출소로 갔습니다. 부잣집 도련님처럼 얼굴이 말간 그 경찰관 아저씨를 찾아간 것이죠. 이번에는 마음을 굳게 먹고 진짜 거짓말을 했습니다. 참말을 하면 아무도 나를 믿어주지 않는다, 그게 어린 나의 깨달음이었으니까요. 나는 아버지가 수상하다고 말했습니다. 숫자가 가득 적힌 종이와 삐라들을 증거물로 건넸습니다. 밤마다 틱틱, 소리를 내며 어디론가 신호를 보낸다는 이야기도 했습니다. 어른 필체를 흉내 내서 종이에 빽빽하게 숫자를 적어넣은 것은 나였고, 삐라 역시 산에서 주워온 것이었습니다만, 틱틱거리는 소리만은 아버지의 것이었습니다.

그 후 놀라운 일이 일어났습니다. 아버지가 대규모 지식인 간첩단의 일원으로 체포되었다는 뉴스가 나왔으니까요. 아버지는 대학 때 포섭을 당했고, 불교계에 잠입했으며, 정체가 드러나기 직전 환속했다는 것이었습니다. 환속 뒤 막노동이나 도배 일을 하며 숨어 살았다는 이야기는 방앗간 할머니와 오락실 아줌마한테 들은 것입니다.

홀연히 사라진 아버지는 보름 후 피폐해진 몸으로 돌아왔습니다. 한 달쯤은 자리보전을 해야 할 정도로 망가져 있었어요. 언행이 방정한 자들은 수군거렸지요. 오락실의 개새끼까지 떠드는 것 같았습니다. 전쟁 때 월북했다는 할아버지 이야기…… 간첩이 틀림없으나 증거불충분으로 풀려났다는 신문기사…… 그동안 필명으로 시를 발표했으며 신문에 수상한 칼럼 같은 것을 쓰기도 했다는 얘기까지……

아아, 나는 두려워졌습니다. 어떻게 두렵지 않을 수 있었겠습니까? 나의 입은 무서운 진실만을 말했던 것입니다.

4

과묵했던 아버지는 더 말이 없는 사람이 되었습니다. 아버지를 보고 있으면 깊은 물속을 유영하는 심해어가 떠오를 지경이었으니까요. 심해어에게는 눈이 없는지, 아버지는 나를 아예 보지 못하는 것 같았습니다.

그 후 저에게는 이상하다면 이상하고 이상하지 않다면 이상하지 않은 일들이 일어났습니다. 입만 열면 기묘하게도 거짓말이 튀어나왔다는 걸 말하는 게 아닙니다. 아니, 거짓말이 튀어나온 건 사실입니다. 하지만 그건 이미 거짓말이 아니었습니다. 무슨 말이냐고요?

숙제를 하지도 않았는데 숙제를 했다고 말합니다. 그러면 어여쁜 새 담임선생님은 내 공책을 검사하고는 고개를 끄덕이며 지나갑니다. 온화한 미소를 띤 채로 말이죠. 무슨 일이 일어난 걸까요? 선생님이 돌려준 공책에는 '참 잘했어요'라는 푸른색 도장이 찍혀 있습니다. 텅 빈 공책 한가운데 말입니다.

그뿐입니까. 오십 원짜리 동전을 몇 개 훔쳤다가 오락실 아줌마에게 들킵니다. 아줌마가 등 뒤에서 내 어깨를 잡는 순간, 이건 거스름돈이라고 소리를 지릅니다. 방금 아줌마가 천 원짜리를 받아 동전통에 넣지 않았느냐, 아줌마가 잔돈을 내게 건네주지 않았느냐고 외칩니다. 아줌마의 미간이 일그러집니다. 실랑이 끝에 동전통을 확인합니다. 그러면 천 원짜리 지폐가 보란 듯이 아줌마의 알루미늄 동전 통 안에서 발견되는 것입니다. 그때마다 오락실 개새끼가 미친 듯이 짖어대는 바람에 기분이 나빠지긴 했습니다만.

그런 일들은 끊임없이 일어났습니다. 어느 날 내 어여쁜 짝의 고급 펜텔 샤프가 사라졌습니다. 반대머리 담임이 어루만지지 않은, 장학 사님의 딸인, 바로 그 짝 말입니다. 나는 그 애의 말이라면 팥으로 메주를 쑨다고 해도 믿었을 겁니다. 거짓말이라고는 한 번도 해본 일이 없을 것 같은 하얀 얼굴의 소녀였으니까요. 동화 속에서 갓 튀어나온 공주 같았어요. 우리 반 아이들은 그 애를 백설공주라고 불렀습니다.

백설공주, 나의 백설공주…… 맹세코 나는 그 애의 펜텔 샤프 같은 것에는 아무런 욕심이 없었습니다. 그저 공주의 희고 부드러운 손가락이 제일 오래 머무는 물건이라고 생각했을 뿐입니다. 공주의 따스한 체온이 가장 깊이 배어 있는 물건, 그게 그 앙증맞은 샤프였을 뿐입니다. 공주는 그 고급 샤프를 잃어버리고 울음을 터뜨렸어요. 참으로 아끼던 물건이었으니까요.

그때 우리 반에는 일곱 난쟁이가 있었습니다. 물론 백설공주의 난쟁이들입니다. 모두들 내 어여쁜 짝을 좋아했기 때문에 붙은 별명이지요. 나는 난쟁이들 가운데 가장 잘생긴 부반장의 이름을 공책에 적어서 조용히 백설공주에게 내밀었습니다. 그리고 낮게 중얼거렸습니다.

애가 훔쳐갔어.

울고 있던 공주는 용수철처럼 벌떡 일어났습니다. 그리고 그 잘생긴 부반장 녀석에게로 똑바로 걸어갔습니다. 초등학교 소녀답게 아주 호전적인 눈빛을 띠고 말이죠. 공주는 표독스럽게 소리쳤습니다.

너지!

놀라운 일은 그다음에 일어났습니다. 부반장이 고개를 푹 숙이더니, 예의 그 펜텔 샤프를, 백설공주의 체온이 밴 바로 그 빨간색 샤프를, 슬그머니 책상 위에 올려놓는 게 아니겠습니까. 미안. 난 그냥 네가 오래 쥐고 있던 거라서…… 그렇게 소심하게 중얼거리면서 말입니다. 나의 공주는 경멸을 담은 눈빛으로 그 난쟁이를 쏘아보다가 샤프를 낚아채 자리로 돌아왔습니다. 기어들어가는 목소리가 난쟁이 쪽에서 들려온 건 물론입니다.

미안해, 정말로……

아아, 정말이지 어리둥절해질 수밖에요. 나는…… 나는…… 내 입을 의심하지 않을 수 없었습니다. 언제나 진실만을 말하는 내 입을 말입니다. '나는 거짓말쟁이다'라고 선언한 사람의 이야기를 알고 계시겠지요? '나는 거짓말쟁이다'라니. 참 이상한 말입니다. 그 사람이 정말 거짓말쟁이라면, 그는 진실을 말한 것이므로 거짓말쟁이가 아니게 됩니다. 그가 거짓말쟁이가 아니라면, 그는 자신이 거짓말쟁이라고 거짓말을 한 셈이 됩니다. 그는 자신이 거짓말쟁이라고 선언했기 때문에, 더 이상 거짓말쟁이가 될 수도 없고 거짓말쟁이가 안 될 수도 없는 이상한 상황에……

아아, 골치가 아파오는군요. 그만둡시다. 이런 말장난을 하느니 차라리 진실한 거짓말쟁이가 돼버리는 게 나을 테니까요. 나는 거짓말쟁이다 — 라고 소리 높여 외치는 쪽이 나을 테니까요. 거짓말쟁이가 될 수도 없고, 되지 않을 수도 없을 때까지 말입니다. 그런 궁지에 몰릴 때까지 말입니다.

그래요. 그것이 나의 운명입니다.

5

이제 그 운명에 대해 말할 차례군요.

아시다시피 나는 박물관에서 일하는 사람입니다. 동물원도 아니고, 아프리카의 초원도 아니고, 바로 박물관입니다. 시간을 보존하는 공간, 아니 진실을 보존하는 공간 말입니다. 고독하지만 멋진 일이라고 생각합니다. 재산이니 평판이니 출세니 하는 것들과는 아무런 관계가 없는 일이니까요. 진실이 태어나는 곳, 아니 그것 자체가 진실인 공간이니까요.

내가 일하는 박물관은 소규모 대학 박물관에 불과하기 때문에 소장품들이 많지는 않습니다. 급여도 형편없습니다. 그래도 나는 불평 없이 관리인 일을 해왔습니다. 벌써 십 년이 넘는 세월 동안 말이죠. 다시 말씀드리지만 조용하고 평화로운 곳입니다. 관람객 수가 하루에 다 합해봐야 십여 명이 채 안 되니까요. 초등학생들이 단체관람 올 때를 빼면 적막한 공기가 내내 고여 있습니다. 어둡고 은은한 조명, 청결한 실내, 푹신한 소파…… 시간은 그런 곳에 머무는 법입니다. 시간이 거처하는 유일한 곳, 시간이 자기 자신을 대상으로 삼는 유일한 장소, 그게 박물관이니까요.

박물관의 밤을 상상해본 적이 있으십니까? 긴 밤을 고요히 보내는 유물들의 황홀한 풍경을 떠올려본 적이 있으십니까? 기쁜 마음으로 말씀드리지만, 나에게는 그것이 생활입니다. 깊은 어둠 속의 시간과 함께 살아가는 것 말입니다. 박물관의 어둠이라는 건 부드럽고 부드러운 초콜릿에 가깝습니다. 몸을 담그고 있으면 소리 없이 녹아갈 것 같은 검고 불투명한 용액 말입니다. 모든 것이 그곳에 존재했다가 그곳에서 사라지지요. 그게 시간이라는 것의 임무라고 해도 좋습니다. 초콜릿처럼 달콤하냐고요? 글쎄요. 자기 몸이 녹아가는 기분이 달콤하다면 그럴 수도 있겠습니다만.

박물관 관리인이란 그런 침묵의 용액 속을 말없이 걸어다니는 사람입니다. 관람객들이 모두 떠난 심야에 마지막으로 순찰을 하는 사람입니다. 시간의 문을 잠그는 사람입니다. 고여 있는 시간이 훼손되지 않도록 관리하고 보호하는 사람이지요.

물론 사소한 문제들이 없지는 않습니다. 대학 박물관이란 곳은 또 이런 곳이기도 하니까요. 고인 시간과 적막이 주인인 곳이면서, 연인들의 페로몬 향기가 흘러드는 곳 말입니다. 젊고 풋내 나는 캠퍼스 커플들이 찾아듭니다. 어린 연인들은 팔짱을 낀 채 인적 없는 박물관 전시실을 천천히 돌아보지요. 유물들에 별 관심이 없다는 건 동선만 봐도 알 수 있습니다. 그들은 곧 외진 곳의 어둠침침한 소파에 앉게 마련이죠. 그러고는 서로 껴안고, 키스를 하고, 가슴을 만지고, 깊은 곳에 손을 넣고…… 별짓을 다하는 것입니다. 수백 년 된 불상들이 가만히 바라보는 앞에서 말이죠.

우스꽝스러운 일이라고 생각합니다. 천년의 영혼을 담은 유물들 앞에서, 금방 죽어 문드러지고 썩어갈 육신들이 하는 짓을 상상해보십시오. 이미 좀비에 가까운 것들이 말입니다. 잠시 살아 있는 시체들이 말입니다. 서로를 껴안고, 키스를 하고, 가슴을 만지고…… 아아, 혐오스럽고 창피한 일입니다.

그래요. 아버지라면 물론 다르게 말하겠지요. 아버지는 그런 것이 인생이라고 생각할 테니까요. 작은 마당에 황혼이 내리던 어느 저녁, 부쩍 잦은 병치레를 하던 아버지가 불현듯 이렇게 중얼거리는 걸 들은 적이 있습니다. 사라지지 않는다면, 그건 인생이 아니다. 거짓말처럼 사라지기 때문에, 인생은 아름다운 것이다…… 나에게 얘기하는 것인지 황혼에게 얘기하는 것인지는 알 수 없었습니다. 나는 그 말을 듣고 어쩐지 기분이 나빠졌던 것으로 기억합니다. 뭔가 말하려고 아버지를 보았는데, 그때 아버지의 얼굴은 발갛게 물들어 있었어요. 황혼이 제 임무를 다했던 것이지요. 좀 기괴한 비유입니다만, 그건 해탈한 간첩의 표정에 가까웠습니다……

6

아버지가 세상을 뜬 것은 내가 서울 근교의 작은 대학에 입학한 뒤였습니다. 몸은 거짓말을 하지 않습니다. 하루에 서너 갑씩 태운 담배와 늦게 배운 술이 아버지의 몸을 잠식해들어갔습니다. 아버지는 침묵 속에서 죽어갔습니다. 어머니의 병을 반복하려는 것이었을까요? 아버지의 폐는 이미 아무런 기능도 못한다고 하더군요. 몸이 무섭게 말라갔어요. 그런 와중에도 아버지는 담배를 끊지 않았습니다. 변할 건 아무것도 없다는 식이었어요. 하긴, 뭐가 달라질 수 있었겠습니까? 죽음이 아버지의 고독한 인생을 곧 수납해갈 거라는 사실에 말입니다.

아버지가 세상을 뜬 후 나는 무기력한 생활에 빠져들었습니다. 연명했다고 하는 게 맞겠군요. 청춘의 열정이라든가 의욕 같은 것은 전혀 없었습니다. 동아리 활동 같은 것도 하지 않았고, 친구도 없었으며, 학점은 최악이었습니다. 그때 막 생긴 PC방에서 컵라면으로 끼니를 때우며 지냈습니다. 될 대로 돼라 하는 심정이었달까요.

그런 나를 구원한 것은 뜻밖에도 공주였습니다. 그 백설공주 말입니다. 초등학교 졸업 후 한 번도 만나지 못하던 우리는 우연찮게—정말이지 거짓말처럼—학교 근처의 PC방에서 다시 만난 것입니다. 대한민국의 수많은 대학들 중 수도권 외곽에 위치한 그 소규모 대학에서, 그것도 PC방에서 재회하게 될 줄 누가 알았겠습니까?

당연히 우리는 사랑에 빠졌습니다. 사랑이라는 무지개, 그 구름바다에 말입니다. 그녀는 변한 것이 없었어요. 장학사였던 아버지가 세상을 뜬 뒤 가세가 기울었지만, 그녀는 여전히 그때 그 시절의 공주였습니다. 표정이나 성격, 말투만 공주인 게 아니었어요. 초등학교 때와 키가 똑같았고, 얼굴이나 몸집도 거의 변하지 않았더군요. 남들은 대단한 동안童顔이라고 부러워했지만 실은 좀 기이하게 보일 정도였습니다. 어떤 이는 질병을 의심했을 정도니까요.

공주는 대학생으로 보이기 위해 일부러 화장을 진하게 한다고 했습니다. 나와 여인숙에 갔을 때조차 새벽마다 화장실로 사라질 정도였어요. 옆에 누워 성기를 드러내고 밤을 보냈는데도, 아침이 오기 전에 화장을 하지 않으면 안 되었던 것입니다. 민낯의 공주는 나이와 얼굴이 맞지 않아 어딘지 균형이 어긋난 인상이었습니다. 마치 나이 어린 노파라든가 늙은 초등학생을 보는 느낌이랄까요. 그녀는 여전히 예전과 같은 공주였지만, 오히려 그랬기 때문에 공주의 주위에는 난쟁이들이 없었습니다. 난쟁이들을 잃고 스스로 난쟁이가 된 공주 같았어요. 예전과 똑같기 때문에 달라지다니, 좀 이상한 일이긴 합니다만.

'사랑해'라고, 나는 자주 말했습니다. 눈이 마주칠 때마다 '사랑해'라고 말했고, 잊을 만하면 '사랑해'라고 말했으며, 밤에 통화할 때도 '사랑해'라는 말을 반복했습니다. 왜였을까요? 나는 더 이상 펜텔 샤프 같은 데 관심이 없었고, 잘생긴 부반장에게 질투를 느끼지 않았으며, 공주 앞에서 선생에게 도둑으로 몰려도 치욕이라고 생각하지 않았을 텐데 말이죠.

아니, 바로 그렇기 때문에 '사랑해'라고 외쳤는지도 모릅니다. 나의 입은 언제나 진실만을 말한다고 했던가요. '사랑해'라고 말하면 신기하게도 사랑의 마음이 되살아났습니다. 내 심장 어딘가에 숨어 있던 열기가 뜨거운 샘물처럼 솟아났습니다. 그러니 잊을 만하면 '사랑해'라고 말할 수밖에요. 불안을 느끼면 '사랑해'라고 외칠 수밖에요. 아아, 공주에 대한 나의 사랑은 다시 그렇게 깊어갔습니다.

처음에 우리는 주로 교내 음악실에 틀어박혔습니다. 커다란 스피커로 클래식을 틀어주는 곳이었어요. 어두컴컴한 음악실에는 연인들이 많았습니다. 코를 고는 학생들도 있었지만 그건 견딜 수 있었어요. 음악을 듣느냐 마느냐는 취향의 문제니까요. 내가 견디지 못한 건 실은 음악 자체였습니다. 바흐의 〈브란덴부르크 협주곡〉 같은 것을 생각해보십시오. 형체도 없고 설명할 수도 없습니다. 그저 화려하고 다채로운 음들이 허공에 가득할 뿐입니다. 1번 1악장의 현란한 화사함, 2악장의 깊고 깊은 슬픔, 2번 2악장의 우아함, 그런 것들 말입니다. 그게 다 무어란 말입니까. 허공과 같은 것이…… 허공 자체인 것이…… 왜 그토록 우리의 마음을 울린단 말입니까. 내가 견딜 수 없었던 건 바로 음악 자체였습니다.

그녀와 나는 교내 박물관으로 데이트 장소를 옮겼습니다. 말씀드렸듯이 고요한 곳입니다. 우리는 손을 잡고 천천히 유물들을 구경합니다. 워낙 빈약한 컬렉션이기 때문에 전시물들을 돌아보는 데는 삼십 분도 걸리지 않습니다. 이런 것을 박물관이라고 하다니, 조금은 한심한 기분이 들 수밖에요.

할 수 없이 우리는 구석자리의 소파에 앉습니다. 인적은 드물고 조명은 적당히 어둡고 주위는 고요합니다. 그 무렵 CCTV라는 게 처음 설치된 모양이지만, 그나마도 입구 쪽만 비추고 있었어요. 그러니 서로를 껴안고, 키스를 하고, 가슴을 만지고, 깊은 곳에 손을 넣고…… 그럴 수밖에요. 수백 년 된 불상들이 시간을 견디고 있는 곳에서 말입니다.

그건 우리의 사랑이 또 다른 운명을 맞게 되리라고는 생각하지 못하던 시절이었습니다. 박물관 소파에 앉아 여느 때처럼 공주와 이야기를 나누던 오후였어요. 나는 문득 이상한 느낌을 받게 됩니다. 무언가가 우리를 바라보는 듯했기 때문이었죠. 처음엔 관리인 아저씨인가 싶어 주위를 둘러보기도 했습니다. 아니었어요. 이건 뭐지? 분명 어떤 시선이 우리의 몸을 훑고 있었습니다. 강렬한 시선이었어요. 타는 듯한 시선이었습니다. 나는 공주를 밀어내고 몸을 일으켰습니다. 그리고 천천히 그 시선이 어디서 오는 것인지 깨달았습니다.

그것은…… 불상이었습니다. 어린 시절 아버지가 데려가곤 했던 사찰의 불상들과는 비교할 수 없이 강렬한 느낌의…… 불상이었습니다. 종교니 부처니 하는 것에 대해서 나는 개뿔도 모릅니다만, 모르기 때문에 더 깊이 느낄 수 있는 것도 있지 않겠습니까? 솔직히 말해서 사찰의 불상들은 따분했습니다. 이건 대웅전이고 대웅전에는 불상이 있어야 하니까, 하는 식으로 앉아 있으니까요.

하지만 그 불상은 달랐습니다. 지금 이곳에 존재한다는 걸 뜨겁게 주장하는 것 같았습니다. 나는 심장박동이 빨라지는 걸 느꼈어요. 어지러움 같은 것이, 어떤 의식의 혼란 같은 것이, 나를 사로잡았습니다. 체온이 올라갔습니다. 얼굴이 달아올랐습니다. 백설공주를 안고 있었기 때문이 아닙니다. 전적으로 불상의 타는 듯한 시선 때문이었어요. 나는 그 뜨거운 시선에 사로잡혔던 것입니다. 스탕달이라는 작가가 그랬다던가요. 무슨 박물관에서 르네상스 시대의 그림 한 점을 봤을 때라고 했습니다. 정신이 멍해지고 다리가 후들거리고 영혼이 빨려들어가는 듯한 체험을 겪은 게 말입니다. 〈베아트리체 첸치의 초상〉이라는 그림 때문이었다고 하더군요. 나는 그런 종류의 무슨 증후군에 걸린 것 같았습니다. 베아트리체에게 홀린 스탕달처럼, 나는 그 불상에 빠져들어간 것입니다.

7

다시 말합니다만, 독특하고 아름다운 불상이었어요. 아시겠습니까? 독특하고 아름다워서…… 눈을 뗄 수가 없는 불상이었습니다. 백설공주를 소파에 버려둔 채 나는 불상을 향해 다가갔습니다. 부처가 눈을 감고 어떤 짐승 위에 결가부좌로 올라타 있었습니다. 93.5 센티미터 높이의 고려시대 목조 비로자나불이라는 설명이 아크릴판에 적혀 있었습니다.

하지만 우리를 향하던 그 뜨거운 시선은 부처의 것이 아니었습니다. 부처가 아니라, 부처가 타고 있는 짐승의 것이었습니다. 그래요. 그것은 바로…… 기린이었습니다. 동양의 상서로운 동물 말입니다. 뿔이 하나 달린 영물 말입니다. 사슴의 몸에 말의 발굽과 갈기를 지녔지요. 소의 꼬리를 갖고 있습니다. 온몸이 오색찬란한 비늘로 덮여 있고, 화사한 빛깔의 털이 흩날립니다. 기린은…… 기린은 아름다운 동물입니다. 나를 사로잡은 것은 비로자나가 아니라 비로자나가 타고 있는 바로 그 동물이었던 것입니다.

아니나 다를까, 기린불이라는 별명을 가진 그 불상은 박물관의 유일한 국보급 문화재라고 하더군요. 말씀드렸듯 작은 박물관이었고 소장품들은 형편없었습니다. 그 불상이 박물관의 존재 이유였던 셈입니다. 가장 값비싼 유물이자 박물관의 자랑이기도 했지요. 총장이 외부의 귀빈들을 데려와 관람시키곤 할 정도였으니까요. 그때마다 총장의 얼굴에 떠오르던 흐뭇한 표정을 나는 지금도 기억하고 있습니다.

나중에 문헌을 찾아보고 알게 된 것입니다만, 기린을 탄 부처상은 대단히 드물다더군요. 보살이나 동자가 탄 것은 간혹 있습니다 만…… 둔황석굴에 기린을 탄 관음상이 있으나 그것 역시 부처는 아니라고 했습니다. 독특한 구도인 셈이지요. 게다가 기린의 모습이 특이했습니다. 부처는 어두운 빛깔에 오래된 목조불상 특유의 은은함을 유지하고 있었어요. 그런데 기린만은 어쩐 일인지 금방 도료를 칠한 듯 화사하고 신선한 느낌이었습니다. 게다가 상서로운 동물답지 않게 매서운 눈과 강인한 외뿔, 도드라지게 커다란 성기를 갖고 있었습니다. 당장이라도 수십만 마리의 정자를 허공에 흩뿌릴 기세랄까요.

수많은 학자들이 그 기린불에 대해 논문을 썼다더군요. 대개의 해석은 기린의 상서로운 기운으로 부처의 자비를 세상에 널리 퍼뜨린다는 식이었습니다. 하품이 나오는 얘기지요. 개중에는 부처가 해탈을, 기린은 세속을 뜻한다고 설명한 사람도 있었다지요. 각각 영원성과 육체성을 상징한다는 헛소리도 있었는데, 어떤 학자는 이 기린이 예수의 발밑에 깔린 뱀처럼 묘사되어 있다고 주장했다가 호된 비난을 들어야 했다더군요. 왜 동양의 영물을 서양의 사악한 상징에 빗대느냐는 얘기였습니다.

아무려나, 그런 것은 나와는 상관이 없었습니다. 그들에게는 그들의 기린불이, 나에게는 나의 기린불이 있는 것이니까요. 하느님의 것은 하느님에게, 가이사의 것은 가이사에게. 내게 황홀경을 안겨준 것은 기린의 의미 따위가 아닙니다. 기린 자체입니다. 거기 그렇게 서서 나를 바라보던, 그 자체로서의 기린 말입니다.

나는 거의 매일 박물관에 나가 그 동물을 바라보았습니다. 그때마다 나는 혼자였습니다. 공주와는 곧 헤어졌으니까요. 사랑이란 바흐의 음악과 비슷하다고 했던가요? 음악이 사라지면, 이 세계는 순식간에 전혀 다른 허공을 가진 세계로 돌변해버립니다.

누가 먼저 이별을 선언했는지는 기억에 없지만, 그녀가 이렇게 말한 것만은 또렷이 생각나는군요. 황혼이 내리던 교정에서였어요. 벤치에 앉은 공주가 먼 곳에 지는 태양을 바라보며 말했습니다. 초등학생 여자애의 목소리로 말이죠.

난 아직도 오리지널 펜텔만 써. 종류별로 갖춰두고서. 그때도 난 이미 여러 자루를 갖고 있었으니까.

공주는 거기까지 말하고 잠시 숨을 골랐습니다. 다시 입을 열었을 때는 눈가가 촉촉하게 젖어 있었습니다.

그런데 지금은 아주 흔해져버렸어. 누구나 마음만 먹으면 그 샤프를 쓰지. 너조차도. 심지어 그게 펜텔이라는 의식도 없이……

발그레한 황혼이 그녀의 옆모습에 스며들었습니다. 하지만 나는 공주가 미친 건 아닌가 생각했어요. 샤프펜슬 같은 것을 아직도 머릿속에 두고 있다니, 오리지널이니 뭐니 하면서 감상에 젖다니 말입니다. 이것은 과연 나이 어린 노파의 세계가 아닌가 하는 엉뚱한 생각까지 들더군요. 그게 공주와의 마지막이었습니다. 나는 다시 음악이 사라진 허공에 버려진 것입니다.

8

대학을 졸업한 뒤 나는 바로 그 박물관에 취직했습니다. 박물관장이던 교수님을 열심히 쫓아다닌 덕분이었습니다. 임시직이었고 수위 일이었습니다만, 그런 것은 상관없었습니다.

그때가 내 인생에서 가장 행복했던 시절은 아니었을까요? 이상하게 들리겠지만, 나는 기린을 매일 바라볼 수 있다는 기쁨으로 살았다고 해도 과언이 아닙니다. 결혼도 하지 않았고, 취미도 갖지 않았습니다. 술도 마시지 않았고, 육식도 즐기지 않았습니다. 물론 담배만은 예외였습니다만.

나는 늘 정해진 옷을 입었고, 소박한 식사를 했으며, 특별히 만나는 사람도 없었습니다. 사람을 만나서 대화를 나눈다는 것이 부질없게 느껴졌습니다. 옷을 차려입고 외출하는 건 아버지의 기일 때뿐이었습니다. 아버지가 다니던 사찰에 가서 혼자 조용히 불공을 드리고 오는 것이지요. 그렇게 원룸 전셋집과 박물관만을 오가면서 훌쩍 십여 년의 세월이 흘러갔습니다. 그토록 단조로운 생활을 십 년이 넘도록 해온 것입니다, 나라는 인간은 말입니다.

엉뚱한 얘기입니다만, 최근 이상한 뉴스들이 많이 눈에 뜨이지 않던가요? 웬 노숙자가 국보급 문화재에 불을 지르지를 않나, 수십 억대 고미술품들이 위작이라지를 않나…… 문화재 가운데 진품이 아닌 것들이 많다는 소문이 신문 방송에 끈질기게 오르내렸습니다. 신라시대 여래입상이 가짜라는 둥, 목조관음불이 중국에서 수입된 모조품이라는 둥, 안견에서 불교미술까지 진위가 의심스러운 유물이 많다는 둥, 그런 소문들 말입니다.

나는 그런 얘기들에 관심이 없었어요. 나의 기린이 논란에 휘말리기 전까지는 말입니다. 누군가 문화재청과 대학당국에 기린불이 가짜라고 투서를 넣었다고 하더군요. 진짜는 이미 일제 때 반출되었다는 허황된 주장이었습니다. 박물관 측과 사학과 교수들은 그 주장을 무시했습니다. 이미 정밀한 감식을 거쳤기 때문에 위작 논란은 말도 안 된다고 일축했습니다. 기린불이 가짜라면 박물관의 존재 근거가 사라지는 것이니 당연한 일이었지요.

박물관의 존재 근거만 사라지는 게 아닙니다. 그간 그 불상에 대해 논문을 쓴 교수들은 뭐가 되겠습니까? 수백억의 가치가 있다며 지역 신문에 특집기사가 실린 적도 있는데, 신문사는 또 뭐가 되겠습니까? 기린불을 관람한 관람객들은 뭐가 되고, 내외 귀빈들에게 그 유물을 소개하던 총장의 자랑스러운 미소는 뭐가 된단 말입니까? 무엇보다도…… 무엇보다도…… 그 귀빈들을 안내하고, 기린불의 자리를 세심하게 청소하고, 실내온도를 신중하게 조절하고, 매일 그것의 안위를 확인해온 사람이 누구입니까? 대체 그 사람은 뭐가 된다는 말입니까?

아아, 그만둡시다. 흥분해봐야 소용없으니까요. 내가 이해할 수 없었던 건 대학당국의 태도였습니다. 그들은 끝까지 기린을 지켰어야 했습니다. 그런데 신문지상에 몇 번 기사가 났다는 이유로, 진리의 상아탑인 대학에 위작으로 의심되는 작품이 있어서는 안 된다는 학계의 성명서 한 장 때문에, 그들은 기린불의 진위 조사에 착수하겠다는 기자회견까지 열었던 것입니다. 곧 조사위원회가 꾸려질 것이고, 탄소측정을 비롯한 각종 첨단 감식기술을 활용해 진품 여부를 가리겠다고 하더군요.

탄소측정이라니요? 탄소 따위가 기린의 운명을 결정한다니요? 도

대체 누가 진짜와 가짜를 나눌 권리를 그들에게 주었습니까? 누가 내 인생을 진짜니 가짜니 하면서 판정한다는 말입니까? 나는 잠을 이루지 못했습니다. 잠을 잘 수 없었습니다. 밤마다 기린의 타는 듯한 아름다움이 떠올랐습니다. 내가 대체 뭘 어떻게 할 수 있었겠습니까?

9

부슬부슬 비가 내리던 일요일 밤이었어요. 거리에는 인적이 드물었습니다. 갑작스레 날이 추워진 탓인지 을씨년스러운 분위기였지요. 나는 보일러도 켜지 않은 방바닥에 누워 원룸 천장을 바라보고 있었습니다.

왜 그런 날이 있지 않습니까? 모든 게 조금씩 어긋나는 느낌이 드는. 멀쩡하던 문이 삐걱거리고, 텔레비전이 고장 나고, 칼에 손을 베고, 길 건너편에 검은 고양이가 앉아 빤히 이쪽을 바라보는 날 말입니다.

다음 날이면 위원회에서 방문 조사를 벌일 예정이라고 하더군요. 하루 종일 아무것도 손에 잡히지 않았습니다. 아무것도 먹지 못했습니다. 나는 몸을 일으켜 주섬주섬 옷을 챙겨입었습니다. 근무 때 입는 회색 제복이었어요. 가슴에는 내 이름과 대학명이 적혀 있지요.

그 깊은 밤에 나는 박물관으로 갔습니다. 휴일이었기 때문에 교정에도 박물관 주변에도 인적은 없었습니다. 나는 열쇠로 박물관 문을 따고 들어갔습니다. CCTV가 나를 찍도록 말입니다. 왜였을까요?

CCTV를 노려보며 입꼬리를 올려 미소까지 지었던 것은? 그 검은 어둠 속에서 말입니다.

나는 박물관 내부를 거닐었습니다. 옛 추억이 아련히 내 영혼을 사로잡더군요. 백설공주는 잘 살고 있을까? 아직도 난쟁이를 잃은 공주일까? 그녀는 내가 왜 차갑게 변해버렸는지 이해할 수 있을까? 하긴, 나 자신조차 이해하지 못하는 걸 그녀가 어떻게? 나는 백설공주와 키스하던 소파에 앉았습니다. 따스한 시간이 고여 있는 것 같았습니다. 다정하게 손을 맞잡고, 가만히 어깨를 감싸안고, 그녀의 희디흰 목과 발간 입술에 키스를 하고……

그리고 그 추억의 끝에 기린불이 보이더군요. 나는 기린의 시선을 정면으로 마주 보았습니다. 초콜릿처럼 어둡고 짙은 시간이 우리 사이를 흘러갔습니다. 지난 십여 년이 하루하루 떠올랐습니다. 손전등을 들고 타박타박 거닐던, 고요하고 평화롭고 적막한, 그 밤의 순례들이 말입니다. 초콜릿처럼 녹아버린 그 무수한 시간들이 말입니다.

얼마나 시간이 흘렀을까요? 정신을 차리고 보니 모든 것이 명료해져 있었습니다. 그런 순간이 있지 않습니까? 이제 고민할 이유가 없다는 게 확실해지는 순간 말입니다. 그래요. 나는 기린의 말을 들었고 기린은 나의 말을 들었습니다. 우리의 대화에는 막힘이 없었습니다. 나는 확신했습니다. 전문가라는 자들이 탄소연대측정법이니 뭐니 난리를 피운들, 기린의 저 타는 듯한 눈빛을 지울 수는 없다고 말입니다. 저 시선의 진실을 부정할 수는 없다고 말입니다. 진실이란 그렇게 연약한 것이 아니니까요.

나는 담배를 피워물었습니다. 연기를 들이마셨습니다. 달디달았습니다. 갓 핀 산수유가 된 듯 신선한 느낌이었어요. 건강이 어쩌고 저쩌고 떠들어대는 속물들이, 이미 좀비나 다름없는 인간들이 혐오스러웠습니다. 차라리 누가 먼저 연기나 구름이 되는지 내기하는 게 나을 자들이 말입니다.

나는 담배를 입에 문 채 천천히 몸을 일으켰습니다. 기린을 향해 다가갔습니다. 진열창의 실리콘을 제거하고 강화유리를 떼어내는 데 걸린 시간은 겨우 십여 분 정도였습니다. 나는 준비해간 휘발유 통을 손에 들었습니다. 부처의 머리 위에서 통을 서서히 기울였습니다. 비로자나의 머리부터 기린의 발굽까지, 휘발유가 서서히 흘러내렸습니다. 어떤 기분일까요? 휘발유를 뒤집어쓴 부처의 마음이란?

나는 물끄러미 기린의 눈을 마주 보았습니다. 슬픈 눈빛이었습니다. 기린의 성기는 고요히 쭈그러져 있었습니다. 더 이상 고민할 게 뭐가 있었겠습니까? 나는 물고 있던 담배를 기린불 위에 떨어뜨렸습니다. 담배는 슬로비디오 속에서처럼 천천히 낙하했습니다. 그리고 문득 붉은빛을 발하는가 싶더니, 훅 소리를 내며 순식간에 타오르기 시작했습니다.

목조불상은 잘 탔습니다. 미친 듯이 잘 탔습니다. 마치 이런 순간을 기다리기라도 한 듯 말이죠. 기린의 발끝에 불이 붙고, 발목이 타오르고, 성기가 타오르고, 화사한 느낌의 몸뚱어리가 타오르고, 뜨거운 눈동자와 단 하나뿐인 뿔이 타올랐습니다. 세상에 없는 상상동물의 몸이 타올랐습니다. 하나의 물질인 몸이 타올랐습니다. 불길은 비로자나까지도 순식간에 삼켜버렸습니다……

아아, 나의 기린, 나의 베아트리체, 나의 공주, 나의 아버지 그리고 어머니, 어머니…… 나는 나도 모르게 중얼거렸습니다. 아마도 외치고 있었는지도 모르겠습니다. 절규라고 해도 좋았겠지요. 무엇이었을까요? 무엇이 나를 그렇게 만든 것일까요? 기린의 뜨겁게 타오르는 눈빛이었을까요? 품행이 방정한 자들에 대한 증오였을까요? 나자신에 대한 환멸이었을까요?

아닙니다. 그렇지 않습니다. 그게 환멸일 리가 없습니다. 증오일리가 없습니다. 그것이 나의 운명이었을 뿐입니다. 진실만을 말하는…… 나의 운명 말입니다.

10

착각하지 마십시오. 나는 지금 당신의 선처를 바라고 이런 얘기를하는 게 아닙니다. 당신에게는 나를 비난할 자격이 없습니다. 누가나보다 더 그 기린을 사랑했다는 말입니까? 학자들입니까? 대학 총장입니까? 당신입니까?

그러고 보니 당신은, 내가 어린 시절 만났던 그 경찰관과 비슷하게생겼군요. 노동이라고는 해본 적이 없는 하얀 손가락에, 얼굴은 희멀겋고, 책임감이 넘쳐 보입니다. 혹시 당신은 그때의 그 경찰관이아닙니까? 자유와 정의를 지킨다고 착각하는 의경 말입니다.

뭐라고요? 또 얘기해야 합니까? 그건 이미 확실히 말하지 않았나요? CCTV를 확인해보세요. 당신들은 그런 것을 좋아하지 않습니까. 탄소니 CCTV니 하는 것들 말입니다. 화재경보가 미친 듯이 울리는 불구덩이 속에서 천천히 걸어나오는 사람이 있을 겁니다. 그게 누굽니까? 내가 아닙니까? 기린불의 잔해가 발견되지 않았다고요? 그게 내 책임입니까? 내가 기린을 어디에 팔아먹기라도 했다는 말입니까? 겨우 돈 따위를 벌려고?

아아, 당신은 지금까지 내 이야기를 듣지도 않은 모양이군요. 차라리 바흐의 음악이 어디로 사라졌느냐고 물으십시오. 어제의 구름이 어디로 사라졌느냐고 물으십시오. CCTV 화면 속에 내리는 빗방울들이 다 어디로 가버렸느냐고 물으십시오.

……그만둡시다. 나는 당신의 머릿속에서 태어난 그 기린에 대해 아무런 권리도 없으니까요. 그래요. 그 기린은 사슴의 몸을 갖고 있을 겁니다. 말의 발굽과 갈기를 지녔겠지요. 소의 꼬리를 가졌고요. 온몸이 오색찬란한 비늘로 덮여 있습니다. 바로 그 짐승입니다. 외뿔을 곧추세운 동물 말입니다. 슬픈 눈을 가진 동물이지요. 그 동물은 지금 어느 구름 아래를 유유히 달려가고 있습니까? 얼마나 아름다운가요? 지금 막 고개를 돌려 당신을 바라보고 있습니까? 거기 황혼이 지고 있나요? 그런데 그것은……

정말 기린입니까?

이제 당신이 내게 대답할 차례입니다.

윤이형
쿤의 여행

1976년 서울 출생. 2005년 중앙신인문학상에 단편소설 〈검은 불가사리〉가 당선되며 등단했다. 소설집 《셋을 위한 왈츠》《큰 늑대 파랑》이 있다.

쿤을 뜯어냈다. 말 그대로, 뜯어냈다. 길고 힘든 수술이었다고 의사는 말했다.

내게 붙은 쿤은 내가 자랄 모습으로 자라났다. 처음에는 우무나 곤약과 비슷하게 물컹거리는 회백색 덩어리였던 그것은 다 자라자 무표정한 마흔 살 여자의 모습으로 굳었다. 윤기 없는 머리카락에 작은 눈, 넓은 어깨와 전체적으로 약간 살집이 붙은 몸을 지닌 여자였다. 예쁜 것과는 거리가 멀었고, 말이 없어선지 다소 답답해 보였다.

병원으로 오기 위해 집을 나설 때부터 쿤은 거세게 저항했다. 도살장으로 끌려가는 짐승처럼 울부짖으며 몸부림쳤다. 팔다리를 휘젓고 제 머리를 쥐어뜯고, 몸을 좌우로 뒤흔들며 손에 잡히는 것이라면 뭐든 가리지 않고 집어던졌다. 보다 못한 남편이 노끈을 가져와 우리를 꽁꽁 묶었다. 남편의 티셔츠가 땀으로 푹 젖었다. 그도 그럴 것이 이 몸의 주도권을 잡고 있는 건 내가 아니라 쿤이었고, 나는 쿤의 등에 달라붙어 살고 있었던 것이다. 나는 팔로 쿤의 목을 감고, 두 다리를 쿤의 옆구리에 바싹 붙여 업힌 자세로 그녀와 한 몸이 되어 살아왔다. 내 가슴과 배는 쿤의 널찍한 등에 단단히 엉겨붙어 있었다. 쿤은 나를 충분히 지탱할 만한 몸집이었으므로 뜯겨나온 건 쿤이 아니라 실은 나라고 해야 할지도 몰랐다.

수술 전날까지 남편은 나를 설득했다. 꼭 해야겠느냐고, 한 번만 달리 생각해볼 수는 없겠느냐고 안타까운 목소리로 물었다. 나는 쿤의 목덜미에 고개를 파묻었다. 괴로운 마음에 쉽게 고개를 들 수 없었다. 나를 만난 뒤로 모든 걸 감수하고 희생하며 살아온 남편이었다. 내가 어떤 모습이든 무엇을 하든 이해하고 내 편이 되어준 그였지만 이번처럼 커다란 짐을 떠맡은 적은 없었다. 쿤의 목덜미에서 달큰한 냄새가 났다. 굳게 뭉쳐둔 마음이 풀어헤쳐지며 막막한 두려움이 몰려왔다. 할 수 있을까. 그러나 마지막 설득을 하는 와중에도 남편은 내 손이 아닌 쿤의 손을 잡고 있었다. 그게 나인 것처럼 놓지 않고 꼭 부여잡고 있었다. 언제나 허전했을 그의 손을 먼저 잡아준 적이 내겐 없었다. 떨어지지 않으려고 쿤의 목에 매달리느라 내 손은 그에게 닿아본 적이 없었다. 이런 형상을 하고 남은 삶을 끝낼 수는 없다는 마음이 솟구쳤다. 나는 쿤을 보내야 했다.

울부짖는 쿤과 내가 옆으로 엎드린 자세로 수술대에 묶였다. 의사들이 우리의 팔목에 각각 마취제를 주사하고 1부터 숫자를 세라고 했다. 1, 2, 3……20까지 센 게 기억난다. 망각이 나를 빨아들였다.

아무것도 없다. 없어졌다.

달라진 감각이 가슴과 배를 저릿하게 감싸고 머리로 올라왔다.

링거와 항생제, 복합재생제를 맞으며 회복실에서 사흘을 보냈다. 나흘째 되는 날 소변줄이 제거되자 침대 난간을 붙잡고 일어나 앉았다. 남편이 떠주는 밥을 먹고, 휠체어에 앉아 화장실을 오갔다.

붕대를 감은 배에 힘이 들어가지 않았다. 붕대 위에 복대를 겹쳐

감고 조이자 겨우 허리를 펼 수 있었다. 허벅지와 팔 안쪽에 남은 거무죽죽한 욕창의 흔적을 나는 낯설게 바라보았다. 몸 곳곳이 오래된 기계처럼 삐걱거렸고, 뒤틀린 골반이 뻐근했다. 걸어도 될까? 멋모르고 한 발로 바닥을 디뎠다가 나는 비명을 지르며 주저앉았다. 울음과 함께 차오르는 욕지기를 꿀꺽 집어삼켰다.

일주일째 되는 날 물리치료를 시작했다. 눈물을 닦으며 병실로 돌아오는데 복도 한쪽에 서 있는 남편과 딸이 보였다. 보행보조기를 밀고 걸어가는 십여 미터가 한없이 멀게 느껴졌다. 하늘거리는 원피스를 입은 아이는 입을 한일자로 다물고 차렷 자세로 버티고 있었다. 뛰어 도망치고 싶은 표정이 얼굴에 역력했다. 나는 걸어가 손을 내밀었다. 아이의 눈이 휘둥그레졌다.

안녕, 딸. 엄마야.

아이가 주저하며 손을 뻗었다. 제 앞에 선 열다섯 살 소녀의 얼굴을 빤히 들여다보았다. 엄마? 이게 우리 엄마야? 아이가 남편에게 물었다. 남편이 고개를 끄덕였다. 응, 엄마야. 그러니까 놀라지 마. 울지도 말고.

아이는 울지 않았다. 그 마음이 어떤 것인지 나는 짐작할 수 없었다. 앞으로도 짐작할 수 없을 거였다. 나는 딸의 손을 잡고 떨리는 목소리로 말해주었다.

딸, 미안해. 엄마가 자랄게. 얼른 자랄게.

굴비를 굽고 소시지와 달걀을 부쳐 아이에게 밥을 먹였다. 쿤의 손으로는 쉽던 부엌일이 내 손에는 아무래도 붙지 않아 몇 번이나 뒤

집개를 떨어뜨리고 식칼을 놓쳤다. 주방기구들이 온몸으로 나를 거부하는 듯했다. 회복이 덜 되기도 했지만 중학생의 몸으로 집안일을 예전만큼 하긴 무리였다. 보이는 곳만 깨끗하게 닦고 빨래는 하루 두 번에서 한 번으로 줄였다.

다행히 아이는 이제 아홉 살, 제 스스로 옷을 챙겨입고 친구와 함께 놀다 올 수 있는 나이였다. 그렇다고 벌써 엄마가 필요 없어진 건 아니었다. 숙제와 준비물을 챙겨 가방에 넣고 옷매무새를 바로잡아주는데 아이가 중얼거렸다. 고마워, 언니…… 아니, 엄마.

서먹한 얼굴로 돌아보며 집을 나서는 아이를 웃으며 보내는 일이 쉽지 않았다. 학부모 모임도, 공동수업 참여도 당분간 포기해야 했다. 중학생 언니의 얼굴을 하고 엄마들 사이에 앉을 수는 없었다. 쿤을 떼어내지 말 걸 그랬나 하는 후회가 처음으로 밀려들었다.

그러나 오래전 쿤에게 내 발로 걸어가 업힌 것처럼 그 등에서 내려오기로 한 것 역시 다른 누구도 아닌 내 선택이었다. 아이 때문에 그냥 사는 게 아니라 아이를 생각하면 더더욱 달라져야 했다.

나는 어지러운 마음을 바로잡고 샤워를 했다. 새로 사온 티셔츠와 청바지를 입고 머리를 높이 올려 묶었다. 배낭을 메고 집을 나와 버스정류장을 향해 걸었다.

납골당은 한산했다. 백합 한 송이를 꽂고 향을 피웠다. 키가 작아진 까닭에 까치발을 해야 엄마가 있는 칸에 손이 겨우 닿았다.

사진 속 엄마가 희미하게 웃었다. 마흔 살이던 딸이 갑자기 소녀의 몸으로 돌아왔는데도 개의치 않는 듯한 미소였다. 그 미소를 똑바로 본 적이 전에는 없었다. 늘 쿤이 내 대신 엄마를 보고 내 대신 엄마의 어깨를 주물렀다. 방학 때 엄마의 가게에서 카운터 앞에 앉아 있던 것도, 음식 접시를 나르던 것도 쿤이었다.

엄마는 내 배에 붙어 자라는 쿤과 나를 똑같이 아끼고 보듬으며 키웠다. 남대문시장에 가서 천을 떼다 구멍 난 원피스를 만들어 입혔고, 다른 사람들의 눈에는 괴물이었을 우리에게 예쁘다고 아낌없이 말해주었다. 우리가 대학에 가고 연애와 결혼을 하는 걸 지켜보며 대견해했고, 내 아이를 쿤이 낳았을 때는 눈물을 흘리며 세상에서 가장 행복한 사람의 얼굴을 하고 웃었다. 우리가 해내는 평범한 일들, 일상의 모든 조그만 순간들이 엄마에게는 경이와 감사의 대상이었다. 엄마는 우리를 사랑했다. 그러나 정작 내가 쿤의 등 뒤에서 내내 엄마를 외면하고 있었다는 사실은 알지 못했다.

나는 엄마를 보고 싶지 않았다. 엄마가 겪어온 시간, 감내해야 했던 삶의 무거움을 알고 싶지 않았고, 닮고 싶지 않았다. 나는 쿤의 뒤에서 밥은 먹었는지, 아픈 데는 없는지 엄마에게 묻곤 했다. 그러나 그 이상은 하지 않았다. 내가 아무 말도 하지 않으면 오븐이 예열될 때처럼 약간의 시간이 지난 뒤에 쿤이 천천히 움직였다. 쿤은 해마다 엄마의 생일을 챙겼고 장례식에서 엄마의 유해가 수습되는 광경도 내 대신 지켜보았다. 나는 그런 일은 슬퍼서 하기 싫었다.

그런데 막상 쿤 없이 엄마 앞에 서보니 울기에는 내가 엄마를 너무 모른다는 생각이 들었다. 사진 속 엄마가 내 기억보다 젊고 예쁘다는 생각이 들 뿐이었다. 나는 휴지를 배낭에 도로 넣고 폴라로이드 카메라를 꺼냈다. 향이 다 탈 때까지 기다리며 셀카를 찍었다. 웃으면서도 찍고 심각한 얼굴로도 찍고 브이자를 그리면서도 찍었다. 철컥, 기이잉. 철컥, 기이잉. 방문객들이 별 희한한 여자애를 다 본다는 표정을 지으며 지나갔다. 열 장이 넘는 인화지 가운데 제일 잘 나온 한 장을 골라 엄마 사진 옆에 테이프로 붙이고 인사를 했다.

엄마, 안녕. 곧 다시 올게요.

나는 홀가분해졌고 빨라졌고 가벼워졌다. 그러나 쿤 없이 지내는 일은 말처럼 쉽지 않았다.

다른 사람들의 눈이 있는 곳에선 그나마 괜찮았지만, 집에 있으면 모르는 사이에 내 손과 발이, 팔과 허벅지가 늘 거기 있던 쿤의 등을 찾아헤맸다. 그 널찍하던 등에 기댈 수도, 그 몸에 엉겨붙을 수도 없다니. 다시는 그럴 수 없다니. 입이 마르고 경련이 일어날 지경이었다. 나는 거울을 보며 의지를 다지려 애를 썼다. 어리다. 아직도 어리다. 그렇게 되뇌다 보면 떨리던 손발이 진정되고 마음이 차분해졌다. 그러나 다시, 조금만 방심하다 정신을 차려보면 나는 쿠션이나 딸아이의 테디 베어 인형, 커다란 여행용 가방 같은 것들에 딱 붙어 그게 쿤인 양 끌어안고 있었던 것이다.

조금만 지나면 혼자서도 아무렇지 않을 거야. 우리 어디 커다란 흔들바위 같은 거 끌어안으러 갈까? 참다 참다 남편에게 업혀버린 나를, 남편은 면박 주는 대신 조용히 다독였다. 그런 그가 고맙고 미안해서 나는 그의 등에 오래 있지 못했다. 그를 내 두 번째 쿤 따위로 만들어버릴 수는 없는 일이었다. 이제는 내가 자랄 때까지 나를 안을 수 없는데도, 그는 화내지도 채근하지도 않았다.

오래 붙어 있었던 만큼 성장이 더딜 수 있어요. 세계를 보면 자라는 데 도움이 되는데, 여러 가지 방법이 있으니 마음 가는 일부터 시작하면 돼요. 의사는 그렇게 말했다. 물 많이 마시고 푹 자고, 사람들과 얘기 많이 나누고요.

나는 컵 가득 생수를 따라 마시고 밖으로 나갔다. 동네 편의점과 슈퍼마켓, 패스트푸드점과 동물병원과 안경점을 차례로 찾아가 아르바이트 모집 글을 보고 왔다고 말을 꺼냈다. 사람들의 눈이 의아함으로 커졌다. 신분증과 이력서를 함께 내밀고 최근에 쿤 제거수술을 받았다는 말을 덧붙였지만 크게 달라지는 건 없었다. 몇몇 사람들은 따끔하게 충고했다. 무슨 사정이 있건 건강이 안 좋았건, 그런 건 우리가 알 필요가 없죠. 그냥 거울 한번 봐봐요. 미성년자잖아? 사람을 상대하지 않아도 되는 일을 찾는 게 나을 거예요. 여기 매일 왔었노라고, 단골이라고 아무리 말해도 소용없었다. 쿤에서 내린 나를 그들은 알아보지 못했다.

밤이 되어 밖으로 나왔다. 아이를 재우고 마음이 답답해 나온 길이었는데, 왼쪽 할머니가 중얼거리며 돌아다니는 소리가 들렸다. 나는 나도 모르게 아파트 단지 쪽으로 그녀를 따라 걷기 시작했다. 왼쪽 할머니는 남편과 내가 붙인 별명이었다. 낮에 사람들을 보면 그 할머니는 타이르고 가르치고 화를 냈다. 아저씨, 아기엄마! 길을 다닐 때는 발뒤꿈치 들고 왼쪽으로 다녀야지! 그렇게 법으로 정해져 있는데! 사람들은 들은 척도 하지 않았지만 할머니는 하루도 빼놓지 않고 삼거리에 나와 좌측통행을 권했다. 밤에 혼잣말을 하며 종이박스를 주우러 다니는 할머니가 낮의 할머니와 동일인이라는 건 얼마 전에 알았다. 오른쪽, 오른쪽! 이봐, 오른쪽에 딱 붙어! 밤의 대사는 그랬다.

나는 약간의 거리를 두고 할머니를 따라갔다. 재활용품 분리수거 일이어서 쓸 만한 박스는 많았다. 옆 단지 쓰레기장에서 박스 몇 개를 따로 빼서 겹쳤다. 놀이터 옆을 지나는 할머니에게 박스를 끌고 갔다. 오른쪽으로…… 하고 중얼거리던 할머니는 나를 보더니 웅얼거리기를 뚝 멈추고 말했다.

아이고, 떨어졌네? 아기가 돼버렸어. 아니, 어느 쪽으로 다녔는데 떨어져버린 거야?

나는 무서움을 참고 박스 무더기를 할머니 앞에 내려놓았다. 돌아서서 집으로 향하려는데 할머니의 목소리가 들렸다.

고생은 하지 마! 고생하는 거랑 크는 거랑은 아무 상관도 없어.

나는 어디서부터 세계를 봐야 할지 알 수 없었다. 그래서 우선 내가 가진 세계를 추슬러보기로 했다. 추슬러놓고 보니, 그것은 아주 작았고 아주 엉망이었다. 나는 그걸 가다듬는 일부터 시작하기로 했다.

아르헨티나에 사는 S아주머니에게 메일을 썼다. 십 년 전 그곳 한 인촌을 취재하러 갔을 때, 그녀는 쿤과 나를 집으로 초대해 김치찌개를 끓여주었다. 온천에 데려가줬고, 낡은 호텔에 묵고 있던 우리가 더위에 쪄죽을까 봐 꽁꽁 얼린 물을 가져다줬다. 쿤이라고요? 뭔지는 모르겠지만, 보통이랑 다른 몸을 한 사람들은 두 배로 조심해야 돼. 그녀는 자신의 조그만 옷가게에서 제일 커다란 티셔츠를 내게 선물했다. 자신을 비롯한 이민자들이 얼마나 외롭게 살고 있는지 꼭 기사에 써달라고도 했다.

하지만 한국에 돌아온 나는 그 기사를 쓰지 못했고, 왜 쓰지 못했는지 그녀에게 설명하지도 못했다. 데스크에서 잘린 게 아니라 나 스스로 포기했다. 내겐 조금 더 화려하고 극적인 이야기가 필요했는데 그녀의 이야기는 너무 소박했던 것이다.

나는 A에게도 메일을 썼다. 그동안 연락하지 않은 건 바빠서가 아니라 질투 때문이었다고 사실대로 말하고, 아버지 장례식에 가지 못해 미안하다고 썼다.

그동안 몇 번이나 A에게서 메일을 받았지만 답장하지 않은 건 나였다. 그녀는 외국 감독들과 메일을 주고받는 유명한 기자가 되었고, 책도 계속 잘 팔리고 있었다. 회사를 그만두고 몇 년이 지나자 나는 그녀가 하는 영화 얘기를 더 이상 알아들을 수 없었다. 알아듣는 척, 즐거운 척 몇 번인가 답장을 쓰려고 해봤지만, 그런 문장들을 적고 있는 쿤과, 그 뒤에 달라붙은 나를 견디기가 힘들었다. A는 부당하게 해고된 선배 기자들과 함께 몇 달 전부터 신문사 건물에서 경영진과 맞서 싸우고 있었다. 쿤을 떼어내고 나니 그런 그녀를 응원하는 일쯤은 할 수 있을 것 같았다. 힘내, 너는 옳은 일을 하고 있어, 나는 마지막에 썼다. 내 마음속에는 질투가 그대로 있었다. 그러나 그 말만은 질투가 섞이지 않은 진심이었다.

마치 죽음을 앞둔 사람처럼 나는 부지런히 메일을 썼다. 그동안 연락하지 못한 사람들, 사과하고 싶은 사람들이 제법 많아 편지를 다

썼을 때는 밤이 돼 있었다.

　일주일이 지났다. 답장은 어디서도 오지 않았다. 기다리지 않는다고 생각하며 기다리다 보니 그들의 마음을 조금 알 것도 같았다.

　떡볶이와 만두를 시켜놓고 분식집에 오래 앉아 있었다. 교복을 입은 아이들이 우르르 들어와 라면을 시켜먹고 나갔다. 집으로 가는 줄 알았는데 언덕을 올라 학교로 도로 들어가는 게 보였다. 중학생이 야간 자율학습이라니. 나는 중얼거리며 일어났다. 저녁을 먹고 교실로 돌아가는 아이들 사이에 섞여 유령처럼 걷다가, 교문 앞에서 멈췄다. 바쁘게 뛰어가던 아이들이 교복을 입지 않은 나를 이상하다는 듯 돌아보았다.

　검푸른 밤 한가운데 희끄무레하게 떠 있는 운동장은 무언가가 튀어나올 것처럼 괴괴했다. 저만치 불 켜진 학교 건물을 보고 있으려니 식은땀이 났다. 저기 들어가볼 마음을 먹고 왔다. 저 복도를 다시 걸으면, 저 교실에 들어가 앉으면, 저 건물에서의 시간들이 아무것도 아닌 것으로 바뀔 것 같았다. 그런데 그럴 수가 없었다.

　그 시간들은 중학교에 입학하고 얼마 안 되어 시작됐다. 나는 공부를 잘하지도, 아주 못하지도 않았다. 누구를 무시하거나, 특별히 잘못된 말을 한 적도 없었다. 안 그래도 눈에 띄는 처지라 말이란 것 자체를 거의 하지 않았다. 그러나 아무리 조심했어도, 쿤이 달라붙은 채 괴상한 주머니처럼 생긴 옷을 입고 뒤뚱거리는 아이를 보통의 중학교 2학년들이 그냥 지나갈 리 없었다. 아이들은 내 머리카락과 사물함과 책상과 미술 숙제에 껌과 죽은 쥐와 새빨간 물감으로 표시를 했다. 너는 우리와 다르다는, 결코 같을 수 없다는 표지였다. 그런 표지를 받는 날이면 쿤의 몸은 공기를 집어넣은 것처럼 부풀어올랐다. 쿤은 날마다 비대해져갔고, 그럴수록 더한 일들이 일어났다. 나는 끝까지 견뎠다. 견디는 것 말고는 할 수 있는 일이 없었다.

그때가 생각나자 속이 울렁거렸다. 멀리서 바라볼 수는 있었으나 그 일들을 모두 없던 일로 할 수는 없었다. 걸음을 돌려 나오다가 나는 결국 운동장 구석에 조금 토했다.

C에게 문자를 보냈다. 하늘색 티셔츠, 빨간 배낭, 포니테일. 창가 쪽 자리에 있어.

저기, 혹시……? 고개를 들자 C가 서 있었다. 나는 고개를 끄덕였다. C가 입을 딱 벌렸다. 믿을 수 없다는 표정이었다. 오래 알고 지내긴 했어도 그 또한 내가 아닌 쿤을 나라고 기억하며 지내온 것이었다. 갑자기 삼촌이 된 기분이네, 자리에 앉은 그가 중얼거리며 웃었다. 어색한 건 나도 마찬가지였다. 그는 정말 내 삼촌처럼 보였다.

파스타와 피자를 시켰다. 요즘은 SNS로 매일 보고 있었지만, 마지막으로 C의 얼굴을 직접 본 건 십 년 전이었다. 그는 사진에서보다 건강하고 생기 있어 보였다. 돼먹지 못한 클라이언트가 있어서 피곤하긴 한데 월급은 꼬박꼬박 나와. 다행인가? 다행이지. C는 기타를 계속 연습하고, 주말에는 캠핑을 다니고, 최근에는 케틀벨과 요리도 배운다고 했다.

언제 그렇게 된 거야? 수술은 잘됐고? 그럼 아이는 누가 봐? 괜찮을까? 힘들 텐데.

C의 쿤이 자상하게 물었다. 그 쿤은 C이기도 했다. 나와 마찬가지로 쿤에 업혀 다니는 처지였던 그의 몸은 몇 해 전 하나로 합쳐졌다. C가 조금씩 줄어들고 작아져 쿤의 등으로 스며든 거라고 사람들은 말했다. 그 얘기를 처음 들었을 때 나는 실소했다. 쿤에게 흡수되다니, C는 끝나버린 거라고 생각했다. 종종 배에서 진물이 흐르고 혼자서는 대소변도 해결할 수 없고 사람들의 동정에 찬 시선을 받는 이상한 몸일지언정 내가 C보다는 나아. 나는 속으로 그렇게 생각했었다.

하지만 쿤을 떼어내고 나니, 그리고 그와 마주 앉고 보니, 나는 알 수 없어져버리고 말았다. 그는 정말 쿤 속으로 흡수된 것일까? 그런 소문은 누가 만들었는지, 나는 왜 그것을 믿은 것인지 궁금했다. 내 눈앞에 있는 것은 C였고, 다른 누구도 아니었다. 그는 가짜처럼, 껍질처럼 보이지 않았다.

다행이야, 네가 원해서 한 거라면. 사고를 당하거나 해서 억지로 떨어지면 회복이 어렵다고 들었거든. C가 조심스럽게 말을 고르는 게 느껴졌다. 나는 내내 하고 싶던 질문을 했다.

너도 사실은 떼어낸 거지? 쿤 말이야.

그걸 물어보려고 만나자고 한 거야? ……마음대로 생각해.

넌…… 어떻게 한 거야? 그다음에는?

글쎄, 내가 뭘 했지? 난 그냥 똑같았던 것 같은데. 돈을 벌어야 해서 벌었고, 그 외의 시간에는 하고 싶은 일을 했어. 달리 할 일도 없었고, 다른 데 시간을 뺏길 이유도 없었거든. 가족을 만들거나 아이를 키우는 건 나에게는 사치여서, 그쪽은 깨끗하게 포기했어. 네가 결혼해버린 이후로 누굴 사귀고 싶다는 마음도 들지 않았고.

그가 웃었다. 나도 따라 웃었다. 우리는 스물네 살 때 소개팅을 하고 꼭 두 달 사귀었을 뿐이었다. 헤어지자고 먼저 말한 건 C였지만, 실은 헤어지고 말고 할 만큼의 뭔가가 있었던 것도 아니었다. 우리가 사귀기로 한 데엔 두 가지 이유가 있었다. 당시 유행하던 체코 작가의 똑같은 책을 우연하게도 동시에 읽고 있었고, 서로의 쿤이 마음에 들었다. 그때 그의 쿤은 어딘가 서글퍼 보였고, 아마 그때의 그에게 물었다면 내 쿤도 마찬가지라는 대답이 돌아왔을 것이다. 쿤 뒤에 탄 소년과 소녀는 서로를 보지 못했을 거라 나는 확신한다.

우리는 서로의 눈에만 서글퍼 보이는 쿤에 업혀 거리를 걸어다니는 그렇고 그런 수많은 커플 중 하나였다. C와 나는 각자의 쿤의 귀에 헤드폰을 씌우고, 쿤끼리 손을 잡게 하고는 레코드점에 가는 걸 좋아했다. 그러고는 쿤에게 바구니를 들고 표지가 예쁜 CD를 수없이 골라 담게 했다. 지금은 불가능한 일이지만 우리는 그때 우리의 월급으로 자취방 월세를 내고, 괜찮은 레스토랑을 돌아다니며 식사를 하고, 어머니 용돈을 드리고, 커피를 마시고, 좋은 공연과 영화를 보고, 그러고도 표지가 예쁜 CD를 수없이 살 수 있었던 것이다. 그리고 두 달 만에 그 일은 지루해졌다.

우리는 다시 연락하지 않지만, 한때 쿤과 함께 넷이 만나는 데이트를 했던 사람들답게 다른 사람들을 통해 서로의 소식은 계속 전해들었다. 나는 내가 지금 열다섯 살이고, 그에게 미련이나 사심이 전혀 느껴지지 않는다는 게 다행스러웠다. 그러나 단지 원하는 걸 얻기 위해 너무 아무렇지 않게 연락했나 싶어 자신이 조금 무섭기도 했다.

날 도와줄 수 있겠어? 내가 물었다.

남이 도와줄 수 있는 일은 아닌 것 같아, C가 말했다.

그러고는 덧붙였다. 참고로 난, 자라고 싶다는 생각 같은 거 안 했어. 남들이 뭐라고 하든, 가능하면 어른이 되지 않고 남고 싶었다고. 그랬는데 떨어져나갔어. 저절로 말이야. 연결 부분이 점점 늘어나면서 너덜너덜해지더니, 어느 날 아침 눈을 떴는데 뱃가죽 전체에 당기는 것처럼 통증이 느껴지는 거야. 심하지는 않았지만 기분이 이상하더라고. 일어나보니, 없어졌어. 감쪽같이. 뭐가 이런가, 싶었어. 뭐가 이래? 난 아무 잘못도 안 했는데, 내가 왜 어른이 돼야 하는 거야? 그런데 그 뒤로 내 마음과는 상관없이 몸이 쑥쑥 커지기 시작했어. 난 정말 이렇게 되고 싶지 않았는데.

언니, 아니 엄마, 왜 그래?

응?

기분이 안 좋아?

엄마가? 아냐 아냐. 핫케이크 만들어줄까?

괜찮아. 무슨 일이야? 내가 도와줄게.

정말?

응. 내가 도와줄 수 있는 일이면.

나는 딸의 손을 잡아 얼굴에 비볐다.

고마워. 엄마가 하나만 물어봐도 돼?

응.

우리 딸은 옛날 엄마가 좋아, 지금 엄마가 좋아?

딸은 잠시 생각하다 대답했다.

옛날 엄마는 나이가 많고, 지금 엄마는 안 많아.

그래. 그런데 누가 더 좋아?

음…… 잘 모르겠어. 옛날 엄마는 키가 커서 좋았어. 지금 엄마는 언니 같아서 좋아. 친구 같고. 나랑 말도 더 잘 통하고, 옷도 예쁘게 입고, 전에는 모르던 노래도 많이 알고. 그래서 좋아.

정말?

응. 그런데 좀, 다이어트 비디오에 나오는 사람 같기도 해. 옛날엔 안 그랬는데.

다이어트 비디오에 나오는 사람?

응. 쉬지 않고 몸을 움직이고, 계속 웃고, 또 몸을 움직이고, 하나 둘 셋 넷 하나 둘 셋 넷, 할 수 있어, 할 수 있어! 그런 말을 끝도 없이 하는 그 언니들 같아.

나는 한숨을 쉬었다.

그래서 싫어?

싫진 않지만 안타까워. 언니, 아니 엄마. 엄마는 키가 안 커져서 힘든가 봐. 엄마가 안 크면 나랑 계속 언니 동생처럼 놀 수 있을 텐데.

하지만 나는 네 엄마야. 앞으로 육 년 뒤에도 엄마가 이대로 있으면, 넌 엄마보다 점점 커질 거야. 그러면 엄마는 너보다 점점 작아지고, 너한테 엄마가 필요할 때 도움이 돼주지 못할 거야. 그래도 좋아?

딸은 곰곰이 생각했다. 그러고는 솔직하게 대답했다.

아니, 그런 건 완전 싫어.

계속 하고 싶은 일을 했어.

C는 그렇게 말했다. 나는 백화점에 가서 좋아하는 로즈마리 향수를 한 병 샀다. 점원이 고객님 나이에는 아직 좀 이르신데요, 하고 말해서 복숭아향도 한 병 같이 샀다. 사놓고 먼지만 쌓아둔 오븐을 꺼내 베이킹 공부를 시작했다. 신선한 재료를 사서 식빵과 머핀과 진저브레드 쿠키를 구웠다.

언젠가 버스 안에서 보았던 동네에도 가보았다. 철공소들이 늘어선 오래된 길을 걸으며 쇠를 두드리는 아저씨들과 구루마 끄는 할아버지의 뒷모습을 사진 찍었다. 집에 돌아와 그 사진을 참고하면서 스케치북에 그림을 그려보았다. 나는 날마다 줄넘기를 했고, 에드워드 호퍼에 관한 책을 사서 읽었다. 그래도 내 몸은 조금도 커지지 않았다.

여름과 가을이 더디게 지나갔다. 겨울은 더 길었다. 그리고 오지 않을 것 같던 봄이 찾아왔다.

벤치에 앉아 이십 년 전 내가 다닌 학교의 학생들을 구경했다. 아이들은 그때나 지금이나 비슷하게 어리고 촌스럽고 발랄했다. 학교 로고가 새겨진 점퍼를 교복처럼 맞춰 입은 1학년과 어울리지 않는 정장을 차려입고 바쁘게 걸어가는 4학년을 나는 쉽게 구분할 수 있었다. 하지만 아무도 그때의 나처럼 쿤에 업혀 학교를 오가지는 않았다.

모교엔 제법 자주 왔었다. 봄에는 벚꽃 사진을 찍고 가을에는 단풍을 구경하러 왔다. 가끔 시간이 나면 쿤과 둘이서 산책하러 들르기도 했지만, 별다른 생각은 들지 않았다. 사 년 내내 어떻게 해도 내가 속할 수 없던 공간이었다. 그러고 보니 학교를 다니는 동안에도 나는 쿤에게 업힌 채 늘 산책만 한 것 같았다. 수업을 듣고, 학점을 따고, 시험을 보는 일 사이에 무엇이 있었는지 기억나지 않았다. 나는 이 공간을 알지 못했다.

도서관 앞을 지나 학생회관으로 들어갔다. 동아리방이 있는 삼 층, 복도 맨 마지막 방을 향해 걸었다. 둥근달 모양의 도화지와 그 속에 씌어진 글자들이 보였다. '문과대 학생극회 낮달'. 몇 번 새로 만들어 붙였는지 모르지만 그 글자들은 그 자리에 있었다.

언론고시를 준비하며 매일 여섯 개 신문 주요기사를 스크랩해 읽던 3학년 2학기의 오후였다. 토할 것 같아 잠깐 도서관을 나왔다가 극회 신입회원 모집 공고를 봤다. 뭐에 홀렸는지 정신을 차려보니 어느새 낮달 동아리방의 문 앞이었다.

쿤의 손이 손잡이에 얹혀 있었다. 그 문을 열었다면 뭔가 달라졌을까? 하지만 그때 나는 1학년도 아니고 무려 3학년 2학기씩이나 되는 처지였다. 남은 한 해를 바짝 취업준비에 써도 부족했다. 안 되겠다는 판단이 섰고, 우리는 그냥 돌아섰다.

뭘 할 수 있을까.

다시 학교에 입학할 수는 없었다. 수능을 볼 시간도, 등록금을 낼 여력도 내겐 없었다. 이 공간이 어른이 되는 데 도움이 된다는 증거는 없어진 지 오래였다. 뉴스에도 소문 속에도 반대편 증거들만 넘쳐났다. 그러나 무엇을 어떻게 하겠다는 조바심 같은 건 이젠 없었다. 그저 이곳이 떠올랐고, 걷다 보니 어느새 여기까지 와닿은 것뿐이었다. 그리고 와보니 하고 싶은 일이 있었다.

손잡이에 손을 얹었다. 이번에는 조그만 나 자신의 손이었다. 그걸 돌려보는 게 내가 하고 싶은 일이었다. 끼이익, 소리를 내며 천천히 문이 열렸다.

극회 일을 배우고 싶다고, 네가?

복잡한 퍼즐을 보는 표정으로 회장이 나를 보았다.

하지만 어째서, 네가 다니는 중학교에서 배우지 않고?

사정이 있어요. 중학생이 아니에요. 고등학교도 안 갈 거고요. ……어른이 되고 싶어요. 그런데 갈 데가 없어요. 방해가 되지는 않을게요. 와도 된다고 해주세요.

경찰이 우릴 찾아오거나, TV에 나오거나, 그런 일이 생기는 거 아니냐? 우린 그런 건 좀 싫은데. 안 그래도 피곤한 인생들이거든?

회장은 재미있는 청년이었다. 일상적인 말도 무대에 올라 연기하듯 내뱉었다. 원래 목소리 톤이 그런 건지, 쉬지 않고 연습을 하는 건지 알 수 없었다. 그가 얼굴을 찡그렸다.

집에, 보내야 하는 거 아닌가. 부모님 집에 계시니? 아, 우리가 지금 스태프가 부족하긴 해. 하지만 제대로 찾아온 건지 모르겠네. 우린 가능하면 어른이 안 되려는 마음을 가진 사람들인데. 그렇지 않나?

어른, 의 정의에 따라 다르겠지. 옆에 서 있던 여학생이 말했다. 큰 키와 짧은 더벅머리가 눈에 들어왔다. 연극을 하는 게 어른이 되는 것과 상충하는 일이라고 난 생각 안 해. 어른이라는 말이 책임질 줄 알고, 할 일을 제대로 하는 인간을 뜻한다면.

그녀가 돌돌 말린 두툼한 종이 뭉치를 내밀었다. 우선·나가서 이것 좀 붙여줄래?

나는 학교 곳곳을 돌아다니며 공연 포스터를 붙였다. 게시판에도, 강의실 옆 벽에도 빈 공간이 많지는 않았다. 기업에서 나온 취업설명회와 성형외과 홍보물, 디자인 컨퍼런스와 브랜드 이미징과 크리에이티브 공모전 광고, 도서관에서 맥북 프로를 잃어버린 학생의 호소문, 과외 자리와 가사도우미 하실 분과 자취방 룸메이트를 찾는 광고들이 물고기 비늘처럼 빽빽이 붙어 있었다.

학생회관으로 돌아가는 길에 대자보를 봤다. 이십 년 전의 나는 대자보를 별로 좋아하지 않는 아이였다. 싫었다기보다는, 그저 별로였다. 신입생 OT에서 내숭을 버리고 모두 빨리 친해지자며 방방 뛰는 율동을 강요하던 선배들이나, 그 무렵 남학생들이 하나같이 빳빳하게 세우고 다니던 폴로셔츠 옷깃과 마찬가지로, 단순히 내 취향이 아니었던 것이다. 그 특유의 글씨체도, 어딘가 집요하게 친한 척하는 듯한 말투와 그 속에 담긴 어려운 내용의 부조화도 별로였다. 쿤이 가끔 대자보 앞에 서 있을 때면 나는 잠을 잤다. 읽어봤자 무슨 소린지 와닿지 않을 테니까.

이제는 그 글들이 쉽게 읽혔다. 그런 곳에 서서 취향이라는 말을 떠올리는 것만으로 얼굴이 뜨거워질 수도 있다는 걸 처음 알았다. 나는 이제 별로인 것들도 예전보다 잘 참았다. 신자유주의가 뭔지도, 비정규직 노동자들이 어떤 대접을 받는지도 들어서 대충은 알았다. 공감 가는 정치 관련 트윗을 보면 RT를 했고, 한 달에 만 원씩 시민단체 후원도 하고 있었다. 내 주위의 사람들이, 내가 팔로우한 유명인들이, 쉬지 않고 그런 일들을 얘기하고 걱정하면 나는 열심히 들었다. 다만 그게 정말로 나 자신의 관심사인지는 며칠을 생각해도 알 수 없었다.

꿈을 꾸었다. 도서관 앞에서 대자보를 읽고 있는데 쿤이 소리 없이 내 뒤로 다가와 등에 올라타는 꿈.

쿤은 통통한 두 팔로 내 목을 껴안고, 두 다리로 나를 감싸 조였다. 나는 그 자리에 고꾸라졌다. 겨우 다리에 힘을 넣어 버티고 일어났다. 무거우니 내려오라고, 아무리 외로워도 너를 업을 수는 없다고 나는 부탁하고 사정하고 화를 냈다. 하지만 쿤은 내려오지 않았다.

몸을 비틀어 흔들었다. 그래도 쿤은 떨어지지 않았다. 쿤의 물렁한 배가 내 등에 닿아 한 덩어리가 되려 하고 있었다. 누구 없어요? 살려줘! 살려줘요! 소리치며 나는 주위를 둘러보았다. 여자애 하나가 내 쪽을 보고 얼굴을 찡그렸다. 도서관 앞에도, 안에도, 밖에도 온통 원피스를 입은 어린 여자애들뿐이었다. 자세히 보니 얼굴이 모두 똑같았다. 그 애들은 내 딸이었다.

딸에게 도움을 청할 수는 없었다. 딸에게 쿤을 물려줄 수는 없었다. 나는 쿤을 업은 채 신음을 흘리며 열람실로 갔다. 검색용 컴퓨터에 '쿤'을 입력했다. 수없이 많은 밀란 쿤데라 연구서들 사이에서 제목을 찾아냈다. 《쿤을 없애는 법》. 나는 자연과학 서고로 가서 책을 찾아 빼냈다. 쿤이 두 팔로 내 목을 조르기 시작했다.

나는 쿤의 팔을 잡아뜯으며 간신히 책을 펼쳤다. 쿤을 영원히 없애는 법: 거울을 볼 것. 책에는 그렇게 씌어 있었다.

일주일에 세 번 학교에 나가 낮달 동아리방에서 시간을 보냈다. 공연 준비를 돕기도 하고 잡다한 허드렛일도 했다. 연습을 보고 싶다는 마음이 굴뚝같았다. 하지만 저녁시간이라 아주 늦게까지 있을 수는 없었다.

처음에만 좀 영문을 몰라 했을 뿐, 나라는 이상한 존재가 들어와 거치적거리는데도 사람들은 곧 신경 쓰지 않게 됐다. 그런 데 쓸 시간까지는 없는 듯했다. 모두들 아르바이트 두어 개씩은 하고 있었고, 동아리방과 강당과 도서관, 강의실과 학교 밖 일터를 쉬지 않고 오갔다. 단지 극회 사람들만 그런 건 아니었다. 캠퍼스를 걸어다니는 아이들 대부분이 기계를 하나씩 손에 들고 나 때와는 비교되지 않는 촘촘한 밀도로 시간을 사용하고 있었다. 이십 년 전 쉬는 시간에 나는 여학생 휴게실에 들어가 쿤과 라면을 나눠 먹고 잤다. 지금 그들은 짬이 나면 영어로 된 소설을 읽거나, 복잡해 보이는 자료를 검색하며 뭔가 골똘히 생각하거나, 일드를 보며 문장들을 따라 외우고 있었다. 그들은 놀 때도 뭔가 쌓아올리는 듯 놀고 쉴 때도 긴장을 풀지 않은 채 쉬었다.

어느 날 무대배경을 색칠하고 있는데, 더벅머리가 내 곁에 와서 섰다. 그녀는 내 손목을 붙잡고는 나직한 목소리로 물었다.

너 진짜 열다섯 살 아니지?

네?

떨어져나온 거지? 다 알아. 원래는 몇 살이었어?

나는 대답하지 못했다. 낮술을 좀 마셨는지 붉어진 얼굴을 하고, 그녀는 거침없이 말했다.

솔직히 댁 같은 사람들, 좀 짜증나. 제 나이대로 못 살고 쿤 같은 거에나 붙어 다니고. 받을 혜택은 다 받았는데 속에 든 건 없고, 나이 들어 여기저기 젊은 애들 있는 데나 집적거리며 친한 척하고. 모를 것 같아? 당신들은 커피 한잔 마시면서 한 삼십 분 얘기 듣고, 칼럼에다 쓰든지 방송 나가서 얘기하잖아. 이십 대가 지금껏 무슨 생각을 하며 살아왔고, 살고 있고, 살아갈 건지. 그런 게 그렇게 재밌어? 도대체 왜 그러는 거야? 여긴 왜 왔어? 뭘 하려고?

나는 잠깐 동안 가만히 있었다.

숨을 고르고, 그녀에게 다가가 말했다.

선배, 밥 사주세요.

뭐?

그녀는 이해하지 못했다.

왜 떼어낸 거야? 불편해서? 불편해도 지금 그 상태만큼 불편하진 않았을 텐데.

어떻게 아셨어요, 제가 그런 줄?

미안. 인체 공부하느라고 사람들 관찰을 좀 했거든. 자세히 말하면 기분 나쁠 테니 그냥 알 수 있었다고 할게. 난 그냥 이해가 잘 안 돼. 댁이 여기서 뭘 하는 건지.

나는 그녀가 불쾌하지 않았다. 내 쪽에서도 그녀를 이해할 방법이란 없었으니까. 그녀는 이십 년 전의 나보다 훨씬 예쁘고, 훨씬 열심히 살고 있었다. 그런데도 그녀는 틈만 나면 자진해서 술에 절었고, 취하면 누군가를 붙잡고 소리를 질러댔다. 무시하지 마! 나 무시하지 말라고! 대낮부터 누가 건드리지도 못할 만큼 취한 일도 몇 번 있었다. 그 상태가 되면 그녀는 동아리방 소파에 누워 겉옷을 덮고 새우잠을 자다가, 한 시간쯤 지나면 부스스 일어나 화장실에 가서 세수를 했다. 한번은 그녀가 동아리방 날적이에 무언가를 적어넣는 걸 본 적이 있었다. 내용은 볼 수 없었다. 다만 그녀가 자신이 쓴 한 페이지 분량의 문장들 위를 검은 볼펜으로 북북 긋더니, 글자들이 완전히 보이지 않게 될 때까지 꼼꼼하게 검은색을 칠하던 모습, 그리고 그 검은 폐허를 뚫어져라 들여다보던 모습이 기억났다. 그녀는 그 페이지를 찢어버리는 대신 풀로 봉했다. 뒷장에 다른 사람이 쓴 글이 있어서인 것 같았다.

그냥 내가 뭘 놓친 건지, 뭘 못 보고 지나쳤는지 알고 싶었어요.

그녀는 나를 물끄러미 쳐다보았다.

그래서 알게 됐어?

아뇨, 아직은.

난 내가 뭘 놓칠 수나 있는지 잘 모르겠어. 뭔가가 있긴 있을까?

그럼요, 나는 말해주고 싶었다. 그러나 그럴 수 없었다.

나처럼 백사십만 원만 내면 한 학기를 다닐 수 있었거나, 배낭여행을 가서 우연히 과 친구들 셋을 만날 만큼 여유 있는 시대를 타고났더라면 그녀는 더 많은 일들을 할 수 있었을 것이다. 그러나 그건 단지 그녀로 살아보지 못한 내 인상일 뿐이었다. 삼십 분은 넘었지만 마주 앉은 지 겨우 두 시간째였다. 나는 그녀를 몰랐다.

　배우가 되고 싶었어. 그런데 공무원이 되어야 해. 그것도 엄청나게 잘됐을 때 얘기고, 아마도 죽어라 면접 봐서 대충 날 붙여주는 데 들어가겠지. 취업한 다음에는 무대에 오를 수 없을 테고, 그다음엔 가끔 취미생활로 극장 가는 것조차 힘들어지겠지.

　……

　회장 있잖아. 걘 불어로 희곡 쓴다?

　불어로 희곡을요?

　응. 나중에 프랑스에 간대. 어려서부터 부모님 따라 여기저기 다니다가 한국에 들어왔거든. 그렇게 안 보이지? 근데 그래. 학교는 두 번짼데 어쩌면 또 갈지도 모른대. 집에서 연극하라고 밀어주셔서 졸업 후엔 극단에 들어갈 수도 있고, 취업을 따로 안 해도 되고. 너무 부럽지.

　그러네요.

　연극을 좋아한다는 공통점이 없었으면 걔랑 내가 친해질 수 있었을까. 잘 모르겠어, 왜 그런 애가 나랑 같이 이 조그만 동아리방에 있는 건지. 우린 처지가 완전 달라. 걔가 보는 이 세상이랑 내가 보는 여기랑 같을까? 같겠어? 그럴 순 없지 않을까? 그런데 웃기는 게 뭔지 알아? 그런 걔가 나보다 훨씬 열심히 한다는 거야. 걔는 밤을 새서 연습하는데, 난 리딩도 잘 안 해. 입으로만 좋아한다고 떠들면서. 난 뭘 믿고 이러지?

　……

　……미안. 내가 오늘 기분이 좀 안 좋아서 할 얘기 안 할 얘기 막

쏟아내네. 아까 기분 많이 나빴을 텐데, 조금만 이해해줘.

……선배.

응?

고마워요.

뭐가?

제 선배가 되어주셔서요.

난 그런 적 없는데. 댁이 마음대로 그렇게 부른 거잖아.

제 평생 처음 가져보는 선배예요.

……뭐야, 진짜. 막 가려워지게.

부탁이 있어요.

응?

저한테 연기 좀 가르쳐주실래요?

숨을 깊이 들이쉰다. 가슴을 지나 배까지 공기가 가득 찬다. 내쉰다. 입과 코를 지나 머리 위로 파란 숨이 빠져나간다.

소리를 질렀다. 목이 아프도록 소리를 쳐도 아무도 오지 않았다.

나를 텅 빈 강당 무대에 세우고 그녀가 맨 먼저 시킨 건 울음 연기였다. 시늉은 했으나 내 눈에서는 눈물이 나오지 않았다. 웃다가 죽을 것처럼 웃어보라는 게 그다음 명령이었다. 웃음은 울음보다는 쉬웠지만 도중에 사레가 들려 기침이 멈추지 않았다.

안 되겠네. 이번에는, 욕을 해봐. 댁이 알고 있는 최고의 욕을 해보라고. 외쳐보라고. 자, 시, 작! ……뭐라고? 그게 댁이 아는 최고의 욕이야? 진짜?

그녀는 나를 꽤 오래 견뎌주었다. 내게 새와 고양이가 되어보라고 주문했다. 신과 싸우는 단 한 명의 인간이 되어보라고도 했다. 나는 하늘을 날다가 훨훨 내리고, 하루 종일 늘어지게 낮잠을 자고, 주먹을 휘둘러 허공을 때렸다. 이마에 땀이 배어나왔다.

이제, 무엇이든 되고 싶은 것이 되어봐.

나는 가만히 서 있었다. 보이지 않는 거대한 물음표가 내리누르는 것 같았고, 텅 빈 객석이 나를 적대하는 느낌이었다.

나는 나를 사랑하는 사람이 되고 싶었다. 그랬다. 그게 내가 되고 싶은 것이었다. 그러나 어떻게 눈을 깜빡일지, 어떻게 숨을 쉬어야 할지조차 나는 알 수 없었다.

내가 가만히 있자, 그녀는 내게 세상에서 가장 있고 싶지 않은 장소를 떠올려보라고 했다. 그런 곳을 상상해. 가장 어둡고 무겁고 슬픈 곳을. 그리고 거기서 뛰어나와 달리기 시작해. 내 자신이 죽도록 싫어지면 난 그렇게 해. 달리다 보면 반대편의 장소가 떠올라. 내가 되고 싶었던 내가, 아직 보이지는 않지만 거기서 기다리고 있는 게 느껴져.

그래서 나는 어디로 가야 하는지 알게 되었다.

그가 반짝, 눈을 떴다.

언제 왔냐.

아버지의 두 발이 침대 밖으로 튀어나와 있었다. 그의 체구에 비해 침대가 너무 작은 탓이었다. 침대 옆 협탁에는 방금 가져온 것처럼 싱싱한 꽃다발과 곱게 포장된 선물들이 쌓여 있었다.

오라고 한 게 언젠데 이제 왔냐. 여기 아무도 없는데.

간과 폐에 문제가 생겨 병원 신세를 지기 직전까지 아버지는 전국을 돌아다니며 강연을 했다. 열일곱 고등학생부터 쉰을 넘긴 중년의 직장인들까지 수많은 사람들이 그의 이야기를 듣기 위해 몇 시간 전부터 줄을 섰다. 멘토, 선생님, 스승님, 나의 정신적 지주. 그들은 그를 그렇게 불렀다. 그가 하는 말에 눈물을 흘렸다. 아픔을 위로하고, 상처를 치유하는 사람. 그것이 그의 직업이었다.

참 무심하구나. 여기서 내가 얼마나 외로웠는지 알아.

내가 정말로 좋아하는 몇 안 되는 사람들마저 그를 존경하고, 만나고 싶어 어쩔 줄 몰라 했다. 그런가, 그럴 만한가, 나는 생각해보았다. 생각하고 또 생각했었다.

소변통 좀 갈아다줘.

그가 채워놓은 소변통을 들고 나는 복도로 나갔다. 화장실 거울에 비친 나를 보았다.

익숙한 느낌이 스치고 갔다. 오래전 내가 쿤을 만난 날도 꼭 이랬다. 나를 사랑하지 않는 그를 모두가 사랑한다는 사실을 내가 알게 된 날, 거울에 비친 나는 잘못되어 보일 만큼 불완전했고, 그대로는 도저히 견딜 수 없다는 생각이 들었다.

우연히 그날 그곳을 굴러가고 있던 쿤은, 그러니까 아무런 잘못이 없었다. 우무처럼 물컹거리고, 곤약처럼 미끄러운 작은 회백색 덩어리일 뿐이었다. 나는 내 앞을 지나가던 쿤을 붙잡아 두 손으로 움켜쥐었다. 순간, 쿤 표면에 주르르 흐를 만큼의 물기가 배어나왔다. 당황하는 듯한 느낌이 손가락을 타고 전해져왔다. 잡히지 않은 부분이 아래위로 좍, 늘어났다. 그러더니 도망치려고 있는 힘을 다해 울컥거리기 시작했다.

나는 손가락에 힘을 넣었다.

엄마는 그를 사랑했다. 나 때문이었을까. 그렇다 해도 열다섯 살의 나는 엄마를 이해할 수 없었다. 나 때문이 아닐지도 모른다는 생각, 그런 사랑도 있을 수 있다는 생각은 아직 내게 도착하기 한참 전이었다.

몸부림치던 쿤의 윗부분이 납작한 원반 모양으로 점점 커다랗게 부풀어오르더니 내 상반신을 담요처럼 폭 덮었다. 도망칠 길이 없었으니 제 딴에는 자기 몸을 방어하려는 움직임이었다. 한순간 아무것도 보이지 않았다. 숨이 막혔다. 이대로 죽는 건가, 나는 생각했다. 그러나 그건 잠깐이었다. 쿤으로 덮인 몸이 천천히 따뜻해지기 시작했던 것이다. 나는 휘젓던 두 팔을 멈추고 숨을 몰아쉬며 몇십 초 동안 그대로 서 있었다. 그러고는 그 축축한 덩어리 속으로 손을 넣어 내가 안을 수 있는 만큼 그것을 감싸안았다.

그날 나와 닿은 그 순간부터 쿤은 내 몸에 붙어살게 되었다. 내 겉모습을 취하고, 내 명령에 복종하며, 내 역사를 공유하고, 내 대신 추해지면서. 그러니 실은 쿤이 나를 빨아먹은 게 아니라, 내가 쿤을 취하고 사용하고 버린 것이었다.

빈 소변통을 들고 병실로 돌아갔다.

그런데 너, 어떻게 된 거냐. 꼭 중학생 같구나.

나는 대답하지 않았다.

왜 그랬니.

그는 왜 그랬을까. 왜 평생 엄마와 나를 때리고, 쓸모없는 것들이라고 욕을 하고, 결국에는 집을 나가버리지 않으면 안 됐을까. 쿤이 있을 때는 보이지 않았다. 그러나 이제 내 귀는 그의 거대한 몸 뒤에서 들려오는 가느다란 목소리를 구별할 수 있었다.

나는 그에게 다가갔다.

사과해요.

무엇을.

우리에게 한 일들요.

나는 기다렸다. 한참이 지나 그가 작은 목소리로 흐느꼈다.

미안하다.

……

이제, 날 좀 편하게 해다오.

나는 그를 옆으로 눕게 했다. 내 손바닥에 쏙 들어오는 그의 작은 머리통을 쓰다듬었다. 제대로 가눠지지 않는 그의 여린 목을 두 손으로 감쌌다. 자신의 쿤에 눌려 숨을 헐떡이는 조그만 그를, 나는 이제 똑바로 볼 수 있었다. 쿤을 보낸 내가 어른이 되겠다고 말하면서도 실은 또 다른 쿤들을 계속 찾아다녔듯, 그 역시 무언가를 견딜 수 없어 끝없이 쿤을 찾아다니는 불완전한 어린애에 불과했던 것이다.

쿤을 뜯어냈다. 길고 힘든 수술이었다고 의사는 말했다.

아버지의 쿤은 그가 자랄 모습으로 자랐고, 이제 그와 함께 숨을 거두었다. 나는 그의 쿤을 화장해 바다에 뿌리고, 어린 그의 몸은 수습해 양지바른 곳에 묻었다.

다시 봄이 되었을 때 나는 남편과 아이와 함께 그곳을 찾았다. 새로 싹이 올라오는 무덤 언저리를 밟았을 때, 문득 궁금해졌다. 쿤을 만나지 않고 살았다면, 우리의 빈 곳을 그대로 비워둔 채 살았다면 우리는 서로를 만날 수 있었을까. 그리고 나는 평생 한 번이라도 집을 나서볼 수나 있었을까.

나는 무덤 앞에 잠깐 서 있다가, 흙 속에서 벌레와 진물과 어둠을 생생하게 견디고 있을 내 어린 아버지에게 말해주었다.

괜찮아요, 자라지 않아도.

딸이 내 손에 제 손가락을 끼워넣었다. 딸의 손은 따뜻했고, 내 손에 비해 아직 조그맸다. 그리고 시간은 아직 남아 있었다.

남편과 딸의 손을 잡고 열다섯 살의 나는 천천히 걷기 시작했다.

안보윤
나선의 방향

1981년 인천 출생. 2005년 《악어떼가 나왔다》로 문학동네작가상을 수상하며 등단했고, 장편소설 《오즈의 닥터》
《사소한 문제들》《우선멈춤》《모르는 척》이 있다. 자음과모음문학상 수상.

●

고작 다섯 시간이었다.

남자는 낯익다고도, 낯설다고도 할 수 없는 들판을 유심히 바라보았다. 본디 이곳은 검고 단단한 땅이었다. 군데군데 오래된 뼈처럼 튀어나와 있던 편마암이 지금은 흔적조차 없었다. 들판을 뒤덮은 건 남루한 틀에서 빠져나온 듯 균일하게 색을 잃은 모래들이었다. 헐거운 궤적을 그리며 남자의 손목시계가 흘러내렸다. 납작하고 가는 남자의 손목과 사이즈조차 맞지 않는 시계는 스테인리스에 도금된 굵은 선이 무례할 정도로 샛노랬다. 남자의 손가락이 시계 유리를 두어 번 두드렸다. 다섯 시간. 그 짧은 시간 내에 이런 일이 가능한 걸까. 이렇게 모든 것이 깨끗이, 사라져버릴 수도 있는 걸까.

남자는 황량한 들판을, 모래밖에 남지 않은, 애초에 모래 외에 무엇이 있었다고 상상할 수 없게끔 아득한 음영만이 남은 들판을 다시한 번 살폈다. 지그재그로 날아드는 바람이 표정 없이 건조했다. 흔들리는 것은 사방 어디에도 없었다. 다섯 시간 전까지만 해도 들판에 붙박여 있던 남자의 집은 이제 흙벽돌 하나 남아 있지 않았다.

돌이켜보면 그의 인생에서 사라지지 않는 것은 없었다.

남자의 부모는 아주 오래전 사라졌다. 남자의 목소리 역시 그들과 함께 사라졌으며, 목에 사선으로 새겨졌던 굵은 칼집은 새로 돋은 살과 주름 사이로 흐려져 한때 그가 소유했던 말의 억양과 리듬의 기억을 품은 채 사라졌다. 열 살 아래 남동생이 사라진 건 삼 년 전이었다. 하얗고 넓은 이마와 상반되게 억센 머리칼을 가졌던 딸은 다섯 시간 전에 사라졌다. 이제 마지막, 마리암과 그들의 집이 사라진 지점에 이르러서야 남자는 자신의 불행과 오롯이 마주했다. 어쩌자고 이렇게 불행한 삶을 끈질기게 이어온 걸까. 주저앉은 남자의 손바닥에 모래알이 닿았다. 가슬가슬한 모래알이 뜻밖에 따뜻해서, 남자는 뺨을 바닥에 대고 흐느꼈다. 이왕 사라져버릴 거라면 이보다 더 끔찍해야 했다. 더 잔혹한 장면으로 의심할 겨를 없이 사라졌어야 했다. 집이 있던 자리에 증기가 솟구치는 거대한 구멍이라도 뚫려 있었다면 이렇게 무기력해지진 않았을 거라고, 들판에 엎드린 남자는 끅끅대며 사라진 것들의 말끔함을 원망했다.

●

남자의 일과는 밤 열한 시부터 시작됐다. 느슨하고 여유롭던 동대문 도매상가의 공기는 밤 열 시를 넘어가면서 확연히 팽팽해졌다. 습관처럼 던지던 호객과 아부의 대사들은 사라진 지 오래였다. 작은 책만 한 크기의 가방을 허리춤이나 손목에 매단 사입자들이 상점과 상점 간 좁은 길에 빼곡했다. 거래처로 걸음을 옮기면서도 사입자들은 주변에 걸린 옷과 사람들의 동선을 면밀히 훑었다. 여러 가게로 시선을 돌리는 사람은 드물게 가방 안에 현금 뭉치를 챙겨온 사입자이거나 야시장 구경꾼인 경우가 많았다. 사입자들은 이 시간대의 흐름을 방해하는 구경꾼을 딱히 반기지 않았다. 그들의 걸음은 너무 느렸고 수시로 멈추거나 망설였으며 응혈처럼 아무 데나 고여 수다를 떨었다. 사입자 중에는 옷을 가득 싸넣은 대봉을 양어깨에 메고 가다 그들의 뒤통수를 가차 없이 떠밀어버리는 사람도 있었다. 거울 앞에 서서 한갓지게 옷을 몸에 대보며 길을 막는 응혈들에 대한 경고였다. 남자는 그 정도까진 아니었지만 아무 데나 무리 지어 선 구경꾼들이 성가시긴 했다. 이왕이면 더 늦은 시간에 나올 것이지. 지방으로 내려보낼 옷들을 싸려면 열한 시부터 새벽 한 시까지는 물 한 모금 마실 시간조차 빠듯할 정도로 바쁜 시간대였다.

남자가 가야 할 곳은 정해져 있었다. 몇 년간 거래를 계속해온 상점들은 서로를 견제하지 않아도 될 만큼 적당히 떨어진 곳에 위치했다. 영수증만 수북한 남자의 손가방이 허벅지 등지를 부산히 오갔다. 대구에 있는 소매상점 두 개가 거래처의 전부인 남자는 다른 사입자보다 시간이 넉넉한 편이었다. 그렇다 해도 물건을 실어 보내는 장차 시간에 맞추려면 마냥 늦장을 부릴 수도 없었다. 남자는 구경꾼들을 서툴게 밀어내며 상가 구석으로 파고들었다.

남자는 자신이 하는 일이, 말하자면 수송관 역할에 불과하다는 걸 알고 있었다. 대구 소매상점은 남자의 동생이 운영하는 곳이었다. 사업 수완이 좋은 남자의 동생은 대구에 제법 규모가 큰 상점 두 개를 운영하고 있었다. 하나는 번화가 대로변에, 하나는 멀티영화관이 입점해 있는 쇼핑몰 이 층에 있다고 들었다. 시작은 권리금 오천짜리 쪽가게였다. 지하상가에서 지상으로 올라가는 계단 아래, 삽으로 떠낸 듯한 삼각형 공간이 동생의 첫 가게였다. 일곱 평짜리 가게의 밑변과 빗변이 정확하게 45도를 유지하고 있어 물건을 진열하는 것도, 안에 재고품을 쟁여두는 것도 쉽지 않았다. 그럼에도 동생은 여성용 플랫슈즈와 액세서리를 팔아 이 년 만에 종잣돈 이익을 만들었다. 가게를 넓히면서 여성의류로 품목을 바꾼 동생은 밤마다 남자를 데리고 동대문을 돌았다. 그것이 남자를 사입자로 만들기 위한 첫 단계였음을 아주 나중에야 깨달았다.

—담달부터는 형이 혼자 올 거예요.

남자를 앞으로 쓱 밀어세운 동생이 거래처 사장에게 몇 번이고 허리를 굽히며 말했다.

—제가 오던 때랑 똑같이, 그렇게만 해주세요. 저희 형 진짜 착한 사람이거든요. 묵은 옷 두세 종 섞어 넣으셔도 괜찮아요. 신상품만 제대로 챙겨주시면 사장님 반품 나온 옷들 제가 어떻게든 팔아드릴게요. 저희 형 좀 잘 부탁드립니다.

동생이 대구에 상점을 계약했을 때도, 둘이 함께 살던 서울 전셋집을 남자 명의로 돌려놓았을 때도, 동대문 거래처에 홍삼 박스를 돌리며 남자를 부탁했을 때에도 남자는 멀뚱히 서 있기만 했다. 동생이 준비하는 것이 남자의 자립인지 본인의 자유인지 가늠할 수 없어서였다. 어느 쪽이라 해도 남자는 방해할 생각이 없었다. 동생이 남자에게 품고 있는 건 가족애와 연민, 학습된 책임감과 질긴 부채감이었다. 그것들의 조합은 부모가 죽던 날*로부터 이십 년간, 다리에

• 남자의 부모는 고속도로에서 죽었다. 남자와 동생은 목격자이자 사고 당사자이자 유족이라는 복

도끼 자국이 찍힌 의자처럼 위태롭게 동생 발밑을 떠받치고 있었다.

남자는 잠자코 동생의 뜻을 따랐다. 동생이 대구로 내려간 뒤, 남자는 이틀에 한 번꼴로 동대문에 나와 물건을 매입했다. 남자가 할 일은 단순했다. 거래처에서 골라놓은 신상품을 매입하고 동생이 문자로 보낸 주문품들을 더해넣어 꽁꽁 싼 대봉 대여섯 뭉치를 장차에 실어 대구로 보내면 그만이었다. 동생은 남자의 월급으로 꼬박꼬박 백오십만 원씩을 송금했다. 남자는 특별히 돈이 필요하지 않았으나 동생을 말리지 않았다. 대신 발 빠른 사입자들이 골라둔 것을 눈여겨봤다가 자신의 돈으로 서너 종씩 따로 매입해 대봉에 끼워넣었다.

이 정도면 괜찮은 공존이라고 남자는 생각했다. 대구에 자리 잡고

잡한 위치에 놓여 있었다. 두 사람은 똑같이 어렸으나 각자가 기억하는 것이 달랐다.

남자는 누더기처럼 기워진 고속도로와 화물트럭을 기억했다. 남자가 전국청소년웅변대회에서 큰 상을 받은 직후였고, 그를 축하하기 위해 온 가족이 나들이를 나선 참이었다. 화물차가 많이 다니는 곳이라 도로 여기저기가 꺼져 있었는데, 대충 시멘트를 눌러 바른 통에 차가 수시로 요동쳤다. 앞서 가던 트럭의 사고는 우연이었다. 화물 과적 때문에 브레이크가 파열돼 생긴 사고로 화물트럭 운전사에게는 필연이었겠으나 그 뒤를 따라 주행했을 뿐인 남자의 가족에게는 참혹한 우연에 불과했다. 컨테이너를 설치하지 않은 화물트럭에는 건축용 목재가 가득 실려 있었다. 트럭에서 일시에 쏟아진 목재들이 뒤따라오던 승용차 전면 유리창에 침처럼 꽂혔다. 부모의 상반신은 치아 하나 온전히 남은 게 없었다. 깨진 목재와 유리창이 뒷좌석 중앙에 비스듬히 앉아 있던 남자의 목과 옆구리에 박혔다. 고작 여덟 살이었던 남자의 동생만이 앞이마에 검푸른 혹이 도는 경상이었다. 남자는 죽지 않은 대신 목소리를 잃었다.

남자의 동생은 날카로운 굉음과 자신의 배 위에 올라와 있던 형의 손을 기억했다. 나들이를 가는 내내 배가 아프다고 칭얼댔던 일도 기억했다. 남자의 동생은 자신의 배가 진짜 아팠는지 거듭 부모의 칭찬을 받는 형이 못마땅해 심술을 부렸던 건지 정확히 기억하지 못했다. 다만 이동하는 내내 형이 자신의 배를 쓰다듬어주던 것만을 기억했다. 굉음은 순식간에 그들을 덮쳤고 수초 후엔 거짓말처럼 모든 걸 정지시켰다. 남자의 동생은 먹먹한 정적 속에 이상한 각도로 젖혀진 앞좌석을 목격했다. 남자의 손이 자신의 배를 아프게 누르고 있었다. 몸을 뒤틀어 상체를 일으킨 남자의 동생은 남자의 목에 박힌 말뚝 같은 것을 보았다. 부모와 달리 남자는 살아남았다. 동생은 남자의 장기가 온전치 못하고 궂은 날이면 옆구리를 쥐고 바닥을 뒹굴면서도 아프다 한마디 뱉을 수 없는 상황이 된 게 전부 자신 때문이라고 생각했다. 자신의 배를 쓰다듬느라 뒷좌석 중앙에 앉아 있지 않았다면 남자 역시 앞좌석 등받이에 처박혀 혹 하나 도는 걸로 끝났을지 몰랐다.

아이 둘을 키우며 사는 동생에게 남자는 짐이 되고 싶지 않았다. 남자가 짐이 되는 것은 매달 백오십만 원의 월급을 받는 순간이 아니라 일을 그만두고 스스로의 힘으로 살아보겠다고 허세를 부리는 순간이었다. 남자는 되도록 동생이 최선이라고 생각해둔 틀에서 벗어나고 싶지 않았다. 동생의 의자처럼 남자의 의자 다리에도 모진 도끼 자국이 남은 탓이었다. 남자는 자신이 목소리를 낼 수 없게 된 것이 나름의 형벌이라고 생각했다. 자신이 웅변대회에서 상을 받지 않았다면 그들의 부모는 지금까지 살아 있을지 몰랐다.

남자가 다가오는 걸 확인한 거래처 사장이 투명하고 질긴 대봉을 꺼내 옷을 싸기 시작했다. 공장에서 새로 들여온 옷들 위주로, 색깔별로 챙겨넣되 윗옷의 경우 블랙과 화이트를, 바지나 치마의 경우 제일 많이 팔리는 27, 28, 29 사이즈를 서너 점씩 더 챙겼다. 똑같은 대봉이 두 개 꾸려지는 동안 남자는 영수증에 옷 종류와 개수, 가격을 기록했다. 거래처 특성상 외상거래가 주를 이뤄 남자가 보낸 영수증대로 돈을 지불하는 건 남자의 동생이었다. 일말의 과정에는 어떤 대화도 필요치 않았다. 남자는 대봉을 어깨에 이고 꾸벅 인사를 한 뒤 상가를 나섰다.

지방 각 곳으로 내려가는 장차들이 상가 뒤편에 줄지어 서 있었다. 남자는 대봉 표면에 커다랗게 지역과 상점 이름을 써넣었다. 대구를 비롯해 전주, 광주, 부산까지 적혀 있는 대봉들이 공터에 빼곡했다. 여기까지였다. 남자는 대봉을 버스 짐칸에 밀어넣고 시간을 확인했다. 새벽 두 시. 황갈색 가죽줄이 손목에 딱 맞게 감긴 시계는 동생이 대구로 내려가면서 남자에게 준 선물이었다. 남자는 곡선으로 부드

럽게 부푼 시계 알을 손가락으로 두드리며 화장실로 들어갔다. 슬그
머니 거울 앞에 선 남자가 웃옷에 붙은 실밥을 털었다. 어깨와 팔꿈
치 부근에 뭉쳐 있는 옷 솔기를 가지런히 정리하고, 대봉에 쓸려 정
전기가 일어난 머리칼도 물을 묻혀 가라앉혔다. 새벽 두 시. 순대곱
창볶음을 먹으러 갈 시간이었다.

남자는 파란색 플라스틱 의자를 끌어다 앉으며 포장마차 주인여
자가 실쭉 웃는 모습을 지켜보았다. 포장마차에 들어설 때부터 주인
여자는 요란하게 눈짓을 하며 목소리를 높였다. 말임아, 거기 순대
써는 거 그만두고 이리 좀 와봐라. 말임아, 저기 순대볶음 1인분 니
가 갖다드려. 말임아, 단무지도 갖다놔야지. 부잡스러운 광경 속에
남자는 팻말처럼 가만히 꽂혀 있었다. 말임은 주인여자의 말을 대부
분 알아듣지 못했다. 말임이 읽는 것은 주인여자의 손짓과 몸짓이었
다. 야채와 순대를 수북이 올린 플라스틱 그릇이 남자 앞에 놓였다.
단무지 그릇과 물그릇이, 말간 국물이 담긴 우동대접이 말임의 손에
서 남자 앞으로 차근차근 옮겨왔다. 남자는 꽉 잡아 묶은 말임의 머
리칼과 불 앞에 한참을 서 있어도 땀 한 방울 돋지 않는 맨송맨송한
이마와 좁은 콧날을 눈치껏 훔쳐보았다. 말임은 머리가 작고 턱이
좁았는데 그마저도 받치기 버겁다는 듯 가느다란 목이 늘 왼편으로
기울어져 있었다. 남자가 보고 싶은 건 여자의 눈이었다. 언젠가 백
열전구 밑에서 마주한 여자의 눈동자는 모랫빛이었다.

말임을 처음 본 건 넉 달 전이었다. 남자는 새벽시장 앞에 늘어선
포장마차들을 딱히 좋아하지 않았다. 동생과 함께 다닐 때야 사업이

끝난 뒤 납작만두나 곱창볶음으로 허기를 채웠지만 지금은 그럴 필요가 없었다. 남자는 포장마차 야식을 먹는 대신 편의점에 들어가 삼각김밥과 야채주스를 샀다. 아슬아슬한 수위까지 누린내를 풍기는 곱창볶음과 소주 반병은 동생이 좋아하는 메뉴였다. 남자는 적당히 배를 채울 수 있는, 담백하고 맵지 않은 것이 좋았다. 소주를 삼킬 때마다 목젖에 매달리는 화기火氣도 싫었다. 혼자 살게 된 뒤 남자는 대부분의 끼니를 삼각김밥이나 기사식당 백반으로 해결했다. 추울 때는 유부와 냉동튀김을 올린 우동을 먹을 때도 있었으나 가끔이었다. 그날도 남자는 포장마차 골목을 그냥 지나쳐 길을 건너려던 참이었다. 포장마차 뒤쪽으로 한 여자가 나오더니 십사 킬로짜리 고추장 깡통에 든 물을 바닥에 휙 끼얹었다. 운동화와 바지 밑단이 흠뻑 젖은 남자는 망연히 여자만 바라보았다. 그것은 바지 밑단에 지저분하게 달라붙은 고추장 찌꺼기가 더러워서도, 젖은 운동화가 불쾌해서도 아니었다. 사과의 내용일 게 분명한 여자의 말을 한마디도 알아들을 수 없었던 까닭이었다.

기어코는 귀도 고장 난 걸까. 아까 상점 안에서는 괜찮았던 것 같은데. 남자를 앞에 두고 열심히 머리를 조아리던 여자가 무언가를 깨달은 듯 멈칫했다. 포장마차 안으로 다시 들어간 여자가 주인여자를 끌고 나왔다. 아이고, 이게 뭐래. 금세 상황을 눈치챈 주인여자는 되레 호들갑을 떨며 남자를 포장마차 안으로 밀었다. 여기 앉아 볶음 한 접시 먹고 있음 싹 마르겠구만 뭘. 내 맛있게 볶아줄게. 아니다, 말임이 니가 볶아라, 응? 주인여자가 내미는 대로 나무주걱을 받아쥔 여자—말임이 불안한 눈으로 남자를 바라보았다. 모랫빛. 남자

는 불빛 아래 무방비하게 드러난 말임의 눈을 보았다. 말임의 모랫
빛 눈동자는 너무 밝았고, 그래서 그 안이 텅 빈 것처럼 보였다. 가뭇
없이 사라져버릴 듯 피폐한 눈을 남자는 이전에도 본 적이 있었다.
하얀 배를 드러낸 채 뒷좌석에 누워 있던, 남자의 목에서 왈칵 쏟아
지는 핏덩어리를 바라보던 여덟 살 동생의 눈동자가 꼭 그랬다. 동
생은 그 뒤로 두 번, 자살을 기도했다.

　남자는 그 뒤 꼬박꼬박 포장마차에 들렀다. 남자의 눈이 자연스럽
게 말임을 찾았다. 말임은 양손에 나무주걱을 쥔 채 순대곱창을 볶
고 있기도 했고, 박스째 놓인 깻잎을 다듬고 있기도 했다. 고추장 양
념에 양파를 갈아넣거나 세로로 정확히 세 번 접은 사각어묵을 파도
처럼 구겨 꼬치에 끼우기도 했다. 포장마차의 온갖 잡일을 도맡아하
고 있는 셈이었다. 남자는 플라스틱 접시에 비닐을 끼우고 있는 말
임의 느른히 기울어진 목을, 수시로 훔쳐보았다. 어느 날의 말임은
배꼽 근처에 주먹을 댄 채 우뚝 멈춰섰다. 돌연 생수병을 들어 반 통
씩 들이켤 때도 있었다. 어쨌거나 말임이 눈을 깜박이고 있으면 안
심이 됐다. 남자는 자신의 감정이 불안인지 사랑인지 잘 구분할 수
없었다. 남자의 시선을 눈치챈 주인여자가 어떤 식으로 부산을 떨든
상관없었다. 남자는 다만 말임이 살아 있는 게 좋았다. 말임의 눈에
차곡차곡 자신의 그림자가 쌓이는 것이, 간혹 알아들을 수 없는 이
국의 언어로 낮게 읊조리는 말임의 목소리가, 자신에게 물그릇을 건
네주는 발갛게 익은 손끝이 좋았다.

　두세 달에 한 번씩 동생은 남자를 보러 왔다. 함께 올라온 동생의
아내는 남자의 집을 호주머니 뒤집듯 탈탈 털어 닦았다. 동생의 아

내가 조린 우엉과 느타리버섯으로 냉장고를 채운 뒤 남자의 침실에서 커튼을 뜯어 빠는 동안 남자와 남자의 동생은 도매시장 거래처를 돌았다. 거듭되는 불황이었다. 꼬박꼬박 대금을 정산하는 남자의 동생은 귀한 손님이라 거래처마다 반기는 기색이 역력했다. 동생은 새로 나올 옷과 이미 나온 옷 얘기 사이사이 남자의 어깨를 괜스레 끌어안고 팔을 쓰다듬었다. 그때마다 남자는 앞에 놓인 바바리코트의 가볍게 조인 허리선을 쓰다듬거나 희미하게 고개를 끄덕임으로써 동의를 표했다. 동생의 목소리는 톤이 높고 유쾌했다. 동생의 아내역시 활기찬 목소리를 가졌다. 두 사람이 마주 보고 얘기하고 있으면 어떤 음절이나 억양이 맞물리며 규칙적인 화음을 만들어내곤 했다. 내게도 목소리가 있었다면 어땠을까. 아마 말임의 것처럼 낮고 희미했을 거라고, 우리가 만들어낸 화음은 자신들만 들을 수 있을 만큼 작겠지만 그만큼 상냥하고 섬세했을 거라고 남자는 목 언저리를 쓰다듬으며 생각했다.

거래처를 돌며 사입까지 모두 끝낸 뒤 남자와 동생은 포장마차 골목으로 향했다. 순대곱창볶음 냄새가 적당한 훈기와 함께 끓어오르고 있었다. 막 볶기 시작했는지 냄새가 아직 비렸다. 단골집에 들어서는 동생의 손을 은근히 끌어 남자는 그 옆집, 또 옆집으로 걸음을 옮겼다. 이른 시간이라 포장마차 실내는 비어 있었다. 요란을 떨던 주인여자가 말을 뚝 멈췄다. 남자의 뒤에 선 동생을 훑는 눈이 갈팡질팡 흔들렸다. 물그릇도 우동대접도 모두 더디게 나왔다. 심지어 그들은 나무젓가락도 없이 단무지 그릇만 앞에 둔 채 오도카니 앉아 있었다. 동생은 여전히 유쾌했으나 어쩐지 신중해진 눈으로 주위를 살폈다.

보여주고 싶은 사람이 있어.

남자의 말을 알아들은 건 동생뿐만이 아니었다.

말임은 포장마차 뒤편에서 나오지 않았다. 남자와 동생은 어색한
침묵 속에 순대곱창볶음을 먹었다. 남자에게 침묵은 오래된 더께 같
은 것이었으나 동생에게 침묵은 허물어진 늪지에 가까웠다. 깻잎과
깨가 많이 들어간 볶음은 지나치게 담백해서 결국 아무런 맛도 나지
않았다. 십일월 밤바람이 끈질기게 포장마차를 흔들었다. 차고 무거
운 바람이었다. 두리번대던 남자는 주인여자가 슬쩍 젖힌 천막 저편
으로 도로가에 쭈그려 앉아 깻잎을 씻고 있는 말임을 발견했다. 웬
일인지 말임의 목이 꼿꼿했다. 얇은 어깨가 바람이 불 때마다 움찔
거렸다.

더운 나라에서 왔으니 이 나라 더위는 아무것도 아닐 거라고 떠들
어대던 주인여자의 말이 떠올랐다. 순대곱창을 볶는 사람도 먹는 사
람도 등판에 하얗게 소금이 끼어 있던 팔월이었다. 그렇다면 십일월
의 날씨는 말임에게 거대한 무엇일 터였다. 말임의 나라에도 겨울이
있었을까. 태풍이나 눈이, 고드름 같은 것이 있었을까. 남자는 동생
에게 뭐라 말할 틈도 없이 포장마차를 나섰다. 동생의 승합차에는
미리 실어놓은 대봉들이 가득했다. 남자는 그중 하나를 골라 테이핑
된 부분을 뜯었다. 폭이 좁거나 넓고, 감이 두툼하거나 얇은 옷들이
색깔별로 누워 단층을 이룬 사이로 손을 쑤셔넣었다. 이즈음, 이즈
음이었을 텐데. 남자는 결국 옷을 전부 헤쳐놓은 다음에야 두꺼운
털실로 꽈배기 모양을 넣어 짠 니트 카디건을 끄집어냈다.

말임은 여전히 포장마차 뒤에 있었다. 도매상가로 모여들기 시작한 승합차와 장차들이 말임의 앞을 획획 지나쳤다. 흐르는 물에 얼마나 씻었는지 바구니에 담긴 깻잎이 전부 너덜너덜했다. 젖은 손끝이 새빨갰다. 남자는 카디건으로 말임의 어깨를 조심스레 감쌌다. 말임의 가는 목이 부러지듯 툭 꺾여 무릎 사이에 얼굴을 묻었다. 브레이크도 밟지 않은 차 한 대가 말임의 얼굴에 찬바람을 끼얹듯 퍼붓고 사라졌다.

포장마차 주인여자와 딱 한 시간 얘기했을 뿐인데 남자의 동생은 많은 것을 알아왔다. 말임을 지켜본 남자의 넉 달은 현실 앞에 별 의미가 없었다. 그 여자 이름은 말임이 아니야. 동생은 그렇게 말했다. 원래 이름이 마리암인데 포장마차 사람들이 편할 대로 부르던 게 굳어서 말임이 된 거래. 이집트에서 왔다니까 그렇게 더운 나라에서 온 것도 아니야.

남자는 동생의 말이 그리 새롭거나 충격적이지 않았다. 여자-말임-마리암의 이름 같은 건 상관없었다. 말임이거나 마리암이거나 남자로서는 어차피 부르지 못할 이름들이었다. 남자와 마리암에게는 말이나 호칭이 필요치 않았다. 각각의 언어, 이를테면 마리암이 쓰는 이국의 언어와 남자가 쓰는 침묵의 언어 사이에는 어떤 식의 접점도 없었다. 남자의 눈치를 살피던 동생이 조용히 덧붙였다. 그리고 마리암에게는,

—남편이 있대.

• 경남 어느 과수원집 장남에게 마리암이 시집온 건 삼 년 전이라고 했다. 한국에서 유학 중인 사촌

―언젠가는 남편이 마리암을 찾으러 올 거야. 돈 낸 게 억울해서라
도 찾아다니겠지. 죽을 때까지 돈을 보내줄 수도 없는 노릇이잖아.

남자는 동생의 근심과 불안을 이해했다. 그러나 이해만 했을 뿐 어
떤 대답도 해줄 수 없었다. 마리암이 죽지 않길 바란다고, 그런 사연
이 있다면 전남편에게 절대 발견되지 않길 바란다고, 그래서 할 수
만 있다면 마리암을 자신의 좁은 방에 숨겨주고 싶다고 차마 말할
수 없었다. 남자의 눈이 자꾸 사방을 헛돌았다. 남자의 손가락이 시
계 알을 톡톡 두들겼다. 동생은 남자의 대답을 기다리고 있었다. 남
자는 이전에 동생이 데려왔던 신부 후보들을 돌이켜보았다. 장애인
협회에서 오랫동안 일했던 차분한 분위기의 여성이 있었다. 남자
처럼 언어장애가 있지만 그림동화를 그려 똑똑히 살아가던 여성이
있었다. 남자보다 세 살 많은 도매상점 여직원도 있었다. 동생이 꿈
꾸는 그림은 그랬다. 자립에 성공한 배려 깊은 여성. 몸에 딱 맞는 소

언니의 소개였다. 마리암의 사촌은 서울에 살았고, 서울을 제외한 어느 도시에도 가보지 못했다.
그건 시골로 시집온 마리암이 삼 년간 단 한 번도 마을을 벗어날 수 없었던 것과 같지만 다른 이
치였다. 여기 사람들은 모두 잘살아. 빈민촌에 살고 있는 마리암의 가족은 사촌의 그 말을 믿었
다. 여기 사람들은 굉장히 세련됐어. 남자들이 특히 친절해. 한국영화를 딱 한 편 볼 수 있었던 열
아홉 살의 마리암은 그 말을 믿었다. 일찌감치 박사학위를 취득한 뒤 한국으로 유학 온 사촌언니
와 열 살이 넘어가던 시점부터 가족들을 먹여살리기 위해 일을 해야 했던 마리암의 사정은 다를
것이었으나 아무도 그런 것을 신경 쓰지 않았다. 누군가는 알고도 입을 다물었는지 몰랐다. 경남
과수원은 넓고 아득했다. 어떻게 지내니, 라고 사촌언니가 물으면 마리암은 여긴 너무 넓어, 라고
대답했다. 여긴 좁고 높을 뿐인데 거긴 넓구나. 잘됐다. 사촌언니는 진심으로 그렇게 말했다. 마
리암은 넓은 과수원 복판에서 남편에게 자주 맞았다. 마리암의 남편은 좁은 곳을 싫어해서 마리
암과 관계를 가질 때도, 폭력을 행할 때도 모두 탁 트인 들판에서 했다. 가래로 두들겨맞아 뇌진
탕으로 쓰러진 마리암이 발견된 곳도 과수원 길옆이었다. 마리암은 남편을 피해 이주여성쉼터를
세 번 옮겼다. 마리암의 가족에게 상당한 돈을 송금한 뒤 마리암을 데려온 남편은 당연히 이혼을
거부했다. 마리암의 여권은 남편에게 뺏긴 채였다. 마리암을 돌보던 복지사가 포장마차 주인여자
동생이었던 덕에 마리암은 포장마차에 다니며 약간의 돈을 벌 수 있었다. 마리암은 월급의 절반
은 알렉산드리아에 있는 가족에게, 나머지 절반은 남편에게 송금해왔다. 찾지 말아주세요, 그런
식의 애걸인 셈이었다.

파처럼 안전하고 따뜻하게 남자를 감싸안아줄 어머니 같은 여성. 마리암은 그 어느 쪽에도 들지 않을 게 확실했다.

괜찮아, 나는.

남자는 휴대폰 문자판을 열어 자음과 모음을 하나씩 두드렸다. 너무 천천히 눌러 글자가 흩어지면 지우고 다시 썼다. 괜찮아, 나는. 오랜 시간을 들여 남자는 그렇게 썼다.

이대로도 괜찮아, 나는.

동생이 남자의 휴대폰을 사납게 빼앗았다. 동생은 그날 대구로 내려가지 않았다. 남자는 우렁우렁한 동생 목소리와 그를 뒤쫓는 동생 아내의 목소리를 밤새 들었다. 그렇듯 조급하게 흐트러진 화음은 처음이었다. 남자는 의자 다리를 덥석덥석 베어먹는 도끼 자국에 잠을 설쳤다. 동생이 정해준 틀에서 벗어나지 말자고 남자는 생각했다. 달라질 건 없었다. 동생 내외가 대구로 내려가면 남자의 일과는 다시 밤 열한 시부터 시작될 것이었다. 대봉을 짊어지고 사람들과 부대끼며 공터로 갈 것이고, 장차에 짐을 실은 뒤에는 습관처럼 시간을 확인할 터였다. 새벽 두 시에는 누리고 매운 순대곱창볶음 1인분을 먹고, 마리암은 거기 어디에서 목을 기울이고. 이대로도 괜찮아. 남자는 다시 그렇게 말할 참이었으나 남자의 동생은 날이 밝기도 전 혼자 집을 나서 다음 날까지 돌아오지 않았다.

●

지산기념관은 바다가 보이는 외진 들판에 있었다.

조선시대 유배 온 누구의 자손이라는데 지산이라는 호를 아는 사람은 드물었다. 옆머리가 싹둑 잘린 지우개처럼 생긴 건물에 열 평남짓한 홀 하나가 전부인 기념관에는 지산이 썼다는 수필과 시조를 묶은 책 다섯 권과 누렇게 들떠 귀퉁이가 불탄 것처럼 보이는 원고 여남은 장, 수묵화 몇 점이 유리관에 덮인 채 드문드문 놓여 있었다. 입구 정면에 붙은 대형 초상화는 어쩐지 최근에 그린 것으로 보였다. 남자는 누구의 이름도 적히지 않은 방명록을 덮었다가 다시 펼쳐놓았다. 자신의 이름을 적어볼까도 했으나 괜히 겸연쩍었다. 붓펜 뚜껑을 오래 여닫은 끝에 남자는 방명록 첫 페이지에 마리암의 이름을 썼다. 자음이 유난히 작아 기우뚱하게 적힌 글자들이 마리암과 꼭 닮아 있었다.

지산의 후손이 국회의원이 되면서 급조해놓은 기념관이라 내건 현판만이 그럴듯할 뿐 지역 사람들조차 이 기념관의 존재를 몰랐다. 간혹 바닷가에 놀러온 사람들이 들판에 오뚝 선 건물이 공중화장실인 줄 알고 들어왔다가 멋쩍게 나가곤 했다. 아무도 알지 못하는 기념관에서 백 미터쯤 떨어진 곳에는 초가집이 두 채 있었다. 하나는 지산의 생가를 복원해놓은 곳으로 철사로 잡아 묶은 장지문 안쪽에 나무책상과 보료, 서랍장 등등이 놓였다. 책상 위에 펼쳐놓은 책이 바람과 햇볕에 실컷 닳아 애처로운 모양새였다. 부엌과 그 곁에 붙은 광까지 착실히 복원해놓았으나 그 안에 있는 쇠스랑이나 검은 가마솥, 지게는 사실 지산과 아무 관계 없는 물건들이었다. 따지고 보면 기념관 안의 것들도 광에 걸린 코뚜레만큼이나 뜬금없고 조악했다. 생가 옆 또 하나의 초가는 기념관 관리인이 사는 곳이었다. 짚을

얽어 만든 지붕이 눈에 띄게 작았는데, 그곳은 남자와 마리암과 그들의 어린 딸이 사는 곳이기도 했다.

십일월의 이른 새벽 서울에서 출발한 남자의 동생은 여섯 시간을 꼬박 헤맨 다음에야 마리암의 남편 집에 도착할 수 있었다. 동생은 마리암을 데려올 때 든 돈 전부를 주겠노라고 했고, 한 시간 후에는 두 배를 주겠다고 했다. 돈을 높일 때마다 굳세게 고개를 젓던 마리암의 남편은 열 배를 주지 않으면 이혼해주지 않겠다고 우기다 동생이 자리를 털고 일어나자 돌연 다급해졌다. 남자의 동생이 차를 타고 떠나려는데 들판을 가로질러온 마리암의 남편이 차 뒷범퍼를 사납게 걷어찼다. 당장 마리암을 잡아와 죽여버리겠다고 날뛰는 것도 잊지 않았다. 남자의 동생은 그를 무시하고 차를 달렸다. 고속도로 몇 개를 갈아타며 이주여성쉼터와 복지관과 가정폭력상담소와 경찰서와 변호사 사무실을 두루 누빈 남자의 동생은 다음 날에야 남자의 집으로 돌아왔다. 동생을 맞이하던 동생의 아내가 작게 비명을 질렀다. 남자의 차 뒤꽁무니에 우악스레 꽂힌 낫을 발견한 탓이었다.

동생은 서둘러 경기도 외곽으로 남자와 마리암을 보냈다. 동생의 지인이 운영하는 펜션에 남자와 마리암이 숨어 있는 동안 곱창집 포장마차가 반쯤 부서지고 이주여성쉼터 신발장이 불탔다. 남자와 마리암은 용인에서 공주로, 남해의 아주 작은 섬에서 남강 옆 모텔로 떠돌았다. 마리암은 불안해했지만 남자는 행복했다. 마리암이 꽈배기 모양 니트 카디건을 꼭꼭 여며 입을 때면 남자는 손목시계 알을 천천히 두드리며 숨을 골랐다. 동생이 선물해준 것과 달리 알이 굵은 메탈시계였다. 납작하고 가는 남자의 손목과 사이즈조차 맞지 않는 시계는 스테인리스에 도금된 굵은 선이 무례할 정도로 샛노랬으나 남자는 그것을 한시도 몸에서 떼놓지 않았다. 동대문 좌판에 널린 오천 원짜리 중국산 시계든 포장마차 손님이 테이블에 풀어놓고 간 것이든 상관없었다. 남자는 자신의 팔목에 그것을 감아주던 마리암의 손을 기억했다. 서툰 손이었다. 누군가의 살갗이나 체온을 낯설어하는 턱없이 수줍은 손. 남자는 가끔 그 손을 잡아 손바닥에 자신의 이름을 써주었다. 마리암의 이름을 쓰기도 하고 함께 가자라고 쓰기도 했다. 어떤 글씨를 쓰든 마리암은 묵묵히 얼굴만 붉힐 뿐이었다.

지산기념관은 동생이 마지막으로 알아온 곳이었다. 여기라면 그놈도 찾아오지 못할 거야. 월급이 아주 적긴 하지만. 남자는 깊게 고개를 끄덕였다. 집이 있고 쌀을 살 돈이 있고 마리암이 있다면 그걸로 충분했다. 줄곧 미안한 얼굴을 하고 있는 동생을 남자는 꽉 끌어안았다. 휴대폰 문자판에 남자는 괜찮아, 를 쓰다가 금세 지우고 다른 말을 썼다.

아주 좋아.

행복해, 나는.

남자는 매일 오전 아홉 시 기념관 문을 열었다. 올이 성긴 싸리비로 주변을 쓸고 보름에 한 번씩 잔디를 깎았다. 기념관 내부는 늘 깨끗했지만 남자는 꼬박꼬박 유리를 닦고 점검일지를 작성했다. 지역 신문과 고지서들을 정리하고 아주 가끔 찾아오는 방문객들에게 팸플릿을 나눠줬다. 그들 중 대부분은 화장실만 쓰고 나가거나 시내로 나가는 버스편을 물으러 왔다가 말 못하는 관리인과 외국인 여자에게 난색을 표하며 돌아갔다. 폐관은 오후 다섯 시였다. 남자와 마리암은 저녁식사를 하기 전까지 바닷가를 걸었다. 들판에 나란히 붙어 앉아 시간을 보낼 때도 있었다. 마리암이 그녀의 언어로 가족에게 긴 편지를 쓰는 동안 남자는 그의 언어로 마리암에게 긴 이야기를 늘어놓았다. 기념관 소유의 낡은 트럭은 오 킬로미터 떨어진 시내로 장을 보러 갈 때나 목욕탕에 갈 때 썼다. 딸이 태어난 뒤엔 시내로 갈 일이 조금 잦아졌으나 그들의 삶은 대개 평온하고 고요했다.

마리암은 한국말을 쓸 줄도 읽을 줄도 몰랐다. 마리암이 아는 것은 남자의 가만가만 이어지는 고갯짓과 부지런히 움직이는 남자의 손이었다. 남자는 마리암이 속살거리는 말뜻을 여전히 알 수 없었으나 그녀의 눈짓과 몸짓을 대부분 읽을 수 있었다. 그들은 눈동자와 손가락을 움직이고 더듬어 서로의 말을 읽었다. 마리암은 바람에 찢어진 장지문을 손본 남자가 평상에 걸터앉아 목 언저리를 쓰다듬으면 물이 필요하다는 것을 알았다. 마리암이 자신의 옷깃을 잠깐 잡았다 놓고 등을 돌리면 남자는 마리암이 양말을 바꿔 신거나 뜨거운 차를 담은 물통을 가지고 올 때까지 기다렸다. 약간의 돈 외에는 무엇도 필요치 않은 생활이었다. 그들의 딸이 막 백일이 지날 무렵 남자는 동생의 부고를 들었다. 동생이 뇌졸중으로 쓰러진 곳이 하필 물품창고 안이라, 호흡장애를 일으킨 동생을 병원으로 데려간 사람이 아무도 없었다고 했다. 남자는 장례식이 끝난 뒤 한동안 초가집에 붙은 광에서 나오지 않았다. 축축하게 젖은 엉덩이로 흙바닥에 앉아 가쁘고 아팠을 동생의 마지막을 생각했다. 너무 쉽게 죽어버리는 자신의 가족들을 떠올리고는 무릎에 코를 박고 울었다. 자신이 끈질기게 살아남은 건지 연거푸 버려진 건지 가늠할 수 없어 남자의 슬픔은 쉽

게 응고되지 않았다. 해가 질 무렵이면 마리암이 뜨거운 렌즈콩 수
프 한 컵을 들고 남자 곁에 앉았다. 마리암은 남자에게 천천히 수프
를 먹이고 뻣뻣해진 손과 종아리를 문질러주었다. 마리암의 얇은 등
에 몸을 붙인 채 남자는 동이 틀 때까지, 방 안에 혼자 남겨진 그들의
딸이 더 이상 참지 못하고 울음을 터뜨릴 때까지 숨을 골랐다. 젖은
숨이 바닥으로 뚝뚝 떨어졌다.

남자와 마리암에게 있어 남자의 동생은 세상과 통하는 연결고리
같은 것이었다. 이제 남자와 마리암의 세계는 들판 안쪽으로 한정됐
다. 기념관과 초가집 두 채. 그들의 딸은 잘 정돈된 잔디 위에서 뛰놀
았다. 군데군데 뼈처럼 튀어나온 편마암 모서리에 무릎을 찧기면 우
렁차게 울었다. 마리암은 그녀의 언어를 아이에게 가르쳤다. 작은
돌을 늘어놓고 숫자를 가르치기도 하고 노래를 불러주기도 했다. 마
리암의 목소리는 속삭이듯 낮고 딸의 목소리는 또렷하고 높았다. 남
자는 그들이 만들어내는 화음이 좋았다. 들뜬 목소리가 어긋나거나
부산을 떨 때조차 사랑스러워 몇 시간이고 그들 곁에 바짝 붙어 시
간을 보내곤 했다. 간혹 기념관 방명록에 써넣은 이름들을 확인할
때도 있었다. 남자는 마리암의 이름 옆에 부모의 이름을, 동생의 이
름을, 자신의 이름을 가지런히 늘어놓았다. 남은 백지에 딸의 이름
을 써넣자 그들만의 족보가 완성되었다.

●

남자는 마리암이 잠든 틈을 타 딸을 안고 나왔다. 밤새 40도를 웃

도는 열에 시달린 어린 딸이 팔다리를 늘어뜨린 채 땀에 젖은 이마를 남자의 목에 문질렀다. 축축하고 뜨거운 살갗이 안쓰러워 남자는 여러 번 딸의 뺨을 쓸었다. 딸이 빠르게 숨을 내뱉을 때마다 연한 허브향이 올라왔다. 남자는 밤새 미지근한 물수건으로 딸의 몸을 닦고 캐모마일 잎을 씹어 즙을 먹이던 마리암을 떠올렸다. 길고 고된 밤이었다. 아직 진료를 볼 시간은 아니었지만 병원이 있는 터미널까지 나가려면 시간이 꽤 걸릴 터였다. 남자는 딸의 몸을 담요로 둘둘 말았다가 다시 풀었다. 옷깃을 한껏 벌려주자 불긋하게 오른 열꽃이 조금 움츠러드는 듯했다. 기념관부터 들판 끝까지 뜀박질을 하던 날처럼 딸의 숨이 가빴다. 남자는 트럭에 시동을 켜기 전 딸의 가슴과 목을 정성껏 문질렀다. 반쯤 열린 눈꺼풀 아래 딸의 눈동자가 가볍게 떨렸다.

터미널에는 예상보다 일찍 도착했다. 남자는 딸을 끌어안고 병원 로비에 앉아 접수창구가 열릴 때까지 기다렸다. 딸이 감기에 걸린 건 금요일 밤이었다. 기념관에 있는 구급상자에서 종합감기약을 꺼내 먹였으나 열은 좀처럼 떨어지지 않았다. 터미널에 딱 하나 있는 병원은 주말에 문을 열지 않았고 응급실에 가려면 다른 지역 종합병원까지 나가야 했다. 딸은 누워 잠을 자다가 시들시들 앉아 그림을 그리다가 다시 잠들었다가를 반복했다. 워낙 튼튼한 아이니 금방 나을 거야. 남자의 말에 마리암 역시 뭐라고 대꾸했으나 서로의 말이 같은 것인지는 알 수 없었다. 마리암은 딸을 업고 들판 끝까지 걸어 갔다가 돌아왔다. 남자 역시 트럭 키를 여러 차례 만지작거렸다. 딸은 마리암의 등에서 숨을 몰아쉬며 잠들어 있었다. 병이 나아가는 과정일지도 몰랐다. 어린 시절의 남자와 남자의 동생은 열이 나면 땀을 흠뻑 쏟아내며 잠을 잤다. 오렌지주스를 마시고 잠들고 물을 마시고 잠들고를 계속하면 어느 순간 방바닥에 빨려들어간 것처럼 무겁던 팔다리가 가벼워졌다. 남자의 딸 역시 어린 날의 그들처럼 아침이 되면 팔랑팔랑 뛰어다니며 높고 또렷한 목소리를 내리라 생각했다. 모래알처럼 한없이 엷은 딸의 동공과 마주치기 전까지는.

이윽고 병원 문이 열렸다. 접수대를 향해 걷는 남자의 품에서 딸이 조금씩 부풀기 시작했다. 남자는 딸의 숨이 단순히 힘찬 게 아니라 기이하고 불길하단 사실을 깨달았다. 얼굴을 확인하려 몸을 기울이자 딸의 머리가 덜컥 떨어졌다. 벌어진 입 안쪽으로 혀가 검게 말라붙어 있었다. 남자는 의사와 간호사에게 많은 말을 들었다. 그것은 설명이기도 했고 협박이기도 했다가 호된 질책으로 변했다. 남자가 알아들은 말은 패혈증, 위급 따위의 극적인 단어 몇 개에 불과했다. 남자는 지금의 상황을 이해할 수 없었다. 몇 시간 전까지만 해도 딸은 자신의 목덜미에 이마를 비비고 마리암의 가슴께를 더듬고 있었다. 환절기마다 감기를 앓았지만 사나흘이면 금세 털고 일어나 들판을 가로지르곤 했다. 그런데 왜 지금은 다르다고 하는 걸까. 남자는 부산하게 뛰어다니는 의사의 밑자락 터진 가운과 돌돌돌 소리를 내며 굴러가 딸의 몸 주변에 쌓이는 낯선 기계들과 발가벗겨진 딸을 망연히 바라보았다. 딸의 풀어진 손끝이 보라색으로 익어가고 있었다.

남자는 휴대폰에 저장된 기념관 전화번호를 불러내다 손을 멈췄다. 마리암은 한참 전에 잠에서 깼을 것이었다. 남자가 딸을 병원에 데려갔음을 짐작하고 안도하며 싸리비를 움직이고 있을지 몰랐다.

아무도 찾아오지 않는 기념관에 남자 대신 덩그러니 앉아 그들의 이름 뒤로 누구의 이름도 써지지 않은 방명록을 들여다보고 있을지도 몰랐다. 전화벨이 울리면 본능적으로 수화기를 들 수도 있었다. 그렇다고 한들 무엇을, 어떻게 할 수 있단 말인가.

남자는 자신의 목을, 주름과 세월 사이로 숨어들어 이제는 손금처럼 흐려진 상처를 더듬었다. 자신의 목소리는 유효하지 않았다. 얼굴을 마주 볼 수 없는, 손을 맞잡을 수 없는 거리에서 남자의 목소리는 어떤 것도 마리암에게 전할 수 없었다. 그게 사랑하는 딸의 죽음일지라도. 남자는 딸의 발밑에 쭈그려 앉았다. 자신조차 이해하지 못한 지금의 상황을 마리암에게 어떻게 전해야 한단 말인가. 남자는 조개껍질처럼 반들거리던 딸의 손톱에 집요하게 들러붙는 죽음의 색을 문질러 지우며 자신들이 낙원이라 생각했던 그곳이 일종의 유배지였음을 깨달았다. 그들이 서로를 완벽히 이해할 수 있었던 게 아니라 오해할 틈이 없었을 뿐임을, 세상을 유유히 살아가고 있던 게 아니라 그것과 마주칠 순간을 필사적으로 유예하고 있었을 뿐임을. 남자에게 언어 따윈 존재하지 않았다. 간혹 마리암이 남자에게 보내던 아득한 시선은 이해할 수 없음에서 오는 체념인지도 몰랐다.

●

결국, 그의 인생에서 사라지지 않는 것은 없었다.

남자는 모래로 뒤덮인 들판에 서서 사라진 것들을 하나씩 떠올렸다. 튀어나온 편마암의 검은 얼룩과 그것에 무릎이나 팔꿈치가 찢겨

울고 있던 딸의 목소리. 잘게 쪼개져 때로는 자장가처럼 들리고 때로는 무곡처럼 들리던 언어의 음률. 몸을 조금만 움직여도 금세 모두와 발가락이 맞닿던 좁은 방. 느른히 기울어진 마리암의 목. 처음엔 사랑하는 이들의 족보였으나 이제는 사라진 것들의 목록이 되어버린 방명록의 이름들. 한 번도 불러보지 못했던 그 이름들.

괜찮지 않았다, 이제는.

정말로, 행복하지 않았다.

남자는 천천히 들판을 걷기 시작했다. 시작도 끝도 없는 바람이 사방에서 불었다. 표정 없이 건조한 바람이었다. 남자의 걸음이 바람을 따라 지그재그로 흔들렸다. 부모가 죽던 날처럼 눈에 띄게 끔찍했다면 남자는 조금 더 경계했을 터였다. 동생의 차 뒷범퍼에 꽂혔던 낫이 자신의 허벅지나 팔뚝에 꽂혔다면 남자는 조금 더 예민해졌을 터였다. 끈질기게 달라붙는 불행의 근원이 자신인 줄 알았다면 애초에 마리암의 손을 잡지 않았을 터였다. 남자는 이제 무엇을 원망해야 하는지, 어떤 것을 반성해야 하는지 알 수 없었다. 그저 걷는 것 외엔 아무것도 할 수 없었다. 바람이 남자의 궤적을 더듬었다. 남자는 둥글게 둥글게, 마리암과 그의 작은 딸이 함께 등을 맞대고 잠들던 자리를 향해 점점 더 작은 원을 그리며 걸었다. 모래알이 자기장에 휘둘리듯 남자의 걸음을 따랐다. 모래알의 뾰족하거나 둥근 모서리가 일제히 한 방향으로 흘러가고 있었다. 이윽고 나선의 중심에 다다른 남자가 무심코 자신의 목을 긁었다. 그의 몸에 물이끼처럼 돋아난 모래가 남자의 손에 긁혀 툭툭 바닥으로 떨어졌다. 들판에 남은 것은 모래, 오로지 모래뿐이었다.

3부
제38회 이상문학상
선정 경위와 심사평

2014년도 제38회 이상문학상
심사 및 선정 경위

    2014년도 제38회 이상문학상 심사 과정은 이미 2013년 11월 말의 준비회의에서부터 시작되었다. 이상문학상 후보작 추천위원들의 작품 추천이 모두 마무리된 것은 12월 중순이었고, 12월 20일에 있었던 예심을 통해 대상 후보작 15편을 선정하였다.

    이 15편의 작품들을 최종 심사를 담당할 이상문학상 심사위원회로 넘겼다. 심사위원회에 참여한 심사위원은 아래와 같다.

이상문학상 최종 심사위원

    김윤식(문학평론가, 서울대 명예교수)

    서영은(소설가, 1983년 대상 수상작가)

    권영민(문학평론가, 본지 주간)

    윤대녕(소설가, 1996년 대상 수상작가)

    신경숙(소설가, 2001년 대상 수상작가)

    최종 심사는 2014년 1월 7일 태평로의 한 식당에서 열렸다. 심사위원들은 후보작들이 전반적으로 소품에 가깝다는 아쉬움을 표하였다. 몇 편의 중편도 있었지만 크게 주목받지 못했다. 하지만 대체로 2000년대에 들어서면서 활동을 시작한 작가들의 작품이 많았다는 점을 긍정적으로 평가했다. 몇 차례의 논의 끝에 2014년도 이상문학상 우수작 후보로 아래의 작품들이 선정되었다.

김숨, 〈법法 앞에서〉
손홍규, 〈기억을 잃은 자들의 도시〉
안보윤, 〈나선의 방향〉
윤고은, 〈프레디의 사생아〉
윤이형, 〈쿤의 여행〉
이장욱, 〈기린이 아닌 모든 것에 대한 이야기〉
조해진, 〈빛의 호위〉
천명관, 〈파충류의 밤〉
편혜영, 〈몬순〉

이들 작품에 대한 다양한 각도에서의 평가와 비판이 진행되면서 자연스럽게 손홍규 씨의 〈기억을 잃은 자들의 도시〉, 윤이형 씨의 〈쿤의 여행〉, 조해진 씨의 〈빛의 호위〉, 천명관 씨의 〈파충류의 밤〉, 편혜영 씨의 〈몬순〉 등으로 대상 후보작의 범위가 좁혀졌다. 손홍규 씨의 경우는 흥미로운 주제를 포착해 내고 있지만 주제를 지나치게 단순화했다는 불만이 많았다. 비슷한 지적은 천명관 씨의 경우에도 마찬가지였다. 인물과 인물의 운명적 만남을 너무 단조롭게 처리했다는 지적도 있었다. 조해진 씨의 경우에는 치밀한 구도와 그 구도를 긴장감 있게 끌어가는 문장의 힘을 모두 높이 평가했다. 하지만 이야기 자체가 주인공의 삶을 풍부하게 형상화하지 못하고 있다는 지적도 받았다. 최종 대상 후보작으로 윤이형 씨의 〈쿤의 여행〉과 편혜영 씨의 〈몬순〉을 남겨놓았다.

윤이형 씨의 경우는 '쿤'이라는 새로운 명명命名으로 자신의 주제를 인상적으로 살려냈다는 평을 받았다. 오늘을 살아가는 인간의 모습에 대한 작가의 판단이 나름대로 설득력 있게 드러나 있기 때문이다. 하지만 '쿤'을 제거하고 난 후의 주인공의 의식과 행동이 평면적으로 서술되고 있다는 것이 약점으로 지적되었다.

편혜영 씨의 〈몬순〉을 대상 수상작으로 선정하기까지 두 시간 이상의 긴 논의가 이어졌지만 모든 심사위원들이 이 작품의 무게와 그 소설적 성취를 높이 평가했다.

평론가 김윤식 선생은 "삶의 난감함을 겪는 우리 모두에게 질문을 던지는 소설"이라고 이 작품의 우수성을 주목했고, 소설가 서영은 선생은 "무심심한 단어 하나하나가 돌연 의미심장한 주제로 바뀌는 것이 매력"이라고 이 작품의 무게를 인정했다. 평론가 권영민 선생은 "주인공의 삶에 내밀하게 자리 잡고 있는 고통과 그 비밀이 인간의 존재 자체를 위협하고 있는 불안의 상황과 절묘하게 접합되어 있음"을 주목하였다. 소설가 윤대녕 선생은 "관계로 표현되는 삶의 생태성이 무너져가고 있는 현실을 압축해서 드러낸 작품"이라고 평했으며, 소설가 신경숙 선생은 "해석이 무의미하거나 불가능한 블랙홀들을 건조하고 냉담한 문체에 실어 화자들의 발밑 여기저기에 우묵하게 파놓았다"라고 말했다.

2014년도 제38회 이상문학상
심사평

모순 같은 태풍의 방향,
그런 거에 대해 잘 압니까?

— 김윤식 · 문학평론가, 서울대 명예교수

두루 아는 바 우리의 현실은 언어로 이루어져 있다. 그 현실의 언어의 실체는, 잘 따져보면 허구에서 촉발된 것이기에 허구의 언어와 현실의 그것보다 일층 추상적이고 역동적이다. 또한 생산적이다. 이는 인간의 본능에 기인된 것이기에 허구에 기반을 둔 소설은 한층 본능적이 아닐 수 없다. 그렇다면 얘기와 구별되는 소설은 무엇인가. 소설은 근대의 산물, 근대 이전엔 얘기가, 근대 이후엔 또 그 얘기가 강물처럼 흐르고 있다. 근대란 긴 인류사의 약 이백 년 정도에 지나지 않는다. 탈근대에 접어든 오늘의 소설은 따라서 얘기와 소설의 경계선에 놓인 형국이다. 그럴 때 새삼 주목되는 것은 무엇일까. 단편이 아닐까 싶다. 평생 단편으로 일관한 노벨상 수상작가 보르헤스는 장편을 한마디로 잡동사니의 집합이라 해서 경멸했다. 지난해 노벨상은 단편 작가 먼로에게 주어졌음은 모두가 아는 일.

우리의 작가 편혜영의 〈몬순〉(2013)을 읽으면서 나는 보르헤스, 카프카, 먼로를 생각했다. '몬순'이란 무엇인가.

과학관 관장이 말했것다.

"기후학에 대해서 내가 아는 건 별로 없어요. 기상학도 마찬가지고요. 고작 날씨에 관한 속담 정도나 알죠. 부끄럽지만 사실이에요. One swallow doesn't make a summer 같이 흔한 거요. 유진 씨한테 유치한 질문을 많이 했어요.

왜 태풍의 진로는 정확한 예측이 불가능하냐, 풍향은 언제 바뀌냐 하는 것들이요. 상식 차원에서 기온차나 자전이 바람을 불게 한다는 건 알았죠. 하지만 몬순 같은 거요. 그렇게 규모가 큰 바람은 언제 방향을 바꾸는지, 그 순간을 미리 알 수는 없는지, 그런 건 이해하기 힘들었어요. 그런 거에 대해 잘 압니까?"

바로 참주제가 깃든 곳. 아이를 잃고 젊은 부부가 서로 멀어진 거리를 측정할 수 있는 그 무엇이 혹시라도 있을까. '그런 거에 대해 잘 압니까?'

이 물음은 관장이 하는 말이자 동시에 삶의 난감함을 겪는(안 그런 자도 있을까 보냐!) 우리 모두에게 묻는 말이 아닐 수 없다.

기이하고 고통스러운 매력
―서영은 · 소설가

금년도 우수 작품들의 이상한 특징은, 각 작가의 작품마다 그 밀도가 현저하게 약해진 점이다. 이 현상을 어떻게 보아야 할까. 해마다 사라지는 잡지도 많고, 새로 창간되는 잡지도 많다고 들었다. 거기다 출판시장의 불황에도 불구하고 단행본 출간도 급격히 늘어나다 보니, 역량 있는 일부 작가들에게 주어지는 발표지면이 과도하게 많아졌고, 그에 따라 완성도가 떨어지는 작품들이 잡지와 책으로 출간되고 있다는 방증이 아닐까. 이 같은 매문 현상은 작가들 스스로 매몰차게 경계해야 됨에도, 조급함 때문에 스스로 독을 마시는 것으로 보인다. 작품뿐만 아니라 작가정신도 내공을 다지는 엄정함이 필요한 때이다.

〈쿤의 여행〉과 〈몬순〉에 대해서만 언급하겠다.

우리가 기생하며, 의존하고 있는 '나' 아닌 모든 것의 통칭, 몸의 일부가 된 물컹한 혹이기도 한 '쿤'을 떼어내는 수술을 감행하는 이 소설의 시작 부분은 비유와 상징의 참신함만으로도 독자를 충분히 긴장시킨다. 단문의 아포리즘

적 문장이 함축하고 있는 의미망이 매우 깊어 긴 산문시를 읽는 것 같은 묘미가 있다. 하지만 서사적 구조로 보면 주인공이 지나치게 의미에 갇혀 있어, 행동과 대화에 비약이 심하다. 때문에 강한 메시지에도 불구하고 소품이라는 인상을 준다.

〈몬순〉은 전통적 의미의 스토리와 레토릭을 배제하고 있어 얼핏 보기엔 버석거리는 마른 잎처럼 무미건조하다. 하지만 그 건조함은 위기에 처한 인간이 간신히 추스르고 있는 현재적 삶의 겉모습이다. 상처 입은 인물들의 범상하나 범상치 않은 사소한 행동과 대화, 침묵이 시간 바깥의 서사라면, 내면에 감춰진 기묘한 긴장, 한숨, 분노의 소용돌이는 시간 안의 또 다른 서사이다. 시간이 내포하고 있는 마음의 정전과 수시로 방향을 바꾸는 마음의 몬순에 따라, 끝내는 마주할 수밖에 없는 '진실'이란 것이 드러나지만, 그것도 분명한 사실이기보다 확인할 수 없는 심증으로 다시 덮여버린다. 무심심한 단어 하나하나가 돌연 의미심장한 주제로 바뀌는 이 소설의 기이하고 고통스러운 매력에 푹 빠진 것으로 평을 대신한다.

불안사회의 징후를 읽어내는 법
— 권영민 · 문학평론가, 단국대 석좌교수

2014년 제38회 이상문학상 최종 심사에 오른 작품들은 모두 열다섯 편이었다. 그 가운데서 내가 주목하여 읽었던 작품은 손홍규 씨의 〈기억을 잃은 자들의 도시〉, 윤이형 씨의 〈쿤의 여행〉, 조해진 씨의 〈빛의 호위〉, 천명관 씨의 〈파충류의 밤〉, 편혜영 씨의 〈몬순〉 등이었다. 최종 심사를 담당한 심사위원들이 서로 가장 많은 의견을 주고받은 것도 이들 다섯 편에 대해서였다. 각 심사위원들이 최종 후보작 두 편을 선택하는 최종 단계에서 나는 〈쿤의 여행〉과 〈몬순〉을 지목했다. 〈파충류의 밤〉과 〈기억을 잃은 자들의 도시〉는 그 주제에 비해 이야기 자체의 중량감이 다소 부족하다는 느낌을 떨칠 수가 없었다. 〈빛의 호위〉는 서사의 중층구조를 매우 짜임새 있게 설계하고 있음에도 불구하고 상황의 묘사가 풍부하지 않다는 아쉬움이 컸다. 단편소설이 아니라 중편소설로 이야기를 더 확장했다면 어떤 느낌일까 하는 생각도 들었다.

윤이형 씨의 〈쿤의 여행〉은 환상적 기법을 통한 삶의 해석이 이채롭다. 사람들은 몇 개의 얼굴로 살아간다. 크거나 작게 자신의 모습을 위장하고 그 위장된 모습에 가려져 평생 동안 본래의 얼굴을 드러내지 못하는 경우도 생긴다. 작가는 이러한 '가면의 생生'을 '쿤'이라고 명명한다. 그러므로 일상의 현실 속에서 사람들은 자기 모습이 아니라 자신을 위장한 '쿤'으로 살아간다. 이 단순하지만 분명한 명제를 놓고 만들어낸 이야기가 〈쿤의 여행〉이다. 쉽게 만들어진 이야기 같지만 그 문제의식이 주목된다. '쿤'을 제거한다는 것은 결국 자기 본연으로 돌아간다는 것을 의미하지만 그것이 그리 쉬운 일은 아니다.

편혜영 씨의 〈몬순〉은 불안사회의 어떤 징후에 대한 소설적 탐구에 해당한다. 일상적인 삶을 감싸고 있는 불안은 어디서 비롯되었는지, 어디로 퍼져나가는지 방향을 알 수가 없다. 불안은 사방으로 떠다닌다. 특정한 대상이 없으므로 다른 어떤 것으로 대체되기 쉽다. 불안은 어느 정도 의식적으로 경험되지만 그 연유를 제대로 밝혀내기란 쉽지 않다. 소설 〈몬순〉은 아파트의 단전 상태가 지속되는 상황을 소설의 배경으로 삼고 있다. 전깃불이 들어올 때까지 모든 것들은 어둠 속에 숨겨진다. 그러므로 개인의 일상적인 삶을 감싸고 있는 불안의 실체를 정확하게 발견하고 그 원인을 해명하는 것은 쉬운 일이 아니다. 이 소설에서 주인공의 삶에 내밀하게 자리 잡고 있는 고통과 그 비밀은 인간의 존재 자체를 위협하고 있는 불안의 상황과 절묘하게 접합되어 있다. 독자들을 까닭 모를 불안감 속으로 몰아넣고 있는 이야기를 통해 작가는 비밀이란 그것이 유지되는 동안에만 긴장을 수반한다는 평범한 원리를 강조하면서도 인간의 삶 자체가 겪지 않을 수 없는 존재론적 불안을 놓치지 않고 있다. 이러한 소설적 특징은 삶에 대한 신뢰의 문제를 새롭게 해석하고자 하는 작가 자신의 태도를 암시해주는 동시에 자신이 즐겨 다루어온 주제와 기법의 새로운 변화를 시도하고 있다는 점에서 그 의미를 인정할 만하다.

이상문학상 대상의 영예를 안게 된 편혜영 씨에게 축하를 드린다.

삶의 불확정성에 대한 응시
— 윤대녕 · 소설가, 동덕여대 교수

이번 이상문학상 심사에서 집중적으로 논의되었던 작품들은 윤이형의 〈쿤의 여행〉, 조해진의 〈빛의 호위〉 그리고 수상작으로 결정된 편혜영의 〈몬순〉 세 편이었다. 다른 후보작들 또한 자신만의 고유한 영역을 각고의 힘으로 탐색하고 있었으나, 거듭 정독을 하는 과정에서 앞의 세 편에 비해 공감과 보편의 지점에 보다 가까이 다다르지 못한 게 아닌가, 하는 생각이 들었다. 때로 인과율이 파괴되면서 주제의 응집력이 약화되거나, 이야기가 지나치게 직설적이어서 은유로써 확장되는 공감의 폭이 오히려 축소되는 느낌을 받기도 했다. 그렇지만 나는 이러한 점들이 이야기와의 긴장관계를 유지하기 위한 작가의 피할 수 없는 선택에서 비롯된 일종의 모호성이 아니겠는가 싶어 해석의 여지를 남겨놓기로 했다.

윤이형의 〈쿤의 여행〉은 독특한 소설이다. '쿤'이라는 상징을 통해 타자화된 삶에서 벗어나 진정한 자아를 찾아가는 여정을 다룬 이 소설은 발상 자체가 참신할뿐더러 주제를 향해 밀고 나가는 서술의 톤이 사뭇 절박하다. 그런데 의존적 자아라 할 수 있는 '쿤'을 뜯어낸 이후 수평적으로 나열되는 에피소

드들이 하나의 의미로 통합되는 과정에서 자주 분절현상이 발생하면서 작품 전체의 완결성에 영향을 미치고 있다.

조해진의 〈빛의 호위〉는 서사의 공간을 한껏 확장하면서 그만한 무게의 주제를 제시하고 있는 소설이다. 이는 전작 《로기완을 만났다》(2011)라는 장편에서 일찌감치 감지됐던 바인데, 오랫동안 우리 소설을 옥죄고 있던 리얼리즘의 무의식적 관습에서 벗어나 좀 더 세계 보편적으로 나아가려는 작가의 소중한 의도가 엿보인다. 〈빛의 호위〉에서 화자인 '나'는 분쟁지역 사진작가인 초등학교 동창 '권은'의 삶을 재구성하는 방식으로 이야기를 끌어나가고 있다. 고아나 다름없는 삶을 살아왔던 주인공 권은이 남을 구원하는 존재로 변모하기까지 개입되는 상징은 카메라의 렌즈가 끌어모으는 '빛'이다. 그것은 헬게 한센의 다큐멘터리 〈사람, 사람들〉에 등장하는 '악기점의 불빛'과 연결되면서 마지막 장면에 이르러 한 인간이 다른 인간(들)에게 품어야 할 가치로서의 구원이라는 주제로 확장된다. 두 개의 이야기를 겹쳐놓은 이 소설은 그러나 주인공 권은에 대한 서사 배치가 안쪽 이야기에 해당하는 다큐멘터리 〈사람, 사람들〉에 비해 크게 왜소하다는 점이 단점으로 지적되면서 아쉽게 논외로 밀려나고 말았다.

편혜영의 〈몬순〉은 지난해 크게 주목받았던 〈밤의 마침〉과 〈비밀의 호의〉를 잇는 문제작이다. 또한 그 이후의 변화를 보여주는 작품이기도 하다. 아이의 죽음을 서사의 바탕에 깔고 있는 이 소설은 제목 '몬순'이 암시하는 것처럼 삶의 불확정적인 요소들을 집요하게 응시하고 있다. 더불어 관계의 틈에 도사리고 있는 극복할 수 없는 괴리감과 단절감을 '단전'의 상황에 빗대 그만의 유니크하고 건조한 문체로 유려하게 서술하고 있다. 그 어떤 것도 확실하거나 증명되지 않는 삶, 부조리함이 어느덧 전제로 작용하는 삶 속에서 주인공은 실체 없는 존재로 변해가는 자신을 다만 무기력하게 지켜보고 있을 수밖에 없다. 앞으로 나아갈 수도 없고 마냥 뒤로 물러설 수도 없는 위태롭고 어두운 경계에서 말이다. 그러므로 이 소설은 관계로 표현되는 삶의 생태성이 무너져가고 있는 현실을 압축해서 드러낸 작품이라 할 수 있다.

등단 이래 꾸준히 변모를 거듭하면서 온전한 자기만의 세계를 구축해온 작가에게 수상의 영예가 돌아가 기쁘게 생각한다. 축하드린다.

건조하고 냉담한 문체에 실린 블랙홀의 힘

— 신경숙 · 소설가

예심을 거쳐 들어온 열다섯 편의 작품들 중 윤이형의 〈쿤의 여행〉, 조해진의 〈빛의 호위〉, 천명관의 〈파충류의 밤〉, 김숨의 〈법法 앞에서〉를 인상 깊게 읽었다.

수상작으로 편혜영의 〈몬순〉에 의견이 합해지기까지 시간이 좀 걸렸으나 〈몬순〉의 장점을 놓고 이야기꽃이 피었을 때는 이 작품이 인간의 삶을 바라보는 관점에서 고수의 솜씨를 발휘해 포용하는 품이 다르다는 데에 의견이 모아졌다. 인생의 재난이라 할 수 있는 아이를 잃는 일이 없다고 해도 공간은 물론이고 같은 시간대에 머무르는 일이 가장 빈번한 이 소설 속의 부부에게 스며든 소통 부재와 예측으로 얼룩진 불신의 풍경들은 이제 우리 현대인들의 삶의 한 단면이다. 화자들은 상대에게 그때 너는 무얼 하고 있었느냐고 정확히 묻는 걸 주저한 채 혹은 체념한 채 살아가고 있다. 솔직한 대답을 듣는 게 두렵도록 그들을 에워싼 세계는 암호로 가득 차 있다. 작가는 해석이 무의미하거나 불가능한 블랙홀들을 건조하고 냉담한 문체에 실어 화자들의 발밑 여기저기에 우묵하게 파놓았다. 이것은 무엇이다, 라고 설명하려 들수록 눈 위에 새로 찍히고 있는 발자국처럼 다른 의문들을 불러오는 블랙홀. 초기작의 강렬한 그로테스크함이나 몽환적인 세계를 벗어나 이 작가가 당도하려는 곳이 어디인지는 아직 알 수 없지만, 구체성을 확보하며 현실의 위태로운 일상과 이미 관계가 부서져버린 삶 쪽으로 어렵게 방향을 틀고 있는 기미를 포착할 수 있다. 매듭짓기 위한 낙관이 아니라 불안의 징후들을 포개놓고 또 포개놓은 것으로 이물질로 가득 차 있는 이 삶의 깊이를 다시 응시하게 한 작가의 역량에 신뢰를 보낸다.

수상을 축하한다.

'이상문학상'의 취지와 선정 방법
알기 쉽게 풀이한 이상문학상 제도

   1. **취지와 목적** : 〈문학사상〉(이하 주관사라고 한다)이 제정한 '이상문학상(李箱文學賞)' (이하 '본상' 이라고 한다)은 요절한 천재 작가 이상(李箱)이 남긴 문학적 업적을 기리며, 매년 가장 탁월한 소설 작품을 발표한 작가들을 표창하고, 《이상문학상 작품집》(이하 '작품집' 이라고 한다)을 발행하여 널리 보급함으로써, 순수문학의 독자층을 확장케 하여 한국문학의 발전에 기여할 것을 목적으로 한다.

   《이상문학상 작품집》에 대한 독자의 관심이 고조됨에 따라 순문학 독자층이 광범위하게 형성됨으로써, 일찍이 한국은 물론 다른 나라에서도 유례를 찾아보기 어려운 순문학 중·단편집의 초장기 베스트셀러시대가 실현되었다는 것이 문단의 정평이다.

   2. **수상 대상 작품** : 전년도 심사 대상(對象) 작품의 마감 이후인 당해년도 1월부터 12월 말 사이에 발표된 작품은 모두 심사 대상에 포함된다. 문예지(월간지의 경우 당해년도 1월 초부터 12월 말일 이전에 발행된 '2월호' 에서 다음 해의 '1월호' 까지 포함된다)를 중심으로 해서, 각종 정기간행물 등에 발표된 작품성이 뛰어난 중·단편소설을 망라하여, 1년 내내 독특한 방법으로 예비심사를 거쳐 본심에 회부한다. 예비심사 과정에서는 물망에 오른 작품의 작가에 대하여, 대상 또는 우수작상으로 선정될 경우, 본상의 규정에 따른 수락 의사 유무를 직접 또는 간접적으로 타진한다. 중·단편소설을 시상 대상으로 하는 까닭은 문학의 중심이 장편소설에서 점차 중·단편소설로 이행하는 추세를 감안하고, 작품 구성과 표현에 있어서의 치밀성과 농축성으로, 짙고 강렬한 소설 미학의 향기와 감동을 자아내게 한다고 믿기 때문이다.

   3. **상의 종류** : 본상은 대상(大賞) 1명과, 10명 이내의 대상에 버금하는 작품에 대한 우수상을 선정하되 경우에 따라 복수의 대상 수상자를 선정할 수 있다. 그리고 기수상작가를 포함하여 중견 및 원로작가의 문학적 공로도 감안해 당해년도의 뛰어난

작품에 수여하는 '이상문학상 특별상' 1명을 선정한다.

4. **포상의 방법** : 본상의 포상은 제3항에 명시된 각 상의 매절고료가 포함된 현상금을 일시불로 수여하는 방법과, 판매 실적을 감안하여 추가적인 상여금을 지급하는 두 가지 방법 중 수상자로 하여금 수상 수락 전에 서면으로 그중 한 방법을 자유롭게 선택게 한다.

5. **'본상'의 현상고료** : 위 제3항의 '본상'의 대상(大賞) 중 일시불 방식은 발행부수와 관련없이 3,500만 원을 지급하고, 우수상은 각각 300만 원을 지급한다.

위 항의 일시불 방식이 아닌, 발행 2년이 경과한 이후부터의 판매부수에 따른 추가적인 상여금을 원하는 수상자에게는, 2003년부터 1차로 시상 당시 대상(大賞) 수상자는 2,000만 원, 우수상 수상자는 200만 원을 지급하고, 작품집 발행 후 2년이 경과한 이후부터, 매년 말에 당해년도의 '작품집' 발행부수에 따라, 1부당 정가의 10%를 각 수상자별로 균분하여 10년간 지급토록 한다.

6. **특별상(현상고료)** : 특별상은, 기수상작가를 포함하여 한국문학 발전에 공로가 현저한 문단의 원로작가 또는 '본상'의 우수상을 3회 이상 수상한 작가로서, 당해년도에 우수 작품을 발표한 작가에게 '본상'의 대상(大賞) 작품과는 별도로 수여하며, 현상매절고료는 500만 원으로 정한다.

7. **예심 방법** : 예심은 월간 〈문학사상〉 편집진이 매 연도의 1년 동안 각 매체에 발표된 작품을 수집하여, 주관사의 편집위원과 편집주간 및 편집진으로 구성된 이상문학상 운영위원회에서 대학교수 · 문학평론가 · 작가 · 각 문예지 편집장 · 일간지 문학담당 기자 등 약 100명에게 수시로 광범위하게 추천을 의뢰하여 비밀리에 예비심사를 진행한다. 3회 이상 우수상을 받은 작가는 당해년도에 발표된 작품 중 뛰어난 1편을 선정하여 본심에 회부할 수 있다.

그 모든 자료를 일괄하여 주관사 편집주간이 중심이 되어 편집위원들과 예심위원들의 의견을 수렴하여, 연간 2분기로 나누어 본심에 회부할 작품을 선별한다.

이와 같은 독특한 예심 방법은 소수의 예심 및 본심의 심사위원이, 짧은 시일 내에 수많은 작품 속에서 본심에 회부할 작품을 선정하고 본심 심사위원이 단시간에 여러 작품을 심사하고 수상 작품을 선정하는 일반적인 문학상 심사제도의 단점을 보완하고, 되도록 문학 발전에 관심이 깊고, 전문 지식을 지닌 다수의 전문가에 의해 장기간에 걸쳐 많은 작품을 수시로 검토하여 심사 대상에 망라함으로써, 신중하고 세심한 예심 과정을 밟기 위한 것이다.

8. **본심 방법** : 예심을 거쳐 본심에 회부된 작품은, 권위 있는 평론가와 작가로 구

성된 5인 이상 7인 이내의 심사위원회에 넘겨져, 수일간 개별적인 검토를 거친 후 본심 회의에서 최종 결정을 한다. 본심 회의는 대체토론을 통해 본심에 회부된 작품 가운데 10편 내외의 작품을 먼저 선정한다. 이 작품 속에서 1편(예외적인 경우 2편)의 대상(大賞) 작품을 선정하고, 나머지 작품 중에서 우수상 작품을 선정한다. 수상 작품 결정에 있어 심사위원의 의견이 일치하지 않을 경우에는, 무기명 비밀 투표로써 다수결 원칙에 의하여 최종 결정을 한다.

그러므로 이상문학상의 대상과 우수상은 모두 거의 동일 수준의 작품이라고 볼 수 있으며, 전문 문학인이나 독자의 주관적인 판단에 따라 그 평가는 달라질 수 있을 뿐이다. 그 때문에 한 번 우수상을 받은 작가는 대부분 자주 우수상을 받게 되며, 3~4회 내지 5~6회 만에 대상을 받게 되는 경우가 대부분이다.

9. **저작권** : 대상(大賞) 수상 작품(이하 '대상 작품' 이라고 한다)의 저작권은 본상의 수상 규정에 따라 주관사가 보유한다. 단, 2차 저작권(번역 출판권, 영화화 · 연극화 등의 저작권)은 저자에게 있고, 《이상문학상 작품집》 발행 후 3년이 경과하면 동 대상 작품을 저자의 작품집 또는 저자의 전집에 한해서 수록할 수 있다. 다만, 어떤 경우에도 《이상문학상 작품집》의 표제(대상 작품명)와 중복되거나, 혼동의 우려가 없도록 하기 위하여 대상 작품명을 대상 수상작가 작품집의 서명(書名, 표제작)으로는 쓰지 않기로 한다.

10. **이상문학상 작품집 발행** : 〈이상문학상 운영 규정〉에 따라 대상(大賞) 작품과 주관사가 본상의 규정에 따라 저작자의 승낙을 받은 저작권법상의 편집저작권을 보유한 우수상 작품 및 특별상 작품을 모아, 염가 대량 보급을 목적으로 《이상문학상 작품집》을 발행한다.

이 작품집은 이상문학상의 공정성과 권위를 독자에게 다시 묻고, 수록된 작품과 그 작가들에 대한 표창과 홍보의 뜻도 담고 있다. 한편 이 작품집은 해마다 문단의 작품 경향과 흐름을 알 수 있는 앤솔러지적인 성격을 띠고 있다. 또한 이 작품집은 아무리 세월이 흘러가도 한 사람이라도 독자가 있는 한 이윤을 초월해서 제한 없이 영구히 보급함으로써, 이상문학상과 그 수상작가에 대한 영원성과 영예를 오래도록 선양하고 세계에 그 유례를 찾아볼 수 없는 문학상 작품의 영원성을 유지케 한다.

그런 뜻에서 《이상문학상 작품집》은, 그 영예로운 작가와 작품을 일과성(一過性)이 아닌 영구적으로 널리 독자에게 보급하여 읽히게 하고, 그 작가에 대해 더욱 탁월한 작품을 창조하기 위한 끊임없는 격려와 기대의 뜻을 담고 지속적인 홍보와 보급에 힘쓰고 있다. 때문에 30여 년 전의 작품도, 계속해서 한결같이 널리 알리고 홍보를 계속하여, 독자의 관심권에서 벗어나지 않도록 하는 매우 독특한 작품집으로 정착되었다. 그러한 노력은 작품의 우수성과 더불어, 이 작품집이 매년 수많은 독자들에게 애독서로 선택되어, 20여 년 전의《이상문학상 작품집》도 계속 새로운 독자가 끊이지 않고 있다. 그처럼 여러 작가의 작품을 보아 매년 한 권의 책으로 묶은 중·단편 창작 소설집이 장기간에 걸쳐 다량으로 발간되고 있는 것은 세계적으로도 매우 희귀한 예로 알려지고 있으며, 그것은 우리의 문학과 독자의 성장도와 함께 성숙도를 가늠케 하는 한국문학의 상징적 발전의 척도이기도 하다. 그 같은 예는 세계 제일의 출판대국이며, 인구만도 우리의 9배 내지 3배에 가까운 미국이나 일본에서도 찾아보기 어려운 순수문학 중·단편집의 대량 보급 현상과 아울러 순수문학 애호 인구의 엄청난 증가 현상을 말해주고 있다.

11. 이상문학상 운영위원회 : 주관사의 발행인을 위원장으로 하고 월간〈문학사상〉의 편집인과 편집주간 및 문학사상 이사회가 선임한 3인의 위원으로 구성되며, 본상의 제도와 운영에 관한 모든 업무를 관장한다.

12. 이상문학상 심사위원회 : 이상문학상 운영위원회는 매 연도마다 5~7인의 이상문학상 심사위원을 위촉하여 이상문학상 심사위원회를 구성한다.

동 심사위원회는 주관사의 편집주간의 주재로, 이상문학상의 대상(大賞)과 우수상 그리고 특별상을 수여할 작품을 심의 결정한다. 수상자를 결정함에 있어 의견의 일치를 보지 못할 경우는 무기명 비밀 투표로써 결정한다.

13. 규정의 수정 : 본 규정은 이상문학상 운영위원회에서 3분의 2 이상의 찬성으로 수정할 수 있다.

2002. 12. 20. 개정
문학사상
이상문학상 운영위원회

제38회 이상문학상 작품집

1판 1쇄 | 2014년 1월 22일
1판 22쇄 | 2015년 6월 8일

지은이 | 편혜영 외
펴낸이 | 임홍빈
펴낸곳 | (주)문학사상
주소 | 서울특별시 송파구 중대로38길 17 (138-858)
등록 | 1973년 3월 21일 제1-137호
전화 | 02-3401-8540
팩스 | 02-3401-8741
홈페이지 | www.munsa.co.kr
이메일 | munsa@munsa.co.kr

* 잘못 만들어진 책은 구입하신 서점에서 바꾸어 드립니다.
* 값은 표지 뒷면에 표시되어 있습니다.

ISBN 978-89-7012-900-6 03810